朱峙三 著
周國林 胡念征 整理

朱峙三日記
（五）

荊楚文庫

荊楚文庫編纂出版委員會
華中師範大學出版社

民國十九年（1930年）庚午日記

庚午除夕
欲高門第須爲善
要好兒孫必讀書
近時人聯，語雖近俗，頗有至理
　　　　　　　　　　　　庚午正月朔峙三書

庚午發筆　諸事如意
母壽而康　名成利遂
　　　　　　　　　　峙山朱繼昌手書

正　月

初一日　晴　陽曆一月卅日

　　五時半起，盥漱畢，六時具香燭進天地，六時半天黎明，帶同僕人往岳廟進香，舊例也。去年在蒲圻署未能行之。進香畢歸家，天已大明，焚香進祖宗，向祖宗拜年畢，與家母拜年。飲茶小憩出門，至程宅、高宅、汪宅拜馨香。汪宅未開門，順向至好家投剌而已，途遇浪石説數語，回家飯後小憩一時許，解衣寢已二時半矣。去年除夕解衣寢後竟無夢，已近十餘年略異，蓋余自甲寅以後除夕寢後所作夢動關一年休咎也。四時似入夢，夢許學源在蒲圻署與余談話，並攜其妻與余見面，一醜惡村婦也，且作日本語，余亦勉以日語湊合答之。學源似欲勾通蒲保衛團有反抗現政府意，余深不謂然。又夢中念及：許，言午也，今歲庚午，源字有水義，學源在湖堂時名名洙，號泗芳，俱從水。余八字喜水，今年午火，得木既濟之云云，此不知主今年何兆也？四時半起，五時進大仙，六時進香，在先公像前謹占一牙牌課，問今年全年或春夏二季休咎及謀。誠懇求之，得上上、上中、上中數，文曰："扶輿鍾秀氣，間世發英才，不得中行士，還思狂狷才。"似含有冒險前進之意。斷曰："聰明正直仰神人，俯事修和庶政平。拽起風帆投順境，此行何處不通津。"蓋上上神人之象，蒙神佑矣。占畢，磨墨發筆，寫紅信紙一，書聯語，書儆戒語及格言各一。寫信七件，一致省寓，一劉伯英，一金太史，一黃松師，一劉伯威，一張渭泉，一朱卓爾，皆去臘除夕所欲寫寄者也。補寫客歲除夕日記。今日寫字約計三四千，連同信件已五六千字矣。十時畢，十一時寢。

初二日　晴　一月卅一日

三時醒，家母病又發，不能安睡，起床小坐，四時半方再寢，自是余不能安睡。十時半再起，飯後補寫黃志雲一信，來客數次，陪談片時。午後一時洪英來，囑其持名刺答各處，一時半補寫昨日日記一次。午後一時客來甚衆，陪談甚久。傍晚聞郵局須明日方能發信，各件擬明晨再送，便至孟春溪家略坐談。七時半請神臨光指示各事，並請先公來，謂余今春可就事，係本省非外省也。爲家母求藥方，示"貢榮"二字，或係貢朴之誤耶？又指示余事爲官非吏，近則漢陽，非信陽，已屬奇離。明夕當再問之。十時半寢。

初三日　晴暖　二月一日

九時半起，飯後清理香楮，準備出城祀先公及閱看鄉間情形。正午帶同更生、遲生兩兒，王僕同出南門，先至普山祀先祖父祖母、先叔，便中祀亡長兒、次兒、長女、三女，約一小時畢。再至姚家嶺祀先公，行二小時方到，蓋已六里許矣。祀後再行，遲生足軟不願走，緩緩行，買一蔗以餌之，遂勉強歸，膝蓋骨已痛。歸後吃飯畢，至郵電兩局略坐談即歸。晚九時請神仍問藥方，先公示一"聖"字，不可解，又示一"杏"字，或者用杏仁歟？示余此月能就事，否則與昨示略同，惟正事係劉，余則副事也，姑誌以候驗。問以何時可發表，則現四字，或者尚有四日也。九時半畢，送神，十時寢。

初四日　陰　早六時微雪，晚九時雪　寒甚
今晨喜鵲畢集　二月二日

十時太輔來，十一時起。飯後寫信三件，浪石、厚生等同來坐談，勉之亦來，便約至夏村寓未晤，至汪同昌及南門各處補賀年。五時至夏乃卿家略坐談，至石宅等，均未晤即歸。晚八時面囑太輔各語，囑內子備行李付太輔帶省寓，三函俱交太輔手收。約王次齋來談話，面托之，因太輔往省，川資缺乏也。十時半寢。

初五日　雪　雨　通宵未止　二月三日

太輔六時起，往黃州搭輪。余十二時起，倦甚。飯後大雨雪未止，終日未出門，鄭華甫等數人先後來談去。晚間家母疾未減，仍不能安睡，九時請神決休咎，謂此屋有女魂一求錢用，十一時焚紙畢，十二時寢。轉鐘後家母仍未安枕。

初六日　早陰　午後小雨寒甚　今日立春　二月四日

十二時起，倦甚。漱後焚香問牌卜，探太輔到武漢後如何情形，得數為下下、上上、上上，有王曾居魁首之語，又有有德則稱之語，吉占也。接子恒來看家母病，談一時去。象乾、錫五、春溪、徐報房先後來談。今日立春，擬作詩消遣，余於退步時立春多有感作，甲子以後均有所作。戊辰有"倦鳥歸林久，逢春試一鳴"之句，是年本擬往皖向菊坡便求一縣令也，豈知秋初署蒲圻乃在鄂南。己巳在蒲署，家母及妻子俱屬安樂，故無詩紀之。今又似困極矣，乃作六言，一觀今年氣象如何耳。惟戊辰立春詩在荊沙交卸之後寫，身分隱而深，此則寫分身太顯，亦以

前所經過之政績與環境不同也。七時具香燭迎春畢,清理各事,十一時寢。

初七日　雨　微雪　寒甚　二月五日

十時起,清理各事,飯後來客數次。午後寫信二件,致盧兵城,覆紀雪昉,並附立春詩,蓋紀詩近日大進也。晚間夏乃卿來拜年,袁夏村來坐談甚久。十一時寫詩稿畢,擬作人日詩以寫氣概,以精神不繼遂寢。今日太輔自武漢歸,知伯英正初未渡江談前事。

初八日　雨　微雪　極寒　二月六日

四時醒,知家母不安神,五時枕上綴人日詩,七時已成四首,旋睡熟。十一時方起,倦甚。飯後俊甫、幼卿先後來談各事,午後一時寫人日詩稿,已成詩,學香山以俗而雅爲歸宿。三時出門至小北門朱鶴宜、茂林各處談買屋事,便至郵電兩局坐談,四時歸。飯後清理各件,寫信一件致彭壽堂,請其查何自寬事。晚至勉之處略坐談,九時歸,十一時寢。

初九日　陰　雨　寒　二月七日

十一時起,夏村、春溪先後來談甚久,便請夏村寫幼卿與余代作各詩集叙文。飯後向郵局借得漢報,知省府已改組,教廳長易黃離明矣,便寫快函,囑三輔向之介紹余爲廳內秘書或廳外館長,如成事實即不往汴。晚間外出至鏡清、少松家略坐,八時半問一卜,看囑三輔事可成否,得三數上上第一課也,看能驗否?寫信五件致宣祉、仲行、雄群、宜泉、省寓說各事。十時畢,十一時寢。

初十日　晨九時以前雪　十時後晴　二月八日

五時起,昨日家母不能睡,起生火取暖,天明時欲睡未能。十時早飯,十一時得端平來信報告省府改組,知財廳張貫中爲何竹雪之軍需處長,此次湖北省府改組,委員名額九,隨縣人占其四,奇矣!午後寫片與伯威、季莊、端平、仲和等，寫信與雄群、宜泉等。四時國煌來，云明日往省，寫寄省寓並伯英信，便托帶之，並囑其向蕙芳説各語，以余須候伯英來信方能動身也。傍晚劉蜀疆來，接其明日吃便飯，彼已辭之，九時至其寓奉看，談數語。十時歸，十一時寢。

十一日　陰　二月九日

十時起，飯後來客數次，發信二件，整理詩稿。午後夏村來取信件，準備明晨出門也。晚間外出一次，子槎等及鄭華卿來談甚久去。十二時寢。

十二日　陰　晴　晚雨　二月十日

十二時起，倦甚，飯後往郵局回看。午後與張叔和同往張躍龍家，欲看其新假山樓也，至則窄隘，無足觀者，坐談一小時即歸。北風大起，傍晚雨，十時寫信寫雜件，十二時寢。

十三日　晴　二月十一日

十一時起，飯後細裱裝古鼎盒子，欲尋裱工，恐其未能如法，因自爲之，費四小時之久始成功，腰已痛矣，尚精雅可愛。漢卿來，囑其配一玻璃蓋，更爲雅觀，快然久之。晚間寫信三件，一省寓、一伯英、一佛波，皆商近事也。子雲、淬成來談，便與同出至春溪家略坐談即歸。十時清理各事，十二時寢。

十四日　晴　二月十二日

九時起，清理各事，準備十六往省。午後至電局探信，説明各事，得金太史回執蓋印，即知其尚在人間也。晚來客數次，十二時寢。

十五日　晴　二月十三日

九時起，晴光可愛，飯後清檢各事，畫扇面，爲黃松師作也。此係丙寅在沙市局已寫就，欲寄北京者也。今日乃補成畫面，心中甚快。晚間無龍燈及各種小戲，天氣月色均佳，今日較之往日冷淡極矣。着人至王宅探船，准定明晨往漢，十二時寢。

十六日　晴　二月十四日

四時半醒，六時起，六時半與老王同出門約王小齋，渡江時天已大明。八時半鳳陽輪到，余上船後逕入官艙，招待甚好，緣此船茶房認識余者已多矣。早餐後出艙散步遇徐仁來，新自南京來者，向何雪竹謀事，細詢之，介紹人强有力，彼要税局事似甚易也。二時半抵漢口，上岸後至程宅將包袱暫置之，往渭泉寓談甚久。五時渡江到寓，飯後與蕙芳談各事，今日小軒來談買文旂屋事，彼與久旂居心不善甚矣，人心難測也。晚欲外出，以時晚未果，十一時寢。

十七日　晴　天氣變暖　二月十五日

十時起，身體疲倦異常，飯後渡江，途遇伯英，與談片刻，彼渡江往省也。晤佛波、文旂、仲和等，探近狀。寫信二件，命漢卿送鳳陽輪付小齋帶滬交三輔、聲香者也。訪仲行、宣祉俱未晤。晚十時渡江回寓。飯後寫信二件，十二時寢。

十八日　晴暖　二月十六日

九時起，夏村來談片刻，進早點後與同出訪汪津門未晤，晤次誠、亮澄、淩卿、養吾等談甚久。晚至鴻磐樓洗澡，遇前三一學生張榮鴻談甚久，彼新自北平歸者也。十時回寓，十二時寢。今日縣中轉到金蘅意太史信，甚慰，晚十二時寢。

十九日　晴暖　二月十七

九時起，倦甚，飯後渡江。午後四時回寓。晚間外出一次，十二時寢。

二十日　晴　二月十八日

八時起，寫信二件，清理各事。飯後過江爲淬成買衣料，順便付曹漢丞帶歸，訪知安談各事即歸。傅如昭來約蕙芳看此街七十一、七十三號房子，約余同去，屋歲太老，價尚不貴，蕙芳欲之，聽其自然而已。晚間似有成議，價格以余不欲，此屋中人略減，十時已定局。十二時寢後蕙芳爲余言，欲廿四立草契，余謂不如先定局以省麻煩耳。

廿一日　晴　二月十九日

八時起，九時余渡江訪渭泉談甚久。飯後回省至幼虛等寓談甚久，五時回寓，則蕙芳已寫保安房屋矣。詢之近價不貴，余等得有棲止，雖借債多亦願意也。十二時寢。

廿二日　晴　二月廿日

八時起，寫信數件。飯後渡江晤渭泉並訪次松，蓋彼於昨日來漢也。告余家事甚詳，就其家晚飯畢，至薈萃旅館晤夏村，旋與同出至佛波寓，立談各語，爲文旂房子事，余已許價六千二百串矣。夏村欲添價，余已許之，屆時再借大款，了此心願而已。晚九時渡江回寓，十二時寢。

廿三日　晴　晚九時後大雨　二月廿一日

八時起，來客數次，飯後擬渡江未果。午後四時渡江至渭泉寓略談出，至薈萃旅館。夏村、小軒說文旂屋事，極麻煩。夏村、小軒說話反覆無常，殊爲惡氣。十時至渭泉處，途遇大雨，腿褲透濕，衣履被雨，入室小憩，飯後爲渭泉請神，彼久托而未允者也。十二時畢，轉鐘三時寢。

廿四日　陰雨　晚十二時大雷雨　二月廿二日

七時起，洗漱畢，雇車至後花樓轉車，至柳家巷劉藍田教書處談各改屋約稿子，談數語，匆匆渡江回寓。飯後小睡，候漢卿不來。午後爲蕙芳往郵局取款，晤曾蘭友、朱文卿等，談各事，四時歸。晚端平來談甚久去，十二時寢。轉鐘後又起坐至二時寢。

廿五日　陰晴不定　二月廿三

八時起，倦甚。飯後清理各事，閱報章，至各處略坐談。晚間寫信二件，閱陶詩五頁，十二時寢。

廿六日　晴　二月廿四

八時起，飯後渡江訪渭泉、心如各處，略坐談。午後五時歸寓，寫詩稿，閱陶詩，十二時寢。

廿七日　晴陰不定　二月廿五日

八時起，飯後至幼虛及各至好處略坐談。晚外出一次，九時閱陶詩六頁，閱漢報，十二時寢。

廿八日　陰雨　大風　二月廿六日

九時起，飯後至鵬程、漱芳處回看。午後得夏村來信，謂文旃屋已說妥，囑漢卿渡江接洽。今日渭泉來寓，幼虛亦來，余均未之遇也。晚閱陶詩六頁，十二時寢。

廿九日　陰雨　大北風　二月廿七日

九時起，漱畢出門，雇車渡江至江畔，則第十一師開差，輪渡已封薹矣，余遂折回寓。今晨倦甚，未着羊裘，且極欲回寓，恐感寒也。飯後漢卿來，與同出至察院坡買書，便至電局彭梓師、朱右庚寓略坐談，四時歸寓。飯後小睡至九時方起，得亮澄詩函。紀雪舫約陽三月一日來談，余以文旃屋說妥須歸縣，恐不能候之也。晚寫信三件，閱陶詩，十二時寢。

二　月

初一　陰　二月廿八日

八時起，九時渡江至三益旅館。余先誤記地點，尋至郭家巷復折回，路濕滑殊可厭，至董家巷始能記起也。與夏村、漢卿、建旃談房子事，延至午後四時不能決，麻煩甚。余面辭夏村，將屋事作罷。五時至渭泉寓坐談。五時半渡江，人多擁擠。余皮篋被竊，幸損失只一元，餘爲名片及郵票三四分而已。晚歸與蕙芳談果報事，閱陶詩，十二時寢。

初二日　陰雨　三月一日

八時起，爲蕙芳填表册。十一時夏村、漢卿來約余渡江立約，謂文斾已允，此外無多麻煩也。余遂令夏村先渡江，午後三時在薈華旅館寫約畢，至太白樓晚餐。八時上大吉輪，買鋪位去價一元五角，漢卿、夏村談至十時去。轉鐘一時大雷雨，遂寢。

初三日　大風雨　晚晴見星　三月二日

五時開船，六時風雨更大。余睡夢中覺電撼船震動一次，九時起，十時船到黃州，划子先接上水，已有客數十人，再接下水余等約卅餘人，人數多，擁擠不堪，風雨更大，划子不能靠黃州，乃逕往鄂城矣。至東門石馬巷下起坡，風雨濕衣帽，水涔涔下，此余四十四歲以前未吃之苦也。先尋周獻廷，聞已往梁子，繼尋許俊甫□行，未遇之，仍冒雨速行至東門內，購得雨傘一把，匆匆到家。見家母病已大愈，甚慰。換衣服，皮裘滴水矣。飯後小睡，晚至樂峰、淬成處談數語歸。十一時寢。

初四日　大風雨　微雪　寒甚　三月三日

九時起，飯後至子恒、樂峰、星垣、春溪、叔和、敦五、厚安各處略坐談，並在叔和家中問一牙牌數卜今年二月運氣，進取如何，得上上三次，不必查書，知其吉也。晚十二時寢。

初五日　陰雨　微雪　晚晴　三月四日

八時起，上琴弦，飯後至春溪家略談，張子威、王象乾、傅象虛先後來談去。午後寫信四件，晚外出一次，十二時寢。

初六日　小雨　微雪　寒甚　三月五日

十二時起，今日天寒未出門，閱《隨園詩話》數頁。晚轉鐘一時寢。

初七日　陰　今日驚蟄節　三月六日

十一時起，寫信四件。午後出門一次，晚閱各書。轉鐘二時寢，不成寐。

初八日　陰晴不定　三月七日

十一時起，飯後至久旃處，聞已往鄭宅去矣，訪漢槎、子湘均晤，談甚久。晚寫信二件，閱書報，轉鐘二時寢。

初九日　陰　三月八日

十一時起，浪石、久旃來談，聞余買宅後牆崩塌約丈餘，非補做不可，囑幼卿雇工補之。晚十二時寢。

初十日　陰　三月九日

十一時起，飯後至子恒處略談。晚上琴弦，十二時寢。

十一日　雨　三月十日

十時起，飯後往返東門數次。午後三時許雲圃請客，同席者春溪、叔和約八人。余晚間請文旆、久旃、幼卿吃便飯，十二時寢，不安。

十二日　雨　三月十一日

昨夜傷食欲嘔，十時工人來說補牆事，甚麻煩。余十時起大吐三次，泄四次，胸膈略鬆動。午後三時方進食，並向王、張談借款，十二時寢。

十三日　早風旋晴　三月十二日

十時起，飯後外出二次，晚叔和、淬成送借款來，談一時許去。十二時寢。

十四日　晴　三月十三日

十時起清理各事，寫字據與鄭、王、張三處。晚十二時寢。

十五日　晴　三月十四日

九時起，鄧勉之來，余昨得省電，本擬今日往省，因向萬子湘處許今夕進神扶乩決休咎，改明日往省也。午後寫黃表請三事：一爲家母求壽，二爲本身求差，三爲省寓求子。志願則許得財濟親友，寫經印送各處也。午後四時萬宅扶乩，判余一詩曰："峙吉明輝映斗宮，一番虔志在桃紅。立心行意明如水，明鏡臺東英面東。"九時回家，十二時寢。神賜母名爲康廉，余名華。

十六日　早霧　晴　三月十五日

五時半起，六時漱畢飲茶出門，王僕送余下河至小北門，雇舟渡江，王次齋亦在舟中，到黃州七時半矣。見洛陽輪已到，稍停上划子，入洛陽輪官艙中，賬房鄭端清，次齋托余代繳款畢，仍坐官艙。此船爲日清公司去冬下水新船，其廣大精美實爲長江各輪之冠。八時開行，下午一時一刻已抵漢口，較之各輪似快一時半之譜。上岸後旋即渡江到寓小睡。六時吃飯，晚十二時寢。

十七日 晴 三月十六日

十時起，飯後往幼虛、次誠等各處未晤，至萬發祥看古玩，晚六時歸。飯後寫信數件，十二時寢。

十八日 早雨 午正晴 三月十七

八時起，漱畢早點，帶雨衣出門，渡江訪劉南田談片刻。訪肖鵠，知已回葛店，訪文瑞略談，訪知安談甚久，就其舫中吃飯，訪佛波並遇軍界數人，劉翱，前蒲圻縣長也。傍晚渡江訪姚小圃，談胡林荒產事甚久，晚十二時寢。

十九日 晴 三月十八日

九時起，飯後渡江至劉南田處談片刻，至李炳琳處取款兼晤夏乃卿。午後三時渡江回寓閱報，飯後寫二信。九時半寢。

二十日 晴 三月十九日

九時半起，倦甚，飯後渡江至萬秀山寓取款，便訪曹漢丞問各事出，向長裕錢莊兌票，渡江回寓，飯後夏秋舫來談半時去。余至趙少欽寓回看，便托其明日同接收隔壁住宅也，未晤，與其妻說數語出。回寓閱報寫信，十一時寢。

廿一日 晴 三月廿日

九時起，倦甚，飯後清理各事，寫信二件，爲隔壁房子事，極麻煩。晚外出一次，十二時寢。

廿二日 晴 今日春分 三月廿一日

十時起，身倦甚，飯後渡江往李佛波等處略坐談。傍晚渡江回寓，飯後閱書報，十二時寢。

廿三日　晴　三月廿二

十時起，陳木匠來述房子事，此人狡猾異常，殊可惡。飯後渡江至佛波寓，午後四時開席，今日爲其正妻四十歲也。陳少卿自沙市來述各事，謂戰事不能免，徒苦小民耳。傍晚在交通旅館晤伯英詢其近狀，無甚辦法，彼每每作自欺語，信用漸落。渡江回寓後聞隔壁房子事甚嘔氣，亦只好聽之。十二時寢。

廿四日　晴　三月廿三

九時起，陳木匠來述各事，余以此等粗人惟利是視，所求已許之矣。正午往鵬程家吃飯，彼昨面約者也。就其家寫大對三副，挽張、彭二師，聯四副。今日同席者張少伯兄弟。午後三時半回寓，伍小南、趙少卿、陳木匠約同郭映山俱在寓中候兌價去。晚六時訪次誠不遇，留字出，因彼自就事後與余見面僅一次也。至電局訪章小霞知近日各事，十時歸，鈎畫稿至轉鐘一時寢。

廿五日　晴　熱　三月廿四

九時起，劉萃三來說黃建中已到，囑余渡江尋之，余唯唯而已。飯後出門一次，晚十二時寢。

廿六日　晴　熱　三月廿五

九時起，飯後渡江訪佛波及各處，傍晚歸。趙少欽來談各事去，閱各書報，十二時寢。

廿七日　雨　三月廿六

九時起清理各事，飯後渡江至佛波、次松、渭泉各處。晚歸閱報，寫信三件，一致南京，一覆滬上。十二時寢。

廿八日　晴　三月廿七

九時起，粹三、端屏先後來，飯後渡江訪宣祉、仲行各談片刻。晚至佛波寓問各事，六時渡江，七時歸。轉鐘一時寢。

廿九日　晴　三月廿八

八時起，寫信五件分致秋舫、泮香、少欽、雪舫、養吾等，約其下月初一到寓吃便飯。十一時渡江訪佛波、漁青，並在中山公園領略春景。此園爲去年修成，余今年方知之也。有樓臺亭閣並茶肆，桃紅柳綠，極爲娛目。坐二小時遊一小時，與漁青同出坐汽車，至老圖下。再至佛波寓，聞其今晚上船，余遂購食品三元餘贈之，省卻餞行麻煩耳。傍晚渡江，飯後李鏡亭來問中堂信，沈雪師辛丑年所畫者也，筆墨甚潤，余前日已允許十一元購之矣。連日在武昌，得廉卿先生七言聯一副，下文瑜畫一張，甚美而價廉，又得琴一張，價僅二元，略事修補即可用，心甚快然。十時寫信一件，十時半寢。

三十日　晴　晚雨　三月廿九

九時起，飯後渡江。今日頭暈痛，至佛波寓探其行否，午後晤之，知改於後日搭日本船上沙市，與談數語出。傍晚渡江，途遇雨，晚九時半雨甚大。余十時寢，又起接漏數次，十二時始安寢。

三　月

初一日　晴　小雨三次　三月卅日

九時起，今日約武漢友人來寓吃午餐，正午到者立群、雪舫、伯高、少欽、雲卿、泮香、獻廷，雷金聲來，便留之同席。嘯青來談數語去，陳昭來、顧振亞先後來談去。午後一時開席，二時半畢，三時散去。傍晚劉伯威談甚久去，淩卿來略坐去。十一時寢。

初二日　陰晴不定　三月卅一日

九時起，寫信三件，飯後渡江。傍晚歸，十二時寢。

初三日　晴　四月一日

八時起，渡江至李佛波寓寫蔡光黃信，昨日向胖佛囑寫者也。就其寓吃飯。正午渡江訪黃離明未晤，回寓遇劉伯威，旋又外出訪謝吉之，再渡江至次松寓，晤談甚久，就其寓晚餐。渡江後至幼虛寓托其便爲幫忙，爲教廳事也。晚十時歸，十二時寢。

初四日　雨　四月二日

九時起，倦甚，寫信四件，一復滬上，一致黃離明，餘爲李佛波復張星僑、余日發，趙雄群者也。午後三時半往鳳山寓，因彼昨曾來寓請客者也。同席者多沙局舊屬，五時席散遂歸，十二時寢。

初五日　陰　雨數次　四月三日

九時起，本擬今日遷居新購宅，以路未乾且各房均未裱齊，改於初七日遷之爲便。飯後余往返料理裱房諸事，因爲勞倦，五時方畢。飯後寫對二副，俱不佳，趙少卿來談一時許去。十一時寢。

初六日　陰　雨　四月四日

八時起清理各事，飯後外出一次。午後清理各房雜件，準備明日遷往七十三號新宅。囑夏炳丞裱未竣之房，余亦親爲糊裱，成後甚可觀，心竊喜也。余浮生漂泊，自乙丑臘月賃居楊泗堂起，計在省寄寓已五年矣。蕙芳能減衣縮食，以其所得薪存儲購此屋，雖不足，挪債以了此願，余心快然。蓋余尚在此萬惡社會中討生活，省無居宅，動爲房東挾制加租等事，嘔氣不少，從此可得安居，因顏此寓曰"安廬"，他日當爲一銅牌懸寓門也。晚與蕙芳談甚久，十二時閱陶詩及各報，寫信三件，清理自己雜件畢。轉鐘一時寢。

初七日　雨　今日清明節　四月五日

七時起，命夏炳丞等料理遷居事。飯後余親爲料理，午後四時半已搬畢十分之七矣。晚過火，焚香放炮竹，蕙芳之父待余甚厚，惜彼去世已久未見也。晚足軟不能行，今日兩宅往返，足未停息，身倦欲睡，十時半遂寢。

初八日　陰晴不定　四月六日

八時起，倦甚，昨夜睡甚熟，心亦恬然。趙少欽來道賀，約余今晚至其寓吃飯，已許之。飯後渡江至次松、渭泉、佛波之寓略坐，三時半渡江回寓，五時半趙寓着人來催客，余遂往。同席者朱紹衣，國貿商場場長也，當陽人，述黃昌穀事甚悉。然今所謂省政府委員者，貪汙較之軍閥時之官何止百倍，又豈獨黃昌穀一人耶？餘爲王、高、陳諸人，談論甚少。六時半歸，閱報並訂字畫，分別部居，極爲麻煩。十二時寢。

初九日　陰雨甚大　四月七日

八時起，寫信四件。午後往教廳訪黃建中，候至三小時，甚覺無聊，求人求己，今後始知之矣，余亦未必能安置也。晚至橫街一次，寫信與滬汪聲香説明此事，閱《元次山集》十頁。十二時寢。

初十日　雨　夜雨甚大　四月八日

八時起，焚香拈課，飯後渡江訪李寓，知佛波尚未寄回信，奇矣。三時半渡江，飯後至次誠寓，與亮澄及來客劉某談甚久。座中一何姓瞽，聞算命靈，次誠便求爲余推之，所談多中子評，熟極過去事，驗者十之七八，斷余此月必得事，大運則四十九歲進也，且有廿年順利，名利甚大云云。此與江文波、後知靈、張立群所推算均同也。今日渡江，於輪渡中晤周振亞，號烈勳，監利人，即去臘在武岳路同二等車室中所遇之人，便邀與至都府隄寓中一談時局。出晤謝武剛，便至其寓略坐談。訪伯英未遇，留字出。晚十一時雷電大雨傾盆，轉鐘一時未止，余清理各事畢寢。

十一日　雨　晚九時晴　四月九日

八時起，飯後渡江，爲蕙芳取學校支條，便訪李寓，見佛波回信，知沙市已圓滿結果，惟彼居副位耳。晚五時回寓，寫信二件：一寄李長青，附寄洋二元，蓋其子續弦之喜也；一寄劉蜀疆，爲李弟薦事也。清理各事畢，十二時寢。

十二日　雨　大風　四月十日

九時起，倦甚。午後補書條子三件，寫信一件。閱報，連日雨大未出門。晚飲酒一杯，十二時寢。

十三日　雨　大風　四月十一日

九時起，寫信二件，飯後擬渡江未果。午後補畫各件，已成者三幅，晚飲酒一杯，十二時寢。

十四日　雨　四月十二日

九時起，連日擬回縣，以風雨阻隔未能行。今日補寫各畫已竣事，一送章崴聲，一送章小霞，一送彭大椿，均不甚得意，午後親自送去。章、彭均喜甚，亦人情也，與談甚久。晚九時歸，寫信二件，飲酒一杯，閱報一小時，轉鐘一時寢。

十五日　風　雨　四月十三日

九時起，倦甚，飯後渡江訪李宅，遇朱文海，知羅霖處對於李、蕭無甚誠意，余閱羅兩函，甚爲李、蕭惜也。登甫亦於今日同朱往沙市，與談數語而別。五時訪伯英未遇,當即渡江。船中又遇周振亞,談各事回寓,飯後寫信一件。十二時寢。

十六日　陰雨　四月十四日

九時起,清理各事,飯後清理雜稿及案上各物件。晚命夏僕買鞭燭並辦麵湯等事,蓋今夕爲蕙芳生辰也。與蕙芳談各事,十二時寢。

十七日　晴　四月十五日

七時半起,倦甚,飯後得張星儕自徐來信,得夏村自縣來信,催余速歸,有共黨已到碧石渡,有撲城謠。午後五時吃飯畢渡江,先至李寓置包袱,與伯英談片刻出,至次松寓談甚久,至渭泉寓,知已往蕪湖治眼疾去矣。至一碼頭探船,知吉和明日午前十一時方開,余遂取包袱匆匆渡江。回寓後已十一時半矣,敲門甚久,入室後飲茶畢,已轉鐘矣,補書日記,遂寢。

十八日　晴　四月十六日

七時醒,八時起,命夏炳丞炒飯吃畢。九時雇車出門,到漢陽門渡江逕上吉和輪,已九時半矣。十一時船開,四時到黃州。渡江回家,見老幼均好,甚慰。飯後至叔和處略坐談,夏村來談片刻去,十時寢。

十九日　晴　四月十七日

八時起,九時至樂峰家略坐談。十時回家飯畢,帶同兩兒、國煌、王興發、王僕出門掃墓。先至普山祀先祖父母、先叔父並朱姓曾祖七榮公,及亡長子、長女等墓畢,至姚家壟祀先君子墓,約行路六里餘矣。遲兒腳力已軟,至樊口茶肆遇田煥章、張嘯青,憩甚久。四時雇船回縣,遲兒天機活潑異常,庚兒乘船欲嘔,起坡時疲狀不堪。到家略息吃飯後,晚至郵電局坐談一次。十一時寢。

二十日　早陰　午後大雨　四月十八日

八時起，室中礎潤，階下路滑如脂，已呈雨象。飯後引遲生至郵局，便訪夏村。午後一時至河干，適小輪船到，見文旂已歸，與談數語。二時回家，飯後大雨，晚十二時寢。

廿一日　雨　礎潤地滑　四月十九日

九時起，飯後外出一次。今日身體不適，晚間通宵不寐。

廿二日　陰　午後晴　有風　四月廿日

十時起，飯後外出一次。午後閱書報一小時，寫對聯二副，上琴弦約二小時，甚以爲苦。晚間來客二次，十二時寢。

廿三日　陰晴不定　有風　今日穀雨節　四月廿一日

九時起，飯後至電局略坐談。午後外出一次，客來一次。晚六時閱陶詩及雜書，十二時寢。

廿四日　大雨自晨至夕未止　四月廿二

九時起，清理書籍，飯後閱書報。今日大雨，水深路滑未出門，屋漏數處，愁悶不堪。晚十二時寢。

廿五日　上午陰晴不定　午後雨　晚大雨如注　水深尺餘　四月廿三

八時起，寫影本三張，爲更生習字者也。教遲生認字。飯後閱唐詩，午後時時小雨，天氣沈悶，平地土潤礎汗路滑。六時至程宅晤少松夫人述各事，至郵局略坐，淬成堅留余消夜，自是雷雨大作，未能即歸。十時半雨略止余即歸，行至西街下水深六七寸，至古樓轉小南門口已尺餘矣。到家後洗足略坐即寢。

廿六日　小雨　大北風　四月廿四

昨夜寢不安，轉鐘一時許又雷雨大作，旋北風大起。余十時起床，飯後清理各事畢。午後三時請邵和卿吃便飯，更生師傅，照例須請酒也。六時畢外出一次，十二時寢。

廿七日　晴　晚七時小雨　入夜大雨　四月廿五

八時起，天氣放晴。飯後思外出，午後一時引遲生出南城，至文廟，見頹破不堪，東西廡先賢牌位淩亂，見明石碑二、清碑二，皆未掃者也，候有暇余當雇工掃之，留本備查。革命軍興，推翻孔教，雖未明言，然各縣駐軍文廟長官亦所不禁。前年蕪湖軍隊駐文廟，甚有將先賢先儒牌劈燒或作廁板者，斯文遭劫，或亦時勢使然歟？指示遲生，說明各事，感觸實多。三時入城回家，小軒、鑒旃、久旃、夏村等送文旃老契來，並約明日立正契，談片時並索過江費三串文去。晚十一時寢。

廿八日　大雨竟日　寒甚　四月廿六日

九時半起飯，王久旃等來索款千串，謂老契已交，糾纏不近人情，余已許七百串矣，當即付之去。晚甚寒，天氣已變矣，閱書一小時。十二時寢。

廿九日　雨　大北風　四月廿七日

九時起，清理各事，閱書二小時，寫字與遲生認過，寫影本與更生。飯後久旃等來，將昨許款掃數取盡。午後二時至劉恒升取金錶，至郵局略坐談。晚間來客數次，十二時寢。

三十日　雨　四月廿八日

九時起，飯後寫大聯一副，午後看雜書。晚至郵局一次，歸後仍閱各雜書。十一時寢。

四　月

初一日　雨　四月廿九日

九時起，寫聯與黃松師，便求其寫小屏、聯各一，飯後寫影本與更生，尋遲生認字，晚閱雜書，十二時寢。

初二日　早七時晴　八時以後雨　四月卅日

七時起，與家母談話，略有爭執。八時出南門至儒學前小立半時，歸後漢卿自省歸，細詢各事，留漢卿飯畢去，又與家母爭執數語，嘔氣不小。十時至叔和家略談，正午至淬成局中，就其午餐。午後至王樂峰家吃飯住宿，談至轉鐘一時方寢。

初三日　雨　五月一日

八時起，九時吃早餐，與樂峰談各事，淬成來坐談片刻去。晚與樂峰談各事，十二時寢，仍在王宅。

初四日　晴熱　五月二日

八時起，飯畢太輔來，遂約與同回胡林，十時就便船至蕭家口起坡，步行三里餘，天熱衣服着多，頗以為苦。午後二時到灣，至邦矞家中吃飯，訪各親房話近事，蓋余自丙寅二月十五日回鄉後，屈指已四年矣。晚間清理族間賬，並解決鳳山買東塝事，轉鐘一時方寢。跳虱甚多，頗難安也。

初五日　晨小雨竟日　晚大雨如注　五月三日

七時半起，八時同邦矞、太輔等上祖墳，便訪各處，並祀本恭大伯，蓋去年去世者也。飯後往東西塝看田，坐船去，風大雨寒，泥行約六里，足軟身疲，詳得兩塆田產狀況，入熊姓小屋中小憩片刻，傍晚回灣仍宿邦燾家中，入夜雨大虱多，仍不能寐。

初六日　晴　有西風　五月四日

七時起，飯後訪中北分各家，午後無事，為竹戰戲解悶而已。晚與邦燾等商各事，余諄以先修整祖祠為囑，談至轉鐘寢。

初七日　晴　五月五日

五時醒二次，六時起，洗臉後即同邦燾、天喜回縣，以四串錢雇得一船，至縣時上午九時半。至郵局晤淬成，知省城轉到麻城來電一件，係約余充秘書者。蕙芳來函並轉佛波信，知其已由沙市回漢矣。樂峰來談，在局吃飯後仍至樂峰家吃晚飯，傍晚與同回家，福初、叔和等來坐談甚久去。十一時寢。

初八日　雨　今日立夏　五月六日

九時起，今日為佛生日，余未出門。晚具香蠟進佛，清理各事，候王文旂未歸，甚焦灼。十一時寢。

初九日　陰雨　五月七日

八時起，閱書寫字，教遲生認字。飯後出門一次，晚間來客數次。今日寫挽聯送施子英之母，郵寄也。本擬往省，以天未晴中止，在電局吃晚飯。歸後閱報，十二時寢。

初十日　陰晴不定　五月八日

九時起，倦甚。飯後擬往省清檢衣物、字畫，旋以零件多檢入網籃中，候下次再帶。飯後小堂來云決定往漢，午後五時天呈晴狀，余遂渡江，到黃州時略憩，與小堂吃晚飯畢坐茶肆談家事。九時聞建國輪已到，招商局船也。高而難上，甚險，上船後遇嚴適之，與談各事並閱其日記，嚴與余辛酉、壬戌在三一學校同事。余見其有日記，心奇之，蓋教會學校畢業者，未能從事吾國舊學也。今夕遇之，見其日記仍舊，真有恒者矣。在船上買得鋪位，去洋一元二角，漲之價昂。轉鐘三時始昏昏小睡一次，四時半醒，五時船到漢。

十一日　晴　五月九日

五時半船靠躉船，余與小堂起坡。六時到一碼頭，候至七時輪渡開武昌。七時半到寓，問蕙芳各事，知盧兵城曾派人來接余一次，留函在寓。飯後渡江訪佛波問各事，傍晚歸，十二時寢。

十二日　晴　熱　五月十日

七時半起，倦甚，飯後渡江往佛波寓並各友處談近事。晚四時渡江，飯後閱報覆各處信，十二時寢。

十三日　大北風　晚大雨　五月十一日

八時半起，倦甚。十一時汪深源來約余至汪萬順米店爲三輔清書籍，約三小時畢，欲渡江，以大風遂止，歸寓寫信數件。晚雨，十一時寢。

十四日　早陰雨　午後晴　五月十二日

八時起，倦甚，飯後渡江與佛波談事，無結果。晚回寓，飯後往易師寓略坐談，歸閱各詩集。十二時寢。

十五日　晴　熱　五月十三日

九時起，飯後外出，送淬成聯付裱，便往次誠各處略坐談。晚間寫信二件，閱雜書，十二時寢。

十六日　晴　熱甚　五月十四日

八時起，飯後外出一次。午後小睡，陳登甫來約渡江，以天熱辭之。

晚寫信二件，閱雜書。十二時寢。

十七日　晴　熱甚　五月十五日

八時起，清理案上書籍暨樓上零雜，分別部居。飯後渡江至佛波處坐談，頭暈異常，臥下尤甚。旋出至少松、尉遲宅晤其二太太，敏深夫人也，述各事。至夏乃卿寓未晤，四時半再至佛波寓，已約周烈勳來談，余以頭痛先渡江，不及候之矣。坐建鄂輪，輪上人多，熱不可耐。回寓後飯畢，寫日記並信二件，十二時寢。

十八日　晴　大北風　五月十六日

八時起，疲倦異常，飯後寫信三件。午後登甫來，述昨李寓周烈勳已來復各語矣，命夏炳丞接趙少坪看病，知已遷寓，明日當再尋之。晚八時趙少欽來坐談至十一時半去，十二時寢。

十九日　晴　五月十七

八時起，清理各事，寫信回縣問文旐退屋與否。飯後渡江至佛波寓略坐談，訪鑒旐問屋事，未晤，寫信與之，訪伯英未晤，亦留信與之，此人無甚出息，近六閱月中出沒無常，真所謂"無事忙"也。五時渡江，飯後至梅鳳山寓約其明日來吃飯。訪鵬程未晤即歸，飲酒一大盞，十二時寢。

二十日　晴　五月十八日

八時起，清理各事，今日請客，酬謝章、彭諸人送禮者也，飯後整理室中各事。午後二時命夏炳丞催客，四時客已到齊，彭大椿、章小霞昆季、任小南、趙少欽、徐淩卿等計九人，七時席散。晚閱報，十時即寢。

廿一日　晴　午後五時大北風　五月十九

八時起，倦甚。九時命老嫗炒飯吃，即渡江至佛波處問事，可望成議，周烈勳已回確信也。至渭泉、乃卿二處略坐，至鑒旂處約文旂即歸兌屋價。四時渡江至梅鳳山家吃晚飯，同席者慶雲及盧希初，六時畢即歸。得夏村信知文旂在縣又左去二百串，並代兌老熊二百餘串矣，此人真可畏也。十一時閱漢報，十二時寢。

廿二日　晴　五月廿日

九時起，清理各事，飯後渡江至佛波寓坐談甚久，至各至好處略談時事。傍晚渡江回寓，閱漢報，知戰狀多鋪張不足信也。飯後清理案上書籍，閱雜書二小時，寫信四件，作聯語爲息廬懸堂柱之用，文曰："潔習未忘，飲酒賦詩陶元亮；丹心仍在，先憂後樂范希文。丹心擬易寸心。"又一聯曰："倦鳥歸來只求將息地，東山絲竹仍寓救時心。"又作小聯二曰："讀書醫俗學道愛人，焚香讀易樂道安貧。"餘均未擬就。十二時寢。

廿三日　陰晴不定　五月廿一日

八時起，倦甚，飯後填寫伍小南、趙少欽聯，欲備端節送之者也。清理各事畢，渡江至佛波寓，事仍無結果。傍晚歸，飯後與蕙芳談近事，心煩難寐，與談至轉鐘二時方寢。

廿四日　晴熱　今日小滿節　五月廿二日

七時半易雪師來，余始起，陪與談閱各家，爲余寫詩箋，約一時許去。次誠又來坐談甚久去，飯後渡江至佛波寓談甚久，至周烈勳處談片刻，連日所謀無結果，令人悶悶。傍晚渡江回寓，與蕙芳談甚久。蕙芳寢後余寫信與張星儕，並檢封字畫分寄達雲與星儕，皆去歲所索未與者也。十一時聞前宅胡姓嫗已卒，此嫗水不入口者四五日。頃始聞男女哭泣聲，甚慘也。益不能寢，躺身鋪上，轉鐘二時方寢。

廿五日　早大雨　旋晴熱　五月廿三日

十時起，清理各事，決定今日回縣。十一時早餐畢，至電局晤大椿、曉霞、惠生等，談甚久出，訪陳豫生談甚久。回寓後檢包袱，與蕙芳談數語，雇車渡江。船中晤方旭初談各事，船抵漢，舵工三次未能靠躉船，耽延半時許方抵岸，奇事也，余偏遇之。到佛波寓已四時半矣，置包袱出，訪烈勳，聞其在辦公處；至處訪之，聞已回寓。雇车訪周知安，聞其剛上岸矣再雇车訪佛波，值其出，余飢甚，囑其家具飯食之，頗有味，真飢者易爲食也。八時與蕭、吳談蕙芳疾，吳爲立一方，謂服之必效。八時半匆匆雇車出門，到鳳陽丸置包袱官艙中，人客極多，與賬房周監文談各事，遇張紫威已上船，幸有伴，余與張各買鋪位一。九時船起椗，十一時余略就寢，亦昏昏睡去。

廿六日　晴　五月廿四日

一時余至周監文房中談片刻。一時半船抵黃州，與紫威下船後，潘姓館中接客，飯後小憩，三時半寢，聞鷄聲矣。五時天曙，六時與紫威雇一舟回縣。到家後知家母在樂峰家做客，余洗面後遂寢。十時半起，早餐後寫片三件寄省，家母歸，談各事。余清檢各事畢，剃頭一次。午後三至淬成局中，值其出，遂歸。晚十一時寢。

廿七日　晴　五月廿五

八時起，清理各事，飯後寫信三件，午後二時周福自漢歸，云鄭宇平欲來奉看，已許婚矣。三時宇平來談各事去，晚飯後楊厚安來回信，謂宇平許婚，諸事從舊習，六月間唱淮鐘，冰人則知安與厚安也。傍晚余欲回看，遲生跟出門，行至樂峰家略坐談，聞王長卿已故，與馬春丞、樂峰同往唁之，八時歸。紫威來談片刻去，十二時寢。

廿八日　晴　五月廿六

八時起，飯後寫信二件，子恒、叔文來坐談。午後上琴弦，甚麻煩，試音，左各指痛甚，久未弄琴，手已僵矣，凡事之不可怠惰皆可作如是觀也。少華來談，與同出至春溪家，未晤，回看鄭宇平，談甚久，其女已許更生爲媳，説明端節後吃准鐘。晚淬成來談，留與飲酒一時許去，清理雜件，十二時寢。

廿九日　晴熱　五月廿七

九時起，倦甚，飯後寫信二件，寫扇二把，子衡所托者也。午後至郵局略坐談。晚清理各事，十一時寢。

五　　月

初一日　晴　熱甚　五月廿八日

八時起，寫片七件，寫信三件，分寄佛波等及答覆趙雄群等。蕙芳來函，知省寓分租中重已妥，甚慰。飯後親往局送信，與淬成談各事，午後寫小匾字，爲蕭敦五作也。晚間淬成、春溪等談甚久去，十二時寢。

初二日　晴　熱甚　五月廿九

九時起，倦甚，飯後寫信與老王，命其往胡林討賬，其黨等具限字云上月廿八日還本，至今未到，殊可惡也。張嘯青、蘇鵬丞來談甚久去。午後引遲生至郵局略坐。晚歸未作事，天熱如初伏，近年天氣失常度，多如此耳。十二時寢。

初三日　晴　大風　熱甚　晚七時暴風大雨如注
　　　　五月卅日

九時起，小軒送信來云文旆已歸，飯後外出二次。傍晚小軒、久旆來談，文旆欲借支屋價，且謂明日正午可交屋。文旆説話向不可靠，姑妄信之而已。晚九時敦五來坐談甚久去，十時暴風忽至，大雨傾盆，書房各處俱漏雨。轉鐘一時方寢，終宵不寐。

初四日　晴　小雨數次　五月卅一日

八時起，飯後幼虛、小堂來，余囑其十二句鐘後到王宅去看情形，則久旆、小軒俱冷靜，文旆雖搬家而區猶未下，揆其意已表示欲加錢云云。未幾夏村來，余以詳情告之。夏村去後，文旆直欲加價，謂搬家費雖包而不盡。噫！人窮賣屋乃卑鄙若此，殊非初意所料也。四時余去看屋，五時取款，另許百串搬家費了事。十二時心焦灼甚，轉鐘二時猶不能寐。

初五日　晴　六月一日

八時起，十時寫信三件：一覆子青，一覆彭大椿，一致省寓。寫片與同儒，欲補前年囑畫三件也。石鏡清來，略坐談去。正午進香，舊端節未能廢也。去歲在武昌未歸，今歲買得東門住宅，本爲歡欣之事，然負債已多，又未就事，殊爲煩悶。午後來客數次，四時至鄭華樸處回拜，五時聞本城軍隊搜捕在城上放手槍之少年未獲，臨時戒嚴。晚間不能外出，清理明日兌價各事，十一時寢。

初六日　晴熱　六月二日

八時起，七時來賀客數次。今年端節冷淡，昨夕又發生小風潮，愈形蕭索。正午約夏村、久旆、小軒來足屋價七千壹佰串，已足數，另給百串爲加補費。傍晚至樂峰及各至好處略坐談，八時至郵局晤敦五諸人。九時半歸，十二時寢。咳嗽時作，終夜不寐。

初七日　早微雨旋晴　午後大雨至十二時　六月三日

七時起，寫信三件，命王僕今日再回胡林討賬，緣其黨等約初八日交付清楚也。邦根來家說彼等仍無辦法，鄉人無信如此可見。飯後命王僕同邦根回鄉去，午後外出購請帖寫就，接王久旆等明日吃足價酒，就王子恒家借一僕代送請帖畢，回家後飢甚，飯後小睡一時許。晚大雨如注，屋漏甚。十二時寢，展轉難寐，大風忽起，天氣變寒。

初八日　陰　微雨　六月四日

八時起，飯後因老王未歸，仍請王福興大司夫代催客。午後三時夏村、漢卿、王久旃、東旃、衡旃、鉅旃、幼卿、漢卿、小軒俱到，酒後分中用去。晚外出與淬成訪許雲圃未晤，未幾雲圃來，略談去。十二時寢。

初九日　晴　午後三時大北風起驟寒　六月五日

八時起，老王回縣，仍未討得欠款，焦灼甚。到東門新置宅，閱各處腐舊甚，心愈焦灼。午後又同楊厚安去看，略加修補非三千餘串不可，將在何處籌款耶？五時半歸，便至厚安家吃飯，七時回，八時至電局一次。九時歸，十二時寢。

初十日　晴　今日芒種　六月六日

八時起，九時至樂峰家約其至東門住宅，飯後又約其出城至余協丞行中買瓦三千九百口，晚又至東門宅一次，小堂、西垣同行，足力不佳，行步欠穩，連日均如此，頭痛甚，老象也。余已交四十五歲，目力不能從前，用腦過度，連日又以東西挪湊置屋，甚以爲苦矣。傍晚聞湘事更緊，頗爲隱憂，附近之保安又爲紅軍佔領，逃亂者麕集縣城。八時至電局，又聞冶邑警隊同駐軍已退至下陸待援，恐冶城亦不能保，謠風愈熾。十時歸，十二時寢。

十一日　晴　六月七日

七時起，潄畢，至小北門外余協丞家起瓦四千二百口，價每口十六文，較之從前十年加十一倍矣。飯後聞保安消息惡劣，午後三時至電局親探問，晚淬成來，說郵差自保安歸，詳述各情，甚爲險惡，軍隊進剿尚在碧石渡，未達保安境也。今夜城內軍隊戒嚴，已出佈告，十時斷絕交通，人心惶恐萬分。吾邑自民國起義以來甚安靜，丙寅以後革命軍來，四年中所過軍隊以數萬計,驚動市民者約六七次矣。遐想清末政治,四民安業,已覺唐虞之世。甚矣,事不目見不知利害優劣也。十時飲酒一盞,十二時半寢。

十二日　晴　六月八日

七時周福來,余起,八時與同至東門宅清理各事,飯後又去一次,清檢佈置,各房應修之處一一記之,因明日泥木工開工也。晚尋江正脈來談,準定明晨清溝檢漏,囑老王將各件辦齊。九時外出一次,十二時寢。

十三日　晴　六月九日

六時起,今日修整東門宅,僅來泥工八名,余往返東門宅四次,往各處坐談四次,事煩足力疲矣。晚間謠言仍盛,余擬遷居,未能決。佛波來信催往漢,余以事冗拒之。十二時寢。

十四日　晴　午後雨　六月十日

六時起,倦甚,昨夕睡較熟。七時至東門宅,八時晤汪浪石托緩撥鉅康款五百串文。傍晚城內謠言大作,晚間特別戒嚴,今日城門日未落已鎖矣,此余自有生以來未見事也。十二時寢。

十五日　雨　午後五時略晴　六月十一日

六時起,七時到東門宅,今日清陰溝做後門,囑木工將左邊房整好,以便暫行遷入,再作計較。此屋陰溝自堂屋至天井皆成蜿蜒形,清理極為費力,老業主或者惑於陰陽家言也。晚歸頭暈痛,蓋今日往返東門宅計六次,足已疲矣。飲酒一盞,十二時寢。

十六日　小雨　陰　六月十二日

七時起,八時至東門宅,泥木工均怠惰,見之嘔氣。今年二月工價又漲,且日除早點、午點外,並每人索紙煙三根。提倡工人是誰作俑,吾儕小民受革命軍之賜不淺矣。晚聞大冶、保安各處風聲險惡。十二時寢不安席，展轉難寐。

十七日　陰晴　晚十時雨　六月十三日

八時起，九時到東門宅，泥工因昨約恐有雨未來，僅木工四，糊爐子泥工二，作事怠惰仍如昨日。午後二時至電局，知大冶下陸孫宏卿灣一帶土匪與兵接觸矣，晚間似無分曉。十一時縣中忽戒嚴，全城喧傳軍隊已潰，各街居民終夜未寢，兼之大雨如注，余睡不能安。

十八日　雨　六月十四

七時起，聞昨夕所傳事有過當處，飯後風聲又緊，知黃石港已為東來土匪佔領。繼王小齋之姪及次齋來述各語，均謂午後風聲更緊，搬家出城者絡繹不絕，人心大慌，商會開會無結果，軍隊確已潰下。余請家母暫避熊小堂家，因過黃州已不易也。傍晚外出一次，來客吳養吾借宿，厚訓之友也，以事實不能渡江，便留之，亦慈善念耳。十一時寢。

十九日　陰　晚五時大東風　六月十五日

七時起，今日原擬木工仍在東門宅補做地板間壁，老王歸云木工已往王元興去矣，余遂囑停工。午後天氣轉晴，吳已吃飯去，余至電局、郵局探信，云鐵山防軍已退近，但風聲仍未緊也。三時擬將衣箱先設法運出城至南門外黃炳章家，欲托其寄存衣箱，忽聞軍隊已退下，且在碧石渡開仗矣。匆匆回家囑準備送家母、內子仍往熊小堂家宿，余先出城至小北門外朱連卿家探息再行。邇時東風甚烈，無船渡江，余途行時龔少山送余，街中忽呈一種陰慘狀，頗難逼視也。在連卿家聞出城人多，囑少山再入城引家母及內子、兒輩、甥婦等出城寄宿朱宅，候有小輪開班即行，或明晨搭大輪往漢。連卿家人早先避往漢，其二孀嫂在家中招呼余全家老幼男女，頗可感也。終夜未寐，城中似尚無事，惟聞犬聲斷續而已。

二十日　晴　六月十六日

五時聞萬安差輪已賣票，可開船，連卿來說可行，余遂同家母、內子等上船。六時半開至黃州，停至九時半始開行，至葛店上天氣漸熱，余與家人俱集一小艙中，覺心煩不可耐，真不願作離亂人也。晨間開船時小堂、道安、厚訓來說城中昨夜尚未有變，心稍安。午後六時船停漢口七碼頭，余同家人起岸，雇車先至京漢旅館，無房間。幸沈福田、黃海濤在館可設法，遂送家母、內子等四人至次松家，命明喜送甥婦三人渡江至孫宅寄居。余與明喜、王僕住京館，十二時寢。

廿一日　陰晴不定　六月十七日

七時起，九時帶同王、李二僕渡江到寓，蕙芳述近事甚詳，飯後清理寓中緊要衣箱一口，命王僕帶同渡江送次松家寄存，與家母談各事。今日先至電局探問鄂城消息，仍未有變動也。晤佛波談各事，午後三時渡江歸，訪張諧音未遇，留字出。十二時寢。

廿二日　雨　大東風　六月十八日

八時起，倦甚，飯後至電局探鄂城信，仍如昨狀。渡江與家母說明，便至渭泉、乃卿寓中談片刻出。王、李二僕昨夕歸縣，囑其取衣箱來漢，不知已行否也。渡江便至凌卿家，未晤，五時到寓。今日東風大雨，輪船行江中顛簸異常，下水轉舵至一碼頭時水急甚險，幸此為新造之大輪船，否則覆沒矣。回寓飯畢與蕙芳談各事，寫信二件，調琴弦一小時，十二時寢。

廿三日　雨　六月十九

八時起，倦甚，飯後至電報局探鄂城狀如昨日。午後渡江告知家母，便至佛波各處略坐談。晚渡江，飯後與蕙芳談各事，十一時寢。

廿四日　晴　六月廿日

九時起，身體愈疲倦，飯後至電局探鄂城狀，似已減緊急矣。午後渡江至程宅與家母說明，家母意欲早回縣，因程宅小孩多，天氣已熱，住不相安也。至佛波及曾心如處略坐談，傍晚渡江向彭大椿處取沈姓借款畢回寓。飯後閱報一小時，與蕙芳談各事，十二時寢。

廿五日　陰晴不定　熱甚　六月廿一日

八時起，飯後至電局，知鄂城電報仍通，聞冶兵已竄遠，余決意欲家人速歸也。正午渡江至漢陽門，軍警阻止通過，已戒嚴，問何事則不知也。余亦隨同衆人折回，遂往教育廳訪黃建中，過會客時間猶未見黃出。午後三時門役云各客由許科長代見，許為一師範畢業生。余氣甚，出客廳，隨出者約六七人，一門役與余細聲說，謂請余暫在前廳候之。有文姓與余均廳長所欲會者，余遂隨文姓暫候，又候一時許乃見。隨見者又有三年少：一均縣初小教員，一當陽督學，一漢陽小學正教，見後爭執各事，刺刺不休。黃則答官話，其實不能自圓其說，且不能對付三年少。以此等人作教廳長，冤哉！嗚呼，此革命後之人才也。與余及文姓談片刻，均門面語，余亦唯唯否否而已。五時半出，歸後吃飯，十二時寢。

廿六日　晴陰不定　熱甚　今日夏至節　六月廿二日

七時起，飯後至電局，知鄂城狀漸佳，現已無事矣。午後渡江告知家母，便引遲生、更生遊老圃畢，車過京漢旅館，知明喜已送衣箱來，問知鄂城已平安無事矣。午後四時帶同明喜渡江，飯後囑其作應補做之事，易泮香來談，便留飯去。十二時寢。

廿七日　早晴　九時忽大雨　十一時晴熱
午後五時大雨半時許　晚十一時大雨數次
天氣悶熱　六月廿三日

八時起，天晴忽雨，飯後渡江至程宅，同家母、內子、兒輩、程大姑遊中山公園約三小時歸。至佛波寓途中遇雨，略坐即渡江回寓。飯後清理各事，晚間寫信二件，十二時寢。

廿八日　陰晴不定　大風　小雨　六月廿四

八時起，飯後渡江至佛波寓談半時，至程宅與家母談各事。傍晚渡江回寓，飯後思連日所謀恐未有成，殊爲悶悶。十二時寢。

廿九日　陰晴不定　六月廿五

八時起，飯後渡江至程宅、李宅略坐談，佛波囑余候范文星，號掄秀，豫人，前曾見面者也。候至晚九時半仍未到，彼事多，余又不能久候，匆匆渡江回寓，已十一時矣。心焦灼甚，寢不安，傷風鼻塞，殊爲難過。

六　月

初一日　晴　熱　六月廿六

七時起，倦甚，飯後寫信二件，一致沙市請吳敦五開藥方，診蕙芳疾也；一致鄂城説各事。正午渡江到佛波寓，知范文星昨夕曾到李寓所，事在可靠不可靠之間，殊爲煩悶。至程宅與家母説明明日須回縣事，帶同遲生至老圃一遊。五時送至程宅，未入門，又引之至火車站一覽，遲生靈敏，問各事頗動聽，六時送之回程宅。余至佛波寓談片刻即渡江回寓，腹飢甚，飯後鼻塞不可耐，頭痛尤甚，遂睡去，九時醒，傅君來，通城人，與談半時去。十一時寫信與黃離明，轉鐘一時寢。

初二日　晴　熱甚　寒暑表九十度上　六月廿七

八時起，準備今日回縣，九時訪彭梓師談各事。十時至電局晤小霞，囑爲電謝服初轉家中派人至黃州洋棚接全眷。十二時回寓吃飯，午後洗澡，二時渡江，熱甚，至次松寓、佛波寓略談，知佛事已就妥，然不知將來果成事實否也。六時在次松寓吃飯，八時上瑞陽輪，安置家人於官艙中。九時半船開，天氣略轉涼，轉鐘二時船到黃州。

初三日　晴　風　六月廿八

二時船到黃州後，划子上下人多，頗吃苦，厚訓、明喜在划子上接余與家母等先後下船，划子蕩一點多鐘方抵岸，在潘姓旅店休息。天明時大風忽起，約一小時方減，六時渡江，七時半到家，家諸物上□，囑王僕檢清後吃飯即寢。午後醒，至東門宅監工一時許歸，晚十時寢。

初四日　陰　小雨數次　六月廿九

八時起，九時至東門宅監工。看情形，三數日恐難成功，殊爲焦灼。飯後小雨，工人怠惰，勢已至此，實亦無法，深悔今春購此屋，受累不淺。晚送夏炳丞搭船，托朱連青招呼一切，頗可感也。入城後至樂峰家略坐，十二時寢。

初五日　晴　六月卅日

八時起，往東門宅監工，午後至郵電兩局略坐，大冶消息略好。晚間來客數次，十二時寢。今日吩咐夏炳丞回漢，聞船曾拉差，午後方開漢。

初六日　晴　午後暴雨一次　七月一日

七時起，即往東門宅監工，九時至樂峰家吃早飯，飯後至淬成局中談片刻，寫片二件，寫信一件，致次松寓道謝者也。聞汪生香自滬歸，便詢各事。晚清理各事，十二時寢。

初七日　晴　午後二時暴雨一次　七月二日

八時起，至東門宅監工。午後檢樓上舊玻璃燈欲改作窗子用，命僕洗滌，大小均不能合度。三時再至東門宅，泥工已成十分之九，木工尚欠十餘工，然麻煩極矣。先人業倡創之艱，由此可以推及，子孫賣屋，真爲不孝矣。六時歸，知天喜等已來三人，明日可以將書籍先搬去，囑各人準備明日事。十二時寢。

初八日　晴　熱　七月三日

七時起，往東門宅監工，泥木工作事甚緩，望見真嘔氣也。今日往返六次，足力已軟，晚六時歸南門寓，十二時寢。

初九日　晴　熱　七月四日

六時半起，七時往東門宅監工，今日計往返八次。晚間周淬成等來談，今日風聲漸平。得武漢信，晚十二時在堂屋中寢。

初十日　晴　熱甚　寒暑表九十度上　七月五日

七時起，八時來東門宅監工，往返二次。午後令僕攜帳鋪來東門宅，就此宿，省早起也。晚間熱甚，與小軒談甚久，轉鐘二時方寢，展轉不成寐，初次來生地，例如此耳。黎明時略合眼。

十一日　晴　熱甚　晚間有南風　七月六日

六時起，七時泥木工來，午後作事甚少。天熱怠工，彼等慣技也。晚間外出一次，十二時寢。

十二日　晴　熱甚　七月七日　九十二度以上

七時起，泥工修理已無多事，木工漸少，作事甚緩，見之甚爲嘔氣。傍晚淬成、叔文約送蕭敦五樓額，余所書也。八時往，九時歸東門宅。今晚天熱，十二時寢，不成寐也。

十三日　晴　熱甚　今日小暑節　七月八日

七時起，工人怠惰甚，午後作事少。晚間仍在此宿，天熱難安枕也，轉鐘二時方安枕。

十四日　晴　熱甚　七月九日　九十度以上

七時起，連日得省信，欲往省，又以屋未修理齊全，心懸之也。午後泥工可畢，木工仍怠惰如故，嘔氣心煩，作室如此之難，可推想做新屋者。余三世未有自置宅，見此麻煩則知先人有屋子孫賣去，誠爲不孝矣。晚間泥工畢，結帳去。余以今日受熱，回南門寓休息。十二時宿堂屋中，展轉不寐。

十五日　晴　熱甚　七月十日　寒暑表九十八度上

七時起，八時往東門宅，木工來四名，搬入後院作事。小軒之子今新婚，前重令僕打掃净盡。午後監工往返六次，晚歸至各處略談，今日爲入夏以來第一酷熱也。十二時宿南門寓堂屋中，終夜難寐。

十六日　晴　熱甚　七月十一日　九十六度

七時起漱畢，往東門宅，便爲小軒道賀。午後監工，木工做事遲鈍殊可惡。晚六時半歸，十二時寢，在堂屋中，展轉難寐。

十七日　晴　熱甚　七月十二日　九十八度上

八時起，人已病狀大顯，連日足軟異常，上重下輕。飯後勉强往東門宅料理各事，晚歸。十二時宿堂屋中，展轉不寐。

十八日　晴　熱甚　七月十三日　九十八度上

七時起，八時至東門宅，周福來，命其將粗笨家俱先搬南門塔，家佐叔派二人來搬物件，前日曾派人來二次，洗屋、填地，頗可感也。今日往返六次，足軟頭暈不可耐。晚間宿堂屋中，熱不能寐。

十九日　晴　熱甚　七月十四日　九十九度上

七時起，昨晚胡林有人來送禮，留太輔、太炳幫忙搬家。飯後來東門宅佈置一切，木工已去，余督促諸人專佈置各房家俱。天熱，午後尤不可耐，往返六次，頭暈較昨更甚。晚宿東門宅，難成寐。

二十日　晴　熱甚　七月十五日　九十八度上

七時起，囑太輔等搬各件，午後天熱略息，晚間幫忙人多。寫對聯數副貼抱柱及大門，大門用舊作，文曰："萱堂日永，山館春多。"加官門抱柱對文曰："五柳垂陰淡泊不殊彭澤宰，萬里有志高風遐想杜陵人。"正廳抱柱對文曰："夙有雷霆雨露志，曾作東西南北人。"余自有生以來昔居小西門四眼井住宅，爲坐南朝北向；繼遷古樓街住宅，爲坐東朝西向；再遷小南門，爲坐西朝東向；再遷八卦石街，爲坐北朝南向；再遷小南門，爲坐東朝西向，此小喻也。憶廿歲以後出門往贛、往汴、往寧、往京、往閩、往荊沙，外縣則陽新、大冶、黃安、麻城、羅田、蘄春、黃陂等，去年則蒲圻交卸歸。大而各省之東西南北，次則各縣之東西南北，約而計之，豈僅行萬里路哉？昔孔子謂"丘也，東西南北之人也"。余四十四歲以後始有立錐地。先君勞碌一生，宣統初西門有一宅，價二百餘串而不能置，庚戌臘月巡撫街又一宅，價三百串而無款購。撫今思昔，感慨殊多，余今有此宅，惜先君子未見之也。貼聯畢，佈置正廳字畫屏對，部署各房零件。晚間西風大起，不能多作事也，轉鐘二時寢。

廿一日　晴　熱　七月十六日　寒暑表百度

六時起，太輔等搬物件，八時楊厚安來道賀，坐片刻去，午後佈置各事，麻煩甚，天熱如蒸。三時半家母攜同內子、兒輩及送過火女賓至，放鞭畢，來賓道賀者踵至，送禮者多，室內外人多，天氣又熱，余已不能耐。傍晚開酒四席，時有來賓，長衫不能脫，汗出如瀋，十時半方畢。洗澡後食不能進，十二時寢。

廿二日　晴　熱甚　七月十七日　寒暑表九十三度上

六時起，囑太輔等收拾零物，檢清廳屋中淩亂之件畢，賀客又有來者，飯畢思小睡不能也。傍晚又有來客，談甚久去，天氣稍涼，十二時寢。

廿三日　晴　熱甚　七月十八日　九十五度上

轉鐘三時，家母忽患吐泄甚劇，類霍亂症。三時半拍對門汪同壽藥店，購藿香正氣丸服之，又炒米止腹痛，腳冷欲轉筋，亦以炒熱米包布揉之，腹痛腳冷遂止，但乾嘔甚，購老扣一粒服之，天明遂止。蓋治之急有效也。連日天熱甚，昨日家母食西瓜三四次，晚風乘涼，致有此疾發生，然亦險矣。飯後余倦極，小睡，醒時汗出如漿。傍晚來客甚衆，談甚久去，十一時寢。

廿四日　晴　熱　有風　今日初伏
七月十九日　寒暑表九十度下

八時起，清理書房各事。木工又來做工，宅中零細應補做之件囑其一一補做。午後外出一次，晚就近拜各鄰居。淬成等來，坐談甚久去。十二時寢。

廿五日　晴　熱　午後三時半大雨一陣轉涼　七月廿日

八時起，飯後寫信四件、片六件，午後命僕送郵局。晚至樂峰家略坐，清理積件，並書應辦各事，恐遺忘也。余擬三日內往省，已發函知會各處。十二時寢。

廿六日　晴熱　午後三時小雨一次　七月廿一日

八時半起，清理各事，飯後寫信二件，傍晚清理雜事，淬成、叔文、樂峰先後來坐談。十一時寢。

廿七日　晴熱甚　七月廿二日　九十四度上

八時起，飯後往郵局，正午就其家吃飯，午後與同至小南門張宅行禮。叔和之大嫂去世，身後蕭條，公婆娘家富貴俱臻極處，而晚景如此，爲之太息。晚熱難寢，擬明日往省，更不能寐。

廿八日　晴熱　九十度以上　晚涼有風　七月廿三日

六時呼王僕起，送余下河渡江。到洋棚，與次齋談甚久。九時半鳳陽輪到，余與周瑞蘭同船，午後五時到漢。晚七時渡江到省宅，十二時寢。

廿九日　晴熱甚　七月廿四日　寒暑表百度　漢口百零七度

七時半起，倦甚。九時天熱如火，飯後更甚，余擬渡江往次松寓取衣箱，至是中止矣。午後二時周瑞南來，堅約渡江晤談思誠，爲之説薦事。事不得已，與同渡江。到漢後，至次松寓，熱不可耐，至渭泉寓更甚，訪談思誠，食大西瓜數塊，心胸略涼。在渭泉寓吃素餐。晚渡江歸，熱氣未減，與蕙芳在堂屋中宿，蓋房中如蒸也。轉鐘三時方睡去。

三十日　晴　熱甚　七月廿五　百度上下　漢口更甚

七時起，身體疲倦，八時天氣酷熱，飯後在家小憩，手不停扇，午後更甚，晚間仍宿堂屋中，展轉難寐。

閏六月

初一日　晴酷熱　天氣時有南北風
熱度百零七八　七月廿六日

七時起，漱後熱甚，萃三來，仍堅持欲住余家右邊房，以天熱昨曾函知彼勿搬來也。八時半至教廳探登記事，九時歸，寫表就，隨帶證書及證明文件共八件交去，經手人爲陳錫鵬。十一時回家吃飯，午後再至教廳訪黃，聞係劉科長代見，余遂出。雇車至漢陽門問汪萬順滬事，不得要領。渡江訪佛波，與同至唐某寓略談，便至尉宅略坐。傍晚歸，仍宿堂屋中，轉鐘時天略涼，遂往房中，然展轉難寐也。

初二日　晴熱甚　寒暑表百零四五度　七月廿七日

八時起，倦甚，今晨天氣較昨尤熱，決計不出門。飯後在家小睡三次，晚間汪深源來述各事去。九時半仍宿堂屋中，轉鐘天氣有風，余入屋中睡甚熟也。

初三日　晴酷熱　九十九度上下　晚北風甚涼　七月廿八日

七時起，飯後天氣如蒸，寫三輔、離明信述各事。午後一時閱報，載印度大水、廣州大風雨、中歐大雪、津滬熱度不亞武漢，天災人禍踵接，徐州戰事尤緊，死亡枕藉，曾千古未有奇災也！晚餐飲食增加，天氣轉涼，轉鐘二時至房中宿。

初四日　晴　大東北風　早涼　午後九十五度
　　　今日中伏　七月廿九日

八時起，倦甚，飯後小睡一時許，前昨今三日以天熱足軟未出門，上月及此月料理縣中整屋搬家諸事，精神已疲，藉省居尚可休息也。午後東北風愈烈，室中熱度未減，晚改涼，十二時以前仍宿堂屋中。轉鐘三時聞警鐘，知七署地段失慎，以路遠，不甚關心。

初五日　晴　大北風　午後小雨數次　九十度以上　七月卅日

七時起，清理各事，寫信六件、片十件，皆積而未復，或不能往各處，以筆代談者也。午後三時閱報，晚十二時寢甚恬，蓋晚如秋深也。

初六日　陰晴不定　大東北風　午後陣雨時來
　　　八十度上下　七月卅一日

八時起，寫信三件、片四件，飯後欲出門未果。午後姚漁青來談甚久去，晚次誠來談一時許去。十一時寢，天涼甚，東北風自初三晚起至今未息，入夜尤大，奇事也。

初七日　陰晴　東北風未息　晨雨數次　八十度上下　天如深秋　八月一日

九時起，身體疲倦甚，飯後寫信二件，整理書房中積件，萃三後天搬家，余便退右邊正房也。午後聞武漢拿獲共產黨甚多，晚間戒嚴，十二時寢。

初八日　陰晴熱甚　八十度以上　晚大雨數次　八月二日

九時起，飯後先至候補街訪鄧鵬九，略坐談，至幼虛寓，聞隨全眷渡江避風潮矣。渡江訪李佛波談各事，晚七時與登甫同渡江，歸寓後知省城特別戒嚴。今晚武漢輪渡收班八時，此向來無此辦法也。囑前堂早閉大門。十時半即寢。

初九日　晴熱　晚大風雨　涼如深秋　八月三日

九時起，飯後清理積件，十一時汪深源、張立群先後來談漢口昨前二日特別戒嚴。今日立群渡江時漢口軍警在輪船馬頭搜渡客云云。時局如此，行旅不易，汪、張等坐甚久去。午飯後大雨數次，天氣改涼。晚間與蕙芳談甚久，十二時寢。

初十日　雨　有風甚涼　夜月色佳　八月四日

八時起，倦甚，飯後漁青來述各事，與同出訪趙少欽，坐談一時許。傍晚至淩卿家略談，十一時寢。

十一日　晴　熱　午後五時大雨傾盆二小時乃止　八月五日

八時起，飯中王次齋同孔廣芹來，便留之吃飯。午後一時渡江至佛波寓談甚久，便取文憑、委狀送次松寓談片刻，到江干時天已有雨意。

抵武昌後雇車行數武，風雨驟至，車行至望山門水深尺許，到寓後衣已濕矣。飯後略息，寫信二件，晚間天氣涼甚。今年天氣忽冷忽熱，殊難預測，誠所謂變也。十二時寢。

十二日　雨　午後一時晴　熱　八月六日

七時起，八時至次誠寓，彼尚未起也，與談二小時，就其寓早餐。亮丞來談，旋何瞎子來談命理，謂余交秋即好，有機遇也。正午渡江到漢陽訪黃志雲談各事，食綠豆粥一碗，訪龍驤未遇，聞已過漢口，四時半渡江回住宅已五時。飯畢蕙芳云教廳有函來，余遂雇車渡江至漢陽門，候船甚久，至漢到次松寓，值其妻在室洗澡，公文箱不能取，候半時取得後匆匆渡江。車行至蘭陵路聞已戒嚴，車折行江干到一碼頭尚有輪渡，又候甚久，至武昌起岸，雇車行未及十丈聞戒嚴車不准行，乃步行至司門口，本欲往鴻磐樓借宿，行色匆忙已走過矣。至火巷口不准人行，折入後街無熟人家，心殊焦灼。至電報局訪彭大椿，遂借宿，與談至十一時消夜，後又談至轉鐘一時寢，展轉難寐。

十三日　晴　熱甚　八月七日　八十度以上

七時起，洗臉畢，出局門雇車歸，田、陸二生來坐談一時許去，命老謝到教廳送信取收條。飯後熱甚，晚十二時寢。

十四日　晴　熱甚　今日立秋　午後寒暑表　九十度以上
　　　　八月八日

八時起，飯後至鄧鵬九寓未晤，至養吾寓談甚久，就其寓中吃早飯，訪秋舫略談，途遇周知安談片刻，午後三時歸。晚未出門，十二時寢。今夕有秋意，天已變涼。

十五日　晴　熱甚　八月九日　九十六度

八時起，倦甚，飯後外出一次。午後熱甚不可耐，今年酷熱甚久，氣候大變，聞長者言六十年前無此熱也。晚寢難安。

十六日　晴　酷熱　八月十日　九十九度上下

七時起，八時漢卿來，昨所約也。傅端平之妾催還款甚急，蕙芳必欲還之，遂與漢卿渡江，人多船上如蒸，至程寓後略息。三時取款歸，到宅後汗如雨下，浴後吃晚飯熱甚，轉鐘時猶不能寢。與萃三談各事，三時始昏昏睡去。

十七日　晴　熱甚　晚十二時猶未改涼
八月十一日　百度上下

七時起，飯後周太婆送款來，頗可感。午後一時送款還傅宅，便由雷道濟引看朝陽巷廿號房，屋矮小粉飾賣貨也，此地人多狡猾，無怪乎姚漁青看後未回信也。送傅款歸後衣濕滴水，汗如雨點，洗面後飲綠豆湯二碗，稍解心慌疾。晚間十二時天熱未減，奇事也！終夜寢不安，時時在房時在天井臥，頗以為勞。

十八日　晴　熱甚　八月十二日　寒暑表九十九度

八時起，飯後擬外出，天熱如火遂止。午後寫信三件，晚間忽大風數陣，略改涼。十二時寢。

十九日　晴　熱甚　八月十三日　百度以上

八時起，飯後天氣又熱，午後更甚，漢卿買各物來。晚間熱度未減，汗如雨下，不能安寢。

二十日　晴　熱甚　八月十四日　百度以上

七時起，八時漢卿來，飯後與同至舊勸業場乘涼。正午天熱如蒸，遊人入茶肆者甚眾，手不停扇。二時仍回宅，熱不可耐，晚間不改涼，房中難寢，臥天井中熱難受也。今年熱為余有生以來所未見，轉鐘三時仍不能安枕。

廿一日　陰晴　天極悶熱　八月十五日　寒暑表百零二度

七時起，天即熱，飯後漢卿來。午後熱度百度上，晚悶極，宿天井中。十二時天略轉涼，轉鐘二時月朗如鏡，大雨數陣，奇事也！

廿二日　晴熱　八月十六日　百度上下

四時天忽大風雨，驚起關門，五時氣候乍變，余七時起，倦甚，然身甚適也。九時半起，吃早飯，準備渡江，以天熱中止，寫信三件。午後更悶，晚五時半大雨一時乃止，天氣改涼。十二時寢。

廿三日　陰晴不定　熱甚　九十度以上　午後小風雨一次　八月十七日

七時起，倦甚，飯後訪陳登甫、養吾、諧音，各坐談甚久。晚四時在淩卿寓談甚久，夜間天甚涼，理琴弦，難合調，拋荒久矣。十二時寢。

廿四日　晴熱甚　九十度以下　八月十八日

七時起，倦甚，擬外出未果。午後與漢卿同渡江至佛波寓探信，仍如前狀，知其未有進步也。晚六時回宅，吃飯後至淩卿寓略坐談。八時歸，寫信二件，清理各事，十二時寢。

廿五日　晴熱　九十度　晚小雨一次　八月十九日

六時起，七時雇車至教廳探信，知余登記已合格，可充中學教授，惟星期四須筆試、口試，幸生南傑人頗誠，囑再問之，看此事果確否。來答之前余一笑置，囑其於此事試畢後爲余代取回文憑、委狀等件。前年嚴立三欲余口試作縣長，余曾鄙棄唾罵之。黃何人斯，派一中學教授而欲人筆試口試耶，真所謂小人得志，欲嘗舊試官味，可恥孰甚！年來意氣已平，未便如前年所謾罵之態耳。八時出廳，便往橫街取裱件，九時回宅，十時早飯，聞汪載聯來坐欲候余談話，未能即與見也。便往三一學校訪曾蘭友。彭大椿托余爲其子求轉學證。雇車渡江乃舊爲余兩次作傳達之黃海清爲車夫，見余赧然，余敷衍數語，至漢陽門給錢一串五百文。黃本大冶富户，其父與余同居一次，民國元年以前廢其祖產業約四萬餘串，庚申與同住時家尚有錢約三千餘串，壬戌在漢竟窮死。海清依余二次，亦不成器，其母爲大户女，近爲人傭工，殊爲可憫。富貴雖有命，奢侈無度，貪食貪玩，俱敗家之徵也，黃姓其已事也，可爲不事正業者戒。渡江後與漢卿先至佛波寓安放網籃等件，余至乃卿、渭泉寓談各事，並就渭泉寓吃飯畢，回李寓略談。天忽小雨，購洋傘一柄，七時半上瑞陽輪，九時一刻船開，余與漢卿坐官艙中。天氣熱甚，欠秋氣象也，轉鐘二時到黃州。

廿六日　早陰晴　午後大雨如注　八月廿日

二時半洋划子來，余隨有琴畫、網籃等件甚重，下划子殊費力。三時抵岸，兵士檢查畢，住孟祥記飯店，四時吃飯，五時略合眼而已。六時與漢卿渡江，七時回家。知家母昨病痢尚不要緊，與談各事。飯後寫寄省寓信、汪載聯信。正午清檢各事，目不能睜，小睡三小時起，昆山來談各事甚久，大雨傾盆，晚仍未止。十時寢，天氣已涼爽如九月矣。

廿七日　晴　八月廿一日

七時起，飯後教更生寫字。午後來客數次，四時半淬成來坐談，與同出至叔和家談甚久出，至電局未晤，至樂峰家談甚久。九時半歸，十時半寢。

廿八日　晴　八月廿二日

七時起，八時教更生讀書、寫字，飯後至楊厚安家弔唁，其妻於此月身故也。正午寫匾字二方，蕭敦五所托也。晚叔和來，與便至久旃家回看略坐即出，敦五、茂林、淬成、蔣先生等來談甚久去。十二時寢。

廿九日　晴　熱　八月廿三日

七時起，八時教更生讀書習字，飯後清理各事，寫信二件。傍晚至淬成處坐談甚久，九時半歸，十二時寢。

七　　月

初一日　晴　熱甚　今日處暑節　八月廿四日

七時起，教更生讀書，寫信二件，至樂峰家略談。晚間閱書約一小時，十二時寢。

初二日　晴　熱甚　午後九十三度　八月廿五日

八時半起，倦甚，飯後教更生讀書寫字。午後熱甚，寫信二件：一致省寓，一覆楊詞垣也。晚間熱甚，九時以後略有風，十一時寢。

初三日　晴　大北風　氣候變寒　八月廿六日

七時起，八時教更生讀書，飯後教更生習字。柳紹華來談甚久，並索畫扇面去。午後四時教育局來請客，謂孔子聖誕，從南京內政部須行之改造各節也。上月閱報，知內政部通令各省以陽曆一月一日爲元旦，二月二日，三月三日以及重五、重六、七夕、重九俱用陽曆並有聲明，似覺言之成理，並將孔誕亦拉入陽曆八月廿七日，亦奇矣！夏正以月稱，從月之盈虧也。故年有閏月則月圓十三次，潮汐之理視月之盈虧而準，其他關係農作節氣，四千餘年中未聞更變，孔子當日所謂行夏之時，蓋以夏正爲最確者，稱正朔也。西曆無所謂日也，故只稱一號二號。嗚呼！強國在兵力，不在乎行陽曆。清初國力強，英法俄意等國遣使入貢，使臣入京，先乞譯人習拜跪禮，嫻熟後方入覲。爾時西人亦遵中國陰曆，可見國家強盛外人懾服，國力不強，學外人皮毛何益耶？前歲汪生三輔云：法國天文家近研究陰曆者頗多，謂其中確有精義。汪生誠篤，留法三年，或無妄語，他日再見，當詳詢之。晚間涼甚，十一時寢。

初四日　陰　小雨甚寒　八月廿七日

四時天又起北風，氣候乍變，六時有人敲門，持函借衣服，詢知爲紹華借青馬褂行祀孔禮，余衣物俱在漢，辭之。七時起，八時教更生寫字讀書，飯後擬至豫備倉行香，以天雨未果，午後三時陳禾生來談甚久去，蓋彼在縣署充秘書也。談魯繩月與潘明准互毆事甚悉，近年無官箴不足怪也。傍晚淬成來，與同至敦五家略坐談，便至子恒處、樂峰處坐談甚久。九時歸，飲酒一杯，略坐靜默。十一時寢。

初五日　陰寒　八月廿八日

七時起，八時教更生讀書寫字。午後鏡卿、叔和、象虛、子書、樂峰、雨平先後來談甚久去，留樂峰吃晚飯，又談瑣碎家事，恨其子成立後仍嘔氣也。樂峰白手起家，有屋宇三處，有田二百餘畝，衣食無缺，乃晚景若此，殊爲痛惜，勸勉以去。晚至星垣家略坐談，晤淬成、叔和，九時歸。十時清理各事，十一時寢。轉鐘二時起小溲，感風寒咳甚，自是難寐。

初六日　陰寒　八月廿九日

七時起，八時教更生讀書寫字，飯後寫信寄省寓。晚外出一次，叔和、淬成來談甚久去，十一時寢。

初七日　陰　八月卅日

七時起，七時半教更生讀書寫字、遲生認字，樂峰來便留早餐，談甚久去。午後三時至叔和家略坐，至福坪家談片刻，至象虛家談片刻，與叔和等同至淬成局中爲竹戰之戲，余半年未作此矣。晚十一時方罷局，勝三人，此今年創例也。歸後略坐，十二時寢。

初八日　陰雨　晚晴　八月卅一日

八時起，倦甚。九時清理各事，命王僕市各物，準備今日祀祖，午後天仍雨未止。一時囑接三女、甥女及國煌來，三時半具香楮、包袱各件，敬謹行禮，遵舊例也。五時具酒食二桌，分男女坐，六時畢，王少泉來談片刻去，六時萬子湘來接進香，余到後先到人甚多，且余不悉禮節，蓋彼等準備行禮也。面囑請神時代爲問卜，傍晚歸。叔和、淬成來談甚久去，十一時寢。

初九日　晴熱　九月一日

七時起，教更生常課，夏村來，留吃早飯，午後引遲生至王樂峰家略坐，便送補生期對聯單條與之。樂峰今年七十壽誕，稱觴時余未在縣也。與遲生出城至小北門外看江景，入城至郵局坐談，聞服初回，又至電局坐談甚久，四時歸。晚飯後至久旃家略坐，晚間樂峰來談甚久去，十二時寢。

初十日　陰雨　九月二日

七時起，教更生常課。午後清理雜件，晚間涼甚，着夾衣，叔和、象虛、福坪等來爲竹戰戲，九時方去。十時半整理琴絃，頗費力，十二時寢。

十一日　陰　小雨一次　夜有月色　九月三日

七時起，教更生常課，更生自五月節後未上學，功課頗荒，年已十一齡，猶不能執筆爲文。余頻年奔走未能親教之，甚爲悶悶耳。飯後與國煌清理字畫三小時方畢。晚間淬成來商酌明日送匾事，九時方去。余準備明日各事，囑王僕向各家借椅机等件。十二時寢。

十二日　晴　九月四日

七時起，囑老王清檢各事，洪英、周福、明喜幫忙人俱到，八時半龔少山等料理賑務。十一時樂峰、叔和等先來十餘人，午後一時送匾來，賀客盈門。四時半開席四桌，女客二桌，傍晚，賀客散去，招呼賓客者仍爲竹戰戲，至轉鐘猶未寢也。余以今日過勞，一時寢。

十三日　晴　熱　九月五日

七時起，八時整理各事，午後清理往省各件。晚至郵局、樂峰、叔和等處略坐即歸，十一時寢。

十四日　晴　熱　九月六日

七時起，飯後至郵局坐談，便約叔和、淬成來家吃便飯，因余定今晚渡江搭大輪也。換紙洋帶省，清檢各事，四時叔和等來吃晚飯，洗澡畢，帶同洪英渡江到黃州關時已黃昏近矣。先至一茶肆小憩，後搬到劉長發住宿，九時半晚餐。十二時就寢，臭蟲多，終夜未能合眼。三家均有上水，而船竟不至，焦灼無已。

十五日　晴　熱　午後燥甚　九月七日

六時起，心煩亂，候至十時仍無船到，余決擬渡江，然猶冀其來也。十一時半望船無影，遂渡江，到岸時仍無船影，到家吃飯畢，小睡未久，蘇鵬丞來坐談甚久去，余再睡二小時，四時吃飯，五時卜牙牌數，問往省以後進行謀望並各事均吉，然不知將來果驗否也。擬明晨搭小輪往省，十時半寢。

十六日　晴　熱甚　九月八日

昨以失眠，睡甚早，三時醒一次，再醒起視已五時矣，匆匆洗面畢，與王僕行至小北門外，知小輪二艘已於五時開漢矣。朱茂林、廉卿等留余坐候，謂綏遠小輪即時可到。六時該輪自黃石港開來，逕由黃州過去，未停輪，殊爲懊悔。遂雇舟渡江搭大輪，舟至江心見大輪煙筒漸近，上岸後余等步行半里許甚速，幸帶老王攜包袱渡江。否則余提此廿斤包袱，決難負篋也。到洋劃後吉和輪已到，該輪因帶一大拖船故行較緩，否則已先余等過黃矣。凡事有定，遲緩不相左，亦奇矣。上船後購得艙外一鋪位甚好，且小睡一時許。此輪爲怡和公司快輪，因帶拖船在黃，七點鐘開行，下午二時半始到漢。三時渡江，四時半已到寓，見蕙芳述各事，十二時寢。

十七日　晴　熱甚　九月九日　寒暑表八十八度

七時起，倦甚。飯後訪幼虛，至文華中學二部會晤藝林、宗賢、樹棠等談各事，約定明日上課，談二小時出。午後三時半渡江晤佛波談甚久，范君回漢仍無頭緒，此事余早已料及矣。傍晚渡江回宅，飯後與蕙芳談各事，十二時寢。

十八日　陰　小雨　九月十日

八時起，雇車至高家巷文華中學授課，殊多感觸。余於甲子春初自閩歸鄂，仍爲三一中學及一師範教授，是政界下臺再入學界。丙寅二月杪得沙市征收局長，遂辭學校事，是年八月革命軍來鄂，余下臺後賦閑至戊辰春，已窘困不堪矣。四月始就軍校事，五月兼黨訓所事，八月攝蒲篆，去歲首夏交卸，又賦閑至今，始得此小事，仍須操心上課，殊覺無味，然自念教授生徒立品高尚，且無官職大小也，惟去歲初冬赴滬科長職未就，殊爲可惜耳。文華鐘点不多，尚不爲苦。下午四時授課畢，回宅晚飯，十二時寢。

十九日　晴　九月十一日

七時起。飯後將各房整理灑掃，書籍文具分別部居，堂屋書房字畫從新換過，頗以爲勞，費五小時始妥。五時伯威來，留吃晚飯，少松來談家事，蓋彼昨方到省也。傍晚與同出，余至三一學校略坐，恐戒嚴遂歸，十二時寢。今日茂道來訪。

二十日　晴　九月十二日

七時起，八時清理各事，九時至察院坡買書。十一時飯後渡江晤佛波談各事，佛波約一瞽者彈三弦唱京曲甚佳，余給以二角大洋先出，未終聽也。回看茂道，聞已被人請至菜根香蔬食館去矣。留言約余至該館，余以請客者未必熟人，留刺達意出，即渡江回宅。十二時寢。

廿一日　陰晴不定　九月十三日

七時起，飯後清理室中書籍。午後外出一次，晚十二時寢。今日姚漁青請客。

廿二日　晴陰不定　九月十四日

八時半張諧音來呼余起，倦甚，談一時許，同儒來談各事。飯後外出一次，晚間清理各事，十二時寢。

廿三日　晴　九月十五日

七時起，十時雇車至文華中校上課。午後又上二堂，四時半歸。得黃伯豪信，知志雲於十九日丑時痰疾不到二小時竟作古人矣，傷哉！黃於丁卯正月初與余訂交，人頗忠實，待友尚誠懇，是年春夏秋間過從甚密，交稱莫逆矣。戊辰調漢陽子卡委員，余在省供職亦時過從，今年見面數次，皆作不得意之語，閏月十日與余見面後談甚久。此月十二日，在縣中接彼一函，作書如平時，然不料其今年死也。人生朝露，殊爲可憫耳，明日當往弔之。晚飯後清理各事，正擬寫信問。家中蓄小貓甚敏捷，八時半來書室中，母貓亦至，小貓遂出，九時則小貓忽在後房斃矣，或者食毒蟲而死歟？此亦大奇事。內子蕙芳素愛此貓，每引至床上睡，今夕貓死則人所不及料者也。平時蕙芳護惜此小貓備至，至是爲之傷歎不已。此貓今春二月廿三日在隔壁七十七號寓宅晚九時降生，今夕爲廿三晚九時竟死，計算恰足半年之數，或者物通人性，或者其前身爲人，須過此一劫歟？此有可研究者矣。蕙芳感傷甚，余固婉慰之，十二時寢。

廿四日　晴　九月十六日

八時起，倦甚，十時至文華校授課，飯後仍上二堂，匆匆至平湖門渡江至漢陽叩奠志雲，晤其子伯豪並其妻媳，述各事，傷感不已。余墮淚數次，亦情不能已也。伯豪欲余代改哀啟，已許之。晚五時渡江，便訪次誠未遇。歸寓宅，晚飯後看書報，十二時寢。

廿五日　晴　午後一時小雨一次　九月十七日

八時起，昨宿書室，睡甚恬。九時至文華授課，途中至文化書局閱《物理學》，有周昌壽改定本，便帶一册至校閱之，遂商之鄧君改買以授學生。午後連上三堂，四時半出校，至諧音家略坐返校，五時半開席，因校中今日宴余及新來劉教員也。七時席散即回宅，十二時寢。

廿六日　晴　熱　九月十八日

七時起，八時將草帽二頂洗刷曬净，費二小時之久，年來物價倍漲，余賦閑更不願棄舊置新也。此帽爲余作局長時所購，去價七元，今則非十元不能購；一爲余在軍官學校充處長時所購，去價一元六角，今則非三元餘不可。惜物惜財，兼以惜福也。飯後渡江拜訪茂道又未遇，至王薦旃處打電話，至佛波寓晤談，約余星期六往再談，訪張渭泉值其出，訪程次松，彼夫婦尚未起，時已下午三時，何暮氣太深乃爾。取余夾衣及蕙芳應用衣服，渡河回家已六時矣。飯後寫一賀函與劉菊坡，鄂事如無發展只有往皖，窘境難堪，或者遷地爲良耳。十二時寢。

廿七日　晴　九月十九日

七時起，倦甚。飯後發安慶號函，致劉菊坡也，前段道賀，尾述欲來皖之意。午後外出並便渡江晤佛波談二時許。歸寓後與蕙芳談各事甚久，十二時寢。

廿八日　晴　熱甚　九月廿日

七時起，九時至省府先訪方旭初，談甚久，再至水利局訪劉秉三談往皖事，秉三留余飯畢出並云，余動身彼可先寫一函在寧督凡處介紹，督凡爲同學，起義後余並未與見面，秉三與之交深，故便托其寫一信耳。出府後至理髮店整容畢，渡江至李寓，則佛波已先與曹文錫留字，在太平洋飯店候余久矣。到店後與曹見面，曹爲陽新曹亞伯之長子，年廿八，現充建設廳科員，誠意欲向佛波學圓光者也。與余談各事。未幾蘇世安來晤談，蘇爲穀城人，號靜山，現充省城公安總局長。細述各事，則癸亥彼亦在閩南，未與余見面也。蘇隨母、妻子至，坐談二小時去。范掄秀旅長亦在座，午後五時吃飯畢，來客徐、唐二君，並佛波全眷皆至館擾之，至十二時方同出。范等與曹爲竹戰戲，余則與佛波同在其寓借宿，頭暈目眩早已不可耐矣。轉鐘二時猶未寢，三時始昏昏睡去。

廿九日　晴熱　晚十時大風　天氣驟寒　九月廿一日

九時起，十時就李寓吃飯。十一時曹來李寓約余出，余辭之。十二時渡江回宅洗澡飯畢，孔廣芹來謀事，情亦可憫，面許爲彼設法。晚間曹文錫來談，堅約余過其寓，又談甚久。天氣忽變，北風大起，晚間甚寒，十二時寢。

八　　月

初一日　陰雨　大北風寒甚如冬　九月廿二日

七時起，九時半至文華校授課。今日星期一，學生不以天時更變，上學齊整，此教會學校比較官學校之優點也。午後五時回寓，十一時爲黄伯豪作哀啟，其父志雲與余交厚，不能辭也。然心緒不寧，握筆即亂如麻矣，轉鐘一時寢。

初二日　晴　九月廿三日

七時起，八時曹文錫來談，九時汪小軒來談，均先後去。十時至文華校授課，午後三時畢。匆匆渡江與佛波晤談出，便至薈華旅館探購椅子事。傍晚渡江至王臣街訪陳玉笙談片刻，至電報局晤彭大椿談甚久，回宅飯後修飾昨爲伯豪代作哀啟，已成，心不愜，以催促故，無可改也，寫就封好備明晨郵寄去。十二時寢。

初三日　晴陰不定　九月廿四日

七時起，飯前彭大椿送代借川資三十元來家，甚爲可感。余已囑孔廣芹過江探船，又寫航空信至寧由朱廳長轉菊坡，述明此次必來皖相依之意。午後請劉萃三代堂，曹文錫同問賢來坐談甚久去。晚與蕙芳談甚久，十二時寢。

初四日　晴　九月廿五日

六時半紀雪舫敲門入，余起後與談往皖事，紀去後余再睡。九時汪載聯來家，余又起與談甚久，汪欲約余明午至其寓便飯，恐明日來不及，面辭之。飯後往電局晤大椿談片刻，請其便轉一電至縣，告以余因事不能回縣，更生、遲生准酌須改期。出電局後渡江訪佛波談各事，傍晚回家。今晨倦甚，午後過勞，晚間已不耐矣。十二時清理各事畢，遂寢。

初五日　陰　小雨數次　晚晴　九月廿六日

七時起，天氣似欲變，余心焦灼。十一時孔廣芹來，胡升繼來，飯後命孔約雪舫持余片告以余昨定鳳陽丸十二號房艙，請其同孔先行也。午後二時胡升先行，三時囑蕙芳各語。此行非余所願，較之去歲往滬首途時覺不快，蕙芳勉慰有加。雇車出門渡江時天已晴矣，到漢後先至次松寓，取箱中所置各件，換箱鑰出，訪渭泉談片刻，訪佛波談片刻，上鳳陽輪時立群已在船，爲余送行也。與同至後花楼一酒市吃飯，便談近事。七時半回船，再談甚久，便托其帶洋四元交王薦旆，轉托汪小軒帶布回縣與更生、遲生做衣服。立群上坡後，佛波同張莘黃同來談甚久去。九時鳳陽輪開，余與雪昉談各事，十一時寢。心念此行出於不得已，又值秋節近，原約初四歸家，今竟因謀生改期，不能如願，焦灼展轉不成寐。

初六日　陰　九月廿七日

一時半，船抵黃州，余起憑欄，見下划子時似傅象虛，以不願家中知余赴皖，未呼與語也，然心甚不快，仍回房中睡去。七時再起，早餐後與雪昉談各事。十時半船抵九江，與雪昉上坡步行至九江西門馬路，路平坦，余已十一年未至九江，商務路政俱已進步矣。遊覽約一時許，雪昉遇一族人，約入茶肆午點。十二時回船中午餐後，余小睡至四時半始醒，多夢，未能記憶。六時船過湖口見大孤山，湖口縣石鐘山，皆余昔年數數遊者也。晚七時半船過小孤山，以天黑未見清晰。九時仍小睡，十一時與周監文談片刻出艙。十一時半抵安慶，下划子後至洋棚，軍警檢查甚嚴。一小軍官檢余小日記閱之，蒲署辦事細則也，問來自湖北否？彼實亦莫明其妙也。旋轉至大安棧寢，合眼後即醒，臭蟲如蟻，自是不能寢。

初七日　陰晴不定　九月廿八日

七時起，料理行裝畢，與雪昉出，帶同挑夫雇車入城，城門口又檢查，至高陞棧先住十二號房。午後又搬至四十號房，此間火食甚苦，不能食。午後二時與雪昉至各處拜同鄉及同學友，如子初、右垣、許學源、范黼丞、黃舜聲輩皆已見面。晚與雪昉至華清池剃頭洗澡，一切招待諸事俱不如湖北遠甚。皖城街窄，商務甚小，繁盛尚難與沙市比倫也。街道高低不一，車行甚難，到此心愈不快。晚十時范輔丞及各同鄉、同學先後來回看，談至十一時去。十二時與雪昉又談片刻始寢。

初八日　陰　晚雨　九月廿九日

七時起，昨睡甚安，飯後來客數次，余與雪昉字約蠹聲來談。午後二時半與同至學源寓談甚久，同學黃琴南來談片刻去。三時同出樅陽門立看門額三字，皖人謂此爲王羲之書，書法挺秀縱飛，王亦名手也。至迎江寺觀安慶塔，昔年屢近此未能登塔，余遊數省，見如此塔者甚少，皖人謂此爲中國塔王。弱齡聞先君子云安慶塔高無匹，蓋先公屢遊皖，居皖城。辛丑在高師幼泉塾中讀書，屢聞高師說安慶塔種種神話，師皖之貴池人，居吾邑甚久也。在江樓茶叙甚歡，旋梅東宇兄亦來，座間述黃季剛在鄂時與余問難及黃不能答典故事，爲之歡笑久之。傍晚入城遇雨，至東宇家坐甚久，東宇與余別四年，余昔欽其文筆特雅，今浮沈政界，亦老態矣。歸寓後與雪昉、陶生又談甚久，十二時半方寢。

初九日　雨　九月卅日

七時起，八時雇車回看劉錫侯，出大南門見軍警林立，知接皖府各委員也。到錫侯寓談片刻出，因戒嚴，車經西門入城。回寓後吃飯，午後聞有同鄉同學見過菊坡者云：帶來人多，此尋事者如係鄂人，暫時無法安置，想亦實情也。午後三時往省府訪之，云在徐寓，余以與徐不熟未往，擬明日訪之。晚與雪昉外出一次，十一時歸，十二時寢。

初十日　晴　風甚寒　十月一日

七時半起，八時與徐陶生、雪昉同往北門孝子坊尋一瞽者盧姑算命，此爲陶生屢述其靈驗異常者也，至則有四婦人先在座，算至十餘八字，余等外出一次，彼等尚未算畢，後至者接踵，蓋每次僅取價二百文，故尋之者衆耳。談余及雪昉八字，多驗，且謂余本月即有事，否則十月定有事也，利東北不利西南云云。客有候久者，余遂匆匆出，囑彼明日來寓再算。回寓飯後往謁菊坡談甚久，叙渴別，於余謀事，彼亦聲叙困難。

余謂既來皖須遊歷數日，事之有無暫不計及也。出門回寓，晚飯後與雪昉再出遊各街市，歸後十二時寢。

十一日　陰　有風寒甚　十月二日

七時半起，寫信五件，一致省寓，一致大椿，一致黄師，一致三輔，一致立群，均發出。午前九時盧姓瞽者攜一童來算命，坐談甚久，先推余造，大致與後知靈所說同，亦取食神佩印為用，謂本月可得差，如本月無差，九月即可得正印，不過官不易做，明年四五月即下臺。繼推更生、遲生造甚詳，謂更生將來習武作軍官能巨富，遲生為正官格，能得文官簡任以上，得財而揮霍，然而終有財也，妻須剋數次。繼推家母八字，謂本年九月仍有病，頗無礙，八十歲時須防之，格為三奇，與前總統徐世昌同八字云云。再推蕙芳造，謂四十六歲病重宜防，求子則甚難也。推傅幼虛造，前均驗，且許五十三歲再起，五十五歲必大得意，惜終無子云云。雪昉斯時外出未歸，欲久留恐誤利市也，付一元予之去。十一時雪昉歸，飯後與同出樅陽門遊菱湖公園，距城二里餘，風景甚佳，坐樓上遠眺飲茶甚佳，秋荷萬頃，想見盛夏時清風襲人，或不讓莫愁湖耳。四時半歸，小卧甚熟，足疲人倦竟入夢鄉，五時半醒。六時晚餐，八時至圖書館閱書。九時歸，十二時寢。

十二日　晴　晚間有月　甚寒　十月三日

七時起，飯後與沈雅樵、雪昉同出西門，先觀余忠宣公墓，繼至大觀亭瀏覽，繼在周玉山學熙新祠瞻其遺像並各挽聯，皆木刻者，周像清高，清末皖籍顯宦之有聲望者也。繼觀九烈士墓，顯著者為吳樾，從前炸清五大臣者。觀後循山到街觀余忠宣殉難碑，類鄧完白書。入集賢門，足已疲矣，過舊書肆得《詩句題解》一部，上海大同書局石印，甚佳，僅去價七百文，攜歸寓中。晚間與陶生、雪昉又同出門一次，九時半歸。十一時寢。

十三日　晴　十月四日

七時起，飯後與雪昉等外出尋某姓卜課者未遇，至民廳探寧督凡來否，號房不知其地址，便往各舊書市一遊。歸即小睡，晚飯時始起，飯畢與雪昉至范符臣家未晤出，陳肖峰、黃篤生先後來寓談甚久去，清理各事，十二時寢。

十四日　晴　燥　十月五日

七時起，飯後與雅樵等至篤生寓中略坐談。午後三時參觀省立圖書館之藏書樓，子史集三種分類書甚多，有《圖書集成》一部甚佳。導余遊者董姓，曾住武昌，文華圖書科畢業者也。晚間仍往圖書館閱書一次，十二時寢。

十五日　晴　熱　十月六日

七時起，九時東宇、琴南來坐談甚久去。茶房送點心盒，給錢五串與之。店主請吃午飯，具魚肉十碗，蓋皖城各棧火食菜例不辦葷也。飯後外出二次，至迎江寺，遊人如織，與雪昉折回至樅陽門外一茶樓坐甚久，看山景甚適。晚飯後與雪昉等至正街一覽，風景不殊吾鄂，頗生無限感慨。戊辰中秋余在蒲署接事未久，是夕與立群等置酒高會。己巳余在鄂城南門住宅，是夕小雨，月色不明。今則旅居皖城，向人謀事，實無異長安乞米也。九時購食品，歸與雪昉置酒樓窗下，見月色如畫，心甚樂、飲甚快也。今年月不甚圓，不知主何事？十一時寫信數件，十二時寢。

十六日　晴　燥　十月七日

七時起，八時發昨晚所寫六信，與陶生、雪昉同往西門外尋一看相者，據此人稱丙寅夏秋間曾在余邑大南門百勝廟看相，縣中與之熟者劉月香、安吉祥之管事余某二人，惜余當日未與晤也。斷余遲二星期必有差事，氣象已光昌矣，驛馬又動，似在安慶或外處，不能定也。九時歸，飯後寫布挽一副，寄黃伯豪，文爲：交已三年，回思剛直待人，感君爲良師兼益友，別纔一月，忽聽英靈化鶴，令我失把臂泣離群。志雲爲人爽直，友朋有過失輒面訐之，不稍假，與余交深，聯語均紀實也。飯後往謁菊坡，號房稱已回寓，往寓中則司閽云午睡未起，不便接見。留片出門，嘻！士當窮困亦是常人，不料菊坡亦染惡習如此，可爲浩歎。晚六時與雪昉至卓焜堂處回看，坐一時許。梅東宇來寓談各事，兼及詩文，甚快，十一時方去。十二時寢。

十七日　晴　燥　十月八日

七時起，九時得彭大椿回信，知省中近況。午後潘強齋來坐，談及東門外某瞽者善算命，余與陶生、雪昉、強齋同去，至則談余八字，多未合，蓋取用神已數數誤矣。晚飯後與雅樵、雪昉外出一次，十二時寢。

十八日　晴　燥　十月九日

六時半起，鼻塞不可耐，昨晚寢未安也。午後外出一次，晚間與雪昉訪黃蠢聲談各事，囑爲轉詢菊坡，蓋余已有歸鄂意也。便至東宇家一談，十時歸，十二時寢。

十九日　晴　燥　十月十日

十時起，鼻塞涕唾未愈，傷風過甚也。今日爲雙十節遊行，軍警、學生甚多。午後外出二次，晚間東宇來約雪昉走訪菊坡，代余會談各事，表示余意去，仍未晤。八時與雅樵至黃家操廠觀電影，暗淡無光，殊無足觀。旋出與陶生至同泰棧晤賀明階、黃渠安談甚久出，回寓寫信數件，備明日發出。十二時寢。

二十日　晴　燥　十月十一日

六時起，昨晚鼻塞未愈，睡亦不安。七時雪昉爲余事代訪菊坡，出棧後余仍和衣小睡，甚恬，聞軍樂過樓下遂醒，已八時半矣。飯後外出一次，午後三時理髮整容，晚與雅樵外出一次，九時歸寓寫信二件。今日得鄂城周淬成來信，知家中無事，甚慰。省寓至今未來信，不知何意？十二時寢。

廿一日　晴　燥　十月十二日

七時起，鼻塞已愈，飯後發信三件，往鄂發请代探各事，有歸意也。午後二時與賀明階、紀雪舫至東門外青蓮閣吃茶點看江景，甚快。晚與雪舫外出數次，十二時寢。

廿二日　晴　燥　十月十三日

七時起，寫信與向胖佛問鄂中近事，午後又寫彭雨儂、張渭泉等信，飯後與雪舫訪梅東宇談片刻出，至湖北會館，以駐軍不能入即折回。與陶生同至近聖街高陽後裔一老者測字，得卦爲師之復云：一星期內即可得事，欲大得意則在冬至陽生之日也。又尋小卧龍其人者卜課，其法抽三籤，注視之云：此月廿九以前必得差，一交冬令可得獨立事。姑聽之以覘其後耳，十二時寢。

廿三日　晴　燥　十月十四日

七時起，飯後外出至小南門出城往河邊，見洋棚及長安輪抵埠，上薑船詢船上人，知爲上水輪代江新班者也。入大南門城行甚久，往同泰棧與黃蘧庵等略談即出，行經省政府回棧。今日寫汪載聯、彭大椿信各一件，汪則謝其臨行時送物，彭則改其詩稿也。省寓久未來信，並托其就近一查，鄂城籍今日又來一信。晚間東宇來坐談片刻去，十二時寢。

廿四日　晴　十月十五日

八時起，昨晚睡甚恬。九時葉月訪來談各事，蓋彼昨晚到棧在十二時後也。午飯後雅樵又請陪月訪上館，不能再食。今日得黃伯豪謝函，並彭大椿催還借款信。余自去秋遲到上海，致科長事未就，本年四月盧兵城電約余充秘書，又未就，以致坎坷至今，來此依人，殊爲可恥，棲遲旅舍，益復無聊耳。晚寫信覆大椿，囑其往省寓暫取息金，又寫函介紹王固深與佛波在漢相見。十二時寢。

廿五日　晴　燥　十月十六日

七時起，飯後外出一次，得省中來信知省寓各情。午後覆各信。晚間外出一次，九時寫信二件。十二時寢。

廿六日　晴　燥　十月十七

七時起，寫信一件。十時半與月訪、雅樵等往菱湖公園，雇車去，途遇侶梅，下車後遊烈士墓畢。登樓則學源、子章及徐寶丞先生已先到矣。今日爲寧督凡請客，午後一時同學共到東宇、琴南、子初、秋霜、篤生共十一人，雪昉亦來。二時酒畢，督凡先去，余與月訪等談坐甚久歸寓。晚八時外出一次，十二時寢。

廿七日　晴　熱甚　午後五時大雨數陣　十月十八日

七時起，八時寫致彭誠一信，又復黃師及李佛波信，飯後親送郵局。午後二時擬出城一遊，因汪浪石往謁菊坡未歸中止。四時天有雨意矣，五時大雨數次。晚餐後與雪昉、浪石、月訪等談甚久，十二時寢。

廿八日　晴　十月十九日

八時起，十一時半與雪昉、月訪、雅樵同出城往菱湖，因今日東宇、學源等請客也。午後一時客到齊，除前日原有同學外，所加者劉虛照、紀雪昉二人，三時酒照相，四時余與雪昉、侶梅等至湖北會館尋劉虛照，引看會館房屋，地基基寬，房屋已朽壞矣。旋出歸寓，晚與汪浪石、沈雅樵等外出約一時歸，十二時寢。

廿九日　晴　十月廿日

七時起，飯後與雪舫、雨梅、浪石、明階等往尋三畝園，至則此園已租人爲製粉廠矣。遂至近江寺略亦瀏覽即出，至嘉賓樓坐二小時望江景，甚快。五時歸與浪石寫六尺聯一，不甚得意，連日心緒紛亂也。八時外出一次，十二時寢。

三十日　陰晴不定　十月廿一日

八時半起，十時至陳平侯寓回看。正午月訪請至味莼園吃飯，午後二時畢。浪石至南京搭日本輪，余與雪舫同送出城，在洋棚中略坐出，回棧後得秉三信，知其子亦來安慶矣。小睡一時許，晚飯後再與雪舫等同出街，行至同慶棧坐談甚久出，回棧後來一周姓，云漢口事甚詳。十二時寢。

九　月

初一日　晴　十月廿二日

七時起，十一時半與陶生、雪舫同往范符臣寓，因范約宴也。來客約十八九，除卓焜堂外餘爲同鄉及秘書處諸人，午後二時席散。晚間六時菊坡約吃飯，七時與月訪、雪舫同往，出示近得鷄血石章八枚，有二佳者，又白壽山大章二枚，甚佳，又山黃章一枚，餘均平平耳。見古字畫數件，多僞者，殊無可取。九時歸寓，十二時寢。

初二日　晴　十月廿三日

七時起，飯後外出。午後得佛波函，囑余回漢，擬今晚作函覆之。晚八時外出一次，十二時寢。

初三日　晴　十月廿四日

八時起，飯後得鄂城家信及黃煜林信，詢及皖省縣缺，大約有志來此作官也。午後來客數次，晚外出一次，歸後寫三函，十二時寢。

初四日　晴　十月廿五日

七時起，八時張肖鵠來棧談甚久去，蓋彼今晨到皖也。飯後外出，晚六時出南城至招商局碼頭，爲徐匋生、王固深、王侶梅送行，王、徐往阜陽，侶梅往天長，均就縣科長事。余與雪昉上月初五在漢動身，到此匝月，至今尚無一相當職務可就，殊懊惱。九時入城至賀明陔處談甚久，再至新台旅館與肖鵠、東宇等談甚久歸。十二時寢。

初五日　陰　晚小雨一次　十月廿六日

七時起，飯後與肖鵠、錫侯、雪昉、周雪航、篤生同出東門至嘉賓樓，坐看江景，飲茶食點心甚快。午後五時歸寓，晚間又外出一次，歸後與月訪等談甚久。十二時寢。

初六日　陰　晚小雨一次　十月廿七

八時起，肖鵠來談，九時姜曙東來看，姜名繼襄，懷寧舉人，前與余在沙市相見，彼是時爲江陵知事，余長沙市征收局也。自丙寅分手後昨曾途遇之，立談數語，今日來談甚久去。曹文錫來，知其在武昌各事，飯後一時往訪曹，談片刻出，往水師營街回候姜曙東，坐談甚久。晚間肖鵠、篤生來坐談去，十二時寢。

初七日　陰　十月廿八日

八時起，九時得浡成信，殷殷以余曾否得差爲問。十時與月訪、雪昉同往中州會館附近一古廟求籤，此廟有主持於民國八年圓寂，十一年開缸見肉身完好，遂貼金供像，亦奇事也。余係詢留皖與回鄂孰優，籤文意似以守候爲主，惟詞鄙俚耳。旋往長江旅館訪曹文錫談片刻，往嘉賓樓吃飯，便至迎江寺飲茶遠眺，傍晚歸，再與同出閒遊，十時方歸。十二時寢。

初八日　雨　十月廿九

九時起，昨寢甚安，飯後雇車訪曹文錫略坐，與同出至吳樾街，此街新做，以吳樾名，即從前刺五大臣之烈士也。羅蘭理髮店女子理髮，余數日曾聞之同鄉諸友云該店女子爲男子理髮，手術優美，余心好奇，今日特爲訪之。與曹登樓時執役者皆女子，與余理髮者爲陳雲卿，與曹理髮者彭韻秋，手術佳甚，約一小時方畢，然後修面耳。工價與普通理髮店同，余等另給酒資，遜謝給余等以名片，因知其名，亦皖遊佳話也。出店雇車往同泰棧，該棧主約余等往其寓竹戰，同局者蕪湖人某、同鄉盧毅臣、棧主老婦及余四人，曹則合資者也。飯後再戰，結局稍贏，八時歸。肖鵠、篤生俱來棧，與余及月訪、周雪航、雪訪談近年奇異事甚久。十二時寢。

初九日　陰　午後四時晴　十月卅日

七時起，天有晴意，八時遂決計往龍山作英會，專函約肖鵠來寓中。九時出門至東門外汽車站見牌示，知今日汽車不開。余等同行者共八人，遂分乘人力車，車行約二小時始達龍珠山麓。今日沿途所見風景不殊吾楚，車過集賢關時僅存遺址，蓋去歲建設廳修汽車路，將此關已毀之矣。午後二時半行抵龍珠寺，龍珠山絕頂也。登雲亭，見萬山朝拱，一水如帶，寺僧又導遊觀音洞，洞旁有室，相傳爲明阮大鋮、清鄧石如讀書處，碑石亦有記載此事。阮於明末有文名，徒以附魏閹陷東林致受後人唾罵。鄧爲布衣，清初有書名，至今名滿天下。士君子在朝在野，窮達未判時"名節"兩字不可不慎耳。余等暢觀各處後聚於雲亭飲酒，樂甚，約一時許畢。值二遊客述及何氏生壙事，遂往寺後觀之，聞何爲懷寧大腹賈，年六十矣，不知何人爲彼擇此地，佈置俗惡，詩聯尤堪發噱。匆匆閱覽畢下山，仍乘原車，斯時天已放晴，風日和暖如春暮，遊興酣足，歸途所見尤足娛耳目也。同遊者張肖鵠、紀雪昉、周雪航、沈雅樵、范伯高、葉月訪，凡七人。六時回寓，飯後明階來談片刻，余約雪昉與同至曹文錫旅館中談甚久，昨爲余與文錫之理髮女子亦來坐談，談往事。十時半余與紀、賀等先別去，回寓又與紀、葉等談甚久。十二時欲寢，雪昉必欲余作重九詩，旅況無聊，心緒又惡，電燈滅後秉燭繼之，構思頗以爲苦，蓋已七閱月未作詩也。轉鐘一時半已成二首，而街心夜立警士頻頻大聲索行人口號，直達樓窗，頗可惡，詩思又爲之亂。三時半四首已成，倦極欲睡，滅燭就寢，心膈忽痛，展轉不成寐，鷄聲到枕，尚未安睡，焦灼頗難名狀。

初十日　晴　十月卅一日

八時肖鵠、文錫先後來棧，呼余起，與談片刻去。午後往文錫旅館中談各事，留余午飯並約明階、雪昉同飯，歡甚，傍晚方歸。今日接漢卿、夏村信，當即覆之。晚十時寫信二件，十二時寢。

十一日　晴　霧　十一月一日

九時起，文錫來約余早餐，十時遂同往且述前夕事，彼以爲快，余則恐其發毒也。午後回寓欲寫家信，來客數次卒不果。晚與雪昉等外出一次，十時歸，十二時寢。

十二日　晴　十一月二日

八時起，文錫約余吃早飯，十時去，則明階已先在矣，有女子同席，飲酒甚多，羈情旅思，藉酒以澆之耳。午後一時暢飲畢，余與文錫等出門略遊覽街市，三時回寓休息，四時再出門往肖鵠處略坐談歸。晚間來客數次，十二時改重九詩數字訖，遂寢。

十三日　晴　晚間大風　寒甚　十一月三日

八時起，得鄂中信二件，心甚焦灼。飯後往文錫寓略坐談出，與往迎江寺一遊。前得厚訓信，知近日請縣中鄉鄰以酬今夏送情者也。今日爲家母七十六歲壽辰，余未在縣請客，殊爲慚愧。皖城旅居逾月尚未就事，每一憶及家園，生無限感慨，使余在沙市稅局任內初稍稍積款，或蒲圻任內少用職員亦稍有蓄積，何至他鄉依人，受其奚落耶？午後回寓，傍晚與雪昉、雅樵等往菊坡寓，值其出，各留刺去。余與雅樵至東宇寓中談甚久歸，十二時寢。

十四日　晴　晚月色甚佳　十一月四日

八時起，文錫着人來約談，余飯後始去，蓋晤後無甚要緊事也。與同出至各處流覽，傍晚歸。黃篤生送熟鮮蟹十二隻來棧，約肖鵠、明階等購酒分食之，甚快。十二時半寢。

十五日　陰　十一月五日

九時起，飯後文錫着人來請洗澡，澡堂清潔，較之大旅館澡堂價廉，招待亦好，洗畢尋老者修腳，技精甚快。二時與文錫同往迎江寺，回至嘉賓樓食炒麵飲茶，坐甚久，五時半歸棧。晚間東宇來談甚久，劉濟民世兄亦來坐談，十一時半方去。余與肖鵠再飲酒十二時畢，轉鐘一時整理詩稿畢，喉忽痛，蓋朝餐飲酒，食蟹一隻，今午又在嘉賓樓與文錫飲酒二兩，晚餐與肖鵠等又飲汾酒一大杯，以致咳嗽不已。十二時至轉鐘頻咳不已。

十六日　雨　十一月六日

九時起，十時得蕙芳來信，中忽叙及譏訕憤。既語，似對余前發函中有旅況寂寞而發者。蕙芳氣量近年甚小，不似初嫁時也。飯後雇車往文錫處談甚久，欲爲竹戰戲，缺一人不能成局，鬱悶殊甚。五時文錫留晚餐畢，至東宇寓談各事，六時半仍回文錫處。今夕天寒如仲冬，令人益增離索之感，客中處此時境，頗爲難堪。九時余欲回棧，因文錫已約陳、彭來談，堅留余稍候。十時陳、彭俱來，談甚久，聞彭述往事，爲之慨然，述近事又爲之憤然不平。人心險惡至近年已極，福州梁氏勸戒名録中載此類事受報應者不少，特世人不知悟耳！此時西風愈烈，急雨打窗，舊恨新愁，一時俱集。余倦極欲睡，彭尚欲談，已轉鐘一時過矣。就寢後忽憶長卿作客臨邛郵亭息足事，春情秋思，益覺不禁，自是通宵難寐，三時半僅合眼片刻而已。

十七日　雨　十一月七日

八時起，倦甚，頭暈不自持，彭、陳別去，余小憩片刻，早點後雇車回棧。九時半解衣就寢，酣眠約二小時，午後一時起，至大旅館洗澡畢，回棧食稀飯，頗適口，二時再睡，四時起。晚間子初、篤生、學源來，與余及月訪、肖鵠等論詩，津津有味，大有丁未、戊申間在菱湖同學結詩社之慨。九時半，余依菊坡《秋日皖省菱湖感賦》韻和之，片時即得一律。十二時就寢後又得一律，真所謂詩有興易作也。轉鐘一時睡甚安。

十八日　陰　小雨數次　十一月八日

八時許學源送詩來閱，余未起床，彼送床前，草草閱之。九時半起，飯後外出一次，回寓寫詩稿，欲寫家信，以心煩亂遂止。晚至文錫處略坐談出，十一時與閱訪、肖鵠等談鬼怪事約二小時，據閱、肖兩人所述，不獨聞鬼聲見鬼形，尚有種種確證也。轉鐘一時寢。

十九日　早晴　晚雨　十一月九日

八時起，飯後文錫來説其僕昨自武昌送衣服來，黎明已行矣。余深責之，謂僕來，何不至余寓取棉衣。遂寫函與同至招商碼頭上江華輪將函投該輪郵櫃中，囑蕙芳將棉衣送武昌曹寓，便帶來皖也。立薹船上略談，入城後到旅館略坐談。回棧後以天氣有晴意與雪舫同出，約劉濟民遊迎江寺大士閣畢，至嘉賓樓飲茶食點心，甚快。午後四時半回棧，晚飯後雇車，至文錫旅館再談甚久。十一時半歸，十二時半寢。

二十日　晴　十一月十日

　　九時起，飯後雇車往文錫處，明階同往作竹戰戲，同局者旅館主人嚴姓。午後三時陳雲卿來，晚飯後歡笑甚久去。晚與明階同出，途遇肖鵠，遂至同慶棧略坐，九時歸，以腹飢食粥二盂畢，與肖鵠等談至十二時寢。

廿一日　陰　風寒甚如隆冬　十一月十一日

　　八時起，飯後徐洋馨來奉看，徐號崑琳，長沙人，年六十一，居皖久，通圓光术者也，與談一時許去。午後四時同文錫走訪崑琳，談各事，知其為好道術者。晚七時再往文錫寓坐一時許歸，寒甚，十二時寢。

廿二日　早晴　午後陰　寒甚　晚十一時有月色
十一月十二日

　　九時起，飯後約劉濟民遊菱湖公園，至則菊已殘矣，天氣驟冷，頗難受，坐半時即出。步行至東門口嘉賓樓，飲茶食包子一盤，頗適口，五時歸。晚餐後閒談二小時，九時半至文錫棧中略坐即歸。十二時寢。

廿三日　晴　十一月十三日

　　九時起，飯後得省信及鄂城家信，心甚焦灼，出門近五十日仍未就一事，此余四十四歲以前第一懊惱也。夜間外出一次，十二時寢。

廿四日　晴　十一月十四日

　　十時起，文錫送棉袍、講義來，蓋自葉宅取回帶來者也。換棉袍甚適，飯後走訪文錫知已出矣。一時修面一次，二時歸，晚間來客甚衆，談甚久去。今日購得化橘紅寄鄂城，因昨接函云家母氣病時發，需此藥也。十二時寢。

廿五日　晴　十一月十五日

十一時起，昨夜睡甚恬也，得蕙芳信述彭師到家述各語，得立群、漢卿各一件，所述無甚關係。飯後二時精神疲思睡，又二時許。晚飯後東宇、子初等八九人先後來坐談去。晚九時出門購得洋西裝軟帶一根，去價九角，此則較滬上為貴。十時歸，十二時寢。

廿六日　晴　十一月十六日

九時起，寫鄂城家信，囑家中帶外套及講義來皖。十時劉倚仁來，約肖鵠與余同至益洞春吃飯，菜美可口，午後一時歸。與肖鵠便訪各友，均未晤，三時半往曹文錫處送行，彼今晚動身往旌德就管獄員職也。五時菊坡約肖鵠、月訪及余小飲其寓，九時半歸。篤生等來棧談甚久去，十二時寢，轉鐘夢見先君。

廿七日　晴　十一月十七

九時起，飯後至廣興棧尋倪敬訓寫詩稿，至則已外出矣。至大東棧晤陳平候、李少丞、賀明階談片刻出。午後三時與肖鵠同至高陽後裔測字問徐淩卿病，據卦象斷此月不甚要緊，十月恐難瘥，如此卦在春間得之可決平安，蓋取得无妄之噬嗑也。徐為人忠直，昔隨余在沙市充上哨查驗，丁卯冬頻頻以款接濟省寓用費，頗可感。戊辰曾至蒲署居三日，戀戀不去。徐有財產近五萬元，久為其妾所據，招一贅婿從旁而把持之，而其嫡孫寡媳聞僅分保安門房屋一棟，殊為可憫。其次子尚居粵東不歸，蓋亦與其妾相齟齬而出亡者，皆夙孽耳。八時外出至小南門外日清公司，晤其賬房李姓，因前數日函知鄂城家中將余大衣由小齋逕送鳳陽輪轉交安慶日清公司者也。與劉濟民同往大南門一帶，軍警林立戒備不准行人通過，蓋陳主席往寧，其尊嚴不減從前也。革命軍動說平等，夫豈其然。九時半歸，與肖鵠等談至轉鐘一時寢。

廿八日　晴　十一月十八日

九時起，欲覆陶生、立群、侶梅等信未果，緣心亂未寧也。飯後李少丞來約至同慶泰棧爲竹戰戲，余與肖鵠、少丞、倪致訓四人同局，晚七時畢。與賀明階等談甚久出，便經四牌樓一帶遊覽，十時歸。與月訪等談各事至轉鐘一時寢，二時半葉月訪眷屬來棧，隨行人暨黃文衡、棧夥等與車夫爭執，擾擾半時許，斷以毆打，余醒後自是不成寐也。

廿九日　陰　十一月十九

九時起，得方獻廷信，飯後葉月訪搬眷出棧，卅五房已空出，余午後一時遷入，此房軒敞潔靜，部居一時方畢。出門途遇賀明階，至高陽後裔占一課，得歸妹卦，卜者謂十月初六以前決有事，然總須冬至節方得意也。此處余曾三卜，均云須到冬至方佳，既已來此，聽之而已。今日骨酸痛兩足軟手指冷，似感寒。晚六時與肖鵠同赴龔秋霜家宴，同席者菊坡、督凡、鄧詩菴、易君左及王姓等九人，九時席散，足更軟痛。歸後清檢室中諸事，與肖鵠等略談，十一時寢。

十　月

初一日　晴　十一月廿日

十時起，昨以骨痛足軟睡較早，今晨怡然，足軟似減輕矣。飯後與肖鵠、明階、雅樵等往訪月訪，途遇之談數語，遂出西門遊余忠宣公墓，便覽大觀亭風景約半時，循南門外行看江景。入城後購得生鯽二回寓，煮湯備晚餐甚美。晚九時與肖鵠等談甚久，十一時寢，多夢。

初二日　晴　十一月廿一日

九時半起，得汪小軒囑謀事。飯後寫信三件，一致周淬成並轉交漢卿函，囑其暫勿來皖，一覆周鵬程答其寄詩函也，一致彭大椿並匯息洋六元五角，囑轉沈宅，恐失信也。午後五時半與肖鵠等同往月訪家宴，九時歸。十二時欲寢，雪昉必欲余和並蒂菊詩，秉燭構思，先成四句，續成四句，身疲矣。轉鐘二時再振精神得五古十四韻，稿成聞雞聲初唱，遂寢。寢太晚，心煩難成寐也。

初三日　早小雨　午後陰雨　十一月廿二日

七時醒，雪昉敲門，頻頻呼余索詩稿，披衣開門與之，頭暈不可耐，遂起勉強支持。飯後往訪月訪，因養吾今日來信中韓伯瓊欲探葉狀況也。與月訪談片刻出，往圖書館看書二小時，歸棧無聊甚。晚飯後小睡半時許，寫信覆養吾，並函知秋舫代余墊還彭大椿之款。十二時寢。

初四日　晴　十一月廿三

九時起，寫信二件，寄鼎三、覆養吾。飯後與肖鵠、雪昉至東宇家略坐談，並便往隔壁寧督凡家祝壽，值其出，與肖等分手至伍志安寓未晤，留片出。路過聖保羅中學，校舍整潔，頗與鄂垣三一學校相似，余爲三一學校教員時頻頻聞皖聖保羅學校成績也。回棧後聞督凡請余等往益嘉春酒叙，到後客衆多不識，余桌上僅學源、雪昉爲熟人。學源與易君左論詩，胡亂標榜，頗堪發噱。九時席散，歸後與雅樵等略談，雅樵居此三月得潛山承審員差，須幹兩月方能還此棧用費，依人謀食，有何樂趣耶？晚十二時寢。

初五日　晴　十一月廿四

九時起，飯後與肖鵠、明階等同出門至小滄浪洗澡畢，已午後一時矣。至羅蘭理髮店修面，晚六時至黃篤生家吃飯，菜多而美，同席者肖鵠、子章暨各同學，九時歸。劉倚仁着人來請，謂瑤琴已尋出矣，囑余與肖鵠往渠宅，便約雪昉同去。琴弦久未彈，重整四五六七弦畢，彈《慨古行》及《平沙落雁》，久未理此，手僵不諧，約調一時許。十一時歸寓，頗生無限感慨。余爲八月初五自武昌動身來皖，計已二閱月矣，至今尚未就事。依人固可恥也，使余稍有蓄積，何至困居皖城，自惹許多煩惱耶。十二時寢。

初六日　晴　十一月廿五日

十時起，飯後得家中寄來講義。午後外出一次，晤熊禮方，約同回鄂取衣物，詢之濟民，有洋九元，余欲借之作川資回鄂，已決歸期矣。晚十時肖鵠勸暫勿回鄂，談甚久去，十二時寢。

初七日　晴　十一月廿六

十時起，飯後與肖鵠同至東勝庵晤吳太婆探房子事，旋出至明階棧中略坐，劉倚仁來約今晚再去彈琴，坐甚久出，攜琴歸棧。黃毓林自鄂省來，帶上舊皮袍子，並述寓中各事，坐談甚久。十二時寢。

初八日　晴　十一月廿七

十時起，飯後外出一次。晚與雪舫、肖鵠等至月舫寓未晤，便過四牌樓街，歸彈琴一小時，飲鯽魚羹，甚快。十二時寢。

初九日　陰　十一月廿八

十時起，劉濟民來約余往西門外看飛機，遂與肖鵠、伯高、煜林同去，候一時許始到，余初次見之，無甚希奇。十一時半回寓，飯後與濟民理髮一次，仍往羅蘭理髮店，以其手術佳故數往也。晚飯後東宇、濟民先後來聽琴，相與歡笑，十一時方去。十二時和鵬程詩畢寢。

初十日　陰　晚雨　十一月廿九

十時起，飯後濟民約至其棧吃湯包。午後五時半與肖鵠、雪舫等同至月舫寓，因煜林新來，月舫又約余等吃飯也。六時開席，同學尚有東宇、琴南、篤生在座，酒後月舫出示其夫人手書近月日記，書法整潔而有力，不類女子手筆，行文似劄記體，有斷制，有議論，女子中有此專心致志之人，覺難能可貴矣。近日文字日趨新潮，少年當道，多有寫信不成句者，較此能勿增愧？九時雨大，雇車歸棧，與煜林、肖鵠等談至轉鐘二時方寢。

十一日　雨　大風寒甚　晚十二時雪　十一月卅日

十時起，得裴晦公信，飯後天氣驟寒，濟民來約至其棧食湯包，四時歸，寫詩稿二紙，旅況沈悶，屢以詩消遣耳。劉倚仁着人來取琴去，此琴余於初七夕自劉宅取歸者，琴質尚可，七弦音欠韻，大約光緒末製造者，冒充南宋物，謬矣。《平沙》一曲二月餘未彈，手僵而痛，幸尚未全忘也。回鄂時當攜一琴來以資練習，諺云"唱不離口，打不離手"，昔人所謂"三日不彈，手生榛棘"，"學問之道無窮"，"一暴十寒"，"漸忘則一無所得"，天下事皆可作如是觀耳。晚飯後北風怒號，已似隆冬氣象，十一時寢。

十二日　晴　十二月一日

九時起，十時檢各信件須急覆者，有秉筆而客來遂止。飯後往月舫寓談片刻，至長江旅館見曹文錫，已病矣，與談各事。四時就其寓小憩，六時半方歸，身體疲倦。七時往大旅館洗澡一次，九時歸，濟民、文衡同來談甚久去。十一時肖鵠歸，雪舫又來談余事，徒增煩惱而已，再與肖鵠談至轉鐘二時方寢。

十三日　晴　十二月二日

八時起，倦甚，昨夜足冷，睡亦未安，肖鵠約余往劉錫侯家賀誕辰，九時略坐即歸，足軟不良於行，飯後又約與同遊大寺閣、迎江寺等處，乘車去，乘車歸。晚飯後往訪月舫，談三小時回寓，十二時寢。

十四日　晴　寒　十二月三日

八時起，昨夜睡仍未穩，足冷不可耐。漱畢得武昌家信，頗增煩惱。

淩卿病已沈重，無生理，蕙芳述其各語，余涕欲落也。蕙芳自述疾亦未愈，余即覆函慰之。又寫夏生、小軒、叔和三信，又覆鵬程信，親送局中，寒風凜冽，益覺無聊。午後三時外出一次，晚與肖鵠等談甚久，十二時半寢。

十五日　陰　寒　十二月四日

十時起，飯後往近聖街訪高陽後裔，欲問卜，值其睡未晤，約午後二時再訪之，賀明階等來棧談甚久，五時同與往劉錫侯寓，因劉曾柬請余與肖鵠等酒叙也。八時半席終，與肖鵠、錫侯、明階至各處閒談，旅客無聊，藉此以消鬱慮而已。九時歸，談至十二時寢。

十六日　陰　十二月五日

十時半起，飯後往月舫寓談片刻，約今晚同訪菊坡說明回鄂之意。午後三時寫信與次誠並覆彭梓師、李長青、彭大椿、夏秋舫、張立群，兼叙及此星內可回鄂。三時往高陽後裔處拈一卦，得比之剝，謂事無甚變更，惟到手時甚麻煩，預計十日內可實現，總要冬至方大利耳。此與余到皖後屢問卜相同，或者一陽生時可揚眉吐氣耶？此次真令余焦灼無已，余自辛亥起義後就政學界差事十餘次，從未有賦閒如此之久，居旅館如此之久者。四十以後依人有如此苦，深悔在臺上時將人情看重，金錢看輕耳。傍晚清理衣物等件，並將駝絨袍及華達呢夾袍質之得十元餘，備川資也。棧中火食費下欠之數須覓人代負責，此亦可留紀念者。九時半來客數次，十時半明階來談甚久去，轉鐘一時寢。

十七日　晴　十二月六日

十時半起，飯後寫信覆漢卿、方獻廷、秋舫、大椿，並致函邱益三，問前數月財廳登記征收局借款事，均發出。往月舫寓談各事。晚五時菊坡來棧談各事，余已與說明明日必回武昌情形。晚飯後與肖鵠、煜林至督凡寓略坐談，便至東宇寓談片刻出，至月舫寓拜託各事。歸後與濟民上街購零件數事，開消茶房酒資，搬各物與肖鵠房中畢。十二時寢。上床後因食甜物喉癢痰塞，咳嗽不已，轉鐘二時半猶未安寢也。

十八日　陰　晚小雨　十二月七日

五時醒，天未明，六時起，更衣畢呼煜林起，聞棧外叩門聲，謂江順輪已到安慶。與煜林匆匆挑行李等件出城上輪，購得第二號房艙，盥漱畢進稀飯，出艙遇三一學校學生涂志富談片刻，彼新自滬上歸者也。八時肖鵠、雪航來輪談甚久去，九時半開駛，十一時午餐畢，余以昨睡未安，十二時半小睡二時許。輪過華陽，余未知也。四時輪過小孤山，六時晚餐畢，八時半輪到九江，以薑船上先泊有江天輪，江順輪泊江心甚久，九時半始靠定。小雨時作，余與煜林欲上岸，遂中止矣。購得《申報》一份，閱上海新聞，有一鄂之公安人李旺華，五十歲，向在籍商，以本籍遭匪亂來滬謀生，旅資已罄，遂至閘北交通路西冬青樓上自縊，旋為巡警救起。噫！自政變後丙寅冬以迄今日，各省遭□□蹂躪，四民轉徙無定，生活艱難，致為衣食受逼尋自盡者，滬上各報幾於無日不見。漢上近年為謀生尋自盡，同必數數。聞湘鄂贛三省匪亂，據各報載殺人已十萬以上，燒屋則難記其數，烏乎！誰生厲階耶。閱報畢，寫信一件，致韻秋君，因前約未去，表明余非失信者，比即付輪中郵箱寄去。十時三刻船開行，余遂解衣寢。

十九日　晴　十二月八日

六時半起，更衣知船已過黃石港，仍解衣寢。八時起，船過黃州，呼划子上郵差，囑其便致信與淬成轉告家中，知余已回漢也。早餐後閱書報消遣，午餐後茶房來清理各件，午後二時半船抵漢口。因薑船邊先泊一海舶滿載兵士，致江順輪不能靠近。余與煜林雇划子渡行李至普安輪渡上過江，船中遇吳述三談及伯英已就美術館長，何雪竹月撥款數千囑其開辦者。余未敢以為信也，伯英說話向不可靠故也。三時半到寓，四時蕙芳回，與談近事，知凌卿已作古人。五時飯畢往徐宅弔唁，放聲大哭。淩卿與余交滿四年，待人極誠懇。余前歲窘困，屢濟余用度，雖蒲圻攝篆後償其欠款，至今尚有百九十元未清。今年六月初彼屢向余聲叙不要此款，然余志在必清也。聞疾革時以不能見余面爲恨，此後竟永不見其音容矣！坐片刻出，其妾並未與余見面，殊爲可惡。歸後寫信約伯英來談，明日不知彼能踐約否？九時半寢。

二十日　晴　十二月九日

十時起，倦甚，飯後訪彭大椿知其往岳州本籍，不日即回鄂。與章曉霞談數語，回寓後雇車往水利會劉秉三，入門與王雨香值，同與見秉三，談一時許出。購白竹布七尺爲徐凌寫挽聯，文曰："八月判袂，余覓鷺棲，皖水謁公卿，獻賦深慚猶未遇；千里歸來，君已鶴化，暮雲長縹緲，撫棺痛哭有餘哀。"八月初四晚余與淩卿談甚久，表示皖行非余所得已，淩卿頻慰之。淩卿爾時尚無不治狀，彼今與余永訣矣，不覺□句之痛也。寫畢飯後帶同祥焕買香楮等件，命嫗送去。余往電局探鄂城回信，據曉霞説鄂城平安，嚴席珍接電話，謂明日有信轉余也。至彭雨儂家值其出，與其妻談片刻出回寓，清理各事畢，十時寢。

廿一日　晴　十二月十日

九時起，倦甚，飯後往彭雨儂寓談甚久，至電局略坐談。午後二時渡江至次松寓，聞其已往滬矣，皮衣服爲厚訓取回鄂城矣。至李佛波寓談甚久，傍晚渡江在途遇孟春溪同輪渡，起岸後余訪伯英未晤，與季奘説約其明午到余宅談話，彼素失信，明日來與否不可靠也。晚歸，春溪來談甚久去。十一時寢。

廿二日　晴　十二月十一日

十時起，倦甚，飯後往訪邱益三，聞已回鄉。訪傅幼虛談各事，訪范允師談各事。晚八時歸，十二時寢。

廿三日　陰　大北風　十二月十二日

十時起，飯後訪黃煜林未晤，三時歸。四時再出至鴻磐樓洗澡，六時往訪劉伯英談各事，彼似心無定者，聽話若不入。七時歸，晚飯後清理各事，十二時寢。

廿四日　晴　十二月十三日

十時起，至鵬程寓吃飯，彼昨來寓面約者也。同席者慶雲、曾某，十二時出。訪秉三未晤，訪端平知其未歸，回寓晚飯後訪春溪，約其明日來吃飯。十時歸，轉鐘一時寢。

廿五日　晴　十二月十四日

十時起，飯後至武泰閘訪周知安談甚久出，回寓後清理積件。今日便約同學來吃飯，立群先到，煜林後到，餘爲秉三、秋舫、春溪、萃三諸人，得肖鵠信知菊坡今日回鄂。席散後，遂與煜林同至函三宮街晤季強，知菊坡明晨到，與談片刻出。回家後飲酒一杯，十二時寢。

廿六日　陰　大北風　十二月十五日

八時起，早點後渡江至王家巷步行至一碼頭，欲至佛波寓，恐其未起也。十一時渡江，在船上晤許平甫問債權事務所登記事，起岸雇車訪邱益三問公債事，訪楊衡舟於武昌公安局。楊與余十年未晤者也，談甚久。今日家中請女客便飯，余故遲遲回，七時女客去後余始飯。午後與秉三、煜林約菊坡明日在秉三寓吃飯。傍晚晤鵬程談各事出，再回家寫字一聯，十一時寢。

廿七日　陰　晚小雨如絲　十二月十六日

九時起，飯後送畫與周知安，談甚久回家。午後三時至鼎三家，彼約余與菊坡、煜林、立卿、叔通等吃飯，晚六時半方畢。七時歸，代蕙芳辦學校成績，轉鐘一時方寢。

廿八日　晴　十二月十七

九時半起，身體異常疲倦，命祥焕持函向趙少欽左洋十元，送徐宅禮。飯後渡江至一碼頭買线□六尺五寸，當即渡江回寓，命蕙芳料理送去。萃三請吃飯，候至五時半始開席。六時半余又雇車渡江至揚子江飯店，今日立卿、鼎三、煜林等請客並爲菊坡洗塵也，九時席散。余便買热水瓶一個渡江回家，已十時半矣，略事清理各事，十二時寢。

廿九日　晴熱　十二月十八日

十時起，飯後晤伍小南，談鄧姓房子事。午後三時訪菊坡談買屋事，三時半與菊坡同出過武昌路等處，至大朝街看鄧姓房屋頗合意，索價七千六百元，與菊坡同出至余家略坐談去。范允師約明晨十時吃便飯，準明日午後與菊坡再定奪也。晚代蕙芳作圖畫手工諸事，十二時寢。

三十日　陰　大風　寒甚　雨　十二月十九日

十時起，漱畢略坐，往范宅與菊坡談房屋事，已有成局矣。十一時開席，同席者紀盛甫、朱省吾、菊坡父子，范師具酒肴甚豐美，十二時席散歸家。午後三時與小南相晤於鄧宅談房子事，約明日寫準契。五時范季强來，又與訪朱冠今坐片刻出。十時又與蕙芳作畫件改文字，十二時寢。

十一月

初一日　陰　小雨　晚九時大北風
　　　十二時下雪子　十二月廿日

十時起，倦甚。午後范季强來爲菊坡購屋事。二時與同至朱冠今寓，伍小南在該處，遂借軟尺丈地皮，五時方散。歸家吃晚飯畢，代蕙芳辦理手工成績，十二時半寢。

初二日　陰　雪　大北風　十二月廿一日

十一時起，寒甚，飯後未出門，小南探訊菊坡購屋事。午後二時季強來家，小南後至，與擬文契稿付季強取去，約明晨渡江寫約。晚飯後寫紅聯一副、中堂一張，送漢卿之父母七十壽，並其三弟結婚也。九時畢，十時清理各事，十一時寢。

初三日　陰　寒　十二月廿二日

九時起，倦甚。飯後外出一次，菊坡購屋事情仍不能立約，兩方無甚見解。晚九時曾往范宅一次，十時歸。爲蕙芳料理學校成績事，繁瑣甚，十二時半方寢。

初四日　晴　早大霧　十二月廿三日

十時起，飯後欲外出，來客甚多。午後小南、次誠、冠今三人先後來家，所談菊坡購房事愈麻煩。三時知安來，約廿五日至其寓吃酒，爲伯英請也。伯英與余擾知安四五次，今必欲堅約余與伯英同去，已允之矣。晚間仍爲蕙芳幫辦學校成績，轉鐘一時方寢。

初五日　晴　早大霜　結冰　十二月廿四日

十時起，清理案上積件，欲回鄂城省親也。菊坡買房事須候上海回信立約。午後爲蕙芳辦呈文繳成績品麻煩極，晚間欲與了結諸事，十二時半方寢。

初六日　晴　早霜　十二月廿五日

十時起，倦甚。飯後與蕙芳辦各件已清楚，預計今日可送廳也。寫挽聯二付，送九中學校長詹學海，挽其祖與父也。蕙芳今日欲同余回縣，以菊坡屋未寫不能决，因彼在省尚可代表余事。午後三時知安寓候余去，當即雇車往，小談即開席，同席王薦如、黃雨香、伯英等共九人，酒肴均佳，鴻磐樓所辦者。前日菊坡寓请客亦如此，較之漢上筵席廉且美矣。六時席散即歸，聞漢卿說今晚轉鐘後瑞陽輪船開下水，余遂決意今晚回縣。七時與漢卿攜包袱同出雇車至漢陽門渡江，已八時矣，上瑞陽，先晤顧伯梁，熟人也。將包袱交官艙茶房頭子唐榮培，上岸後雇車訪佛波談一時許，並說曹文錫之爲人輕狂諸事。十時半再上瑞陽輪，閱所挂各善書，以戒色爲最警世。十二時唐榮培爲余尋枕被，開三號官艙與余寢，睡尚安也。

初七日　晴　十二月廿六

六時醒，起小遺，知船已開行甚久，睡後甚適。八時茶房呼余醒，起漱後九時食稀飯一盂，九時半付唐酒資一元五角，彼遂謝去，余未寫票，故多給也。抵黃州下划子後遇小齋，上岸小憩，十時雇船渡江，未半時即到，風色順利。到家後家母已起，細詢各事，旋早飯知王僕已辭工不做，小人難養，可爲浩歎。飯後至樂峰家談各事，購紅帖子爲更生、遅生請各親族准酌，與楊厚安商各事，歸後請小軒幫忙分寫。晚間來客甚多，十時往淬成局中略坐即歸，十二時寢。

初八日　晴　十二月廿七

九時起，倦甚，飯後寫各請帖已成，命洪英、明喜分送去。整容理髮一次。楊詞恒來，便留吃飯，旋久孤、少嘉來，因共留之。四時半散去，厚生、夏村又同來，坐甚久，八時余往勉之家補賀其子娶妻也。訪叔和，途遇之，與同至淬成局，又至服初局中，略坐即歸。爲楊詞垣寫二聯，補寫日記。十二時半寢。

初九日　晴　十二月廿八日

九時起，十時往同昌略坐談，便詢及借款事，就其家吃早飯。歸後來客數次，午後清理各事，晚間佈置一切，因明日爲更生備准酌，與鄭宇平之女訂婚約也。十二時寢。

初十日　晴　十二月廿九日

七時起，命洪英、明喜請客，飯後佈置各事已妥。十二時半陪客，艾幼卿等已來。午後一時楊厚安、談克勤之弟俱到，二時開席，三時方散去。傍晚外出一次，十二時寢。

十一日　陰　晚小雨　十二月卅日

七時起，飯後催客，已十時半矣，十二時陪客。夏幼酒先來，午後一時冰人謝服初、張叔和等俱到，爲遲生填庚書。今日准酌二席，爲遲生與周淬成之女定婚約也。二時開席，三時半客方散去。晚間謝、張等又同來坐談至十時去，十二時寫信二件。余連日勞頓不堪，十二時半寢。

十二日　陰　大北風　晚雨　十二月卅一日

十時起，今日天氣驟寒，飯後來客數次，欲寫信未能也。漢卿來述省中各事去，今日請蒲先生來酒叙，蒲爲更生之教師，不能不請者也，午後三時去。晚間天氣尤寒，还王樂峰借款，一一説明結算並親交與持去，彼年老昏瞶，不能不與之説清楚耳。九時汪小軒來説隔壁王姓學屋出賣事，今年八月已典於余，今必欲賣又不能不買，彼等知余意，遂漲價三百串，合之爲一千七百串文，較之龔姓欲寫者貴三百串文。其實此學屋有益於龔者多，余爲牆腳計不能不購。十時立約，交款十元爲定，十二時寢。轉鐘二時得夢，余似在省匆匆晤及杜振卿昆仲等，蓋請余酒食，余不願狀出門，遇大雷雨，衣服俱濕，平地水深尺許。遇夏炳丞囑其爲余雇車來不及，途遇自稱爲孟熊祥其人者，與余评談各事。四時醒，依稀夢境仍在也。

十三日　早陰　晚晴　夜月甚佳　民國二十年一月一日

十一時起，飯後孟愚溪來談甚久去，樂峰來，久旃、厚生先後來談，寫屏四張、聯一對，屏寫王體甚佳，爲鄭華樸作也。久旃送來二聯，與鄭聯均佳。午後三時半夏乃卿來談甚久，國煌請余吃飯，就其家略談歸。傍晚攜更生至浑成局中圓光，爲其亡父問墓地也，表示墓地有水不吉。八時歸，至孟宅爲蕙芳清衣服，共大小、布疋等計四十件，置一木箱中。明日再清別事。十時歸，十二時半寢。

十四日　晴　晚月色佳　寒甚　一月二日

九時半起，飯後爲蕙芳清理衣物已齊備，分置二箱中。午後三時外出一次。晚八時與樂峰同至愚溪家取款，以百元還樂峰急借之款，餘款容日再取，因愚溪今夕無款也。九時歸，十一時往大廟看戲，鄂城有戲，余辛亥年以前看過，今廿一年矣。起義以後吾邑僅民國六年演過一次，余在冶校教授未歸，餘年均懸爲厲禁。今年余歸自皖，值新曆元旦節，演戲至今夕仍未止，便往觀之，不減昔時風景，惟人民值改革後一切豪華俱不如前。今夏五月十八日晚大難未入城市，人民驚散後更不料今夕尚能得此佳況耳。每念上府之天、潛、監、公諸縣，附近之大治、陽新、黃安、羅田、廣濟、黃梅等縣，受戰禍與蹂躪者十室九空，壯者散之四方，老弱轉乎溝壑，真心惻然欲涕也。吾邑何幸居此太平之域，苦樂異勢，蓋亦有天意存焉。十二時歸，轉鐘一時寢。

十五日　晴　晚小雨　旋見月色　一月三日

九時起，十一時命洪英導余至東門內外鄉鄰謝步，因九月十二、十三等日酬謝賓客也。飯後往朱洪生處回看，值其出未晤。晚間周少嘉請消夜，見黃州隔岸火起，當時人心甚慌，城隍廟演花姑戲三日矣。頃始由縣長魯繩月勒令禁止，吾不知前日何以不禁也。十時歸，大廟仍演戲。十一時半余往觀之，十二時寢。

十六日　陰　晚小雨　轉鐘大北風起　一月四日

十時起，倦甚。飯後往萬子湘等處謝客，午後寫聯二副。今日得蕙芳十四日發信，約余往省，因劉、鄧屋事滬上來信囑立約也。當就局中作函覆之，謂准十八日到省。晚寫帖請陳禾生、朱洪蓀、劉駿民吃便飯。今晚大廟仍演戲，引遲生去看，以人多難入遂歸。十二時寢。

十七日　風雨交作　天氣驟寒　一月五日

十時起，飯後至叔和家談片刻，約朱洪生至普山看先祖父母、胞叔森亭公墓地。洪生謂葬法外宜子午向，此墳癸酉年大利。可望富且貴也。胞叔葬處未得正穴。先祖左邊尚可葬，此地甚佳。又謂先祖墓將來可發封疆大吏，所說如此，姑妄聽之，然非余所望，只求此地無水蟻足矣。北風凜冽，未能多閱各地，午後三時入城。四時禾生、駿民皆到開席，禾生談武昌下新河汪姓一異人，余此次到省必访之問休咎也。洪生又爲余看陽宅，謂危難已過，諸無礙處。六時席散，七時余送款還淬成，歸後叔和、淬成又來坐談甚久去。余清理各件，十二時寢。

十八日　風雨寒甚　一月六日

轉鐘一時醒，多夢，旋睡熟。正午十二時方起，飯後寫挽聯二副，送周斗丞之妻與叔和之嫂也。又送周靜安親家大紅對一副，補其做壽也。命周福、洪英分送畢，至王香山家略坐談歸，清理衣物俱齊，明晨天晴往漢也。十時半寢。

十九日　大風雨寒甚　一月七日

十時起，飯後至樂峰家說各事。午後命洪英探小輪，晚六時回信云須到城外歇。九時飯畢，遂同周福、洪英攜箱件出城，至本家傳芝爹行中歇，天寒小雨。十時寢，至十二時不成寐。

二十日　大風雨兼下雪子　一月八日　寒甚結冰

轉鐘一時，天忽大風兼雪子，余於枕上聞，焦灼甚，自是不寐。四時各小輪集河干放汽，周福等來問信，余謂今日決不可行。天明遂與洪英等回家，心煩意亂，寫快信與菊坡説明彼購房屋情事，並函知省寓説余不能即日來省。命周付郵，九時余遂解衣寢，午後三時起，至郵局略坐，四時歸，北風已息。傍晚飯畢，洪、周已來，余遂同與再往北門外朱行宿，候小輪往省，此第二次受罪也。九時寢，眼略昏合。十時又聞北風起，十時半愈起愈烈，十二時怒號矣。心焦灼不可名狀，轉鐘後聞汽笛聲，余遂起，恐周、洪來，余親爲啟門也。久候仍解衣睡，風未息並降大雪，轉鐘三時洪、周來敲門，余答以不能搭船，命彼等再往洋棚去宿。此時城門未開，又不能入城回家也，遂再寢。

廿一日　晨大雪西北風甚烈　午後一時晴　寒甚　滴水成冰寒暑表零度下八度　一月九日

七時半起，與周福攜箱入城，街中未開門，行人僅途遇一二，叫門到家，寒不可耐，内子起升火，余遂與遲生同衾宿，轉鐘二時再起，到家後即擬一電，請謝服初轉省寓，囑蕙芳代表劉姓購屋，畫押事專函請淬成代向謝先説後發也。晚間風定，滴水成冰，較之去歲更爲奇寒。八時半解衣寢，多夢。

廿二日　晴　奇寒結冰　一月十日

十一時起，淬成送電文來閱，蕙芳轉述皖葉來信囑早去，雪舫來信謂開辦在陰曆年終也。余決往皖守候。飯後外出一次，樂峰來談各事，隔壁王姓學屋來足價。晚八時半余飯畢，遂與洪英、明喜出城，周福未來，故易明喜也。到朱坤山家宿，坤山先在家相候，具茶食，談數語別去。十時寢，仍展轉不寐。

廿三日　陰寒結冰　一月十一日

四時起，上漢折小火輪，購得一房艙鋪位，去價一元，可稱奇貴。五時開船過唐家渡，天猶未明。午後二時到漢口，搬運衣箱甚費力，且多花力錢。三時抵省到家，與蕙芳説各事，十時寢。

廿四日　晴寒　結冰　一月十二日

十時起，倦甚，飯後晤劉萃三知近事。寫航空信三件，與月舫、肖鵠、雪舫，請詢菊坡以何時來皖爲宜？晚晤范允師及菊坡之父，知大朝街房子菊已來信作罷。畏首畏尾游移不定，可以見人之胸襟也。九時歸，十一時寢。

廿五日　晴寒　一月十三日

十時起，倦甚，飯後清理各事準備往皖，只候月舫來快函動身。國煌來述各事。午後寄信約周芝安明日來吃便飯，寫大對聯六副。晚間外出一次，十二時寢。

廿六日　陰寒　一月十四日

十時起，飯後渡江晤佛波、渭泉等。午後一時至立群處談片刻，立群爲我測一卦，謂得六沖，沖而復合，必先發表一事不能去，或再爲行政訓練所事也。五時渡江，六時到家，晚飯後街上翫燈者甚多，所謂陽曆元宵，蓋南京及湖北省政府令民衆慶祝者也。元宵無月，與名不符，咄咄奇事。晚七時至曹文錫寓談還款取回金錶事。八時歸，十一時寫信一件遂寢。

廿七日　晴　一月十五日

七時起，馮藝林來談片刻去。十時渡江訪渭泉，約同往盧兵城家中，至則彼已先外出矣，留字出。至渭泉寓吃飯畢，借洋十五元歸。晚六時趙少欽送洋十元來，余遂湊成卅四元還曹文錫，皖省所借款也，事未就而用去百六十餘元。殊懊惱。曹爲人輕狂而誇，與余今年僅認識，此次到皖則見面時多，彼利用余，故以款相借，並非好義者，今夕了此借款，如釋重負矣。九時半歸，十二時寢。

廿八日　晴　一月十六日

九時起，國煌來请余寫信與伯英，勉應之。飯後渡江訪佛波談各事。五時歸，十時寢。

廿九日　晴陰不定　一月十七日

九時起，得紀雪昉信，語言含混，前囑余勿去，頃又囑余往皖，不明其所以也。飯後往文華大學訪夏秋舫說明各事，秋舫已辭文華事，據說亦甚嘔氣。談半時，至養吾家略談，渡江訪佛波，傍晚歸。登前重樓上進大仙，前日所許者也。十時卜牙牌數，問皖事甚吉，謂謀望有成，尚需時日，逢龍虎日必利。十二時寢。

三十日　晴　一月十八日

九時起，知安送款廿元來談各事，飯後誠齋、養吾同來坐談一時許去。午後一時訪夏賦初未遇，留字出。訪熊魯馨亦未遇，訪彭大椿談片刻，訪彭梓師談一時許出，四時半歸。飯後蕙芳自王宅歸，已剪笄矣，余一笑置之。晚十一時寢。

十二月

初一日　晴　一月十九日

十時起，倦甚，午後渡江至佛波、渭泉各處略坐談。晚寫信三件，十二時半寢，多夢。

初二日　陰晴不定　一月廿日

九時起，飯後往王義甫先生寓坐談甚久，王寓屢擬去奉看未果者。王爲蕙芳在女師範學校之教師，近日講佛學寫經甚多，便求得《金剛經》二本及鈔本《玉曆》一冊，謙謙君子，年已七十五矣，精神甚健，屢照顧蕙芳，其孫女燕子曾繼余爲女者也。談一時許出，渡江訪渭泉、兵城俱未遇。晚歸，寫信與菊坡爲大朝街房屋事，十二時寢。

初三日　陰雨　一月廿一日

九時起，飯後往鳳山家詢范月記合同事，便至鵬程家坐談甚久。午後一時寄飛機信至皖，晚間得月舫信，囑余候信動身，蓋行政所尚未有校址也。晚間外出一次，十二時寢。

初四日　雨　一月廿二日

九時起，倦甚，飯後胡升來，囑其順帶各信與劉明夏諸人。午後天雨未出。國煌云伯英要來談話，但彼約余候非一次矣，人而無信，余料其必不來矣。候至五時半國煌又來，謂已途遇其返矣，余一笑而已。晚間蕙芳作魚圓，食之甚佳，十一時寢。

初五日　晨大霧　晴　夜雨　一月廿三日

九時起，發蕭□垓信，聞該校添班，余欲謀一教員。飯後往三一曾校長處，囑代謀華中大學文牘事。晤曾允以今晚回信，又去信詢明敬庵探博文中學已就人否。皖事前日來信含糊，余遂起就近謀小事之念，其實皖事候之四閱月仍無切實答覆，人情勢利與險詐叵測，令余嘔氣無已。午後三時回家，無聊甚，神經雜亂，心緒如焚，皖省八月之行總算孟浪，且不識人也。晚間得伯英信年，辯明連日不來之故，遁詞所窮，殊爲浩歎。八時半飲酒一盞，十時寢。

初六日　雨　一月廿四日

八時起，盥漱後九時渡江，先至石仲章處打電話與范濟蒼，未能通也。繼至佛波店中再用電探，囑余即往晤，晤見范後談各事，余面請其向吳國楨說項。繼晤石雲衢談片刻，繼晤佛波談片刻出，再訪渭泉，值兵城在其家，談謀禁煙事，就其寓吃飯出。至京漢旅館晤黃海濤略坐，許勉之來談數語，雇車至江干渡江。回寓後得曾蘭友信。謂硯農覆書文華校長，已專函約人，尚未得覆也。得肖鵠信知皖事已撥款，或者開辦不遠矣。晚飯後寫金太史信催行卷事，覆肖鵠、蘭友信，十一時寢。

初七日　陰　晚雨　大雷電以風　一月廿五日

十一時起，倦甚，飯後至伍小南家探菊坡信。午後二時與劉萃三同往大朝街看陳姓屋，足軟泥滑，看後至石姓略坐即歸。晚飯後天大雷雨如三月，奇事也。丙寅而後，天時人事殊有不可以常理測者也。十一時寢。

初八日　大雪　嚴寒　寒暑表零度下六度　一月廿六日

轉鐘一時天忽大風下雪，七時嚴寒，十二時余始起。今日北風怒號，堂屋房中樓上俱飛雪盈二寸，晚七時天變晴，已結冰矣。十時寢。今日得皖省肖鵠、濟民來信，殊多感觸，肖鵠居皖四閱月亦未得事，人情可怕如此。十二時展轉不寐。

初九日　晴　寒甚結冰　一月廿七日

十一時起，飯後清理室內外各事，掃雪命人挑之出。午後二時渡江訪施子英、范濟蒼、張渭泉、盧兵城，均晤見，並在盧處吃晚飯。七時半渡江，八時半回家。十二時寫信三件，蕙芳辦表冊。余轉鐘二時方寢。

初十日　晴　一月廿八日

十時汪浪石來談浙事，余臥床聽之且倦，甚不欲起也。十一時因飢遂起，漱畢與談各事，並留其午飯去。午後訪彭大椿談各事歸，晚飯後再訪彭，換字據付利息出，至端平、載聯二處均未晤，留刺出，訪秉三談各事出，至彭梓師寓談片刻，知其父子俱就事矣。雇車回家填對聯款送兵城，並檢楊聯一副與之，昨曾擾其晚餐，今檢此以報也。擬明日渡江親與之，十二時寢。

十一日　陰寒　一月廿九日

　　十一時起，倦甚。飯後渡江先訪朱冠今所說之測字李小峰，未之見也。訪渭泉便交兵城聯二副，楊聯渭泉自取之，氣象頗難看，余甚卑其人。旋兵城來談半時，與同出至稚松寓談果報，及近時世事經歷，就其寓晚飯，並爲其寫會計師招牌。六時出訪佛波談片刻即渡江回家，今晚得家信囑寄錢，得月訪信謂行政所明歲可辦，余事無甚問題。記余往皖謀事，今已逾四閱月矣，所說牽延三月餘，菊坡謂不久即辦者，乃一種圓滑語耳，此事人心於玆益險矣。十二時寢。

十二日　陰寒　一月卅日

　　十時起，飯後寫信與月舫、肖鵠、篤生，答復前日所詢各事也，並匯洋廿八元與高陞棧賬房，囑紀雪昉將前欠洋撥一元爲廿八元八角一分，了結該棧手續。此余在皖謀事嘔氣之一也，尚有質票十元未贖。午後二時親送郵局料理發出，歸後小憩，即往斗級營鴻槳樓洗澡，歸後具香紙，登前宅樓進胡仙，祝禱畢，下樓□畢，八時半請光先公暨胡大仙均臨，詢皖事，不能決。最後大仙示今年年內有信。請徐凌卿亦到，據表示死後無甚痛苦。九時半畢，十一時半寢，上床即安眠，竟入夢，前樓胡大仙似爲康南海化身也，導余至一學校，又似書舍狀，藏書多，囑余檢一小盒視之，內藏各小册，有圖有字，字以細微，辯不甚了了，圖則多似著色山水片也。醒後半時又入夢，似有多友旅行狀，熟人僅有易泮香，車行舟行步行人甚多，見水岸旁有大鯉已被捕者，長三丈餘，目徑二尺許，又與泮香等飲食甚豐，旋醒，已轉鐘三時矣，與蕙芳說各事。

十三日　晴　一月三十一日

　　九時起，飯後訪朱次誠宅，晤其妻，詢明各事出。至黃鶴樓下訪慶云住宅之處，答以無有，何秘之深也。遂登鶴樓瀏覽一小時，此真無聊之日也。訪徐行可，知其已往滬，過鴻磐樓與賈仲明談甚久出，便訪張姓刻字店問章子事，據說尚有好章子，須來省時當送看。至幼虛住宅坐談久，出至范宅晤季强，説明皖省近情，囑其轉告允師及劉老。出後訪曾雨村坐談甚少，八時回家。今日走訪各處，共計路程約十餘里，皆步行。回家後足力不勝矣，十一時寢。

十四日 晴 二月一日

十時起，倦甚。飯後步行至師古齋欲看惲南田畫，聞竹君云已由記常攜赴上滬出售矣，可見眼福亦有定也。折而至電局與大椿坐談久出，至彭愚儂處，聞陳姓藏琴尚未燬於火。因乞彭導余去觀之，此琴周斌階曾出價四百元，該宅未肯售者也。今年十月該宅前重失慎，此琴居然存在，主人遂愈高其價，非五百元不售。檢出看時確係舊琴，裏刻政和辛丑字樣，偽也！大約係清初物，或為連珠，漆灰厚，頗重，有蛇腹斷紋甚少，試其音，走音尚佳，其實不及余今年二月所得之光緒丙子琴也。不知周斌階何瞎眼至此。閱畢出，途遇伯英，與至萬發祥談數語，再至國術館略坐，彼魂心似不定，與語似難入，約羅卓如來談，又口不對心，如説夢話。今日出門總算不吉利也，出門後訪端、載聯均不遇，便過秉三宅留刺出。七時歸家，十一時寢。

十五日 晴 燥如春二月 二月二日

十時起，飯後無聊往访朱冠今談各事，就其家吃午飯。午後三時出至易雪晴家略坐談，至張曜軒寓談甚久，彼新自滬上歸也。明日為先君子忌日，今晚八時具酒肴米飯焚楮供之。先君去世十六年矣，余今臘尤落拓不堪，自思殊焦灼，今夕增感，尤心痛無已。九時半畢，十時閲易師交來詩稿，用藍筆評注之。十二時寢。

十六日 陰 小雨 二月三日

十時起，飯後取新印名片歸，欲渡江，行至望山門中止，晚飯後至易雪師宅送其詩稿還之，談片刻。尹仲韓先生來，皤然老態，談片刻尹先去，余與雪師又談半時歸。十一時寢。

十七日　風雨寒甚　二月四日

八時半浪石來，余以倦甚未起，浪石頻頻談，余遂起坐床上談片刻，彼持節略欲余爲其父母作傳。蓋其族明年修譜，彼藉以留名而已。去後余仍睡，十一時半方起，飯後天愈寒，終日未出門，飲酒二次，解悶兼取暖也。得吳國楨回信約余談話，明日天晴當往再訪耳。十二時囑蕙芳備鞭炮，明日立春，余於丑正行之，已轉鐘二時矣。進香畢，略憩飲茶，遂寢。

十八日　大風雨雪　結冰　今日立春節　二月五日

二時半迎春畢，解衣睡，十時半醒，遂起，飯後寒甚，終日未出門。晚與蕙芳談一時許，十時寢。

十九日　早晴　晚陰寒　二月六日

十時起，得肖鵠信知皖事仍未發表，且云在開年外也。飯後傅幼虛來坐談甚久去，云張心如甚困難，似欲余助之者。余今歲較去歲十倍窘困，且與心如無甚感情，其子住學堂兩次皆余爲力，今不養其父，徒求助於人，無益也。幼虛去後，余即渡江晤吳國楨談片刻，彼先代余寫一信薦王怡群處謀教職員，此未必能有效，看運氣如何耳。在范寄滄處坐甚久出，至佛波處略坐，至渭泉、兵城二處俱未晤，當即渡江回家。飯後小憩，閱報畢十一時矣，遂寢。

二十日　陰雨　二月七日

十時起，飯後外出一次。正午至省黨部晤廖雲漢取圖表六張歸，途遇孫壽山，入其室與呂勉之談甚久出。訪汪津門說片刻，便請其向教育廳進言。歸家飯後小睡起，頭覺重且暈，遍身似畏寒甚。九時即寢。

廿一日 陰 小雨 二月八日

十二時起，昨夜畏寒，睡極不安，頭暈目眩欲嘔，頗難過。辰至午嘔四次，午後一時又嘔三次，心慌亂口渴，二時稍減輕。余起，食粥半碗，周知安來談甚久，留其吃晚飯去。八時半余遂寢，展轉至轉鐘一時猶未安也。

廿二日 陰雨 微雪 寒甚 晚大雪 二月九日

十一時起，昨睡未安，得韻秋信，知其由皖赴魯境遇厄，人如此，爲之太息久之。飯後國煌來，知縣中近事。午後二時至水利局晤秉三，談半時許，就便請其寫一信與佑丞，此亦無聊之舉也。至漢陽門汪萬順探問，知三輔曾回鄂一次，余時在省並未與一晤。買票欲渡江，以風大折回。晚飯後寫信三件，十二時寢。

廿三日 大雪 寒甚 二月十日

十一時起，天氣嚴寒大風雪，飯後國煌來，知其尚未回縣也。午正與同渡江，余逕往市政府會何復州，接談後說話爽直，余前歲曾與在行政會議晤面者也。坐半時，說話能作負責語。出後訪王怡群未晤，留刺及函出。訪范濟滄談片刻出，至京漢旅館晤律之談甚久，用電話探兵城，知其在中央旅社，約余談話，坐未久，渭泉來略坐即出，渡江回家。飯後寫范濟滄紅聯及中堂款。范雖交未久，人尚忠實誠懇，渭泉、兵城交雖久，殊少真味，較之范遠甚，今日之聯及畫余均樂爲之也。寫信與秉三，囑其再與何敬之談話以促余事之成。余二信係覆李長青、傅端平者，十二時寢。

廿四日 雪 午後更大 嚴寒 二月十一日

八時起，九時半進香，十時吃年飯。十一時半渡江送范寄滄，至佛波寓，已一時半矣。彼尚未起，僅與其妾談數語出，渡江回家，聞彭大椿托人來探余回縣，因有事商議也。飯後冒雪往，至則所云謝履有升廳長消息，囑余托人先□其關心余事甚切也。匆匆雇車往秉三處議之，再托佑丞寫信與謝，然未必能有效耳。歸時已九句鐘，余再寫信附寄佑丞，並寫信告知寄滄云余已回縣，事之可靠或寄滄處尚有把握，又覆秋舫信，十二時畢，手冷人倦，遂寢。

廿五日　陰　寒甚　二月十二日

八時起，倦甚，九時早飯僅食一碗，心煩難下咽。十時端平送紙來並取對聯去，談數語，余車在門，與蕙芳說各事出。至漢陽門渡江步行至怡和碼頭，則瑞和已於今晨四時開矣。包袱重，余手不能提，只好雇車至佛波處，行至一碼頭圓門售票處，囑車夫問有船開否？賈售人云大通輪船尚未開，然已十一時半矣。就原車至太古碼頭上船購鋪位，十二時船開行。此輪已老，聞新修理者，行甚緩。五時半到黃州，下划子後即渡江到家，已上燈矣。見家母疾已大愈，飯後談片刻，余清理各事，九時寢。

廿六日　早大雨　午後大雪至晚未止　雷鳴二次
二月十三日

十一時起，吳老表來說各事，晏表叔來說其孫媳背人潛逃事，王久旃來說瑣事，均非余所願聞也。飯後清檢書室中欲寫信，心煩意亂。余十三歲以前不悉家中情狀，十三以後每屆除夕見父親無一次不在窘困，辛亥余雖就事而窘尤甚，蓋是時負債已多，再借已無處可措詞矣。袁夏生同余回縣，乃向汪小軒借得十串文過年。而屋租六串文尚不能付，汪因欲就黃安事乃得相借。因庚戌臘月父親曾向彼借而未與者也。壬子臘月余供職黃安，命太輔送款歸家。癸丑臘月余自麻城回縣度歲，僅此二年年終不窘，然各陳債尚未還清。甲寅臘月先父去世，余負債過年。乙卯、丙辰年終俱窘，丁巳供職大冶中學，年終稍有餘積。戊午年終又窘，己未供職省校，年終在家亦借債支持。庚申、辛酉、壬戌三年在外，通挪稍易，除夕雖困但已預借於省，表面尚不覺其難。此三年中尚分給家中老幼，壓歲錢甚多，開年即速往省供職，預借移前展後，較之己未以前覺運氣漸轉佳境耳。癸亥在閩未歸，寄家用款僅五十元，尚係借自幼虛，蓋自就閩事後，僅撥家中兌周子書之伍十元也。甲子年終不感困難，乙丑係在省城預借百元，年終亦無餘資。丙寅沙市交卸，革命軍來，是年年終僅足用，然過年不敢敷張，然不為難，尚存款五百餘元度歲。丁卯年終徐凌卿、張春元在省寓借助，此時蕙芳在省亦就事，是年雖窘，有徐、張之款尚可彌補，各處安穩過年。戊辰在蒲圻署中度歲，家母及妻兒俱在署中，僅此除夕為余四十五歲以前之樂境。己巳在南門住宅度歲，亦係借款，尚不覺窘。今歲庚午，蕙芳購省城住宅，余有資助。二月間余購縣中東門住宅，借款極多。自蒲署交卸以後往滬，而事因遲未就，致用去旅費二百餘元，今春盧兵城自麻城約余佐理，月可得百餘元，以道遠兼身分所關而未去，八月遊皖，十月初方回鄂，一差未就，致耗去旅費百三十餘元。朋友雖圓滑欺人，亦以余之運氣太壞所致。自滬事錯誤後，有麻城、安徽之一誤再誤，內外計算則損失之數在三千元以上，真令人嘔氣無已。今則省中各處無法再借，縣中各至好處所借尤多。四十五歲以前所受窘困以今歲年終為最，表面雖好，然不購此二處住宅，為難決不致如此耳。晚六時至樂峰、淬成、服初處略坐，訪叔和，知其家吃年飯遂出。九時歸，十時清理房中積件，補寫日記，轉鐘一時寢。

廿七日　早大雪　十時後陰　晚晴　二月十四日

八時吳老表與余說數語出，十一時鄭子題在堂屋大呼余字，余以心煩，昨晚遲睡，未之應也。厚訓與談半時去，十二時起寫信與叔和，請其代借百元。午後三時叔和送款來，仍陳時若餘款也，彼有小差事而時時有積金。余勞碌數年，年終每窘，甚為慚愧耳。命厚訓算賬開消各處。晚八時淬成來坐談甚久去，十二時半寢。

廿八日　雨　寒甚　二月十五日

九時起，袁夏村來談各事，飯後佈置家中開消，總展缺款。午後三時換堂屋屏對，仍用從前紅壽屏。晚间王鑒旃來談片刻去，八時佈置堂屋香案，十二時寢。

廿九日　雪入夜更大　雷聲頻作　二月十六日

八時起，寒甚，下雪盈三四寸，九時進香吃年飯。嚮歲吃年飯多在廿八日，今年因余歸家遲遂改爲除夕，記余幼時至今，吃年飯於除日者僅此爲第二次耳。辛亥國變後余以廿八晨同袁夏生回縣，父親遂改除日舉行。今年亦改此日。午後雪愈大，晚四時進祖宗，燒包袱，舊例也。天雪而雷聲時作，舊習殊以此爲災，世變愈不可思議，此等事已見怪不怪矣。晚九時雪更大，寒甚，洪英來購新鮮白菜三斤去，團年酒畢，料理燈燭等事。今年除夕余心不快懶甚，欲作詩欲寫信俱未能，且身倦不如從前。轉鐘一時解衣寢，睡熟後夢甚雜，不能全記，僅見張肖鵠似有事，欲隨余同去者，又似余已得差，肖鵠尚未有事，問之彼呈不快狀態，蓋似在皖垣也。

民國二十年（1931年）辛未日記

扉頁題字
新正發筆，諸事如意
母壽康寧，利名皆遂
峙三朱繼昌書
辛未老曆正月初一戌刻

又

辛未陰曆正月初一日戌初發筆
新春開筆，利名皆遂
母壽康寧，遇事迪吉
峙三手書

正　月

朔　陰　寒甚　陽曆　二月十七日

　　五時半起，漱畢，進香。庭中積雪盈尺。連年除在外度歲不計外，必往大南門岳廟行香。今日街上雪深，且懼各處涼棚塌下，只得從權，容天晴至岳王前補行香耳。六時半進香畢，開門望南焚表示意。入室進祖宗，與祖宗拜年，與家母拜年畢，小憩。欲出門拜年，不果，飯茶後天已大明。七時解衣再寢，夢余似在省城，所經一大寺觀，遇老幼士商，人甚衆。坐聽電話者。旋夢幼虛來晤，余已住一精潔深宅，四周陳設精美絕倫。又夢秉三來書宅，案頭立談數語，謂某來書，已許爲重要職務云云。十時醒，自是時醒時睡，間有拜年者，余不理也。午後三時半，前庭涼棚塌下一扇，幸未傷人。四時半余起，心忽欲嘔，膈食未化，飲老茶略通。命厚訓同甥婦除庭中積雪，檢涼棚畢。晚六時半進香開筆，就神前卜牙牌數，問今年全年謀望運氣各事，得下下、上中、上上文，有"平地爲山，去年竹篠，今年可作釣竿"之語。解曰：有枯木又生花。斷曰有"蔗漿老甜"及"蔗到甜時節又攢"等句。自卑至高，自邇至遠，均含有今歲漸入佳境意。卜畢吃飯，已囑內子先睡矣。寫唐詩及鄭板橋與其弟書，藹然仁者之言，由貧而宦，由宦而隱，清朝知縣僅見此人。曩余每於元旦必書吉語數紙，今年則兼書詩文也。清理各事畢，十二時寢，多夢而雜，醒後憶之，殊多可哂者。

初二日　早陰　旋下雪　入夜更大　二月十八日

十一時起，飯後少松來坐談，午後寫信六件，致省宅及范寄滄、劉秉三、易泮香、劉伯英、羅卓如、張諧音、劉伯威諸人。晚間謝服初來坐，云陳調元有辭職消息，談甚久去。十二時寫信畢，轉鐘一時寢，不甚安神。二時夢一大貓嚼余左手，起逐之，臥被上猶不去，余頻呼之，迨醒則夢也。

初三日　早有晴意　正午放晴
二月十九日　今日雨水節

十時起，飯後寫信七件，致漁青、益三、次扶、月舫、東宇、肖鵠、佛波等。午後發出，小齋、律之、星垣等先後來坐談去。晚飯後清各事畢。七時具香燭錢紙祀先祖母。明日初四，先祖母忌日也。九時閱唐詩，十一時寢。

初四日　陰　二月廿日

十時起，飯後到鄭宇平家拜年，順至厚菴、樂峰家略坐談即歸。午後二時，叔和、夏村先後來談，留便飯。五時半至淬成局中略坐，訪服初未晤也。天未晴，滿街積雪，行路艱難，擬往小西門親友處未果。晚八時歸，十二時寢。

初五日　陰　二月廿一日

十時起，飯後補附近各處拜年。午後至郵局一次，晚間清理各事。十二時寢後頻聞前堂屋墮瓦聲，甚焦灼。此屋得之未久，去歲秋間又無餘力修葺，工貴難喚，以至此次雪大不能受，然尚慮其塌耳。又余自交卸後，滬上歸來，顛倒錯亂，皖省事未就，至鄂中損失不少。展轉不成寐，轉鐘後多夢。

初六日　陰　二月廿二日

十時起，飯後便往各處答拜。午後三時淬成請便飯，同席者服初、叔和、少松等。傍晚席散，余歸後請神解釋往皖利否，並請先公臨光，似示此月十九民廳有事，武漢事則甚遲也。十時畢，旋卜一課云否去泰來。十二時寢。

初七日　晴　早大黃沙蔽天　二月廿三

十時起。清理堂屋書房各事。十一時命洪英催客。今日便約叔和、少松等吃午飯也。正午來齊，午後開席，二時客方散去。三時半同叔和、小軒往電局，服初請今日晚飯也。八時畢。余歸後清理書室各件，準備明日同王小齋往皖先看情形，再定去留耳。十一時寢。

初八日　早大霧　午後晴　二月廿四日

五時起，內子爲余燒水，盥漱畢，天已明，與厚訓、汪□長等行至小北門外，霧漸大，朱茂林約余等至其新開行略坐，未幾，小齋來談一時許。便回家，吃早飯畢已十一時矣。天放日光，余等遂再出城雇舟渡江，至日清洋棚小憩半時許，洛陽輪已到黃州。余與小齋上船，已十二時矣。船因大霧在黃州下椗。一時船中開午飯，三時船開，過黃石港，天已黃昏。七時過圻州，八時半到武穴下椗。十時余遂寢。

初九日　晴　晚小霧　二月廿五日

　　四時船開，七時起，盥漱畢，食稀飯一盂。八時到九江。余與小齋起坡，到琵琶亭瀏覽半時許出。記亭中一聯爲邑人萬某所撰，頗大雅。文曰："聚散總前緣，最相宜明月一船，清風兩岸；古今幾名士，合共唱大江東去，秋雁南歸。"至車站前，購紙煙二盒，匆匆上船。十一時船開，午飯後伏桌小睡半時許。七時半晚餐畢，船到安慶，九時起坡，到洋棚略坐，雇車入城至高陞棧住卅一號房，與肖鵠、雪舫、伯高問各事，知彼等曾有函至武昌矣。與肖鵠談余離皖後各事，十二時寢。

初十日　晴　二月廿六日

　　九時起，至理髮店理髮整容。十一時與小齋、肖鵠至葉月訪客，唁其有喪明之痛也，談各事，就其家吃午飯。午後一時，至劉濟民家略坐出，與小齋至迎江寺、大士閣各處瀏覽約一時，至日清洋棚略坐歸棧。飯後與肖鵠訪菊坡，談一時許出，訪東宇，談甚久。訪督凡未晤，九時歸，十一時寢。

十一日　晴熱　二月廿七

　　九時起，飯後往督凡未晤，至篤生、子初處略坐，雪舫導余入署也。午後至月舫處略坐，晚至四牌樓略瀏覽，至西街王祥發鞋店訪學徒劉孟堅，問通訊地。劉爲營長子，父死母嫁，殊可憐也。晚與肖鵠談甚久，寢時已轉鐘矣。

十二日　大風雪　寒甚　二月廿八日

　　七時起，九時後大雪兼風，寒氣逼人。飯後往四牌樓購茶葉，至徐崑琳家未晤。回棧後檢各件準備今晚回鄂。午飯四時劉濟民來，約余與肖鵠、小齋到致美樓吃飯，肴美而豐。六時畢，匆匆與小齋回棧結賬，仍將行李等件置棧中。七時出城到日清公司晤其經理人李玉珊。十二時寢，余咳嗽大作，並帶血二口，旋起旋睡，未脫衣，展轉終夜不寐，頭昏腦悶，頗難狀其苦耳。

十三日　大風　旋晴　三月一日

七時半起，昨晚未安睡，心煩欲嘔。更衣後李玉珊約至茶館飲茶，進點心數件。候船未來，殊爲焦灼。十一時端陽輪到，余與小齋及許學源同上船。許蓋今晨由招商局遷至日清公司者也。到船後住第八號房艙。飯後余遂解衣寢。三時半再起，補寫日記，並爲賬房顧伯梁補寫聯款三副，五時舟過小孤山，立欄外觀之。晚十一時半抵九江。中天月色，寒氣逼人，未能登岸。余欲送信投郵，而躉船未靠岸，是以中止。轉鐘二時寢。

十四日　雨　三月二日

船開行余已睡熟，五時醒後方知之。七時半起，八時船過圻春，大雨如注，見上船下船客甚苦。然此味余曾二次嘗之矣。庚戌七月、庚午二月皆可紀念者。午餐後小睡一次。午後二時船過黃州，小齋下船去。晚八時半，船抵漢口，大雨如注，皮裘濕。與覺源同渡江，到家敲門甚久。前重住宅已睡熟矣。與蕙芳談各事，十時寢。

十五日　早九時大雪　午後陰　晚晴見月色　三月三日

十時起，倦甚。飯後清掃室中，寫信與秉之、寄滄、次松、渭泉，告知余已回鄂。午後欲外出，以身倦中止。晚熨皮裘及單袍，皆昨夕下船時打濕者也。

十六日　陰　三月四日

十時起，飯後接鄂城轉來各信。午後渡江訪寄滄、佛波，略坐即歸。飯後訪鼎之、黃建中未晤，至問竹軒談薦學徒事甚久。九時歸，十一時寢。

十七日　小雨　三月五日

　　十時起，飯後往教育廳晤黃建中，談半時出，至許勉之家略坐，與同渡江。余至市政府晤寄滄、履方，談各事出，至京漢旅館晤海濤及梅敬亭，問借債券事，知尚需時日也，便就海濤處吃晚飯畢，與勉之等訪唐春鵬，問津滬事，月訪托余問春鵬發還逆產事故便訪也。至稚松寓略坐談，七時渡江。九時到家，十時寢。

十八日　早陰　午後晴　今日驚蟄節　三月六日

　　九時起，十時飯畢，雇車至許學源寓略坐即出，至柯竹蓀寓，晤其妻談片刻出。至張諧音家略坐談，問近事畢，渡江至仲蘇家未晤，便訪石際平，談各事。至孫亞佛家談甚久，便訪兵城未遇，留刺出。傍晚渡江，飯後閱金太史自泰興寄來會試卷，歎爲奇才。閱其家世，自皖休寧遷泰興，自始祖至其父無功名，五服之親無一入學者，而太史以優貢生考取知縣，光緒癸巳中舉人，乙未會試中廿一名進士，朝考十四名翰林，年僅廿六耳。金來函謂無副本，囑余抄本退還，兼叙及余後任馬仁生又署泰興縣長，緩當函覆之。十二時半寢。

十九日　早陰　午後雨　三月七日

　　九時起，飯後擬渡江，以小雨中止。周際云來，談片刻去，謂已晤伯英昆仲，仍是大言欺人而已。晚間接汪生、翰章自滬發來航空信，附孟壽椿介紹黃建中處，明日或往訪之。十二時寢。

二十日　晴　晚九時雨　三月八日

　　九時起，至黃煜林家談各事，訪鵬程未晤，與其妻說明來意。訪秉之請其致函何敬之。訪黃伯豪，地址似有誤，未尋得也。在牙釐局街途遇朱右庚、陳賡甫，立談數語。午後一時渡江，人多擁擠不堪，至漢訪渭泉談甚久。訪佛波及阮次扶，便談即歸。渡江已七時矣。飯後清理各事。十二時寢。

廿一日　晴　三月九日

八時朱右庚來，余八時方起，與談一時許去。飯後往教育廳晤黃建中，交孟壽椿介紹信，黃仍無確切答覆也。至鵬程、鳳山家均未晤。訪秉之未遇，與其子說數語出。訪范允師兼晤及尹仲韓，談半時許回家。閱金太史制藝並抄二篇。九時寢。

廿二日　晴　三月十日

九時起，身體疲倦異常。飯後陳登甫送大紅聯來請書，送胡劍侯之子新婚者。午後王小齋、孟律之、張奇強、尹仲韓先後來談去。十時抄金太史制藝二篇，十一時寢。

廿三日　晴　三月十一日

九時起，進早點後即渡江訪渭泉，到寓後聞其念經，蓋祈目疾之痊也。然未審其真能改過否，就其寓早飯畢，往訪仲蘇未晤。晤石際平，說話甚冷淡。彼昔年在黃安為紳士，與余交甚密，且無事不示以心腹者。前年其子毓靈充族長，似覺貴矣。戊辰余未作縣長時，曾與其過從數次，並曾宴彼二次矣。今其態度冷靜，真器小易盈者也，與談半時出。訪孫亞佛，談一時許。訪兵城，遇胡劍侯與談各事，復與同乘馬車至青年會下訪羅宣祉，談半時出。至佛波家談片刻即渡江回家。吃飯畢抄金太史制義一篇，十二時寢。

廿四日　晴　三月十二日

十時起，倦甚。飯後太輔來，余問以鄉間各事去。上樓清棉衣。天氣漸暖，裘已用不着矣。晚間至彭愚儂、尹仲韓處，均未晤。至電報局訪彭大椿、章小霞俱未晤。易雪師來談片刻去，十時抄金太史文一篇。十一時半寢。

廿五日　晴熱　三月十三日

八時起，飯後至教育廳晤黃建中，謂決計向民廳保薦余爲縣長，且詢漢川縣願否。此聞之民廳者也。二時半渡江訪渭泉、兵城均未晤。渡江後訪彭大椿談片刻，歸家後寫肖鵠、月舫二信，寄皖問行政訓練所事，究竟能開辦與否。覆滬上汪聲香、北平汪三輔信，述及黃建中今日所談各事。寫竣已十二時矣，還寢。

廿六日　晴熱如三月初　三月十四日

八時半醒，九時夏炳丞拖人力車來呼余起，因前約今晨往洪山也。匆匆漱洗畢，乘車行至五龍橋長湖堤畔，與問賢遇，蓋彼今日入城向某家談做功德也。余與下車立談數語，約以明晨再見。令夏炳丞轉車，訪傅幼虛談各事，訪陸潤甲、幼庚、南田、卓如等處，有晤談數語者，有未晤者。車行皇殿側已聞蛙聲，憶兒時讀書南門，冠後肄業兩湖學堂，習聞此聲，多感觸也。午後四時再訪澄波，今日又晤黃建中，許爲余幫忙。然尚未信其確否。五時往訪陳同儒未遇，至鴻磐樓洗澡歸，已六時半矣。飯後易雪師來談文詩，至十時方去。十一時寢。

廿七日　晴熱　午後五時半雨　三月十五日

六時半起，七時漱畢，蕙芳已起，梳洗畢，夏炳丞來，余囑其做各事畢。八時雇車二輛，與蕙芳等同至洪山，與問賢談及各事。進素餐，頗適口。蕙芳隨余遊覽各處，十時畢，又與問賢談各事。十一時與蕙芳出寺門，雇車不得，行至東岳廟，有車一輛，囑蕙芳先歸。余行至長春觀始雇車回家。午後一時半往三一學校，因校中已畢業諸生新成立同學會，請余到會指示也，到後值已開會矣。耽延約四小時，照相畢，余遂歸。天欲雨，閃電急，途遇張子威，與立談數語。到家後吃飯畢，清檢各事，十二時寢。

廿八日　晴　晚大風　三月十六

七時起，八時欲外出，朱右庚送屛來，談片刻去。九時余往九中學訪陸潤甲未晤。午後至教廳，值黃建中往蛇山行植樹禮去矣，未晤。晚與蕙芳改學生筆記、作文等，轉鐘一時方寢。

廿九日　風　寒甚　三月十七

十一時起，倦甚，張懷本來談各事去。飯後余清檢室內外畢，二時往九中取陸潤甲募款，途遇王樂峰自縣來省，遂匆匆歸家，與談各事。四時，蕙芳自校歸，料理家事及具膳，甚忙。至晚十時方畢。余因籌款事寫信至轉鐘一時寢。

三十日　晴　三月十八日

八時起，飯後與樂峰至首義公園遊覽。在園中遇仲蘇談數語，約同再見。登鶴樓遇漢卿，遂囑其陪樂峰入茶館。余遂匆匆渡江訪洛督凡、鄭瑞卿、李洪黼交各聯，談片刻上坡，後至新聞報館會曾心如，談片刻出。渡江回寓，飯後寫各件，十二時寢。

二　月

初一日　陰　三月十九日

八時起，十時與樂峰外出一次，十一時飯畢，約樂峰渡江遊公園。十二時，王義甫、聞幼浦同來，坐談甚久。午後一時漢卿、樂峰、蕙芳與余同渡江，起岸後乘馬車至中山公園遊覽甚久。四時半至動物園中，見一手足俱短小之人，長僅二尺餘，頭與普通無異，云已四十八歲矣，作舞蟒遊戲。又見黑熊作種種技，頗奇觀。四時余等在茶室小憩，即乘車回，樂峰等逕渡江先回。余至渭泉寓坐談久，就其寓晚膳畢，七時半渡江。八時半到家，十二時寢。

初二日　晴熱　三月廿日

七時起，八時雇車往洪山訪問賢，在東門外途遇之，立談片刻，折回至博文學校，便訪吳昌祺未晤，入城至幼虛宅亦未晤，便訪范允師，途遇之，立談數語。訪劉漢卿先生，知其已病。晤劉錫侯，云皖事不得要領。十一時渡江訪仲蘇未晤，訪渭泉、兵城談各事。傍晚歸。連日聞蛙聲多感觸，憶兒時讀書狀況也。十一時與樂峰談各事，十二時寢。

初三日　晴熱　今日春分　三月廿一日

七時起，飯後渡江。連日爲款事甚忙，心焦灼不可名狀。傍晚方回，飯後與樂峰談各事，十二時寢。

初四日　晴熱　三月廿二日

七時起，八時整容理髮，飯後送樂峰渡江，王家巷渡口碼頭已移至舊武昌關署前矣。余以身疲倦，足不良於行，至碼頭時甚感困乏，與樂峰候船久，渡江後到王家巷，坡甚高，行甚艱，到匯源後，乘車訪渭泉，適兵城至，談一時許，與同至中央社收款。又至京漢旅館換鈔洋，午後回，送交樂峰。六時渡江回家，飯後略憩，已十時矣，遂寢。

初五日　晨大風　天氣變寒　三月廿三日

七時起，九時至三一學校訪曾蘭友，說款事，便至橫街取石章，未刻起。至邱益三處略談。至文華二中訪馮藝林，與同出至魁星園吃午餐畢，至三一學校取款歸。略息即渡江，至京漢館略坐即出。訪曾心如未晤，訪佛波略談。訪王薦旃未晤。今日車行多聞蛙聲，余事仍未有所就，心焦灼無已也。往尋仲章，命其質金飾，送款與樂峰，未晤，逕交劉仲明囑代轉。再乘車往法界晤張立夫。七時渡江，船忽靠平湖門碼頭，余步行回家。十一時寢。

初六日　晴熱甚如初夏　三月廿四日

七時起，八時雇車出東門至洪山訪問賢，僅取洋五元。談片刻，原車歸家。傅端兄弟來談半時許去。十一時渡江到漢口錦春里劉象珍寓。今日王小齋之子吃准酌，列余爲冰人也。十二時半吃小餐，渡江至撫院街胡宅即小齋之新親家，年六十餘矣。此事完全由胡之第三婿孟炳卿主持，內容如何，不得其詳。但論婚甚易，而諸事苟簡，令人不能不懷疑耳。胡宅僅俱茶點，填庚書後即渡江。到漢門碼頭時遇國煌談數語，余命其轉告蕙芳，今夕不候門。到漢後略休息進晚餐，酒席亦簡。冰人有四：一爲閔孝師，一爲孟炳卿，一爲孟律之。陪客甚多。晚八時畢。九時余訪劉西吾及劉伯威談各事。十時與同訪田季威，田梓琴之弟也。談國民黨及其兄在生諸事。大言不慚，不知聞者已冷齒矣。近此四月，黨人抬牌以行，其鑽營伎倆者皆田季威之類也。田於前歲得鄂豫貨捐局長，亦曾買僞字畫及贗鼎甚多。今夕聞其言，乃知於古玩門外漢耳。十一時回京漢旅館，因無鋪位，與鄧勉之、孟律之、沈炳林爲竹戰戲，終夜未寢。

初七日　晴熱　三月廿五

昨夜未寢，六時半上床，僅合眼。八時半渡江，九時到家爲傅樹屏寫紅對一副，天氣連日熱甚，如夏初。屋角蛛網滿佈，室內蚊蠅亦多。天氣已變，不似余兒時讀書天氣也，奇哉！飯後小睡二時許，晚九時半寢。十一時大風忽起，氣候又寒。

初八日　早小雨　陰寒　三月廿六日

八時起，飯後渡江，至渭泉寓、京漢旅館各處。傍晚至中央旅社晤兵城與劍侯，當將漢卿事與劍侯說明，彼已允許矣。九時渡江，十時到家，十一時寢。

初九日　早陰　午後雨兼雪子　寒甚　三月廿七日

　　七時起，八時渡江後乘公共汽車往仲蘇寓，彼未起，遂折回至渭泉寓，談甚久。十時再往仲蘇寓晤仲蘇，談甚久。十一時半始出，仍乘汽車往晤渭泉並在其寓吃午飯畢，天大風雨兼下雪子，已變寒矣，欲出不能。四時雨止，乘車至六度橋一測字名考精實者，渭泉謂其最靈驗。余至，拈一"日"字，問皖事何時可發表？彼謂：烏雲蔽日，難以實現，蓋絕望也。繼拈一"牛"字，問在武漢附近能得一事否？彼判八字云：牛逢陽春，勞力進行。謂事決有，惟勞力，非獨立事也，此事余甚相信。皖事牽延六閱月未發表，蓋劉菊坡以圓滑待我輩已非一日矣。五時半渡江，七時到家。飯後清理各事，十一時寢。

初十日　陰晴不定　三月廿九日

　　七時起，倦甚，蕙芳出門後余命老嫗熱湯一盂，食後雇車出門往馮藝林處，囑其代兌還曾款，於陽曆下月一號交去。此真無聊之舉也。自馮處出門，即渡江至洛陽丸訪鄭瑞卿，探知該輪今晚四時開滬，遂匆匆至京漢旅館，寫信二件，留交小齋與律之閱看。渡江回家，飯後清理各事。葉月舫、劉達五同來談半時去。余決意往皖意已向月舫言明。月舫謂訓政所必辦，但余位置菊坡仍不能定云云。六時吃晚飯，七時渡江，至京漢旅館。八時訪渭泉談片刻。九時半至劉象珍寓尋律之、小齋不着，仍回京漢旅館小憩。訪程次松，知其仍就中孚銀行滬行事，清明前後到職，談片刻出，再回京漢旅館，攜包袱至洛陽丸。因官艙房無位置，賑房鄭、李二君囑茶房備行李，請余住賑房，甚可感也。轉鐘一時寢。

十一日　陰　晚小雨　三月廿九日

　　五時洛陽輪開駛，余睡夢中覺之。七時起，九時船到黃州。余送淬成信並石章二枚，交王次齋手收，囑其即交。與談片刻，次齋交到鈔洋四元，轉托賑房鄭瑞卿帶滬，送大吉輪船賑房蕲君，□事者也。十一時半過黃石港，飯後小睡一時許。二時半過田家鎮，見"鐵鎖橫江"四字刻山壁，此余庚戌所見過者。政變後船數東下，未見清楚，今乃見之，甚以爲快。晚飯後已六時，船抵九江，余乘車至公安局訪朱卓爾，知其在花園飯店，用電話詢之，彼約余即往，晤談甚快。談片刻，約余洗澡，候一時久始得空洗畢。再至飯店，彼已具酒肴矣。有同席二，黃梅縣團董也，述石莊餘爲本籍縣長事，頗多笑話。十時半席散，余雇車辭出，約以到皖後通信。車到碼頭十二時矣。上船後小憩即寢。

十二日　晴　三月卅日

七時起，仍睡，八時半再起，進早點，聞船已過華陽。十時半在欄邊小立，遇殷學淵談各事，殷爲晴川□學生也。十二時午飯畢，檢點包袱。轉鐘半時抵安慶，下划子後天氣漸熱，上岸與李玉珊晤談半時，雇車至高陞棧晤肖鵠。飯後六時半訪菊坡，聞其與汪秋韓洗澡去矣。留刺去，達來意。八時至各街遊覽，九時與肖鵠談，十二時寢。

十三日　陰　午後大風　三月卅一日

八時起，寫信寄朱卓爾。飯後劉錫侯來約遊菱湖，出東門，以風大不能行，折而到吳樾村看戲。三時半出，與錫侯、肖鵠同往大漢旅館，坐談甚久。至錫侯寓吃晚飯畢，饒乃棠、吳西谷等同來，坐片刻，遂與同出。余與肖鵠同訪菊坡未晤，歸棧。東宇、子章來談甚久去。十二時寢。

十四日　陰　晚十時小雨　四月一日

八時起，十時寫信致菊坡、督凡，謂余來皖之日，二次走訪未晤，請其約何時何地可見，表示不久須回鄂之意。飯後與肖鵠同至郵局發飛機信致滬，囑汪生匯款濟用。晚八時走訪菊坡，晤之，談一時許。余懇切談問，問其有辦法否，彼甚窘也。回寓後，東宇、子章談至十一時去，十二時寢。

十五日　晴　午後大風　四月二日

八時起，寫信二件，十一時半，菊坡、督凡同來棧，約余與肖鵠同至益嘉春吃午飯。午後一時畢，與談各事，對於余仍多矛盾語，且圓滑甚，余正色詰之，彼二人均窘甚。二時出，余與肖鵠歸寓小憩。獨往東門至臨江寺一覽即歸。晚飯後與伯高外出一次，至小酒肆食湯包，甚鮮美。十時歸，欲寫信而身體倦矣，十二時寢。

十六日　晴　午後一時大風　四月三日

九時王侶梅來余呼起，與談甚久去。飯後小睡二時起，與肖鵠、錫侯外出一次，五時歸。吃晚飯畢，與伯高、肖鵠至子章寓，便約往同泰棧唐哲生醫生寓，談甚久，錫侯、子初來，遂邀與至昨小酒肆中吃乾絲湯包，甚鮮美。十時歸，十二時寢。

十七日　晴　午後大風　四月四日

八時起，飯後至圖書館看書約五小時。《宋景濂學士集》，余庚午在武昌借閱一次，屢托劉伯和購而未得者也。宋爲元進士，晦於元而顯於明，文章則山林廊廟各自爲派，浙之以文學著者。繼閱《國粹學報》乙巳、丙午二年期，均略瀏覽。劉、鄧諸人，章學湛深，有足取者，刻不知尚在人間否？五時半回寓，知劉達五、韓伯瓊與月舫同來皖。劉、韓覓菊坡謀事者也。晚七時半，欲外出，□督凡持條來，約余與肖鵠在寓候，謂有事來商。九時督凡來談片刻去，詢肖鵠與余就事，暫不變更之事，因余等前有發表後不幹之意。憶老杜《貧交行》一詩，可慨也。東宇、濟民、子章各來談甚久去，十二時寢。

十八日　晴　午後大風　四月五日

八時起，九時途遇范苻臣，談數語。飯後得武昌家信，云十一日周知安曾到省談特稅事。汪敬源送信說漢汽車局歸並財局事，望山門紙店失慎延燒十四家事。午後一時，導伯瓊、達五訪篤生談各事，且牽及許多是非語，余不願聽也。晚同伯高、肖鵠外出一次，十二時寢。

十九日　晴　今日清明節　四月六日

七時半起，寫省城家信，附致范寄滄函問汽車局事，又致函鼎三、淬成、卓爾、仲蘇。午飯後，與肖鵠、伯高、達五、伯瓊等出北門遊菱湖公園，途行見掃墓者，多感觸。余今年仍作客他鄉，至清明不能回里掃墓。皖垣係三次來遊，計去秋至今時逾六閱月，菊坡所謂指派之事仍爲畫餅，欲歸無顏。憶童時讀《國策》，蘇秦於金盡裘敝後一段文曰："妻不以我爲夫，嫂不以我爲叔，父母不以我爲子，皆秦之罪也。"痛哉言乎！人情勢利，較古尤勝。國家政治不良，四民致失常業，非分者、繳倖者，昔爲藍縷，今則富貴驕人，可哂也已！午後五時回寓，倦極欲睡。潘漢叁來談秦璽事並示拓章，與敷衍數語，余睡去。晚九時外出一次，十二時寢，轉鐘三時聞大風忽起。

二十日　晴　大風　四月七日

八時起，得立群覆信，知其已娶妾矣。立群無子，前歲在蒲圻，余曾勸之，彼以貧辭者，今竟行之，亦快事也。飯後與達五、伯瓊遊臨江寺、大士閣，並至嘉賓樓飲茶食點心。四時半歸寓，六時與月舫、肖鵠等同至菊坡寓晚餐。彼前日柬請同學計十人，今日到者七人。八時半席散，余請東主寫信，便托李子章帶往南京，面交石位嘉者也。九時送往鵬慶棧，則子章已出城搭船。余約其子同往仁大輪船尋之，面交帶寧交石。十時回寓，十二時寢。

廿一日　晴　大風終夜未熄　四月八日

七時起，漱畢命光盧收拾行李等件。八時余與伯高遷入西門外太平寺街五十九號肖鵠住宅前房，自行佈置，十一時方畢。午飯後入城至高陞棧，遇劉濟民尋余，便約其至聖公會看報。訪潘漢齋未遇，至南門外日清公司，囑其交已寫中堂與洛陽輪船買辦李鶴亭，與濟民同回寓，吃飯畢已六時半。南門外江干□荻柴起火，燒及停泊之船，二小時方畢。九時與伯高同外出一次，十時半寢。

廿二日　陰晴　午後三時雨　四月九日

八時半起，九時半劉達五、韓伯瓊坐甚久，就此吃午飯。午後一時半與同至高陞棧。得佛波覆函及省城家信，在棧睡二小時，起後大雨。四時半雨止遂歸。王侶梅、徐子初來談一時許去。十一時寢。

廿三日　雨　四月十日

七時起，八時送航空信往郵局，一致滬汪，一致省寓，並挂號寄匯洋四元與張渭泉，其女此月于歸盧兵城子也。並囑蕙芳將對聯請龔雲拔寫就送盧。客中。窘困又復增，此應酬殊爲煩惱。九時至高陞棧達五處略坐出，途遇王侶梅，約其來吃午飯，肖鵠所囑也。午後雨大，傍晚更甚，愁苦無聊。得朱文超覆函，謂厚訓事可設法，然尚需時日耳。十時看書不能入，遂寢。

廿四日　陰　大風寒甚　四月十一日

一時聞大風起，氣候變寒。八時起，劉漢愚、唐哲生同來談半時去。飯後入城往高陞棧，得汪聲香自滬發來航空信，謂匯款不便，內附函請安徽大學法律主任陳顧遠號晴皋者撥廿元應用，遂命棧中茶役送信去。五時劉濟民請余吃飯，以天有雨狀卻之，往訪東宇亦未晤。六時回寓，飯後與伯高、肖鵠夫婦爲竹戰之戲，十一時罷，十二時寢。

廿五日　晴陰不定　四月十二日

紀雪舫、魯威如來，余尚未起，肖鵠陪之談。九時半余始起。飯後進城，與肖鵠、東宇同至菊坡寓坐半時。菊示彼所批《瘞鶴銘》，聞係紀雪舫原題者，照抄《校碑隨筆》中各語，爲邊旁跋，其實一新木刻僞拓也，殊爲可笑。今世貴官喜阿諛，彼先百方曲解此爲水拓精本，余又何必反對耶？二時半與東、肖二兄同往達五、子初寓中，子初外出未晤，與達五談甚久。四時半往一小肆吃湯包，五時半歸，六時飯畢，黃篤生父子來談片刻去。十時半余寫一詳信與汪聲香，云收到陳晴皋撥款十五元，並托售古鼎事。又寫一函與劉伯威，囑其致意仲然，亦以售鼎事相囑，均不得已也。寫畢遂寢。已十二時矣，心亂如焚，頗難成寐。

廿六日　陰晴不定　四月十三日

八時起，九時親送汪劉函付郵畢，購線帶、信紙、洋糊等件，備應用也。入城訪濟民談片刻，便約其往北門孝子坊盧姓瞽者談命，盧已遷至該宅前重，略事修葺，添椅六位，已漲價矣。去臘，盧談命金每人二百文，今增爲二角，殊爲取巧，談余八字竟與去年相反，似覺過去靈矣。謂余三月必得事，四月可獨立事，以下雖不甚佳，然逢凶可化吉，劫財流年也。推濟民八字多驗。十二時出，便至高陞棧，取得詹先致肖鵠信歸，吃飯畢，小睡二時許，甚恬然。三時由寓左上山，行至大觀亭瀏覽一時許，並至西門江干，小立多時歸。五時飲酒一杯，晚飯後與肖鵠帶同其子女往西街遊覽。九時歸，又飲酒一次，十二時寢。

廿七日　晴　四月十四日

七時起，九時入城至各街一覽，便至高陞棧取信歸。飯後又入城，行路尤多，足已無力。連日不得志，自清明以至今日，思想過去未來，無一不生焦灼者。依人殊多，可恥矣！晚歸寫愚溪、星垣、大椿三處信，係展期還借款事。藝林、漁青二處信，遂移挪借款事。蓋自去秋遊皖後，借債累累，一事未就，反將已就之事棄去，殊爲懊惱耳！又寫梅仙一信，倦極遂寢。

廿八日　晴　四月十五日

七時起，頭暈痛不能自持。九時入城便往達五、伯瓊寓略坐。十時往圖書館看書，十二時歸，飯後又往圖書館看書，無聊已極。四時半歸，飯後寫信二件寄鄂，心無鵠，亂寫而已。晚十時寢。

廿九日　晴熱　午後五時大風　四月十六日

七時起，頭痛不能安寢也。十時出門，循城外走，天氣漸熱，不能耐，入南門訪達五，談片刻，欲近聖街測字未果。至圖書館看書，正午歸。飯後覺疲乏甚，遂午睡一小時起。嗽痰中帶鮮血三四口，心煩甚，足亦漸軟，此蓋由連夕寢不安，心亂如麻，事未就，而各處借款又到期相逼而來者也。午前受熱，飯前飲酒食煙，以後當戒之。三時小憩，仍出門往圖書館看書，五時半至西門外澡塘洗澡一次。晚飯後欲出門，以足軟遂止。寫信與滬，一乞其授治方，一乞治肺病藥，皆《申報》中所登載者。十時大風，寒甚，遂寢。

卅日　晴　大風　四月十七日

八時起，身體不甚安適。九時半往圖書館看書，正午歸寓。飯後再往圖書館看書。晚飯後寫信二件，一致渭泉、冰臣，用飛機信發出，候彼回信也；一致黃建中問余事如何。此均無聊之事，本可不問，凡事之成否有定數，特以人當無聊時必欲一詳詢之。十二時寫畢，預明晨發出也。

三　月

初一日　陰　大風　七時半日食　四月十八日

三時聞風愈大，氣候已覺寒冷。七時起出門觀日食未能見，蓋墨雲密布一時許未散也。八時半余送信往郵局，十時往高陞棧，得仲蘇覆函、武昌家信，知蕙芳又病，並轉黃建中約余談話信。惜余致黃信已先發矣。正午在圖書館看《南山集》多感觸，始知戴褐夫著述多在四十以歲，成名則在五十以後。集中頗多種族思想，發於文字中明顯者最多，無怪當時《南山集》一案，文字賈禍者，羅織之慘也。飯後小睡一次。晚因大風未出門。九時半寫仲蘇信，並寄家信，又附一信致黃建中，至轉鐘二時方畢，已精神疲倦不堪矣。遂寢。

初二日　陰雨　寒甚　四月十九日

七時起，八時欲送飛機信與郵局，歸後盥漱。十時閱《申報》，知西班牙已易王國爲共和國矣，國王交一切政權，交共和黨首領，出避英國。王室諸人出亡時，狀況甚慘，政體變更、新舊交替時，喜樂悲哀之人情，中外古今如一轍也。飯後以天雨寒甚未出門，一時小睡，二時半方醒。東主同其戚坐談甚久去。飯後閱梁敬叔《勸戒錄》半本，十二時寢。

初三日　曇　午後雨　四月廿日

八時起，九時送信往局，退還金薌意太史舊試卷，挂號寄遞，藉示尊重之意。入城便訪劉濟民，談片刻出，往高陞棧探武漢有信來否。歸寓，飯後閱《申報》載吳佩孚電南京云：不久起程，逕到西湖住家，囑某轉告蔣介石，不必匯款到川。奇事也。午後以大雨未入城，並閱《勸戒近錄》半本。此書今春復閱，余前五年欲購不得者。丙寅冬避難至宜昌，購得分類之《勸戒錄》一部，爲姚福坪借去，姚欲之，余遂贈之矣。每當拂意時閱此，頗覺窮達必安命，作善終可回天耳。十時寢，轉鐘時天大雷雨，終夜未停。余曾起一次，嗽仍帶血，自是難安枕。

初四日　陰雨　今日穀雨節　四月廿一日

二時醒，大風起，寒甚。安慶今春多風，不知曩日氣候何似耳？七時余起，飯後欲外出，未能也，閱《勸戒錄》二小時，晚仍閱此本罄三十餘頁。寫致蕙芳信，告以治痔各事，十二時寢後聞大風又起。

初五日　晴　四月廿二日

七時起，洗漱畢即送航空信付郵局，兼寄稚松、右庚信。稚松信係詢彼到滬後情況，右庚信則請其代借款償馮藝林欠款也。便訪達五、伯瓊，談甚久歸寓。飯後訪月舫，略談各事出，往各街瀏覽一次，歸後得兵城、渭泉兩信，知彼等近況，晚間作函答覆，並寫信與汪金門，請其向何黃問說各事，均擬明晨付航空郵遞也。轉鐘一時半方寫畢，二時寢。

初六日　雨　晚九時見星月　四月廿三

七時起，八時送張、汪二處飛機信發出。十時寫文契本，閱《勸戒錄》半本。飯後往圖書館看書報，五時歸。晚飯後小睡一次，甚適。八時半起，九時看新書，十時寢。

初七日　早陰十時以後晴　晚九時雨　四月廿四日

八時起，十時訪潘強齋，欲看字畫。彼昨約余未訪也，今日訪之，聞其出矣。訪達五、伯瓊，談甚久。飯後數訪強齋始遇之，與同至江姓看字畫，則沈石田、王麓臺畫，皆偽作。姚姬傳字真蹟也，惜下半脫飛，不能再裱。閱畢即出。回寓後聞肖鵠說菊坡前所約余爲編審委員之說，又係虛偽之辭，然余已早料及矣！余自去秋來此，見菊坡所行爲，無一不虛偽者，彼所說至娓婉動聽者皆欺騙之語，隨後證之，無一可信。甚或作自欺之語。嗚呼，此真所謂自欺欺人者也。鄂人及各處來謀事者，均囑候信，甚有候至數月而典押俱盡者，彼並不送一元川資，結果謀事人恨之甚深。蓋彼之數囑人回去，只是一個恨字。乃牽延過久，仍無一事與之，涉波濤者愈深，至於沒頂，恨者至入骨矣。余三次來皖，本非得已，徐看其所爲再圖歸計而已。晚九時寫信與盧兵城，十時方畢。十一時寢，展轉難寐。十二時雷雨大作，至轉鐘三時猶未安枕，思過去未來事，焦灼靡已。

初八日　陰　小雨　四月廿五日

七時起，九時外出一次，飯後又外出一次。日來焦灼萬分，無以自解。晚寫信一件，在東宇家小坐，取得致石信嘉一函。歸寓閱《勸戒錄》

半本，十二時寢。

初九日　晴　午後大風　晚間星月甚佳　四月廿六日

七時起，九時與伯高送信至局，便同入城往五芳齋吃湯包畢，至高陞棧晤雪昉，老楊來看相，亦有談中者，一笑而已。回寓飯畢，同伯高往迎江寺坐敘甚久，入城後便訪唐哲生、劉達五，七時晚飯畢，八時唐、劉來寓談各事去。十時寢，轉鐘二時醒。天氣燥甚，不能蓋薄衾也。余起，見天空星月均佳，再上床，展轉不寐。

初十日　雨　四月廿七

二時半天忽大雷雨，黎明時雨聲粗，七時猶未止也。八時余起，十時得稚松自滬覆函，知其已接中孚行計核科長矣。接鄂城袁夏村函。飯後往月舫寓坐談菊坡近事，月舫始尚爲之曲辯，繼聞余言，謂菊坡對於余事未十分盡力云云。自葉寓出後，往訪劉濟民未晤，回寓飯後小睡。得仲蘇函，謂已晤何，交上履歷片，事則看機會如何耳。晚九時寫信二件，十二時寢。

十一日　早雨旋晴又雨　晚九時大雨傾盆　大風至黎明　四月廿八日

七時起，八時送飛機信復仲蘇者也。飯後外出，便訪達五，談片刻歸。午後三時，天忽又雨，晚九時大雨如注，水入余室中盈寸矣。擾擾一時許方掃畢，十一時寢。

十二日　陰雨　午後晴　大風仍雨　晚十時大風急雨　四月廿九日

八時起，飯後賀明階來談甚久，與同出，途遇達五、月舫等，又回寓來談甚久出，余與明階訪陳雲卿未晤，與其母談片刻出，與明階在一小館食湯包、乾絲等，頗可口，四時半回寓，飯後與伯高等在西門外各街遊覽歸，十一時寢。今晨發武昌家信，又寄廖純古一信，爲彭大椿之子謀一轉學證。又致黃建中一信，詢余事確否有效也。

十三日　大風雨　氣候如冬　四月卅日

八時起，九時送信，出門便往高陞棧，命老盧送信與李玉珊，交對聯中堂付洛陽丸賬房鄭瑞卿，午後在圖書館看書三小時。歸時遇大雨，晚飯後未出，看《勸戒錄》一小時，十一時寢。

十四日　陰晴不定　五月一日

八時起，飯後到會審處問各事，晤見：金秉璋號春卿，紹興人，黃秩庸粵東梅縣人，皆審判員也；曾雲翔號槭亭，監利人；曹平之、汪建民皆書記官也；陳仲藩，霍邱人，亦書記官在病假中，餘則錄事；沈漣漪、張震寰俱皖人；曹寅生，湘人；賀凌霄，鄂城人；孫念轂，桐城人；曹寅生，湖南人，俱晤見。前書記官長沈佩玉號韞初，潛山人，與余亦見面。尚有偵查四人已見。夏秋屏一人亦同鄉金牛人。午後三時，菊坡來處，肖鵠欲余至其室見之，余辭以有事。未幾，菊坡來余室，立談數語，約余過其室中談話，余冷靜自持，未與多語。坐片刻，余不辭竟出，聞彼與肖鵠說，囑余忍耐，隨圖兼差。如行政訓練所開辦，仍以余爲主任云云。肖鵠來轉述，余一笑置之。彼毫無誠信，尚在作欺人語，益顯其狡而已。五時半余歸。飯後寫信覆内子，因今日曾回武昌，來航空信約余歸，尋夏賦初謀事，夏新得漢口稅局長者。噫！交情如劉菊坡，余來皖三次，正顏厲色詰責之，劉乃以此事與我。夏爲一面交，其何能爲力耶！内子爲余憤慨，故作此書。九時寫信與次松，囑其致函與夏，作爲碰運氣。寫詳函與内子並附夏函。轉鐘二時方寫畢，倦而遂寢。

十五日　晴　夜月色佳　五月二日

七時起，八時送飛機信往局，九時與肖鵠同到處辦公。十一時半歸，飯後賀明階來談甚久。午後二時半，與肖鵠又到處，閲例行稿二件，擬批六件。六時回寓。飯畢，余單獨入城，至高陞棧晤達五等，談甚久，並送致劉楚青函、周淬成函，附家信告余已就事矣。十時歸，十一時寢。

十六日　晴　五月三日

八時起，十時與伯高、肖鵠等至西門外飛機場看飛機。到十一時半回寓，與肖鵠並出門至梅東宇家吃飯。同席者吳樹勳，天長縣長新到省者。三時畢，往高陞棧晤達五、雪昉，談一時許歸寓，小憩後往澡堂洗澡一次。晚飯後未出門，寫信二件。一致汪翰章，一覆孟愚溪，明晨當發出也。十一時寢，展轉不寐。

十七日　大雨　五月四日

八時起，昨夕睡極不安，頭暈目眩。九時與肖鵠同往處辦事，批案四件。十二時乘車回寓，大雨如注，飯後二時往處辦批三件。三時開處務會議，議決三案，六時歸。飯後吳樹勳來奉看，坐片刻，余外出購物，不願聽其表政績也。十時寢。

十八日　早陰　午後晴　晚十時大雨　五月五日

七時起，與伯高至東門外江干看風景。今日爲五月五日革命政府紀念日也，各機關放假。在茶肆與伯高略坐，飲茶食點心畢，至日清公司探信，知瑞陽上水尚未到，與該棚張姓托各語出，入南門至賀滇階棧中略坐。十一時半回寓，飯後滇階來，爲竹戰之戲，至晚十二時半方罷。轉鐘一時寢。大雨如注，余起數次，終難成寐也。

十九日　雨　今日立夏　五月六日

七時起，滇階先去。八時到處辦公。飯後批案五件，判詞二件，已整理畢。晚間未出門，大雨竟日未止也。十二時寢。

二十日　晴　五月七日

八時起，九時到處批答數案。飯後無多事，晚外出一次，歸後寫信數件，十一時寢。

廿一日　晴　五月八日

七時起，至宅後山上呼吸一刻鐘，盥漱畢，與伯高同出門，送夾袍至染衣店，途遇溟階，至江萬春食點心畢，到處已九時矣。批稿十件。飯後往處辦稿一件。得蕙芳自武昌來信，云住客萬惡，已具控二署，令其搬家云云。晚至達五棧中略坐歸，十一時寢。

廿二日　晴　午後四時雨　五月九日

七時起，八時至處，知各員外出，往黃家操場舉行紀念去矣。飯後到處辦公文數件，晚間未出，十二時寢。

廿三日　雨　終日未息　大風　五月十日

八時起，得彭大椿及淬成信，述及厚訓之次子已殤矣。前次來信述及有病，究未知何病也。午後風雨更大，與伯高等為竹戰之戲，至晚十一時止。腰部痛，心慌不可耐，遂寢。

廿四日　雨　大風寒甚如冬　五月十一日

八時起，九時到處清理各事。十一時得電話，菊坡云下午不到處開會，囑轉告各員。飯後再往處，寫淬成、大椿、朱卓爾三信發出。五時歸，今午午睡後胸膈不暢，又痰中帶血三四口，想係胃間有火也。七時閱《勸戒錄》半本，十一時寢。

廿五日　晴　五月十二日

八時起，九時到處辦公。午後三時開評議會，六時方罷。晚飯後辦理判詞三件，十二時寢。

廿六日　晴　五月十三日

八時起，九時到處，批稟數件。午後三時批稟三件，五時歸。晚寫大聯二副。一垚雲，一華卿，周淬成所托者也。十一時寢。

廿七日　雨　寒　五月十四日

八時起，九時到處辦公，十一時半歸。大雨如注，天氣又轉寒矣。飯後小睡半時許。二時到處清理各事，寫信一件，備明日請假也。五時命僕往日清公司，探瑞陽輪何時到皖。囑於今晚十時來回信。六時回寓，溟階、錫侯在寓，因肖鵠約吃飯也。九時僕來回信，謂瑞陽明晨六時到皖。余遂檢點衣物，就寢已十一時矣。

廿八日　晴　五月十五日

四時起，更衣、盥漱畢，天已明。五時與張小階同出門，到日清公司時六時矣。候至九時半，聞船已到，余與小階到官艙。茶房唐榮培云有空房，即第一號也。安適甚。便訪賬房顧伯良，談片刻出。十二時午餐後睡一時許。晚飯前閱《新聞報》及《大公報》，見摩登欄內載各通信並該報記者答語，時事人情，變態愈到不可思議之境。推其所及，將來不知奇到如何地步也！"摩登"爲英文名詞，意謂現代也。美文意謂包含現代的性質，是新式的，不是落伍的。"摩登"二字近三年成爲流行之名詞矣。九點一刻，船抵九江，余購湯碟十個，又購醬油碟二個，去洋一元，價較去歲昂矣。十時一刻船開行，余補寫日記，十一時寢。

廿九　晴　晚雨　五月十六日

七時起，船到黃石港，八時進早餐。十時船過黃州，余交信件並對聯囑小齋送淬成，並囑其往余家中告知余已回鄂，大約一星期可回縣也。十二時午餐，遇戴少山始知渠由滬上船者，彼住官艙第四號房。飯畢與談各事。午後一時小睡，二時起。四時船到漢口，小雨，余即渡江，五時到家。飯後問蕙芳各事，十時寢。

四　月

初一　雨　大東風　五月十七日

八時起，倦甚。飯後渡江，大風，輪船到漢時，震蕩甚駭人。起岸後訪渭泉，談甚久出。乘車訪仲蘇，談片刻，並晤幼平、愈友、漸達等。出訪兵城未遇，出乘汽車到中央旅社，聞兵城外出矣。訪佛波談甚久。渡江到家，飯後與蕙芳談各事，十一時寢。

初二日　雨　五月十八日

八時起，倦甚，十時雇車往郵局，取茂道所寄之洋十八元，至馮藝林處還清前挪之五十元。談半時出，便訪邱益三問各事。十二時歸，飯後以雨大未出。四時半，易雪師命人持片，言有湖堂同學在座，候余吃酒，至則鵬程、雨村、鼎三、梅宣等，飯後暢談甚久出，回家補寫日記，十時寢。

初三日　雨　五月十九日

八時起，倦甚，飯後渡江一次，晚間得皖垣轉來各信。晚飯後與蕙芳談各事畢，十一時寢。今午後在漢口訪張群，見其新娶如夫人。

初四日　陰雨　五月廿日

八時起，身體疲倦，左額痛甚，午後渡江一次。周知安來談，晚寫信二件，閱書報，寫屏一堂、大聯二副，皆知安所囑者也。紙佳墨飽，寫甚爽快，蕙芳爲余牽紙，十時畢，十二時寢。

初五日　陰雨　五月廿一日

八時起，飯後訪彭大椿，談各事。午後訪黃煜林未晤，晚九時至其家，談甚久歸。飯後十一時寢。

初六日　早陰晴不定　晚雨　熱甚
五月廿二日　今日小滿節

八時起，塗聲瑞、彭大椿來談，十時半雇車至知安寓吃早飯畢，十二時矣，與同至下新河訪汪某，在茶肆小憩，聞汪去冬回蘄水本籍矣。與知安行下新河正街中。余壬戌癸亥間訪石和蓀，屢到下新河而未遊正街也。三時入城，便訪漸達、諧音，俱未晤見。回家後得肖鵠自皖來信，並轉到劍侯、茂道、劉楚青等信件。十二時寢，今午發挂號信與肖鵠，囑其向菊坡轉假七日。

初七日　雨　五月廿三日

八時起，九時渡江至石仲章處取紅聯紙，至怡園乘汽車，至仲蘇家談片刻，因其寓有袁、余諸人在座，未便久談。仲蘇堅留早飯，余托詞辭之。至兵城家談甚久，就其家吃午飯，渭泉來又談甚久出，渡江訪曾誠齋，取洋六元出。訪馮藝林談各事，就橫街爲淬成刻大章二枚，定定洋二元二角，較之昨看各處章子，尚稱廉價也。四時歸，六時半飯畢，十時寢。

初八日　陰　五月廿四日

八時起，倦甚，飯後渡江訪仲蘇、兵城，俱未晤。與佛波說明明日須回籍，便往皖也。傍晚渡江回寓，清理各事，十一時寢。

初九日　晴　五月廿五日

八時起，身體異常疲倦。飯後清理各事畢，三時渡江訪仲蘇、兵城、渭泉，俱晤見。四時半往佛波寓，值其圓光，腹飢甚，六時半吃晚飯。八時，李命僕送余上鳳陽輪，購得鋪位，甚適。九時船開，十一時小睡，十二時醒，自是難成寐也。

初十日　晴熱　五月廿六

二時船到黃州，下划子後到洋棚小睡二時許，天明渡江。風色甚利，七時到家，見家母病已大痊，兒輩亦好，甚慰。飯後小睡二時許。午後三時，攜遲生至周淬成局中略坐談，出晤樂峰、小堂諸人，晚十時寢。

十一日　晴熱　五月廿七

八時起，今日擬至姚家隴謁先公墓未果。飯後至叔和家略坐即歸。客來數次。晚間樂峰來談，余便說帶更生往皖讀書事，更生已願意。夏村來家，余亦便說之，因更生尚不能執筆爲文，且缺常識也。十二時寢。

十二日　陰晴不定　晚雨　五月廿八日

八時起，王樂峰請吃早飯，兼晤春溪。午後往淬成局談各事。今晨得渭泉、兵城函，知吳國楨已發表鄂財廳長，囑余即往省。三時在謝服初局中請打電話，得章小霞問及此事，小霞亦囑即來，余便托其告知蕙芳，准明晨搭大輪到漢也。便爲服初寫大對一副，爲許榮甫寫大聯二副，就郵局吃飯。榮甫添菜，六肴均佳。七時回家，留王興發，囑其明晨送余搭輪也。十二時寢。

十三日　早陰　午後大雨如注　五月廿九日

轉鐘二時醒，自是不成寐。四時囑內子起，盥漱後，五時同王興發出門。身倦足軟，不良於行，出小東門，雇船往黃州關，在茶肆久候，而各家輪船俱未至。九時至王小齋洋棚中，其姪輩招待余甚好。飯後船仍無影，焦灼甚，十一時襄陽輪到，大雨忽至，幸攜有雨傘、皮鞋，否則衣服上下俱濕矣。在划子上遇嚴適之，彼係回省者，談數語。上輪後購得鋪位，窄狹又熱不可耐，心煩甚。午後五時，船抵漢口，大雨如注。余攜有包袱一件，雇車未成，步行至一碼頭搭輪，真以爲苦矣。在過江輪船上晤范寄滄，詢及國楨何時接事，彼囑明日須由余寫一詳函與之。

卅一日又須送一函去，因吳事多，恐貽忘也。七時渡江回寓，飯後與蕙芳談各事，浴後遂寢。轉鐘後咳甚，痰中帶血，蓋今日在船中受熱甚，上岸後自提包袱，汗出如瀋，外受雨濕，不勝其苦。

十四日　雨　旋晴　五月卅日

八時起，早點後渡江訪仲蘇、兵城，俱晤見。發吳國楨函。午後渡江，便訪黃離明，值其往中華大學。晚寫一信，提及吳國楨事。回家後另寫一函致其寓中，恐彼遺忘。晚飯後與蕙芳談各事，十一時寢。

十五日　晴　五月卅一日

八時起，倦甚。十時渡江訪佛波，請其看余氣色，謂鄂中進行二事殊不可靠，仍以往皖爲宜。午後渡江訪彭大椿，請其卜之，謂財廳事難有效，程介紹事必成云云。晚飯後無聊甚，獨至黃鶴樓尋一卜人羅姓，爲余卜吳國楨處事可成否。彼謂已落□空，僅有六成可靠。若欲事成，總在陰曆廿三日以後也。晚歸，清檢各事，寫快信至皖，謂余二日動身，三日可到皖。鄂事無成，皖事似不能久曠耳，寫畢十二時，遂寢。

十六日　晴　六月一日

八時半倦甚，立群來家，余始起。便留其吃午飯畢，爲余卜財廳事可望成否，似不甚利。謂交五月節方佳。立群去後，余外出一次，晚歸，又寫一信寄安慶。十一時寢。

十七日　晴　六月二日

八時起，九時渡江訪渭泉、兵城、仲蘇。午後四時再往渭泉寓，聞萬耀東今日定來寓。余久欲見者，請其一決休咎耳。五時半許家鵬、同淩保鋆先後到，萬耀東同朱慶之來，談論間知朱曾□道於萬者也。朱、萬均天門籍。萬爲人甚謙，年廿六，與談各事，謂盧兵城此數月進行無效，謂余進行財廳事不成，仲蘇介紹他事亦不成，仍以往皖爲宜。八月大佳，且有財，甚厚。余請爲家母治咳疾，爲蕙芳治氣血不和症，萬謂明晨可開方相示也。渭泉凤勸余入道，余不願意。周子蔭斯時亦來渭泉寓中。余看周凌道進香請萬傳道術，彼堅囑信仰，每日夜須打坐四次，余笑許，謂子夜可靜坐而已，餘事俱約明日再談。余往皖之志已決，渡江回寓已十時半矣。與蕙芳說今夕遇萬事，十二時寢。

十八日　晴　六月三日

七時起，八時半渡江訪萬耀東，至存仁巷附近，未尋着。途遇朱伊仲，必欲余至其家略坐，後與之同往訪萬。談半時與伊仲同出，至其寓吃午飯畢，再訪萬耀東，談甚久。彼謂余鄂事進行不能成，到皖可望兼差，八月後可回鄂，且可得財政最好之事，又爲家母開一藥方，寫一函囑余交安徽大學李文郁，謂李道力甚深也。自萬寓出，即往李佛波寓略談。佛波囑仍往皖，謂余氣色未開，鄂事進行無效云云。渡江後即發信與皖寓張肖鵠，囑派人於五日晚到江干接余衣箱。晚飯後洗澡畢，正出門欲至易先生寓中談話，適郵差送信來閱，係范寄滄所發，謂吳廳長已委余爲幫辦秘書，囑即到廳辦事。時已晚，遂雇車訪范，未晤，再往青石橋訪之，途遇立談數語，范囑明晨到廳供職。歸後小憩，細思此二日已決赴皖，乃事變如此，只有就近可兼顧家事，實余所願也。十時寫信二件，十一時寢。

十九日　晴　六月四日　星期四

七時起，九時與劉萃三同出，打電話數次，未能通。武昌局電話生，向來習氣甚壞，殊可惡也。十時到廳先晤范寄滄，囑余暫負文牘一部分事務，辦函稿數件。午後晤吳國楨談數語，詢及以後所辦之事，就易泮香寓吃午餐。二時再到廳辦函稿十餘件。六時時回寓，寫信至皖，辭去書記官長事，請肖鵠轉白，菊坡說暫補劉鼎三也。今日辦事多，頭暈痛。十一時寢。

二十日　晴　六月五日　星期五

七時起，八時雇車到財廳，上午辦函稿廿餘件。午餐仍在泮香處吃。午後寫函告知知安、佛波、渭泉及各至好，云余已就財廳事，暫不往皖也。辦函稿十件，六時回家，飯畢，少荃、晦公先後來談，去。晚十一時寢。

廿一日　晴　六月六日　星期六

七時半起，八時到廳辦事。秘事處諸辦事一人，譚治平號堯峰，沔陽人，同學譚少欽之胞姪，余已覺輕爽矣。午餐就廳中搭火食，較爲便捷。天氣漸熱，似不能擾及少欽也。午後六時回寓，飯後來客數。晚寫信回鄂城催帶衣物帳子來省，又發次松及各處信。十二時寢。

廿二日　晴　六月七日　星期日

八時半汪載聯自黃州來，談甚久去。飯後余渡江便訪佛波，談半時。訪渭泉、兵城俱未晤也。三時回家，囑夏炳丞接章小霞、汪載聯、但芸村等明日來家吃晚飯，持帖囑即分送，晚外出一次，十一時寢。

廿三日　晴　六月八日　星期一

七時起，周知安來談半時許去。八時到廳辦公。午後辦函稿十餘件。譚堯峰起稿甚速，甚爲可喜，余已減輕一切矣。午後六時回家，馮藝林、周樹棠、汪載聯、大椿、曉霞先後來，七時開席，八時半畢，盡歡而去。汪明日回黃州，馮、周則屢約吃便飯而未實踐者也。十二時寢。

廿四日　晴　六月九日　星期二

七時起，八時到廳。上午辦函稿四，午後辦函稿三，餘則分派譚治平辦理。檢閱吳鳳遷函，寫作均好。查職員簿中爲應城人，特務員中新取消者也，便問陳兩若君，知爲寒士。亦請余向廳長方便關說。余遂向吳婉説，竟允許批示，指定爲余幫忙，此亦機會也。晚六時回家，十二時寢。

廿五日　晴　六月十日　星期三

七時起，八時步行到廳，竟費時歷三十分鐘。余在皖寓步行到會審處僅十二分鐘，此則路遠二倍矣。天氣漸熱，以後此費似不能免。辦函稿三件，李博仁、何復州薦陳同儒一函，昨由廳長作普通信交下，今日往關説，以暫無辦法覆之，可見陳尚無緣也。天下事皆有"運氣"二字存乎其間。午後六時回家，飯後寫信一件，胡升自寶塔州歸來，述及何養吾此次未受損失，爲之心慰，囑胡打電話至匯源棧，知余衣物俱已帶來，囑胡升明晨往取之。十二時寢。

廿六日　晴　大風　六月十一日　星期四

七時起，八時到廳，陳亮若引吳鳳遷來見，知其曾與劉菊坡在蔣雨巖處同當秘書者也，落拓如此，劉則飛黃矣。天下事皆有命存焉。九時半辦信稿數件，餘則分交譚、吳二人辦理。飯後電詢漢口匯源棧，云鄂城衣物已帶來，囑胡升取之，云未到。晚六時歸，十一時寢。

廿七日　晴　大南風　六月十二日　星期五

八時起，盥漱更衣畢到廳辦公。午後至泮香寓略坐，熱不可耐，即出。回廳辦信稿數件，晚六時歸，得各處信，無非謀事。余初入廳，與吳無甚感情，而外人不察也，容當婉覆之。十一時寢。

廿八日　陰　熱　晚九時雨　六月十三日　星期六

七時半起，八時到廳，上午無多事。自譚到後，余事已有人分辦，吳鳳遷來，事愈簡矣。午後寫汪京門信，爲之道賀兼薦厚訓，不知有效否。余已就事，或者汪能酌予厚訓一職，人情大抵然耳。午後五時歸家，略詢各事，即雇車至周知安寓，因彼約余吃便飯也。在其寓，六時畢，六時半出，訪何養吾未晤。訪姚漁清，晤其子，言在漢未歸。訪幼虛談甚久。訪邱益三，囑其約債權事務所同人催債券事。九時雇車歸，洗澡畢，清理積件，回各處信。十一時寢。

廿九日　晴熱　六月十四日　星期

九時起，倦甚。飯後三時渡江至京漢旅館並各至好處，兼晤仲蘇，談各事。九時後［歸］，十二時寢。

三十日　晴　六月十五日　星期一

七時起，八時到廳辦公，午後外出一次。一時半到廳，辦理函件甚少，因吳、譚二人到廳已數日，除重要函余自覆外，餘均交彼二人辦理也。六時回家飯，來客數次，十一時寢。

五　月

初一日　晴熱　晚小雨　六月十六日　星期二

七時起，陳賡甫之子來談片刻去。八時到廳。飯後到次誠寓略坐，便請其寫摺扇兼晤亮丞，談片刻出。午後一時到廳，晚六時歸，劉景祥來談半時許去。飯後清理各事，十二時寢。

初二日　晴　熱甚　六月十七日　星期三

六時半聞幼浦來，七時余始起，與談半時。八時到廳，昨今兩日函件甚少。飯後二時半，余支借洋百元，以五十元托王庚渠帶鄂城家中，濟端陽節之用。晚五時渡江回家，聞呂調陽因共黨嫌疑為偵緝隊帶漢口行營質訊矣。姚漁青、余子琴來坐談甚久去。十一時半寢。

初三日　晴　六月十八日　星期四

七時半起，八時到廳辦公，午前事簡，午後閱信稿。近數日余閱辦信件甚少，有吳、譚二員幫辦一切也。六時歸，十一時寢。

初四日　雨　寒　六月十九日　星期五

七時起，八時到廳。早起着衣少，甚寒。午後閱信稿，晚五時歸，清理書房中各事，掃除整理，費時甚久。余今夕擬搬書室中居住也。十一時寢。

初五日　陰　舊端節　六月二十日　星期六

八時起，八時半到廳，午後四時余即出。今日午餐係在易泮香處食。出廳後往次誠、亮丞處略坐，便往王義甫先生家略坐談。五時歸，陳賡甫來坐甚久，爲其子謀事，所談無一通世情語也。晚十二時寢。

初六日　晴熱　六月廿一日　星期

八時周知安來，余始起，王安民、王伯彥先後來談甚久去。飯畢渡江訪仲蘇、眉宣、海濤均未晤。訪兵城，談數語出，至洛陽丸，與鄭瑞卿談各事。彼前次帶椅子交黃州洋棚，余尚未付價，因便謝之。五時渡江，飯後往趙少欽家略坐即歸。清理書室各件，十一時寢。

初七日　晴熱　今日夏至　六月廿二日　星期一

七時半起，八時到廳。午前無事，余寫私信三。一致仲蘇，一卓爾，一覆鄂城家信。午後六時回寓，飯後渡江，送洋十三元與洛陽丸賬房鄭瑞卿，因前次彼曾爲余購椅子十把寄鄂城者也。上船交款後，小坐即歸。渡江到家已九時半矣，十一時寢。

初八日　晴熱　六月廿三日　星期二

七時半起，八時半到廳。今日無多事，晚六時歸，十一時寢。

初九日　晴熱　六月廿四　星期三

七時半起，八時到廳。主官今日未到，無信件。午後外出一次，寫對聯三副，晚六時歸，十二時寢。予今日四十六歲初度。

初十日　晴　熱甚　九十度以上　六月廿五　星期四

七時周知安來呼余起，談各事。八時到廳辦公，午後分各信件與譚、吳二人辦理。晚六時歸。飯後傅端平來談片刻去。十時天氣更熱，至不能寢。十二時上床後又起，小坐數次，竟如伏天。

十一日　晴　熱甚　六月廿六　星期五

八時起，九時到廳，十時開廳務會議。天熱甚，十一時半畢，午後未辦事。寫信覆各處。晚六時歸，飯後未出門，十一時寢。

十二日　晴　熱甚　九十度以上
六月廿七日　星期六

七時半起，八時到廳。午後無多事，晚五時半歸。飯後清理各事，十二時寢。

十三日　晴　熱甚　九十度以上　六月廿八日　星期日

九時起，至理髮店剃頭一次。歸後則誠齋、鳳山、田陸二生先後在座候余談話，十時去。十一時至陳穎生寓午餐，皆三一學校同事也。天熱如蒸，食畢即歸，欲渡江未果也。晚間在家閒談。十時寢，天熱難睡，坐起數次。

十四日　晴　悶熱　六月廿九　星期一

八時起，八時半到廳，早有風，舉行紀念週，長官未至也。午後無多事，五時回家，飯畢。七時天氣略改涼，十二時寢。

十五日　早陰雨　午後大雨約三小時
六月卅日　星期二

八時半起，身體疲倦甚。九時到廳，飯後長官未到。無事可辦，六時回寓寫信四件，十一時寢。

十六日　晴熱　七月一日　星期四

七時起，八時到廳。午後一時居停囑余代見來賓，非所願也。謀事者人多，應付對答殊以爲難。來賓中有一師晴川黨訓所學生數人，尤難措詞也。見卅餘人，四時畢。五時廳中發表新入職員，舊被撤者殊爲可憫。六時回家，飯畢乘涼。十時寢。周嫗引廳中被撤女職員楊某來陳述多事，至十二時方去。

十七日　晴　熱甚如伏　七月二日　星期四

六時陳賡甫來呼余起，坐至八時始去。余飲茶後到廳。午前信件極多，交吳、譚二君辦理答覆。午後居停又欲余見客，聞余出，派譚代見九人。五時半回家。陳同如、何養吾來談甚久去，十一時寢。

十八日　晴　熱甚如伏　七月三日　星期五

八時起，八時半到廳。今午信件極多，分吳、譚二人辦理。午後六時回家。飯後欲外出，天熱足軟，未果。十一時寢。

十九日　晴　熱如伏　七月四日　星期六

七時起，八時到廳。陽新鍾河嶽來謀事，余即寫函應山縣署，先請方獻廷探該縣財局事，再寫介紹信，似覺於彼事有益也。午後一時見客卅餘人，敷衍應付約二時畢。五時回家，十一時寢。

二十日　早陰午後悶極晚大雨如注
七月五日　星期日

七時起，八時渡江。先訪佛波，送張莘荄介紹信，請佛波轉交。再訪盧兵城，談片刻，因彼事多未久坐。此次薦韓少荃作書記，彼已留用。薦裴晦公作股長，彼尚在考慮中也。訪仲蘇、幼平，談片刻出，匆匆渡江回家。飯後小睡一時許。傅汝弼、郭良遂、雷子敬、彭少芳等先後來談，去，紀廷蓂來，余未晤也。十一時寢。

廿一日　雨　晚雨更大　七月六日　星期一

八時起，九時到廳。午前信件多，午後見客二次。六時回家，來客數次。嚴姓名莊者謀黃陂局長，談刺刺不休，此真妄想者。飯後即寢。十時醒，起坐一次。十二時再寢，大雨屋漏，又起數次。

廿二日　早大雨　街道水深一尺　七月七日　星期二

九時起，九時半雇車到廳。大雨如注，至大巷府學前，水深一尺。至廳，則前重水盈六寸矣。今日辦信件甚少，見客一次。午後六時回家，飯後覆各處信，蓋已積壓數日矣。十一時寢。

廿三日　陰　晚雨　今日小暑節　七月八日　星期三

八時起，八時半到廳辦理信件。午後見客二次。五時半回家，飯後同儒、平侯、晦公等先後來談。十一時寢。

廿四日　雨　午後更大　七月九日　星期四

九時半起，今日廳中放假，余未出門。午後為汪載聯寫畫扇面已齊全，為吳端偉寫扇面一張，晚十時寢。

廿五日　大雨　七月十日　星期五

八時起，八時半到廳，十一時會客至十二時止。午後六時回家，飯後來客數次。十一時寢。

廿六日　陰　雨　七月十一日　星期六

八時起，八時半到廳，正午見客約一時許。午後五時回家，飯後來客三次。十一時寢。

廿七日　雨　七月十二日　星期日

九時起，十時剃頭一次。飯後來客數次。擬外出未果。晚飯後閱報一時許。十一時寢。

廿八日　陰晴不定　七月十三日　星期一

八時起，九時到廳，清理積件。午正代見客，飯後辦理信件，晚五時半方畢。六時回寓，客來數次。飯後小憩，十一時寢。

廿九日　晴　今日初伏　七月十四日　星期二

八時起，九時到廳辦理各事。十一時見客，午飯後整理各事，覆各處積壓信件。六時回家，飯後來客數次。十一時寢。

六　月

初一日　晴熱　七月十五日　星期三

八時起，九時到廳，午正會客約半時許。飯後整理各事，覆各處函。午後五時回家，飯後來客數次，晚十一時寢。

初二日　晴熱　七月十六日　星期四

八時起，八時半到廳，午前十一時見客，飯後辦理信件。教廳來函，請本廳派員監試，余便求之，因近日會客頗以爲苦也。五時半回家，飯後來客二次。十一時寢。

初三日　晴熱甚　七月十七日　星期五

六時半起，七時半到教育廳監試考留學生，應試者僅十二人。十二時畢，午後一時方進午餐，腹飢甚。食畢余即回家，略休息即寢，約二時起。易子敬之子持函來謀事，自是以後，王裕游、陳康甫、萬熙等先後來坐談。熊小堂自縣中來，又欲另謀事，余甚厭之。此人每患得患失，見異思遷也。晚十一時寢。

初四日　晴熱甚　午後三時大雨如注
七月十八日　星期六

六時起，七時半到廳，清理信件，並詢譚、吳、王以昨日事如何分配、如何解決。八時半到教廳監考，飯後渡江。天氣甚熱，在輪渡中遇劉蜀疆，談各事。起岸後至京漢旅館，晤黃、王、何、孟諸生，略談，便為竹戰戲。八時半畢，匆匆渡江回家已十時矣。十一時寢。

初五日　陰　小雨數次　七月十九　星期

九時起，甚倦。一某姓一馮□南之子來談謀事，刺刺不休，余頗厭之。十一時，朱士堪、宋濟賢二生來談。宋乞介紹函與傅端平；朱則來奉看者，便留午餐去。午後一時，大椿來談甚久去。余三時雇車回看章震旅，車行水中，卒不能抵其寓而返。至次誠寓略坐談，便與李亮澄送行。李此次任建始縣長，才具平庸，又體弱多病，余決其難應付也。四時半至傅幼虛家略坐。回家晚膳畢，汪俊源及同鄉陳姓，並裴晦公皆來談謀事，去後清檢各處。十一時寢。

初六日　陰　七月二十日　星期一

七時起，七時半到廳，九時半紀念週，十時半會客。午飯後寫信數件。午後五時回家，晚飯後來客二次。十一時寢。

初七日　雨　七月廿一　星期二

八時半起，倦甚。九時到廳，十時半見客。午飯後小憩二時。覆各處積壓信。五時半回家，飯後寫信二件，十一時寢。

初八日　大雨竟日　七月廿二日　星期三

八時半起，昨睡甚恬。九時到廳，上午無事。午飯後見客人數少，爲近日所稀事也。午後無多事。大雨未停。晚六時回家。飯後衛子良來索余寫信薦教育廳，不得已寫數行與之，又刺刺談不休，約二小時去。十一時寢。

初九日　雨　七月廿三　星期四

八時起，八時半到廳。午正見客，午後閱文件。晚六時回家清理各事，十一時寢。

初十日　雨　今日大暑節　中伏　七月廿四　星期五

八時起，八時半到廳，清理各事。正午見客，午後閱《財政月刊》編稿。晚六時回寓，十一時寢。

十一日　晴　晚見月色　七月廿五　星期六

八時起，倦甚。八時半到廳，十一時見客二次。午後閱月刊稿，仍未畢。渡江一次，晤石仲章，囑帶茶葉等件回家。三時回廳，六時回家。飯後訪鄭雨平，談一時許，並約其明日到家吃便飯。留字與李薦如，約同來也。九時整理書案上積件。十一時寢。

十二日　陰雨　晚雨更大　七月廿六　星期日

八時起，傅端平來，請寫大紅對一副。談甚久，便留飯去。午後易泮香來坐談。四時，鄭宇平、鄭威甫、李薦如等來。譚少卿亦先單約到家。五時開席，六時半畢，七時客散去。十一時寢。

十三日　雨　午後晴　七月廿七　星期一

八時起，劉海洲來談謀事，略與敷衍數語出。八時半到廳，十時紀念週，居停報告各事。十一時代見客。午後三時閱編輯股稿，已畢，隨後閱一科文件。五時半回寓，飯後趙少欽來談片刻去，十一時寢。

十四日　早陰　午後三時晴　七月廿八　星期二

八時起，八時半到廳，聞保安門外武信閘堤昨夜三時已潰，淹斃人民甚多。各軍隊已遷入城駐紮矣。十一時會客。飯後二時寫信寄皖，又寫信寄鄂城，請樂峰暫緩愚溪借款也。三時閱文件，五時半回家，來不相干謀事之客三人，殊可厭也。陳賡甫、魏子良來談甚久去。鄭萬選來談各事去，十時寢。

十五日　早雨晚晴　七月廿九　星期三

八時起，八時半到廳。十一時見客，午後閱例行公事，六時回家。來客數次，晚寫信二件。十一時寢。

十六日　陰晴不定　七月卅日　星期四

七時起，八時到廳。正午見客，午飯後寫信四件。晚六時回家，清理各事，十一時寢。

十七日　晴熱　七月卅一日　星期五

八時起，九時到廳辦公。十一時見客。午飯後小憩二時，閱文件，寫對二副。六時回家，十一時寢。

十八日　晴熱　八月一日　星期六

八時起，八時半到廳。十時閱文件，十一時見客。今日陳同儒與余談及欲辭職，多憤慨語。余冷靜處之。彼發脾氣，殊無可取也。午後閱文件，寫對聯三副。五時回家，飯後乘涼畢，十一時寢。

十九日　晴　熱甚　八月二日　星期日

九時起，十時彭大椿、梅鳳山先後來談，便留早餐。午後爲竹戰戲，約萃三，遂成局矣。午後一時同儒來，余遂讓之入局。今日天氣熱甚，晚六時罷局。晚飯畢，陳、彭散去。余十一時寢。

二十日　陰晴　八月三日　星期一

九時起，倦甚。九時半到廳，十時半紀念週畢，小憩。正午見客。連日堤防大潰，漢口市水深二尺矣。後患可虞。去臘除夕雷鳴甚久，應有此災。午後閱文件。五時回家，飯後寫信二件。十一時寢。

廿一日　晴熱　八月四日　星期二

八時起，八時半到廳辦公。十一時半見客。午後閱文件。連日水漲不已，武興閘已潰，保安門外明倫街水深尺許，聞各堤防甚可危也。晚六時回家，飯後與蕙芳談各事。十一時寢。

廿二日　晴熱　八月五日　星期三

七時半起，八時到廳，十一時見客，午後閱文件。聞今日江水又漲，堤防可慮。漢口又大水過，已成澤國矣。余屢思渡江一看情形，聞舟中展轉極不便，以至李佛波處亦不能探視。晚六時回家，飯後小憩，身體亦不適，十一時寢。

廿三日　晴熱　八月六日　星期四

七時起，八時到廳辦公。十一時見客，午後閱文件。寫信與周淬成，因會計處未取得現款，遂未發也。五時半回家，飯畢小憩。晚聞江水又漲，難民甚多。今年天災如此，後禍猶未已耳。十一時寢。

廿四日　陰雨　八月七日　星期五

七時半起，八時到廳辦公，十一時半見客。午後閱文件，晚六時回家，寫信二件，十一時寢。

廿五日　早陰　午後大晴　今日立秋　八月八日　星期六

七時半起，八時步行到廳，因晨風甚涼，且一覘街市近狀也。十二時見客，飯後閱文件，六時回家，飯後補寫日記。連日事忙，身體委頓，未能秉筆。蕙芳又病，心灼無已，十一時寢。

廿六日　晴熱甚　九十度以上　八月九日　星期日

八時半起，十時以後熱甚，終日未出門。連日思渡江看各友，以水大不能去。晚六時周知安來談甚久去，十一時寢。

廿七日　晴　大風　八月十日　星期一

八時半起，九時到廳，十時與同事到省政府作紀念週。熱甚，聽何竹雪演說，無精采。十二時回廳，飯後見客。午後三時閱文件，六時回家。飯後小憩，閱報一小時，十一時寢。

廿八日　時雨時晴　大北風　八月十一日　星期二

八時起，八時半到廳。大風，聞堤防甚危險。今日居停未到廳，無多事。午後六時回家，飯後閱報，十一時寢。

廿九日　晴熱　八月十二日　星期三

七時半起，八時到廳辦公。飯後見客一小時。午後寫信二件，晚五時回家，聞圲水匪仍未退。今午省城拉夫甚急，不知軍隊開何處也。十一時寢。

卅日　晴　八月十三日　星期四

七時半起，八時到廳，正午見客。飯後小憩，閱文件一小時，寫信二件。晚六時回家，十一時寢。

七　月

初一日　晴熱甚　九十七度上　八月十四日　星期五

七時起，昨夕蕙芳病略減，與談片刻出。八時到廳辦公，正午見客，飯後寫信一件。得縣中信，聞水漲未已，殊為可慮。晚六時回家，知蕙芳今午小產矣。蕙芳不信余言，前五日誤服藥，致有此事，殊可憫也。晚熱甚，宿堂屋中，展轉不寐。

初二日　晴熱甚　九十八度　八月十五日　星期六

八時起，八時半到廳。連日江水有增無已，堤防可危。廳中辦事員司俱呈焦灼之狀。我縣江水日增，蕙芳病似甚重，余則焦灼狀不能以筆宣也。正午來賓，已設詞拒之而已。晚六時回家，十一時露宿，天熱甚，手不停扇，轉鐘三時猶未成寐。

初三日　晴　酷熱　九十八度上　八月十六　星期日

八時起，天氣即熱，飯後尤甚。梅鳳山送金庫券來，坐片刻去。午後五時半，余往平湖各處看水勢漸漲，人心惶惶矣。晚間蕙芳又病，甚可慮。十時狀轉佳。十二時余宿庭中。

初四日　晴　酷熱　九十八度上　八月十七　星期一

八時起，九時到廳辦公。聞江水又漲，城內橫街、新街等處，水盈尺矣。搬家者絡繹於途，厥狀甚慘。天氣尤酷熱不可耐。蘄水有土匪，警報日亟，軍隊亦未開往，鄂城亦頗可危也。耳之所聞，殊為煩惱。今日來賓，居停與余均托詞拒之。時局如此，竟有不通人情之來賓，殊為可恨。六時回家，飯後小憩，欲外出未能也。十二時宿庭中，手不停扇，展轉不寐。連日聞蘄水匪未退，鄂城水因洋南湖堤防潰後，水入城甚深，余縣居已淹水至三重矣。一念及此，焦灼無已。

初五日　晴熱異常　九十九度上　八月十八　星期二

八時起，八時半到廳辦公。飯後酷熱異常，晚六時回家。飯後閱報半時，十二時寢堂屋中。

初六日　晴熱異常　九十八度以上　八月十九　星期三

七時半起，八時到廳。午後來客二次。晚六時回家。飯後聞水勢仍漲，殊爲可慮。天氣酷熱，手不停扇。十二時宿庭中，展轉難寐。

初七日　晴　酷熱　九十九度上　八月二十日　星期四

八時起，九時到廳辦公。飯後天氣酷熱。晚六時回家。飯後聞水勢未退，山後橫街等處漸漲矣。十二時宿庭中。

初八日　晴　酷熱　九十八度上　八月廿一日　星期五

八時起，九時到廳辦公。飯後聞水勢仍未退，晚六時回家，飯後欲外出，以熱中止。十二時宿庭中。

初九日　晴　熱甚　九十九度上　八月廿二　星期六

八時起，八時半到廳，飯後聞水仍漲未已，堤防可危。午後閱文件。晚六時回家。天氣熱甚。蕙芳病逐日減輕，甚慰。十二時寢，展轉不寐，遂宿庭中。

初十日　晴　酷熱　午後百度以上　八月廿三日　星期日

九時起，聞水勢未漲。飯後奇熱難受，寒暑表已達百度矣。晚間熱尤甚，宿庭中，展轉不寐。轉鐘三時，大風忽起。

十一日　晴　大北風　今日處暑　八月廿四日　星期一

八時半起，九時半到廳。昨夜北風，天氣轉涼。十一時紀念週，飯後閱文件。晚六時回家，飯後小憩，閱《勸戒錄》二小時，十一時寢。

十二日　晴　大風　八月廿五日　星期二

八時起，八時半到廳。今日天氣甚涼，飯後與王小宋登黃鶴樓看水勢，似已退五寸矣。余本擬今夕搭大輪回縣祀祖，以大風，搭小大輪船均不便。午後三時寫信歸家，云暫不能歸之理，囑家中提前祀祖，勿候余歸也。晚六時回家，飯後往保安門城上看水勢，半時許歸。飯茶吃點心畢，閱《勸戒錄》二小時，十一時寢。

十三日　晴熱　北風　八月廿六日　星期三

八時半起，昨夕天氣涼，睡甚恬也。九時半到廳閱文件，十一時畢，飯後小睡半時，閱報，知江水漸退。晚六時回家，飯後閱《勸戒錄》十頁。十時寢，十二時傷風鼻塞不可耐，轉鐘三時猶未睡穩也，時起時坐，焦灼無已。

十四日　晴熱　東北風　八月廿七日　星期四

九時起，九時半到廳閱文件，飯後剃頭一次。午後三時往郵局匯款還孟愚溪利息四十八元，還汪翰章寄皖十五元，交其父代收。皖行為余四十五以前恨事，耗去川資旅費約二百七十元，取得薪水實數不過七十元，至今仍未清償此款。劉菊坡待人無誠信，而又好虛面子，此等人其不可交者也。四時回廳，仍閱文件十餘起，六時回家。飯後聞漢口江邊有一大煤油船失火，黑煙蔽天，自三時至七時猶未熄。煤油見水，火愈烈，以故無有救者。今年奇劫畢現於武漢，天實為之，謂之何哉？八時登曬臺一望，十時半寢。

十五日　晴　八月廿八日　星期五

八時起。八時半到廳辦公，飯後小睡一時許。午後三時閱文件，六時回家。飯後小憩，十一時寢。

十六日　早陰雨　午後晴　八月廿九日　星期六

七時半起，八時到廳辦公。午後閱文件，五時半回家。飯後鄂城財政局長蔡文傳持蕭敦五函，述交代已清事，約二小時尤刺刺不休。初見面如此，其人辦事才可知矣。何養吾、曾誠齋來坐談半時去。十一時寢。

十七日　晴熱甚　寒暑表九十度　八月卅日　星期日

八時聞昨日蔡文傳來，求談話，余托病拒之，與內子說數語去。十時余起。飯後欲外出，天熱未果。午後五時外出，至文昌、望山兩城門口一閱，水勢稍退，臭氣難聞。途遇夏炳丞送信來。一爲周淬成述余縣宅四進均被淹狀，且知家母並內人、兒輩分居各處；一爲夏村、勉之共寫信，述及鄂城添開典當事，囑余早由廳發執照事。晚七時歸，十一時寢，轉鐘二時咳嗽頻作。

十八日　晴陰不定　午後小雨一次
八月卅一日　星期一

八時起，昨夜睡不安神。九時到廳，聞省府函知廳內股長以上人員，均須到府做紀念週。蔣介石來鄂，均須往聽演說也。正街上沿途戒備嚴。余以心煩不願去，乃閱文件，並覆周袁等函畢。飯後購零件回家一次，午後三時再往廳，得淬城廿九日函，云縣宅前重倒塌，詳細情形未列也，並請函知漢陽財政局爲其本家留補勤務兵事。已專函再說矣。六時回家吃晚飯，閱《勸戒錄》十頁。晚間西北風時作，天氣改涼，再閱《勸戒錄》十頁。十時寢。

十九日　晴熱　九月一日　星期二

八時起，九時到廳辦公。飯後往黃鶴樓看水。途有餓殍二，災民之受病者也，見之殊爲可憐。至奧略樓旁，見段耘村，呼與往茶館同坐，談一小時，並晤馮潔云述近事。二時回廳閱文件。四時盧兵城來談片刻，便約其往鴻磐樓吃飯，並約陳邦燾同去。席散後往漢陽門江邊看水。較昨日又退二寸許，共退尺餘矣。遇劉東青，立談片刻，七時半雇車回家，十一時寢。

二十日　大風雨　九月二日　星期三

三時大風忽起，天氣變寒。九時起，九時半大風雨，出門行至望山門始雇就一車。到廳小憩，無文可辦。飯後閱文件，六時回家。飯食過多，胸膈滿漲約一小時。飲茶後略坐片刻，與蕙芳談各事。十時寢。

廿一日　陰晴不定　九月三日　星期四

八時半起，九時到廳。飯後閱文件，寫信寄鄂城。五時回家。飯後閱《勸戒錄》十頁。十時寢。

廿二日　晴　午後熱　九月四日　星期五

八時半起，九時到廳。飯後小憩。午後一時渡江，在一碼頭起坡。沿途有跳板，頗難行也。久望財政廳所雇定之划子，不知在何處。余今日渡江，本擬往仲蘇、佛波寓中一看情形，然水深跳板窄，雇船又不易，仍折回渡江。已知漢口濱江街市被水之大概情形矣。百年未逢之災，余生今日偏見之，真不幸也。到廳後閱文件六。五時回家，見周淬成所薦之周祥興來，余恚甚，候彼數日，昨已囑漢陽財局補人矣。范春芳之妻來述代領款事，已面辭，不能爲力。淬成來函述及家事，余縣宅前重尚未塌，家中寄居各處之老幼均好，汪孟利息已代還。惟汪星垣催款甚急，頗可惡，勢利之徒殊不可與交也。留周興祥暫住一二日，候信。十一時寢。

廿三日　晴熱　九月五日　星期六

七時起，七時半步行至三一學堂，與曾校長談片刻，雇車至高家巷文華中學，晤馮藝林談片刻，皆欲爲周興祥另謀一事也。九時半回廳，飯後閱文件。午後三時半蔡爠民約吃飯，與桂競秋同去晤畢競存，湖堂同學也，二十年未見，彼新自荷屬南洋群島回國者。述南洋政治風俗甚悉，蓋海外桃源也。不過寄居外人勢力下，身體居位雖得安全，亦痛心之事。吾國自辛亥革命以後，亂廿年，民不聊生，使國家得如滿清末造之政治，此時僑民回國者必多，何以家資數千萬之多數僑民，寄居海外爲寄生蟲哉！聽畢君言，令人一恨辛亥革命，再恨民國五年袁氏稱帝。十五年革命軍會師武漢，國共不和，以至釀成今日之局耳。五時開席，六時半客散，余往幼虛寓略坐，七時歸。何士雄在余家候甚久。周興祥事已有辦法，明日可往漢陽也。十時閱報，十一時寢。

廿四日　晴甚熱　九十度　九月六日　星期日

九時起，十一時午餐。十二時董海卿來，命其送周興祥渡江，付洋一元與之。午後三時乘車往夏賦初寓。因夏昨曾約余過其家吃飯也。至則時早，未入門，便訪眉宣未晤。昨與在蔡爠民家同席，聞述黃陂彭叟看相靈極矣，且舉三事爲證。而最驗如響斯應者爲劉鼎三出門必歸事，余等心焉慕之。眉宣允爲來日請客，便約彭爲余等一相。今日往其寓藉探彭叟來未。至其家乃知彼夫婦同出作客矣。余出行至黃龍寺街，遇鼎三及李運舫。鼎三則自湘新歸者，已奇矣。約余再至張寓小憩，飯茶畢，始知彭叟已來，住熊鏡懷家，鼎三便約出談話，一年七十六七之老人也，再談鼎三相，兼閱運舫相甚驗。余便求一看，則云危難俱過，頃已順利，交冬尤佳，可望升遷，然非獨立之事，只宜守此，不必出門，明年大旺。五十一歲時方於老人不利，細推家母壽可至八十一。又云余將來甚好，且可大集其財，子有四，子福澤俱較余好。又謂余壽可至八十以上。所說多好語，未知其確與否。談半時許，余遂出。便囑鼎三秘再問之，明日再向鼎三細探。因鼎三約余及彭叟明晨十一時過其寓中便飯也。至夏賦初寓，客已畢集，問王小宋及金□九、范寄滄等，均知彭叟，且謂有靈有不靈。小宋舉藍文蔚之妾以爲證。賦初着人請彭叟吃飯，欲便一相群客。聞彭辭之，七時開席。聞何復洲述相者數事，亦均可信。大抵兼江湖氣者，有靈有不靈耳。九時回家，十一時寢。

廿五日　晴熱　九月七日　星期一

八時起，九時到廳，十時紀念週。飯後外出一次，午十一時閱報一時許。今日劉鼎珊約午餐，仍有彭叟在座也。余到鼎三家，先有淩金波等五人在坐。旋眉宣夫婦暨柯竹蓀之妻來。彭叟至，余等約其看相，次第畢，余個人請其復相之。據說八月大佳，交冬有遷陞意，地點似不遠。然自上月起入順境，以後一往順利云云。午後三時到廳閱文件三，五時至電局晤章曉霞兄弟，問鄂城信，今日電報已通矣。六時回家吃飯，裴明來，便留之，談片刻去。十一時寢。

廿六日　陰晴不定　九月八日　星期二

八時起，八時半到廳閱文件。飯後外出，至三一堂問曾萬陳諸人，爲玉兒升學事。午後三時回廳，得李香葉信，謂明日必來寓爲其子謀事也。閱安慶寄來日報，知阜陽縣於本年五月間，四野無雲之際，忽降冰雹，大者如拳如卵，傷禾稼不少。六月初大雨發山洪，七月初連雨傾盆，平地水深及丈，水入城內，陸地行舟者二百九十餘里。七月廿三即陰曆六月初九日，氣候變寒至零度下，大雪及尺，凍死人民不少。八月上旬水勢退，高阜之地播種喬麥等，而二次山洪又發，平地水又及丈，至今未退。真奇災也！今年天災人禍相逼而來，似以該縣爲第一矣。五時回家，飯後小憩，閱各書，十一時寢。

廿七日　陰晴　熱　午後六時雨　九月九日　　　星期三　今日白露節

七時半起，八時李香葉來取薦信去，八時半步行到廳。午前無多事，飯後雇車至周銳鋒處回看，知其已回廣濟矣，便訪蔡季涵，在其寓吃點心，坐一時許。訪范允師，談片刻去。訪周樹棠等，便晤穎生，與同至曾雨村處，坐談片刻歸廳，仍無所事，五時出，至三一堂晤陳仁周，便托其換銀元五十元，以中南鈔付之。出，步行回家，飯畢後閱《勸戒錄》廿頁。十一時寢。

廿八日　陰晴不定　九月十日　星期四

九時起到廳，飯後小憩一時許。午後二時，到黃土坡軍官學校開治安會議，四時畢。到電報局略坐，仍到廳，半時出。回家吃飯，六時半閱《勸戒錄》，十二時寢。

廿九日　陰　九月十一日　星期五

八時次誠、知安同來，談一時許去。九時到廳，飯後外出一次。傅端屏派人請領契紙，便交來人信二件，薦裴晦公、張肖谷、李香蘗之子，不知其均能安置否也。廣濟紛亂如此，竟有人向該署謀事，時勢迫人如此，殊爲可憐。五時回家，飯後得汪同昌催還借款信，晚九時閱《勸戒錄》，十一時寢。

八　月

初一日　陰晴不定　九月十二日　星期六

八時起，九時到廳。飯後外出一次。午後三時閱文件六，五時回家，飯後閱《勸戒錄》，十一時寢。轉鐘一時醒，傷風鼻塞，頗難受，自是展轉不寐。

初二日　陰　午後一時小雨　九月十三日　星期

八時起，倦甚。九時蕙芳出門進香。九時半周知安夫婦同來，便留其吃早飯。午後養吾、謝映和、立群先後來談甚久去。四時清理書室各件畢，鼻塞難愈，心灼甚。晚八時閱《勸戒錄》十頁，與蕙芳談果報事，十一時寢。

初三日　陰　九月十四　星期一

六時起，七時半到廳，十時紀念週。飯後閱文件，午後外出一次，晚五時歸。飯後閱《勸戒錄》，十一時寢。

初四日　陰雨　寒甚　九月十五日　星期二

七時起，風雨甚寒，身體倦甚。八時到廳，無所事。午後閱文件四，晚五時回家。飯後閱《勸戒錄》，十一時寢。

初五日　陰　九月十六日　星期三

八時起，八時半到廳，閱文件三。飯後小憩，午後二時閱報及雜書。五時半回家，十一時寢。

初六日　晴　九月十七日　星期四

七時半起，八時到廳，寫信二件。飯後閱文件三，午後至文華初中二部。換銀元百元，僅以鈔票伍十付藝林也。五時以洋百元還彭大椿，以五十元還周知安，命夏炳丞送去。今日見客二次，張益吾索政費，劉漢溇爲吳丞憲討政費，略與敷衍去。五時半回家，飯後命黃海清送今□回鄂城。六時半閱內政部囑廳發表意見，改日曆表及叙論約二小時。憶去年今夕到安慶向劉復謀事，正此時抵埠，軍警檢查後抵旅館，終夜未寐也。十一時寢。

初七日　晴　九月十八日　星期五

八時起，倦甚。九時到廳。連日車行正街中，見餓殍一二，見抬棺匣者三四，大水之後大疫。報載漢口災民日死百餘人，武昌亦廿餘不等。皖湘蘇贛諸省，莫不皆然。秋末冬初，尚不知作何狀態耳！十一時得鄂城家信，知老幼已遷回住宅二重，前重尚未退出。附城近處有搶劫者，時勢如此，不怪其然也。午後二時，劉達五自廣濟回省，來廳述亂狀，傅端平自討苦吃。涂俊源來問字畫事，四時閱文件十五，皆例稿也。六時回家，飯後小憩，閱《勸戒錄》廿頁，十二時寢。

初八日　晴　九月十九日　星期六

八時起，往電局送利息，與彭大椿了清手續。九時到廳，十時往建設廳訪熊技士，談片刻，與同至省府訪余維濤，未晤。晤及黃叔通，請其轉向余說，因省府爲查勘象鼻山礦及開採尖山砂礦事，委余與熊、余等同勘也。十一時半歸，飯後閱文件，午後六時回家。今日得縣信，聞王樂峰病重。王與余有借款手續，擬回縣與之面談，似爲可釋疑也。晚九時閱《勸戒錄》，十一時寢。

初九日　晴熱　九月二十日　星期日

十時起，倦甚。飯後訪彭大椿，兼晤章振旅，述蒲圻事甚詳。坐一時許出，渡江訪艾瀋川，問縣中有人來否，探樂峰病狀如何。晤陳灼濤云，半月以前面晤樂峰，係患胃膈症，頗難愈云云。訪張渭泉未晤，晤其長子云初五日晤樂峰之子，似其家無甚事云云。余出，步行至後花樓，不能行，行跳板中頗危險，復雇人力車行水中。訪石仲章，知鏡卿明日回縣，便帶一函與厚訓，問樂峰事。匆匆出，又行跳板，再坐人力車，汗出如瀋，心懸懸也。渡江到家，已五時半矣。飯後往訪養吾於金臺旅館，因其病，遂便視之，談一時許歸。寫汪聲香信，云借彼之十五元已還清。覆唐榮培信，此人向余借款，實太無聊。寫胡劍侯信，薦石遇安充收發。劍侯委黃岡縣長，今日渡江時便過我寓，未晤，留刺出，亦爲石事也。十一時寢。

初十日　晴熱　九月廿一日　星期一

七時起，七時半到廳，以時太早，各職員尚未到公，小憩半時許。今晨步行，由豹頭堤至平湖門，途遇劉達五送其母殯，殊可慘也。武昌近日時疫大作，衣棺喪殯事，屢途遇之。大水災之後必有大兵大疫。倘屆初冬，尚有不堪設想者矣。十時紀念週，范寄滄報告日本遽占據東三省事。吾國力弱，十餘年國內戰爭未已，互相猜忌，已類似五代群雄割據，無怪外人乘時而入也。飯後閱文件，午後一時往電報局探鄂城電局信。與謝服初在電話中叙各事，並囑其呼厚訓到鄂城局探問王樂峰病狀，知其病重，余遂決定明晨搭小輪返里一視。四時半與寄滄說明須回縣一次，十四日必來省。五時回家吃飯，晚七時半往廳中寄宿，便明晨搭小輪。九時與吳曉雲酒後談各事，至十二時就寢，然展轉不寐。

十一日　晴　熱甚　九月廿二日　星期二

四時半起，更衣盥漱畢，五時孫得萬送余出廳，至火巷口遇人力車，遂乘之到漢陽門候船。至六時半福東輪始開，沿江搭客再至漢口又搭客，擁擠不堪。建設廳負管理輪航之責，對於此等事向不關心。雖屢有人詰責，彼置若罔聞，行李苦之。余近三年往來武漢，皆搭大輪，間或乘小輪，每次逢人多如鯽，真以為苦矣。船開後始覓購一鋪位，去價一元。未幾到漢，又來一女客，病甚危者。茶房請余搬睡上鋪，欲不行，他處無鋪位，勉強許之。午後二時半抵縣，由凌家河上岸，至小北門上城，沿城下視，被淹之家倒屋甚多。抵余家，則四重三重水退，濕氣仍重。見家母及兒輩均好，甚慰。小憩後問各事。飯畢往視樂峰疾。精神消瘦狀不堪逼視。雖能認識余，然多囈語，殊可憐也。許俊甫在座，余將樂峰去今兩年存余手各款，逐一向樂峰妻及其兩媳說明。蓋其家實不知存余手中款尚有六百元，且樂峰未病時屢囑余不告其妻子，謂此款留為自用。自分釁後，其二子不孝，妻亦不能順其意，樂峰每以家庭實況為余涕泣道之。今彼既垂危，余直宣布以此款留為其妻，繼續有效，不與其子相涉也。四時回家，再往淬城、服初、叔和處略坐談。傍晚至楊厚安處略坐，囑便帶信約鄭宇平明日來會，匆匆回家。淬成等來談至九時半去。余與家母談各事畢，十二時寢。根生與余同床宿，咳嗽頻作，實未安寢。

十二日　晴　熱甚　九月廿三日　星期三

九時起，飯後與家母談各事。午後一時往樂峰家中，並約厚安、俊甫及樂峰二子、二媳及其妻姊熊夫人，詳述樂峰去今兩年存款余手情形，並訓其二子，且代樂峰處理其生後各事也。約二小時畢。樂峰與余於乙卯論交，復爲姻婭，戊午夏長女亡後，樂峰與余交情更密。自是凡余在家時總相過從。今日訓其子，亦分所應爾也。六時回家，與家母談各事。七時宇平、淬成、服初先後來談。八時余仍往樂峰家視疾，已能進飲食，仍囈語，或者回光歟？九時半余歸，十一時寢，展轉難寐。擬明晨搭輪，□能如此也。

十三日　晴　熱甚　九十度　九月廿四
星期四　今日秋分

昨夜不成寐，四時半起，更衣盥洗畢，與老王出後門登城，行到小北門口，天漸明，已五時矣。漢卿先在城門候，到凌家河搭安平輪，旋開。行人多如鯽。艙中遇周月亭，送其子往省入鄉村師範者也。船到葛店，始由段生、友生覓得一鋪位，睡半時許。汗流浹背。今日天氣熱甚。午後五時抵漢，與漢卿渡江已六時。到家飯畢，與蕙芳談各事畢，十時遂寢。

十四日　晴熱　九月廿五日　星期五

八時起，八時半到廳辦公。飯後思睡，在吳小雲房中睡一時許。四時半閱文件，五時回家，飯畢清理各事，十一時寢。

十五日　晴熱　九月廿六　星期六

七時起，八時到廳辦公，寫信二件。飯後聞蟬聲聒耳，秋分已過，猶聞此聲，寧非怪事？氣候反常，無奇不有，至今年極矣！午後二時見客一次。居停囑辦各事，五時歸。六時飯畢，九時進香畢外出，至督署東轅門，見月色佳，款段歸。今歲中秋迥非往昔。一念鄂城近狀，一念武漢災民，而日本近復猖獗，佔我國東省，蓋有不勝感憤者矣。十一時寢。

十六日　晴熱甚　九十度上　如伏　九月廿七　星期日

七時起，身體疲倦，八時仍睡。周知安來呼余起，談各事。皆無常識而又不相干之語。余因其前去兩年曾接濟借余以現款，勉與敷衍而已。飯後漢卿來，鳳山來，談片刻。余與漢卿同出，囑帶各件去，至電報局訪章曉霞，問各事出。今日天熱如伏，奇事也。從前秋分節後多御棉，今則街市男女着單紗夏布之類，此事反常，殊爲浩歎。晚九時欲看書未能也，與蕙芳談各事，十一時寢。

十七日　大風雨　寒甚如冬　九月廿八日　星期一

昨夜甚熱，轉鐘四時半，風雨驟至，天氣變寒矣。九時起，御棉衣。夏炳丞來云，廳中今日未辦公，閱馬廠開反日本大會，各機關均派人去云云。余以天氣寒未出門。飯後欲往廳，以車難雇，想無多事，未去。晚間閱《勸戒錄》，十一時寢。

十八日　陰　寒　九月廿九　星期二

九時起，九時半到廳，閱文件四。飯後黃文彬來，謀選舉票也。二時開廳務會議，各機關以後薪水七折發放。今年水災重，受損失者不小，再以薪水折發，余之狀況益窘，奈何！五時歸，飯後往金龍巷三號曹蕙村處回看，曹昔年在閩同事也。與談二小時歸，閱《勸戒錄》，十一時寢。

十九日　晴　九月卅日　星期三

八時半起，九時到廳，十時閱文件。十一時見客十餘人，皆謀事與索款者。飯後寫信二件，閱文件甚多。五時得家信，知樂峰於十七晨九時病故，殊可憫也。六時回家，吃飯畢，閱《勸戒錄》十頁，十一時寢。

二十日　晴　十月一日　星期四

八時起，八時半到廳，十一時見客十餘人，皆要事索款者。曹文錫來見居停。居停囑余代見，余辭之，恐見後無法應付也。午後剃頭一次，閱文件五，三時往劉宅吊菊坡之尊人喪，便晤菊坡、錫侯昆季，談數語出，仍回廳辦公。五時回家飯畢，訪易雷岑先生未晤，便訪劉子奎，談借款事，渠約明日回信。歸後閱《勸戒錄》，鼻塞傷風，不可耐矣。十時寢，展轉難寐。時熱時冷，轉鐘三時起坐數次。

廿一日　晴　十月二日　星期五

七時半起，身體倦甚，足軟異常。八時到廳。挽劉瑞卿丈布聯付郵寄去，文與書俱請吳小雲代作。余近來極不喜劉菊坡，此事僅與敷衍而已。己未余在蒲署，菊坡為其尊人發徵詩文七十啟，余贈大聯及中堂二件。去歲在皖，彼並未補請壽筵，何其慳也。十一時見客二人，午後外出訪傅幼虛未晤。償馮藝林借款五十元出，回廳後寫覆函五件畢，五時歸，便訪周銳峰、彭大椿，談片刻。六時回寓，吃晚飯，閱《勸戒錄》十頁，十一時寢。

廿二日　晴熱　十月三日　星期六

八時起，八時半到廳，九時半訪傅幼虛談借款事。十一時半回廳，見客十餘人。謝武剛、許學源、劉伯陽俱為熟人，另延入余室，候細談也。飯畢，匆匆與許、劉同出，訪許平甫未晤，訪劉子奎值其出，余遂回寓換衣冠小憩，再往子奎家。幼虛已來，與子奎同訪周文百，黃岡人，坐片刻仍回廳，寫信二件，得汪京門覆居停信，請范季倫用電報告知謝服初，囑厚訓來漢就汪處事也。五時回家，飯後彭大椿來談各事去。九時閱《勸戒錄》，十一時寢。轉鐘一時忽嗽不已，傷風鼻塞，起坐整食飲茶後稍愈，蓋肺氣虛。余歷年逢秋必月發數次也。

廿三日　晴熱　十月四日　星期日

八時起，九時馬子美、韓仲荃、梅鳳山、周知安等先後來談。飯後往訪趙宇平，便托裴晦公、朱幼門之子謀事。下午六時往劉菊坡家探聽行禮事，彼昨具柬來約，不能不去也。至則無所準備，殊爲可笑，晚九時歸，十一時寢。

廿四日　晴熱甚　十月五日　星期一

七時起，到廳後匆匆仍出，至幼虛寓談片刻，因余向劉子奎代借周姪款，須幼虛、子奎作保也。回廳後辦文件，十時往劉宅送葬，遲遲至午後一時始行，行至蛇山洞口，余遂乘車回家。略憩再往財廳辦公。晚六時歸，七時約劉子奎取款畢，便在易雪忱先生寓略座談，十時歸。今晨晤許平甫，問舉債事，在許處晤及次誠，顓頇甚，亦可憐也。閱《勸戒錄》五頁，十一時寢。

廿五日　晴　熱甚　十月六日　星期二

七時半起，倦甚。八時到廳，寫信二件，並請吳小雲代作王樂峰挽詞，雖達，不愜意也，便請渠寫之。見客數次。厚訓今晨來，面分咐各語去。午飯後籌借款畢，回家再取款，並帶挽聯，親送渡江至匯源棧晤艾慶川，因無便人，僅帶布挽交王宅，還汪款容日再覓人寄。六時渡江回家，飯後裴晦公來，與談各事去，十一時寢。

廿六日　晴　熱甚　如六月天氣　十月七日　星期三

八時起，九時到廳辦公。十一時見客，飯後閱文件六，寫信二件。晚五時半回家，飯後外出一次。十一時大風忽起，天氣變寒，十二時寢。

廿七日　大風甚寒　十月八日　星期四

八時半起，九時到廳。今日御棉衣，居停病假，大風無輪渡。聞一碼頭躉船已爲風打壞矣。連日武漢災民疫死者多，余每晨到廳時，途遇買棺、抬棺、化紙出殯者多。大水大兵之後必有時疫，其勢然也。午後閱文件七，寫信二件。六時回家，飯後閱《勸戒錄》十頁，十一時寢。

廿八日 陰 風 寒甚 十月九日 星期五

八時半起，九時到廳，九時半閱文件，十一時周樹棠之弟來談謀事，與周旋去。飯後許學源來談，並交二函，欲居停代之謀學校事。其一函則囑余竭力之意也。覺源爲人少誠信，以至今日仍坎坷。去歲在皖，余深知之。今甚於未回鄂之前，證以各事。洎同輪船回鄂，愈證其爲人少誠意，今日之誠，亦或有不得已者耳。學源雖屢負余，余今特別爲之周旋而去，不念舊惡也。昨日途遇袁星樵，亦以此態度處之。袁於癸亥春曾在晴川中學與余交情決裂者。南國鍾於上月邂圻水匪災，亦來省訪余。丁巳冬余直書寄北京與之絕交，南亦曾負我者也。"人情留一綫，久後好相見"，諺語殊可味。許、袁、南安知今歲必欲與余見面耶？四時閱文件，六時回家，飯後閱《勸戒錄》廿餘頁，十二時寢。

廿九日 陰 小雨數次 十月十日 星期六

九時起，今日爲雙十節，辛亥起義改用陽曆後所謂國慶日也。當起義爲八月十九日夜間，推以陽曆適爲十月十日，廿年來係呼爲"雙十"云爾。天氣不佳，並聞黨部今日爲孫中山行銅像落成典禮，各機關各校齊集閱馬廠，兼舉行反日本大會。飯後聞各校學生有被擠踏傷手足者，有傷重送往醫院調治者，真無意識矣。余今日未出門，大風未熄，欲渡江仍中止。晚八時即閉門。九時忽來敲門欲談話者，知爲監利李冠唐，托詞拒之去。十一時寢。

九 月

初一日 晴 十月十一日 星期日

八時起，倦甚。九時余在房中未盥漱，聞李冠唐又來，遂囑內子代答，云余病未便見客。此人前曾來二次，坐久不去，上星期謝武剛函薦居停謀事者。自是見後，彼糾纏不休矣，其人格卑下可知。飯後往訪彭梓師，始知師母病故，師狀甚難堪，明日當補奠儀十元送之。因彭師待余甚厚，前雖爲其子在蒲署安插一事，未及六閱月即回省未去，所餘無幾耳。談一時許出，便訪朱右庚，談片刻回家。大椿爲余代借款，頗可感，與談片刻出。余遂送款二百四十元渡江交艾潜川，請陳灼凌帶回縣償急欠。五時回家，飯畢，裴晦公來詢廣濟事，太輔來亦談謀事。晚七時劉子奎請寫大聯一副，十時寢。

初二日　晴　十月十二日　星期一

八時起，九時到廳，今日紀念週余未到。十一時閱文件後見客六七人。今日與陳鼎卿分見，故甚少也。飯後外出一次，午後閱文件，並寫信三件。六時回寓，飯後閱《勸戒錄》，十一時寢。

初三日　晴　十月十三日　星期三

八時半起，九時到廳，十時閱文件。飯後見客最多。今日開廳務會議，午後外出一次，晚五時半歸。飯後閱《勸戒錄》，十一時寢。

初四日　晴　十月十四日　星期三

七時半起，八時乘車至彭師寓，並送上奠儀十元。彭師待余厚，余雖窘，不能不送情也。十時到廳辦公。今日陳鼎卿代見客，余覺閑矣。飯後渡江訪佛波、仲章，並至公安局見汪京門、劉鼎三，談甚久，囑厚訓料理趙茂林帶款回縣還汪同昌借款。五時回廳，清理各事即歸。飯後閱《勸戒錄》十頁。今晨范伯高來晤，詢及皖省自余歸後近況頗詳也。十一時寢。

初五日　晴　十月十五日　星期四

八時起，步行到廳，九時方到。閱文件。飯後清理余之借款賬，頗煩惱。蓋余自皖歸，增債約六百元，至今尚在還此積欠也。劉菊坡待人無誠意，余深恨之。飯後訪曾蘭友未晤，欲還其挪款也。午後五時往周銳鋒家吃便飯，七時畢，步行回家。擬簽呈黃陂財局文一件，整理私借債表一件，十二時寢。

初六日　晴熱　十月十六日　星期五

八時起，九時到廳閱文件。飯後外出一次，午後二時會客半時許。今日與陳分見，故時間短也。寫屏一堂、對聯二副，不甚愜意，橫披二件稍佳。久未寫字，是以退化矣。凡事不可停滯如此。晚六時回家，飯後閱雜書，十一時寢。

初七日　晴　大風　十月十七日　星期六

八時起，倦甚，足軟。八時半到廳閱文件，飯後渡江送信交厚訓，囑覓便帶回鄂城，並約朱幼門之子來充公安局勤務也。晤秉三，談及菊坡各事。狡滑無信，謂之善作官則可，以私德論則不可。總之，此等勢利無誠信之人，不可交也。午後四時歸，到廳寫屏一堂，爲華軒所書，較之昨日，筆活字佳，且有力矣。六時回家吃晚飯，九時寫欠債冊，分別應急還各處，暫清眉目。余自蒲圻交卸後，閑二年，其間又赴滬赴皖至三次，川旅積借至九百餘元，此另外借款，至今尚未還清，余是以恨劉菊坡也。整理各事畢，十二時寢。

初八日　晴　大北風　寒甚　十月十八日　星期日

九時起，十時往廳，來人甚少。十一時寫屏一堂，爲鄭宇平親家所作也。又畫石四幅，未成，擬明日補之。今日余值星期，幸無多事。四時出廳往范伯高處回看，與談片刻歸，已六時矣。飯後外出一次，看《勸戒錄》十頁。十一時寢。

初九日　晴　大風　甚寒　十月十九日　星期一

八時半起，九時半到廳，知各校校長到廳與居停索薪，爭論甚久，有聲色俱厲者，擾擾至二小時方去。飯後外出一次，旋回廳閱文件。今日爲舊曆重陽。憶去年今日，與肖鵠、伯高等八人登皖之大龍珠山作茰會，盡一日之樂，且賦四律，以紀其事。當時余與肖鵠、雪昉等俱在旅館候事，於無聊中以尋樂，蓋亦有不得已者。去年登高諸人俱留皖有事就矣，余則歸後未去。吳楚相望，感慨殊多，且無心再尋舊友在鄂一尋茰會也。五時，喻斌如、向心葵請余與寄滄等往同慶樓晚餐，余托故辭之。六時歸，飯後閱《勸戒錄》，十一時寢。轉鐘一時聞望山門外失愼，水龍拖街石聲甚厲，起視時傷風鼻塞矣。

初十日　晴　風　十月二十日　星期二

八時起，八時半到廳閱文件。飯後二時半見客，三時畢。外出一次，五時回家。飯後閱《勸戒錄》，十一時寢。

十一日　晴　十月廿一　星期三

八時半起，九時到廳閱文件。午後二時半見客，三時渡江至公安局晤劉秉三，四時半回廳，五時回家。飯後閱《勸戒錄》約一時許。連日閱報知倭寇在瀋陽一帶並未撤兵，吾國僅恃國聯會議爲之主持公道，而不求自振之策。嗚呼，晚矣！自辛亥革命後，民生顚頷更甚。民國四年，日本強迫我國以廿一條約，國人始則奮興一次，排日未久，旋即相安無事。丙寅革命軍興以後，內戰愈烈，六年未止，共產黨應運而興。以至釀成今日民不聊生之慘狀，大水災後益以大疫，天災人禍，皆爲民上者私心自用，一意孤行，乖氣致異，國欲不亡，其可得耶？所望吾民族上下一心，或可挽回天心，以禦大亂。徒呼救於國聯大會，有何裨益乎？十一時寢。

十二日　晴　十月廿二日　星期四

八時起，倦甚。九時到廳閱文件，寫信四件。飯後渡江訪渭泉、秉三，候厚訓未晤，便至匯源晤劉仲明，知其明日回縣，便以六十元請其帶交家中，補做□門缺牆及修理房屋之用也。四時渡江回廳，檢點各事畢，六時回家，飯後閱《勸戒錄》已畢六冊矣。十一時寢。

十三日　晴　十月廿三日　星期五

八時半起，九時到廳閱文件。連日一科公事多，飯後來客數次，屢欲外出未能也。午後二時半見客七八人，謀事索款者，俱勉強應付去。中有一陳姓者，無聊極，必欲見居停，囑其候與居停說明。令其見居停亦無若何表示。三時半往上海銀行，晤其協理陳雪濤，歸州人，桂競秋介紹進見者也。談片刻回廳後清理各事，寫信三件。回家飯後，裴晦公、周瑞蘭、劉質如來談各事去。八時余訪雪忱師及劉子奎，談各事畢，回家已九時矣。閱雜書，十一時半寢。

十四日　晴熱　十月廿四日　星期六

八時半起，倦甚。九時到廳閱文件。飯後楊衡舟來信，謂龔小雲請假未歸，局中有易人說，余遂命黃海渡江尋之。晚五時，余欲渡江訪許俊甫，以時晏仍折歸。六時吃飯畢，七時訪劉子奎、曹蕙村等，談甚久回家，十一時寢。

十五日　陰晴　大北風　十月廿五日　星期日

一時大風忽起，天氣變寒。八時半起，九時周知安來談。未久，周淬成自漢口來，便留其用早飯畢，余與淬成同出，訪雪師未晤出。與同至人字街張均階略坐談，至財廳、電局、曹仲和家各談片刻出，晚四時回家。八時淬成來，消夜後與談二小時後寢。

十六日　晴　風　寒甚　十月廿六日　星期一

八時起，九時到廳辦公。飯後外出一次。午後一時來客二次，旋渡江訪許俊甫、鄭宇平等，談各事。三時回廳，六時回家，飯後閱雜書，十一時寢。今日交申鈔二百五十元，銀元五十元，請厚安帶縣。

十七日　晴　十月廿七　星期二

九時起，到廳辦公。飯後小憩。午後辦公，寫信三件。晚六時回家，知安在此相候，約明日午後過其寓吃便飯，七時方去。九時寫信二件，十一時寢。

十八日　晴　十月廿八日　星期三

八時起，倦甚。九時到廳辦公，午後閱文件十一，四時半雇車往周知安寓吃便飯，酒肴甚佳。宇平在其家，七時與同出，八時到家。寫信四件，爲樂峰之夫人立一摺，並述緣起於其端，擬三日内付楊厚安帶交王四奶收存。十二時寢。

十九日　晴　二月廿九　星期四

七時起，八時到廳，便約曾先生至鴻磐樓吃飯，恐昨送請帖未到也。到廳後閱文件四，十時彭大椿來談片刻，與同至鴻磐樓，候至十二時，宇平、厚安、博卿、淬成、知安、銳鋒等先後到齊。二時開席，三時半畢。仍回廳，五時半回家，十一時寢。

二十日　晴　十月三十日　星期五

八時起，九時到廳辦公。午後外出一次。寫屛一堂，不甚得意。晚六時歸，飯後閱報一小時，十一時寢。

廿一日　晴　十月卅一日　星期六

八時起，八時半到廳辦公。午後寫大對二副。三時閱文件十二件，晚五時回家。飯後閱報，十一時寢。

廿二日　晴　十一月一日　星期日

九時起，十時半渡江至匯源棧，與詹焕昌説明樂峰存款已付。楊厚安兒歸二百卅元，囑其告知王四奶並其二子。十一時至泰茂棧晤及厚安、宇平、博卿，便就其棧中吃午飯。午後二時渡江赴同慶樓，今日何士雄請客也。同席者陳某、譚某。陳談南洋群島風俗甚悉。華僑在英屬、荷屬、美屬地中發財千萬、萬萬者甚多，該處為熱帶地，天然出產極多。四時席散回家，閱雜書，十一時寢。

廿三日　晴　十一月二日　星期一

九時起，到廳辦公。飯後渡江訪宇平，知已渡江來廳矣。午後三時閱文件，六時回家。飯畢外出一次，十一時寢。

廿四日　晴　十一月三日　星期二

九時起，到廳辦公。午後閱文件，三時訪施子英，約其同渡江訪饒某。六時到漢與子英同訪。饒君江西人，與談骨董約一小時。七時半到子英寓吃飯畢，渡江回家，已九時半矣。十一時寢。

廿五日　晴　大風　十一月四日　星期三

九時起，到廳辦公，閱文件六。飯後接厚訓電話，云淬成已到漢，染病，囑余渡江一視，遂匆匆渡江，訪宇平知又錯過矣。訪淬成，病不甚重，但發熱未盡退。與談一小時，即渡江到廳，清理文件畢，六時歸。飯後閱報，十一時寢。

廿六日　晴　大風　十一月五日　星期四

八時起，倦甚。九時到廳辦公，飯後渡江看淬成。值風大未能渡，折至曹仲和寓略坐談。一時到鴻磐樓看字畫畢，二時回廳寫大紅聯一、小紅長聯一，均愜意。晚五時回家，飯畢補寫日記，閱漢報，十一時寢。

廿七日　晴　十一月六日　星期五

八時起，九時到廳辦公。午後渡江看淬成，知其病略減。三時渡江回廳閱文件，晚五時半回家，飯畢閱報一小時，十一時寢。

廿八日　晴　十一月七日　星期六

八時起，九時到廳，飯後渡江看淬成，病已漸減，三時渡江回廳閱文件六件。晚六時回家，飯後外出一次，十一時寢。

廿九日　晴　十一月八日　星期日

七時半知安來家，八時余起與談一小時去。九時渡江訪仲蘇，談半時許。訪周瑞蘭，就其酒館中吃飯，菜頗可口。買琴絃二付，去價二元。今歲較前年爲廉也。看淬成，病已大減。訪宇平，各談甚久出。再至一碼頭買花緞綫春做背心套褲，便購機片二，較去歲貴矣。六時回家，飯後往易師家略坐談，十一時寢。

三十日　晴　十一月九日　星期一

八時起，九時到廳，十時紀念週。十一時飯畢，外出一次。回後見客數次，閱文件七，寫對聯二副。六時回家，飯後閱報。日本強佔東省之地漸多，外患日亟。吾國人尚不一致團結對外，真可謂禍至無日矣！奈何奈何！連日天氣異常乾燥，余目漸瘇有痛意，夜間又嗽六七次。今午請湯醫生診斷一次，據說肺部心臟均好，恐成氣管炎，配藥水一瓶，囑服二日再看。不知其果驗否也。十一時寢。

十　月

初一日　陰　晚小雨二次　十一月十日　星期二

八時起，九時到廳閱文件，飯後外出一次，回廳見客二次。三時閱文件，寫聯一副。五時回家。飯畢訪易先生，談片刻出，閱報一時許，清理各事，十一時寢。

初二日　陰　小雨　十一月十一日　星期三

八時起，八時半到廳閱文件。飯後得蔡季涵電話，遂約鳳山至其家，知昨未歸也。回家與蕙芳說各事。二時半到廳，鳳山來述各事去。端平、晦公先後來談。五時閱文件十一件。五時半回家，飯後衛子良坐談不去，語言無味，此人真不可理喻者也。十一時寢。

初三日　陰　雨　十一月十二日　星期四

九時起，十時到廳。今日爲孫總理誕辰，昨日省政府先通知放假，晚間通知仍照常辦公，政令如此，可笑也。午後所到職員甚少。三時沈質清約小宋與余渡江洗澡，四時半到大智旅社，六時洗澡畢，吃晚飯。余外出訪佛波、幼書，談一時許，九時半歸。十時張鏡懷等約妓三人佐談，擾擾至三小時方去。十二時半寢。

初四日　陰雨　十一月十三日　星期五

九時起，盥漱畢，與小宋同渡江。八時半到廳，聞居停上午不到，余又渡江訪宇平、淬成，談片刻又渡江回廳，已十一時矣。飯後閱文件，來客數次。五時回，端平、養吾、鳳山先後來談甚久去，六時回家吃飯。七時袁香渠、王久旃、談某先後來坐談甚久去，十時寢。

初五日　早晴　旋大風　午後雨
十一月十四日　星期六

八時半起，倦甚。九時到廳辦公，來客數次。飯後久旃來談。午後閱文件六。向居停請假，準備下星期一回縣一看。四時半出廳回家，飯後閱漢報一小時。十一時寢。

初六日　晴　十一月十五日　星期日

九時起，清理各事，飯後渡江看周淬成，尚未大愈。與談片刻出。

午後二時約宇平、潘致平遊新市場。余已三年未來此地，遊人少，生意冷落。聽打鼓書約一時許，五時出場吃飯。厚訓來，囑其先雇車探有大船到黃否，余遂與宇平先回棧談片刻，再看淬成，請其早往宜昌，珍重數語。出，雇車至二碼頭，搭吉和輪船，購得鋪位一，悶熱不可耐。九時半船開，轉鐘二時半船到黃州。余以艙中悶，終夜未寢。

初七日　晴　十一月十六日　星期一

二時半余下划子後到一旅店，客已滿，被卧骯髒不堪，僅合眼，平氣而已。四時半，大風忽起，五時舟子云可以渡江，風順半時即達。到小北門，天未明，不能進城。晤朱茂林，在茶肆中待旦。六時入城抵家後，見家母及兒輩病均痊，唯庚生虐尚未大愈。七時半解衣寢，十一時起，飯畢，往王樂峰家致奠，便訪愚溪及各至好。七時半歸，飯後小憩，寫信二件，十時寢。

初八日　陰晴不定　十一月十七日　星期二

九時起，倦甚。夏村等來談，飯後外出，往姚福坪家弔唁，便訪愚溪、華樸等，談各事歸。晚飯後十一時寢。

初九日　陰　十一月十八日　星期三

八時起，飯後寫聯二副，漢卿來談各事。午後外出一次，飯後清理書房中各事。晚十一時閱范允師詩稿至十二時寢。

初十日　晴　十一月十九日　星期四

八時起，來客數次。十時早飯畢，帶同王興發、洪英、漢卿等雇舟至樊口，往姚家壟省先君墓。約二時達到，祭畢與漢卿等步行。甚熱，解衣行，途值大風。歸後飯畢，外出一次。傍晚歸，忽大吐，蓋已受風矣，頭暈甚，九時遂寢。

十一日　陰　午後大北風　甚寒　十一月二十日　星期五

八時起，往周子模、朱茂林家道喜，各送拜錢二元，出小北門渡江。船開後係北風，逆行至黃州四眼涼亭起岸，步行往縣署，已十一時。余以昨晚吐後未進食，在胡劍侯處僅食點心一件。談半時出，往法院訪汪載聯，談半時許。以北風大，急欲渡江，在江岸茶肆候下水小輪。二時許小輪到黃，余乘之歸。到家飯後小憩，夏乃卿處來請客，余遂往。同席者服初、雲圃、子吉諸人。四時半席散歸家，十時寢。

十二日　陰　小雨　十一月廿一日　星期六

三時醒，四時囑漢卿起，命送網籃行李往省也。內子起燒茶水，余囑漢卿各事畢仍睡。至九時起，十時約子吉來爲家母看病。午後子吉來，□往送款與王四奶，略談即出。晚閱范允生詩至十二時寢。

十三日　陰　十一月廿二　星期日

十一時起，飯後尋子吉爲家母及根生治病。登南城歸，途過熊家巷太平橋等處，房屋倒塌甚多，可推知今年水災時慘狀也。晚飯後外出一次。九時半請神問余十月間財廳事，是否更換現知事，仍舊無更變。十一時寢。

十四日　晴　燥　十一月廿三　星期一

八時起，倦甚。飯後曹仲和、許雲甫等來坐談去。飯後出城，省先叔先祖墓畢，入小南門便訪黃炳璋，談一時許回家。飯後寫對聯六副，無一當意者，王國璜、王小齋送來者也。晚九時與夏村訪子吉，談更生病，約以明日再來看。九時歸，閱范允師詩至十二時寢。

十五日　晴熱　晚月色甚佳　十一月廿四日　星期二

九時起，寫對聯六副，無當意者。十一時飯畢，訪子吉，談一時許。

十二時與之同往電報局吃准酌，因服初與汪煥藻新聯姻也，客甚眾。午後三時散席，便往郵局坐談，托各事歸，寫聯五副，孟律之所托者，毫無得意筆。晚六時，清理各事畢，囑更生早睡，清檢衣箱。十一時寢，展轉不能寐。轉鐘三時，更生云手痛未愈，余囑其暫勿往省。三時半，熊小堂、王國輝拍門，囑內子起，則知熊在王宅宿也。

十六日　早晴　午後陰　十一月廿五日　星期三

三時半起，四時盥漱畢，動身到小北門外。甚早，候茶肆中。以一夜未合眼，心煩甚。李明喜、國輝、小堂三人送余候船。五時祥安輪到，余上船後覓得舵房一鋪位，甚適，去洋一元二角。五時半開船，天未明也。六時到黃州，候客甚久。九時以後余略睡熟。下午三時，船過陽邏，大北風起，幸此船寬大，尚不覺顛簸。四時半抵漢口，北風漸緊，船搖甚。余見輪渡未收班，趁便渡江，船身動搖頗烈。抵武昌後，雇車到家，飯畢與內子談各事，十時寢。

十七日　陰　大北風　寒甚　寒暑表四十四度
十一月廿六　星期四

八時起，倦甚。九時到廳辦公。檢閱此旬內稿簿，無多緊要事。飯後外出一次，午後四時閱文件六。五時半回家，飯後清理各事。十一時半寢。室中仍有蚊蟲，甚奇。

十八日　陰　大北風　飛雪約五分鐘　寒暑表卅四度
十一月廿七　星期五

九時起，着羊裘到廳。飯後閱文件，晚五時歸，十一時寢。

十九日　陰　寒甚　十一月廿八　星期六

八時起，九時到廳，廳中連日升火，如隆冬然。午後閱文件，六時回家，飯畢閱允師詩稿，十一時寢。室中仍有蚊蟲。民國紛亂及廿年，中間天變、氣候變、人事變，今歲集大成矣！今日送已裱各字畫與宇平，便勸其暫候幾時。彼已來漢一月矣，守候事仍無一定把握，無怪其焦灼耳。

二十日　晴陰不定　寒甚　一十月廿九　星期四

九時起，來客數次，飯後渡江一次。晚十一時寢。

廿一日　陰晴不定　寒甚　十一月卅日　星期一

八時起，九時到廳辦公。飯後寫信六件，閱文件四。晚五時半回家，飯畢清理寫復各處信十一件，轉鐘一時寢。今夕仍有蚊蟲，甚奇。

廿二日　陰　寒　十二月一日　星期二

九時起，到廳辦公，居停有信歸，云星期三回鄂。飯後閱文件，晚六時回家，十一時寢。

廿三日　陰　寒　十二月二日　星期三

九時起，到廳辦公。飯後渡江訪渭泉、仲蘇、鼎珊等，並囑厚訓回縣取各文件。午後三時半回廳清理各事。五時半回家，飯後清理各事，寫信三件，十一時寢。

廿四日　陰　寒　大風　十二月三日　星期四

九時起，倦甚，手足疲倦，到廳後知居停已歸，結果甚圓滿。飯後閱文件甚多。晚六時回家，飯畢閱允師詩稿。今夕仍有蚊蟲，殊爲可怪。天氣陰寒如隆冬，蚊似不能生，乃反常若此。無怪近年內憂外患頻來耳！十二時寢。

廿五日　陰寒　小雨　十二月四日　星期五

七時半起，張春元六時半即來談謀事也。八時到廳，九時閱文件，十時居停到廳辦公，與見面。飯後代見客，午後六時回家。飯畢閱允師詩稿已畢，下星期當歸還。十二時寢。

廿六日　陰　小雨　十二月五日　星期六

九時起，到廳後來客多，又爲夏炳丞、汪載聯、周銳鋒等談各事，寫信，忙碌不堪。飯後往公園中略遊覽。四時閱文件。居停已爲余另給委令，改爲正額秘書，進認以前到差名義也。五時半歸，飯後寫信四件，十二時寢。

廿七日　陰　雨　十二月六日　星期

九時起，胡升、黃福等先後來，命之清除書室，整理書案上各件，費三小時之久。午後往省會稅捐處問蔡季涵各事。四時半往熊魯馨家宴。同席者范寄滄、周斌宜等約十餘人。七時畢，八時歸，十一時寢。

廿八日　陰　晚小雨　十二月七日　星期一

八時半起，倦甚。九時到廳，聞厚訓帶同更生於星期六來漢。昨以電話未能達到也，十時余渡江引更生到廳。飯後命胡升引之買各物，四時仍送渡江去，明日有便人帶之回縣。小兒初出門，思家甚，余亦不便勉留在省也。今日廳中來客多。五時訪蔡季涵，就其所中吃飯。八時回家，十一時寢。

廿九日　陰　小雨　十二月八日　星期二

八時起，八時半到廳，來客數次，閱文件甚多。今日范寄滄回鄉。余今日分閱三科公事，甚忙也。五時回家，飯後熊獻青來談片刻去。余欲外出，因雨折回。晚九時寫信計八件。十一時寢。

十一月

初一日　陰晴不定　十二月九日　星期三

八時起，到廳，閱文件甚多。來客甚衆。飯後又閱文件甚多。四時半同賀彩庭渡江，因汪載聯請客也。五時半到杏花大酒樓。同席者法院諸人，多蒲圻籍。六時半席散，余雇車至匯源棧，命仲章送根生回縣，並囑數語出。至泰茂棧訪鄭宇平，並交申鈔貳百元給泰茂賬房吳君，此陳博卿囑其代收者也。匆匆雇車至一碼頭渡江，歸家九時半矣。十一時寢。

初二日　陰　大風　十二月十日　星期四

八時起，到廳辦公，飯後代見客數人，閱文件，寫對聯二副。五時歸，飯後至劉子奎、曹蕙村家略坐談出，十一時寢。

初三日　陰　大北風　天氣忽變寒
十二月十一日　星期五

八時起，九時到廳閱文件，飯後寫大對聯二、中堂一，不愜意。午後三時北風猛烈，氣候陡變。居停今日在漢請銀行界，原約余與各科長作陪，以風大不敢去。六時歸，十時寢。

初四日　陰　奇寒　結冰　寒暑表零度
十二月十二日　星期六

十時起。十時半到廳，沿途風寒如割。到廳後彭幼芳已候久，與以介紹信謁蔡燿民。昨日蔡已面允也。午後閱文件，囑劉質如寫送部履歷表。五時回家，飯後閱《勸戒錄》十頁，十時寢。

初五日　晴　寒　早霜晚結冰　奇冷
十二月十三日　星期日

九時王安民來，余始起。彼求余寫介紹信與姜少亭，余固辭之。因姜與余癸亥在閩雖爲同事，無感情也。王固請，勉許之。與同出門到廳。今日余值日，無多事。飯後整容一次。大椿、祜亭來談甚久去。三時渡江訪施子英取回各件。何子貞對在饒某處，以事冗未能取回。六時渡江回家，飯後清理各事。十時寢。蕙芳又病，終夜不安，余睡未穩也。

初六　陰　寒甚　午後結冰　十二月十四日　星期一

八時起，九時到廳，車行甚寒。街中有水處俱結冰矣。閱文件二，十一時紀念週，余亦去。飯後接宇平電話。知欲回縣，遂渡江與談二時許。此次宇平來謀事，將及兩月，所得如此結果，可見人事之不可靠也。渡江後到廳，無多事，四時半即歸。五時飯畢，十時遂寢，晚寒重，室中猶有蚊飛，寧非奇事？近年反常之事甚多，乖氣所鐘，大抵如是耳！

初七日　晴　寒甚　十二月十五日　星期二

九時起，到廳閱文件，飯後外出二次。午後五時歸，十一時寢。

初八日　晴　寒　十二月十六日　星期三

八時起，九時到廳。飯後閱文件。閱報知江蘇、江西、浙江、甘肅四省政府俱改組，更換主席及各委員矣，時局恐有變化。晚六時歸，飯後往訪劉子奎，談借款事。十一時寢。

初九日　晴　寒甚　大霜　結冰
十二月十七日　星期四

八時彭子芳師來，余以昨夜蕙芳病曾起床一次，受寒鼻塞，不可耐，極思睡足。彭師早來，勉強起，與談約一時許。九時到廳，十時石道安來廳，囑各語，並先以電話示蔡爔民，且述彭少芳不能往白沙洲收款事。未幾，道安又來廳述蔡面囑各語，頗有令石難受者，余氣甚，即用電話詰責蔡。此人真狡滑之尤，可惡極矣！飯後即渡江訪施子英，仍談借款事，不得要領，以沈畫置其寓，囑爲出脫。二時半渡江回廳。四時蔡來道歉，作種種無聊語，並請道安明晨再去。余實鄙其爲人，面奚落之。彼似無趣而出。晚五時半回家，陳登甫、朱又琴來候余談話，坐半時去。八時訪易雪師、劉子奎均略坐歸。十一時寢。

初十日 陰 寒 大風 十二月十八日 星期五

八時起，九時到廳，十一時至建設廳，會熊悦岩、劉叔光、鄧翔宇等，談往象鼻山查案事，決定爲廿五日晨再接頭同往黃石港。飯後來客數次，三時渡江訪楊厚安，便托帶一信回家。六時回家吃飯畢，訪子奎談借款事，約半時歸。十一時寢。

十一日 陰 寒 十二月十九日 星期六

八時起，九時到廳閱文件，辦理送部審核表，竣事。飯後外出一次。下午四時半與寄滄、小宋等十餘人同渡江，因田永謙今日請客，至杏花樓也。七時宴畢，訪李佛波，談各事。再至大智旅社洗澡畢，至京漢旅館看黃海濤，下圍棋至轉鐘一時寢。咳嗽甚劇，睡難安枕，三時半猶未睡熟。

十二日 陰寒 下午七時下雪子 十二月二十日 星期日

九時起，與海濤早點畢，訪仲蘇，談片刻出，渡江至周知安家吃午飯，彼昨所約者也。酒肴均佳。午後二時回家，檢質票至廳中，囑僕取回，四時半再回家。飯後小憩，十一時寢。

十三日 陰 寒 十二月廿一日 星期一

九時起，十時到廳，午後閱文件。晚五時回家，飯後閱文稿，清理各事畢，十一時寢。

十四日　陰　十二月廿二日　星期二

八時起，九時到廳。飯後閱文件，覆各處積信至五時畢，囑劉直如填表，趕送銓叙部備審查也。六時回家，飯後至劉子奎寓略坐即歸。十時寢。

十五日　早陰　午後晴　十二月廿三日　星期三

八時起，九時到廳辦公，飯後閱文件，五時回家，飯後爲蕙芳補各文件，整理各事，寫單據粘簿，十二時畢。手痛不可耐，轉鐘一時寢。

十六日　晴　十二月廿四日　星期四

八時起，九時到廳，爲曹仲和代作朱廉春先生八旬壽誕畫，午後一時畢。閱文件六，與寄滄談明日往象鼻山查案事。五時出廳，回家吃飯畢，外出購茶。訪易雪師不遇。陳乾玻來談李鶴鳴虧公款事，約一時許去。寫信四件，十一時寢。

十七日　陰　晚間月色佳　十二月廿五日　星期五

九時半起，今擬出差往黃石港，未到廳。清理各事畢，接建設廳熊悅巖信，約以今晚九時搭吳淞輪赴港。飯後往廳中詢各事，並晤廳長說明各事，出，仍回家吃飯，帶同夏丙丞攜行李渡江，上吳淞輪官艙。余略佈置鋪位，上岸訪佛波，談各事。回輪後厚訓來説各事去。九時熊同劉叔光、鄧鶴九俱上輪，同赴象鼻山勘案者也。談各事。此船原定今晚十二時開，轉鐘一時余等遂寢，蓋知又改爲黎明開行也。

十八日　陰寒　下雪　午後更大　十二月廿六　星期六

三時醒又睡去。五時半聞機聲振動，知輪已開行矣。七時見窗中有日光射入，十時船過黃州，余未起也。十一時起床，進早點後出艙外，見天氣已變。抵黃石港時下雨，抵划子後，鼻礦已派小輪來迎。上輪後天已下雪，至黃石飯店住，該鎮最近建築之大旅館也，規模與漢口旅館同，只少汽管與洗澡房間耳。飯後天忽大雪，晚間頗寒。象礦辦事職員多有來見者。晚飯後范會計專員談及係第一師範學生，余曾授課者。館中有妓女二來彈唱，擾擾至二時許方去，余遂寢。

十九日　晴　十二月廿七日　星期日

八時起，早點後知象礦已開專車到江干。九時，余與熊、劉、鄧並帶同僕人乘差輪往。抵火車傍上專車，頗清潔。昔以備此迎省長及官礦督辦者也。車約行一時許，此地距象礦卅八里。抵山後，局中員司來迎。課長楊某，湖南人，招待酒飯後談各事。余等到山即察看各處，約二時許。此皆據工程師劉叔光所指點者。熊爲建廳所派之人，亦代爲解說。鄧爲省府指派之人，彼曾供職此礦局三年餘，知該礦情形甚悉。余此差以辭不獲已，始來此，不過備員監視而已。居停堅欲余來此，蓋秘書無出差外縣者也。午後三時半仍開專車回江干，再考查辦事處、機械處，約二時許。又至辦公處小憩，進茶點。傍晚乘差輪回港。昨日天下雪，非余等所料。今日天晴，又非余等所料。此事天時人情之不可測，大抵作如是觀耳。八時至望江樓宴，礦局所請者也。十時回旅館，來客多，擾擾至十二時方罷。轉鐘二時寢。

二十日　大雨　寒甚　午後至晚大雪　約六寸深
十二月廿八日　星期一

八時半起，早點後與熊、劉等乘小火輪至水泥廠參觀。余丁巳、戊午在大冶遊漢冶萍礦局，以未至水泥廠爲恨。昨晚與熊等約，今日必實踐也。由保衛團團長陳君導行，先見王正寬，號泉佛，河南鞏縣人，副管理也。次見葉懋宣，字德之，浙江慈谿人，正管理也。繼由杜技士導行參觀各處畢。規模甚大，聞近年開工僅及半數，蓋受近來工潮影響，銷路停滯，不得不然耳。午後一時半方畢。乘原輪回港，赴望江樓宴。

礦山同人餞余等，不得不與周旋。十七人中，認識者僅程小原爲戊午秋大冶同事。餘則金浼仲、楊植卿、胡旨狷、朱和軒，此次方認識也。三時回旅館，大雪紛飛，入夜尤大。送行者有程、朱、胡、范等。八時晚餐，館中鑪火通紅，人多燈朗，不覺寒冷，推窗四望，雪深四五寸矣。轉鐘二時，余疲倦不支，遂睡去。然一心係盼輪船到埠，不能安枕。

廿一日　大雪　寒甚　十二月廿九日　星期二

四時瑞和輪船到港，館役呼余等起，匆匆出館。送者多，尚不覺苦，惟雪大路滑難行。幸船到港即下椗，余等上船後官房艙俱已人滿，乃就艙之客廳尋一椅坐之。頗覺氣悶，然已至無可如何之境。五時船開行，八時船到黃，余與夏炳丞下划子即雇舟回縣。抵家時，家母尚未起，疾尚無大礙。兒輩亦好，惟內子又病。飯後解衣寢，至午後一時再起。晚飯後至郵局一次，九時歸，十一時寢。

廿二日　晴　十二月卅日　星期三

九時起，飯後往叔和、子吉等處略坐。姜文山、劉心栽來談。余以城中近日所開重利盤剝情狀面向姜言之。晚間叔和來談甚久去。余十時寢。夜寒重，睡不安，又關心明晨渡江搭大輪，通夜不能寐也。

廿三日　晴　十二月卅一日　星期四

六時余呼夏炳丞起，七時漱畢，與家母談各事，又囑內子各事，同夏炳丞出門至江干，雇船渡江。到洋棚後知昨晚曾過上水船二次，今日有誤期船，江華未審能到此否？心焦灼甚。候至十時，始聞棚中呼上水已到。划子開抵江華輪，已十時半矣。買得鋪位，熱不可耐。出門之苦有如此者。飯後睡熟僅半時，午後四時半到漢，余與夏炳丞渡江到家，飯後略憩，十時寢。

廿四日　晴　廿一年一月一日　星期五

八時起，倦甚。九時到廳。今年新曆元旦，以奉中央令，以倭事緊急，不放假，各機關仍照常辦公也。寄滄、曉雲俱在廳辦公，其他各科到者甚少。飯後回家一次，便往馮壽軒寓開兩湖同學會，耽延至三小時之久。五時回家，飯畢清理各事，十一時寢。

廿五日　晴　一月二日　星期六

九時起，到廳辦公。飯後寫信二件。今日無多事，各科到者仍少。晚五時回家飯畢，外出一次。九時寫信二件，十時寢。

廿六日　晴　暖如春　一月三日　星期日

九時起，漱畢，早點後渡江，訪仲蘇，談一時許。訪冰城，知已赴嘉魚任。訪佛波談各事，就其寓早飯。午後二時與佛波、心革往世界影戲院看電影。猛獸羅列作驚人狀，層出不窮。五時回，仍就佛波寓吃晚飯。六時訪張鏡懷未遇，九時渡江回家，十一時寢。

廿七日　晴　燥　一月四日　星期一

八時起，疲倦異常。九時到廳，十時為居停代表赴省黨部，參與四次省代表會議，至午後三時方畢。回廳清理各事，寫信二件。五時回家，蕙芳新購一難民女，年十一歲，沔陽人，食糠數日矣，菜色難看。此亦慈善事也。十一時寢。

廿八日　晴燥　一月五日　星期二

八時起，九時到廳辦公。飯後外出一次，午後五時回家。飯後至劉子奎家略坐談歸。十時寢。

廿九日　晴　午後大風　急寒　一月六日　星期三

八時起，九時到廳閱文件六，飯後閱文件六。晚五時回家，飯後清理出差各賬，寫信四件，轉鐘一時寢。

三十日　晴　寒　結冰　一月七日　星期四

九時半起，十時到廳閱文件八。飯後至少松家略坐，探問各事。二時回廳清理各事。六時回家，飯畢外出一次，十時寢。

十二月

初一日　晴　寒甚　結冰　一月八日　星期五

九時起，十時到廳閱文件十一。飯後至夏晶谷、龔雲拔二處略坐談，一時半回廳。五時回家，飯畢，李俊延來取《聖教序》去，張奇強來談借款事，十一時寢。

初二日　晴　寒甚　結冰　一月九日　星期六

九時半起，倦甚。十時到廳，坐片刻，赴省黨部參與閉會禮，午後一時回廳。飯後來客甚衆，又爲居停代見客一次，六時回家，飯後往訪劉子奎，坐片刻出，十一時寢。

初三日　晴　早結冰　一月十日　星期日

九時半起，十時到廳。秘書處僅有吳小雲一人。各科來者極少。飯後渡江訪佛波，談一時許。傍晚渡江回家，飯後訪彭大椿，談片刻出，步行回家，彭少芳同龔中澂來談甚久去，十一時寢。

初四日　晴　早結冰　一月十一日　星期一

九時起，到廳後約申鳳林來談話，爲彭大椿事也。十時到省政府紀念週，聽美國博士愛迪生演說東三省失陷事，日本侵略吾國以前陰謀，並列舉吾國人心渙散，官吏貪污，軍政腐敗，種種弱點，列舉無遺。吾國人不敢直道，竟爲外人痛痛快快言，曷勝慚愧！十二時回廳，飯後清理各事，三時半會客，四時居停來，忽堅決上辭呈，蓋政局略有變。陰曆年關已近，各處又無款可籌也。五時半回家，飯後汪俊源來，便托其借款。連日甚窘，各處催債者急。蕙芳又病，殊爲懊惱。十二時寢，甚難安也。

初五日　晴　寒　一月十二日　星期二

八時起，九時到廳辦公。午後代居停見客。晚五時回家，蕙芳病加劇，甚爲懊惱。十二時寢。

初六日　晴　一月十三日　星期三

八時起，請彭子佩來看病，不能立方。蕙芳血症甚重。十一時到廳，飯後外出一次，晚五時回家，心煩意亂也。十一時寢。

初七日　晴　一月十四日　星期四

八時起，到廳後，知居停辭意甚堅，其究竟因何事，余不得知也。約黃重和股長來看蕙芳病，立方與余見解無異，惟藥則分兩重。如開熟地六錢之類，余向不敢服者，以蕙芳疾重，特服之。晚間無甚效也。晚飯後外出一次，十二時半寢。以家中有病人，余以債務事又多，甚不安眠。

初八日　晴陰不定　一月十五日　星期五

八時起，九時到廳。問黃股長，囑仍服前方。十時到省政府水利局訪范孝吾，欲請其畫符治病，彼以事冗辭，約今晚六時來。午後見客一次，知居停辭意無可挽回也。六時回家，飯後外出購藥一次。蕙芳病漸有減輕狀態。五時同范寄滄等渡江，因何葆華請客故也。六時到漢口普海春西餐，來賓約五十人。七時半畢，八時半回家，細詢蕙芳，知病較昨日甚好。十二時寢。

初九日　晴　一月十六日　星期六

九時起，到廳後知居停已來，仍暫辦事。約黃重和再視蕙芳病，已漸好，甚慰。午後仍回家料理各事，三時再往廳，知各司法欠費人員索薪事，已與居停爭執許久矣。晚六時回家，晚飯後外出一次。今日聞接財廳長爲何葆華，外界喧傳，報紙登載，何並派李雪峰來廳抄預算案也。七時半，蕙芳病已有轉機，余仍囑其靜養數日爲要。十二時寢。

初十日　陰晴不定　一月十七　星期日

八時起，九時渡江訪程仲蘇，候甚久，始回寓與談一時許，便托各事。午後一時渡江回家，飯後清理各事。蕙芳病大有轉機，較前日更好。晚飯後進香請神一次，十二時寢。

十一日　晴　一月十八日　星期一

九時起，到廳後知居停再上辭呈，決計不幹。廳事僅范代例行而已。飯後來客數次，晚五時回家，蕙芳病已痊愈矣。清理書房中積件，十一時半寢。

十二日　陰　寒　微雪　一月十九日　星期二

九時起，十時到廳。飯後外出一次，閱文件六。晚五時回家，飯後寫信四件，十二時寢。

十三日　陰　寒　大雨　一月二十日　星期三

九時起，十時到廳，閱文件七。飯後清理廳中案上積件，命人送回家。晚六時飯畢，寫信二件，蕙芳病全愈，飯食亦增，可喜也。財廳繼任無人，公事全停頓矣。欲退者係其本心，欲進者則毫無辦法，殊爲可笑。十二時寢。

十四日　雨　一月廿一日　星期四

十一時起，十二時到廳。聞范寄滄已往省府開會，午後四時半歸廳。云及繼任財廳人選猶未定，殊爲可笑。何葆華聲明不幹，喻育之亦提不出，候交財政委員會明日再解決云云。六時回家，飯後請神問財廳繼任事，現吳回任狀，不知將來似此情形否？先公來臨，詢及蕙芳是否有孕，似證實爲男胎也。轉鐘一時寢。

十五日　雨夾雪子　寒甚　夜見月光
　　一月廿二日　星期五

九時半起，十時半到廳。飯後周知安、陳子佳、丁國正先後來談甚久去。寄茂道、毛振宵、陳灼濤等對聯，付郵挂號發出。三時半往鴻磐樓洗澡一次。五時半回家，飯後清理各事畢，囑家辦供菜三件祀先公，今晚爲先公忌日也。焚帛奠酒畢，請神圓光一次。先公來臨，謂財廳仍爲舊居停。九時畢，十一時寢。

十六日　早雨　午後小雨　寒甚　晚有月色
　　一月廿三日　星期六

九時起，十時到廳，知昨開會通過繼財廳任者爲喻育之，黨部委員也。飯後彭大椿來，談甚久去。十二時半渡江，一時到公安局晤劉鼎珊，談各事出，仍渡江回家。飯後閱報，十一時寢。

十七日　陰雨　一月廿四　星期日

九時起，十時到廳，清檢各事。午後往看陳鼎卿。此次廳中辭職者，僅陳一人。渠家事尚好，此次又在病中。對於舊居停似尚可以過得去。范寄滄聞喻欲其繼任秘書，范已許之矣。惜余以陳債未清，陰曆年關又近，不能辭職另圖別計。吳居停前本無深感情，而皖省歸來，彼竟以秘書相委，亦知己之感耳，甚哉！境遇阨人，致余不能行其素志耳！三時半回家，飯後抑鬱甚，十一時寢。

十八日　陰　一月廿五　星期一

八時半周知安來談各事，十一時與同出，旋折回吃飯，聞羅國貞來云，新廳長喻育之已到廳接事矣。午後一時余到廳，范寄滄引見新居停。見面無語，僅與一額首而已。午後五時回家，飯後閱報一時許。心抑鬱甚，十二時寢。

十九日　晴陰不定　一月廿六日　星期二

八時半起，九時到廳。十一時訪彭大椿，爲知安押借款。午後知安來談甚久去。居停今日未到廳。五時半回家，飯後思睡，八時半寢。

二十日　晴　一月廿七日　星期三

八時起，九時半到廳，聞居停已來。余等無所事，見客者係劉石川，新補之庶務兼代一科長者也。十二時居停渡江去矣。今日到廳來索款者未得要領以去。使舊居停此時在任，正不知如何受逼矣。五時余歸，飯後汪俊源、李禮三來談甚久去。十時寢，咳嗽頻作，睡不安枕。

廿一日　陰　一月廿八日　星期四

昨夜寢不安，七時半起，八時半到廳，坐未定。居停持移交册來檢查到廳員司，或藉此以定去取也，然失大員氣度矣。十時閱文件，午後至馮藝林處略坐談，仍回廳辦公。五時半回家，飯後外出一次，知劉子奎已回鄉，前欠周文伯款，彼收去百八十元，未取回據，余心焦灼萬分矣。十一時寢。

廿二日　陰雨　旋晴　一月廿九日　星期五

八時起，八時半到廳，九時閱文件。飯後二時外出，聞教界來索薪。余回廳後，索薪者愈集愈多，晚間竟有持行李來廳住宿者。五時回家，飯後閱報一時許，十一時寢。

廿三日 雨 一月卅日 星期六

七時起，周知安來談借款及陶姓賣屋事。八時到廳，知教育界索薪者愈多。居停自昨午出至今仍未來廳，亦無何種辦法。余遂往電報局吃午飯。二時約王小宋在陳鼎卿寓中一談，言明午在漢公讌舊居停吳國楨也。日來兼籌借款，苦無辦法，晚間仍睡不安枕。轉鐘一時後，咳嗽不已，思家甚切。

廿四日 早晴 午後陰 一月卅一日 星期日

七時起，今日吃年飯，照例如此。八時畢，九時命夏炳丞請汪俊源來，借款徐生學費。十時半渡江，買祭幛二料，一送王樂峰家，一送石雲衢家也。王、石二人俱丙寅四月隨余往沙市征收局辦事者，戚誼中能切實為余辦事之人。石於六月間、王於中秋後病歿，殊為痛心！昨夕寢甚遲，甚念母親及二子，又籌借債以了目前急務，展轉不寐，焦灼無已，精神疲甚。今日渡江，逕至普海春。十二時客畢集，吳國楨攜其夫人同來，十二時半全體攝影畢，午後一時公宴，二時半畢。三時渡江回家，寫送石雲衢挽聯並祭幛文，又送王樂峰祭幛文畢，飯後送往程少松家，未遇，又持此件歸，便訪知安、何養吾，談片刻出。到家後消夜畢，補寫日記，十一時寢。

廿五日 雨 寒甚 二月一日 星期一

八時起，九時到廳辦公。十時居停來舉行紀念週。日本事日亟，滬上戰事吾國尚未失利也。午後四時半渡江，送石、王二家祭幛，付方吉祥帶縣，並便付銀洋三十元回家，作年節開消之用。囑厚訓於廿九日須回縣照料各事。六時半渡江回家，飯後十二時寢。連夕思家，心中鬱鬱，不成寐也。

廿六日 雨 二月二日 星期二

八時起，九時到廳辦公。居停未來，聞在漢口籌款。飯後無事，連日計算年關開消，左支右絀，焦灼無已。午後五時回家，飯後清檢各事，心抑鬱甚。連日思家中老幼，以廳事羈，不能回縣度歲也。十二時寢，展轉不寐。

廿七日　陰　大風　寒甚　午後六時下雪深二寸
二月三日　星期三

八時起，九時到廳辦公。大風寒甚，午後北風更大。今日無多事，五時回家，飯後思家母及二子甚切。晚十二時寢。展轉難安。北風怒號，氣候寒甚，已在零度下矣。

廿八日　大風　嚴寒　二月四日　星期四

九時起，到廳閱文件十一件。飯後聞各政費已有着，上發各處通知矣。南京國民政府薦任狀由省府轉發到廳，余已取之。此革命軍達到後余第一次得薦狀也。從前署縣缺，並未呈薦。猶記前清余在幼稚時，日者謂不能以科舉正途得官，蓋余入學後科舉竟停，今其言驗矣。四時囑厚訓便回縣照料各事。彼云今晚搭大輪，在電話中囑以各事。五時回家，飯畢閱報一時許。思家甚切，十二時半方寢。

廿九日　早陰午後晴　晨結冰
二月五日　星期五　今日立春

八時半起，九時到廳閱文件九。十時渡江，取周銳鋒款，至省銀行，云款尚未撥到庫，空往返也。余倦甚，足無力，上下岸頗吃虧。正午回廳，飯後居停來，二時囑余代見客十一人，皆謀事索欠款者，勉與應付去。午後四時，欲再渡江取款，途遇周庶務，謂省銀行今日四時不能取款，明日不停業，或可取也。余遂回家，飯後小睡一時許，囑蕙芳料理家中各事。今年除夕余未能回籍，頗思家，計余在外度歲，此爲第四次。壬子在黃安縣署；癸亥在福州軍署，余另租西門旅館住宅；戊辰在蒲圻縣署，家母及兒輩均在署，雖宦場度歲，實無異在家也。蕙芳自嫁余後，今歲方與度歲，亦無異第二家庭。惟鄂城老幼未在面前，不能減係念之私耳！十時半外出，至望山門折歸。生意蕭條，行人不多，電燈多呈暗狀。今年除夕內爭須稍減，而土匪充斥，日本戰禍甚烈。東三省被兵，滬上兵火近日愈甚，此則不能不令吾民生氣者也。倭奴賤種，何時可滅，一雪吾國午甲之恥耳！轉鐘一時補寫日記數頁。

民國二十一年（1932年）壬申日記

正　月

初一日　晨五時大雪　陰　晚仍雪
廿一年二月六日　星期六

一時焚香畢，開筆寫吉語，再焚香默祝宜昌沙市關帝及鄂城岳王。余每歲在家，逢元旦五鼓時，須躬親往本縣大南門岳廟行香也。二時解衣寢，夢不吉。今歲或驗，或反證爲吉事，當俟他日。九時再起，盥漱後進香出門，途中人力車多，足徵今日生活之難。雇車到廳後，職員到者甚多。居停未來，十二時余等散值。仍回家，飯後汪俊源來拜年，談片刻去。午後二時，余解衣寢。四時半余大椿來拜年，留便飯。余起，與談甚久，盡歡而去。晚八時，以今晨夢中事告蕙芳，蕙芳謂夢中見棺材多具，主得財，書中皆有載此者，然余幼時亦習聞之。看今歲財運果何如耳？十時清理各事，十二時寢。

初二日　晨雪　午後又大雪三次　深五寸
二月七日　星期日

十時起，進香後卜牙牌數，證昨日夢事。得一課爲下下、中下、上中，有甘蔗頭甜語。又卜一課爲上中、上上、上中，有百事如意語。青雲得路，中有奇遇，多財善賈，胸有智珠，皆課中所載者也。然則果何而致富耶？飯後章曉霞、程汝蔭、陸潤甲、萬熙諸生來拜年，余僅與曉霞談片刻，餘則蕙芳出房應酬敷衍數語去。晚間爲佘志廣寫薦信，十時寢。

初三日　陰　大北風　嚴寒　終日結冰
二月八日　星期一

八時半起，九時到廳，無事可辦。居停未來，飯後閱報，亦無多事。用電話探信，知厚訓未來也。四時歸，飯後小睡一時許。九時閱《勸戒錄》，十時寢。

初四日　陰　寒　二月九日　星期二

八時起，九時到廳，飯後閱文件六，午後擬往王義甫先生處拜年未果。以洋三百元請陳子堅代取省銀行押件。晚六時回家，飯後閱報一時許。連日眼跳，心極不安，思家甚切也。十二時寢。今晨倦甚，足軟，曾渡江一次。

初五日　晴　二月十日　星期三

八時起，九時到廳閱文件十一。飯後至傅幼虛及馮藝林處略坐談，二時半回廳，無所事。陳子堅送省銀行金飾來。晚六時回家，飯後閱報，心緒極劣，目跳未已。十二時寢，多惡夢。

初六日　陰晴不定　二月十一日　星期四

八時起，九時到廳閱文件五。飯後雇車往周知安寓，將金飾面交其夫人收存當，隨原車回廳。連日喻育之未來，故無多事。午後打電話與厚訓並飭孫得萬送青果，購藥寄鄂城，以家母疾尚未痊。余今年元旦未在家，亟思回縣省視不可得，積債未清，久疏定省，甚哉金錢萬惡也！眼跳殊可厭，甚念家母病，擬於廳事加委後請假回縣省視。晚六時回家，飯後閱報畢，清檢各事。十二時寢。

初七日　陰　二月十二日　星期五

八時起，周知安來談數語去。九時到廳閱文件六。喻育之十一時來，午後一時往省黨部開會去。二時半有書記、錄事到余房中探視，謂喻已發表廳中去留職員矣。三時，吳鳳遷往文書股探聽，取得名單，則余與夏晶谷等卅餘人停職也。此事張鏡懷已略知大概，沈質清則與聞者也。王小宋來說范寄滄未與聞。惟余前星期曾詢及寄滄，謂余事無更動，秘書處僅換譯電范季綸一人。今日問質清，猶云三秘書均留原職，似夏晶谷地位不存在矣，乃發表如此。則沈、張、范皆欺人。世事人情可怕如此！以後再就幕或任獨立事，總以沈毅不輕信人言以爲可靠者。切記，切記！四時出廳即渡江訪仲蘇，值其出。因喻曾與仲蘇晤談，謂余事絕不更變也。與其弟説明今日被裁事。天色漸晚，寒氣又大，不能在程宅相候。胡劍侯請客，余亦勉强往璇宮飯店敷衍數語，謂今晚搭大輪，不能與宴，並述余已出廳矣。六時渡江回家，汪俊源在家久候，此係余約之來者。以金錶鏈付之，囑交汪萬順，以作抵押品。懼百元款累及汪、徐，失信用耳。飯後始以今日出廳事向蕙芳言之。余決計明晨搭小輪回縣，檢皮袍子包袱等事。寫信六件，分致劉鼎珊、曾雨村，含有質問意；致仲蘇、眉宣則述及今日情況并囑以後請其注意；致厚訓則述及今日出廳明日回縣，囑其安心在局供職；致范寄滄則寥寥數語，謂出廳係意中事，中含冷淡譏訕意。寫畢手僵，心煩意亂。蓋此次出廳，則余所未及料者。凡事總以到手爲主。人心難測，人言之不可輕信，皆可作如是觀。十二時寢，展轉不寐，又心記鐘點，恐誤船期，殊難過此時此境也。轉鐘三時，警鐘鳴，知四署地點失慎。

初八日　晨雨　午後陰　二月十三日　星期六

昨日上床後，心煩亂如麻，蕙芳亦終夜未睡熟，頻與余語。轉鐘四時天雨，蕙芳囑余候天晴再歸。余謂家母病重，此時不知何狀，遂囑蘊玉及婢起燒水。旋雨大，蕙芳囑婢仍睡去。余以大輪近無行黄州者，小輪時遭兵差不歸，又恐遲時日，益增老人之念，連日眼跳，不知凶吉，總以速歸爲是。遂以狐裘改易羊裘，並着皮鞋帶雨傘也。四時半又囑蘊玉及婢起，蕙芳亦起，與余談數事。五時盥漱畢開門，天尚小雨，行街中，路滑無行人，設無電燈，不能行矣。自出門行至漢陽門碼頭，遇軍警盤詰四次，幸有通行證，未留難。途中遇行路者僅四人，冷淡至極。在躉船上坐半時，天尚未明也。六時廿分，興茂輪到，余於上船後購得房間一鋪位，當即就寢。六時半船開，七時到漢口又停半時，天已明，有賣新聞報者，購一份，則余等停職事報紙已登載，且裁去錄事六人。喻育之余本非素識，且其初作，官不通人性，亦何足怪？使其於接事之日發表裁人，或於二月一日發表，當無怨之者。七時船自漢開行，余就枕，略合眼半時許，抵陽邏時起購食物，自是睡不安枕。午後二時，船抵鄂城。到家後天已晴，見家母病狀仍似從前，惟身瘦，精神欠缺，飯量減少。飯後進香，與祖宗拜年後，與家母拜年。五時半解衣寢。九時起，自燒水卜牙牌數，謂謀事有成。閱范允生師詩稿，至十一時再寢。

初九日　晴　二月十四日　星期日

九時起，昨夕家母病似加重，氣喘甚。飯後前宅江裁縫云，何某能知家母病，係從前許某事願未了，彼取一鏡子，硃筆畫符於上，囑置房中，焚檀香，謂今晚必能大減病態也。余信之，晚飯後仍焚香不斷。九時，家母寢甚安。余與遲生亦在房中宿，中夜家母僅醒三四次，似何某施術確有靈驗矣。天下事不可料，類如此。

初十日　晴　二月十五日　星期一

七時半朝暾入窗，不能安睡，遂起。家母病昨夕較減。飯後客來甚多，余欲外出未能也。午後四時飯畢，始往郵局等處坐談。至電報局，則彭大椿轉達蕙芳電文，云財廳欠薪結算七十九元餘，並索余之證章，囑即郵寄。八時歸，九時進神。十時閱范允師詩，十一時寢。

十一日　晴　二月十六日　星期二

八時半起，知家母昨晚睡不甚安，非如前夜，則施術者之話又不可靠。惟早餐飲食如常。午後余往張叔和、姚福坪等處略坐談歸，寫信四件，分致彭梓師、程仲蘇、眉仙及省宅，命洪英送郵局。得太輔謀事信，當即覆之。晚，久旂、月柏、少松來囑寫薦函與吳子美就小學教員事，寫信後略坐談去。十時寢。

十二日　晴　夜月色甚佳　二月十七日　星期三

八時起，問家母，昨夜睡較好。九時接省寓及立群來信，知喻育之前次裁余等卅餘人，旋又補廿餘人，皆其私人也。飯後鄭宇平親家來談一時許去。少松來，便留其吃飯去。晚間外出一次，月色甚佳。十時閱范允生師詩稿，十一時寢。

十三日　晴　晨有霜　二月十八日　星期四

八時起，九時半夏乃卿、王小齋先後來坐談。飯後約楊厚安往鄭宇平親家處拜年。十一時在大南門明塘雇舟，行里許到，其家在蓮花山。坐未久，與同往後山一閱其地，山水均秀，可以避亂。因三面環水，一面近山，盜賊不易至也。惜田地太少，附近地面太窄耳。十二時半在其家午餐，下午一時半乘小舟與厚安同歸，即小睡，身已倦矣。胡劍侯來，家人答以余出，未晤見。四時半往郵局略坐，與心裁、厚生同往夏村家回看，未晤即歸。杜繼先來爲家母畫符念咒，謂無外禍，用符可安寢也。前年在張岳龍住宅，家母夜病不能寢，係杜爲符咒即安寢。今晨特請小齋約之來者。彼云今夕可安寢，信之必有效也。前曾函達吳前廳長，請其代謀事。晨決以牙牌，得三上上。晚八時卜之，亦如之，看明日消息如何耳。十一時寢。

十四日　晴　晚月色佳　二月十九　星期五

十時起，飯後艾幼卿等先後來坐。午後向郵局借得《申報》《漢報》閱，中日戰事尚未解決，孫科等有主戰電，頗有理。文中暗指蔣、張，先以不抵抗爲大誤，且過懼日本也。傍晚余進香時，佘志廣送皮袍子及鞋帽，並持蕙芳信，述省寓各語去。九時閱范允師詩稿，十時寢。

十五日　晴暖　東風甚大　晚無月　小雨一次
二月二十日　星期六

七時起，八時漱畢進香。帶同更生往岳廟祀岳王，因今年舊元旦在省未□也，並補禱祝，爲家母問籤。語大意病不要緊，可進神敬天云云。回家後與家母賀月半畢，即開飯。十一時仲章來，囑引更生、遲生往城外一遊。至陳壽欽、王久斾處略坐談出。午後三時悶極，未出。今日閱報知滬戰仍未解決，且武漢近日亦吃緊。彭大椿轉來一電，謂余事仍未有效，□氣而已。晚閱范允師詩稿至轉鐘一時寢，轉展未安枕也。

十六日　晴　晚月色佳　二月廿一日　星期日

九時起，飯後久斾、授欽來説修城事。午後三時，子美、子堂來談各事，坐甚久去。四時郵局遞到省寓來信，云近日武漢不平靖。又轉楊衡舟一信，云朱鐘烱所穿軍衣未繳，薦人如此，□氣，以後當戒多事也。晚檢查内該外欠之賬，頗心悸，似非速就事，不能解決。八時閱范允詩，將畢，俟到省繳還之。十一時寢。

十七日　晴暖　午後三時大北風　晚小雨
二月廿二日　星期一

八時半起，飯後擬帶遲生出城一遊，以事中止。爲王小齋寫挽聯送唐春鵬，另寫紅對一副送劉心栽結婚者。午後三時答拜胡縣長劍侯並爲修城事須與面酌也。四時出，回家飯後往郵局送信三件，分致肖鵠、立群、淬成者也。心栽便留小酌，同席者蔣伯鎬、姚福坪等。九時歸，清連年日記，至十二時寢。

十八日　早陰　午後三時大風　下雪盈寸　寒甚
二月廿三日　星期二

十時起，十一時蕭敦五來談。余飯畢便請其卜課，一詢家母病況何時可痊，得剝之艮，斷謂正二月猶未能痊，交三月節必可大愈，且今年無大碍事也。再爲余卜謀事，則得豫之訟，斷謂正二月俱不利，交三月大旺，因三月逢辰，才爻已動，象爲六合，變亦爲六合，以意推測，利在西北或西南，獨立法官或軍政官也。其説如此，書之以證後驗。午後三時，縣署催開行政會議，余亦到會，議案甚多。僅討論二事已六時矣。飯畢，與汪福坪在謝服初處略坐談，八時歸。途中大雪，寒甚。到家後，閱報二時許，檢閱敦五所批卦，寫日記，十一時寢。

十九日　晴　大西風　晚寒甚　二月廿四　星期三

九時起，十一時飯畢，寫信二件，一寄彭梓師，一覆省寓也。正午往縣署續開行政會議。關於修城垣事，余略有發言。會六時方畢，七時開席，九時回家。連日家母病因寒又見重，惟飲食如常。十時閱范允師詩稿，十二時寢。

二十日　晴　晚九時大北風起　早結冰
二月廿五　星期四

九時起，清理各事，得省寓暨吳前廳長覆函。飯後約蘇鵬程往觀音閣進大士，因家母昨夜寢不安，且夢及大士示相也。觀音閣去秋被水災，今正重修。昨鵬程囑余寫觀音閣及呂祖閣匾額，今日便往相字之大小也。帶同遲生去，渡水到閣，尚未落成。道士爲余招待一切。余先在玉帝像前焚香，繼在大士前焚香，敬謹默祝，得籤語，似言家母病可漸減輕，尤須進神以體天意，余謹誌之，今年有驗，當再酬佛恩。瀏覽各處畢，渡水回家，與家母言之。飯後往郵局一次，晚寢已十二時。天氣忽寒，鼻塞，終夜未安。

廿一日　陰　寒　晚十時大風忽起　晨結冰
二月廿六日　星期五

十時起，得省寓信，云沈贇清已得漢口營業税局長，得劉伯陽信説從前借款事。飯後授欽來約訪鄭團董，談修城事，便與同出，至商會約久旃、福坪談話。午後四時往蕭敦五家春酌，晚八時半畢，歸後閱允師詩稿已竣。十二時寢。

廿二日　晨大霜　晴　結冰　二月廿七日　星期六

十時起，飯後外出一次。午後閱雜書，晚間心煩甚。十二時寢，不安。

廿三日　早有霜　結冰　晴　二月廿八日　星期日

十時起，十一時飯畢，往商會開修城會。以人數到者僅三十人，作爲籌備會。吾邑人公德心向來缺乏，不獨此一事也。午後四時畢，歸家，飯後與久旃往訪授欽、汪福坪，爲修城事，未遇出。十二時寢。今日寫信一件，請石鏡清帶交厚訓，因石明晨往省也。

廿四日　晴　早仍有冰結之處　二月廿九日　星期一

十時起，孟愚溪、楚芳來談各事去。飯後帶同更生、遲生兩兒，循城出小西門察看先祖父母、先叔墓，焚楮後小坐，再行至萬壽橋，沿途上至寒溪學堂，頹毀不堪，磚瓦木石門窗玻璃等，早爲附近居民盜用盡矣。吾邑人不能保存培修此校，一任其頹廢，可惜矣！設再無人管理，恐連雨天氣，傾塌必盡。蓋此責任不在官廳也。久駐不勝今昔之感。過元孝子丁鶴年墓，令更、遲兩兒跪拜致敬，略與兩兒說明孝子事。過程松師之祖母墓，再過寒溪後面山凹中，新塚累累，幾無隙。此處白蟻甚多，余乙巳讀書寒溪學堂，見已葬而改遷之墳已爲蟻食，棺木殆盡，何以堪輿家及抬棺工人，以人骨肉衣冠作蟻食乎？再循學堂前門，見挹爽亭已毀敗。余戊午所書匾額尚懸其上，以高而無攀緣處，故未毀之。入正街進小西門回家，足已疲矣。晚飯後小睡一時許。八時茂林，敦五來，約調商會今日決裂事，以情不可卻去。途遇子吉、華樸，一同進署與胡劍侯談各事，再與子吉等往孫錦祥。孫爲民國十五年以後經商致富者也。

其子少衡近亦廁於紳商列，運氣佳。鄂城中小商人多賴其借貸以資周轉，故近日逢迎者不少。人情勢利大抵然耳。余未發言，聽子吉、華樸轉環而已。九時歸，閱漢報，十一時寢。

廿五日　晴　三月一日　星期二

九時起，久旃來約，今日開修城大會。十一時往教育局候，各街人數到齊，已在下午三時半矣。余爲報告各事畢，胡劍侯亦到會，選舉各委員畢，周子吉等約余往商會，仍調昨日事，無甚結果。許雲圃來催余吃飯，至其店未久，即開席。共到夏乃卿、周子模等十餘人。七時席散，余歸小睡。八時商會又着人來請調事。至則子吉等已先往署，余遂歸，閱《寄園》寄所寄至十二時半寢，倦甚。

廿六日　晴暖　三月二日　星期三

十時起，飯後寫觀音閣、純陽樓及大對，俱成，匾額字頗佳，以爲永垂者，特注意作之。爲王文楷寫大聯二副，又屛一堂；爲夏村寫屛、對俱成。今日墨飽，故有興到之作耳。晚間閱報並《寄園》至轉鐘一時寢。今夕在黃蘧庵家晚餐。

廿七日　晴暖如三月　三月三日　星期四

九時起，鉤昨寫觀音閣匾對等大字畢，閱《漢報》，得佛波信。午後五時小睡一次，六時往郵局略坐即歸。寫信四件，閱《寄園》至轉鐘一時寢。

廿八日　晴　熱　三月四日　星期五

七時起，八時久旃、受欽來談各事。九時往訪蘇鵬程，請其送觀音閣諸額字，飭工早做。便談數語歸。省城彭大椿來電報云，仲蘇已有好消息。聞係某廳廳長囑余往漢謀事。彼關心余事，可感也！飯後作挽聯二副，在鄭大興略坐，取白竹布歸，寫挽聯語。一送王小齋之母，一送姚福坪之母也。晚八時往夏乃卿家拜生，九時宴畢歸。欲備明晨往省，恐天氣不佳，擬明日定局。十二時寢。

廿九日　早雨數陣　午後晴暖　三月五日　星期六

五時醒二次，十時起，倦甚。十一時許，厚生來述滬戰消息不佳，洪英來，囑其呼漢卿來談各事去。閱漢報，寫盧兵城、李長青二處信，作范伯屏挽聯，並代孟愚溪作一副。晚閱《寄園》十餘頁。十二時就床上閱之，猶未竣也。轉鐘一時昏昏睡去，二時醒，至天明展轉不寐，心焦灼甚。

三十日　晴　大西風　晚九時半大風雨
三月六日　星期日

昨夕寢不安。十一時起，飯後往電報局，與武昌局彭大椿講電話二次。晚間在郵局坐談甚久歸，留老王在家，便明日送余上船。九時大風雨，天氣驟變矣。余遂十時寢，恐明晨天變不能行也。轉鐘一時醒，細聽之，風雨截然止。聞老王云已有明星。今年天氣不可測，類如此。

二　月

初一日　晴　三月七日　星期一

二時醒，五時起，盥漱畢，同老王、洪英並帶同更生下河。天已明，朱茂林送余與更生上祥安輪，得陶厚卿房間。陶爲該輪管帶，與茂林頗相契。午正約余與庚生吃飯，招待頗好。下午四時半，船抵漢口，給洋一元與之。五時渡江到寓，聞內子往電報局發電，知朱幼門之子軍裝仍未繳，累及楊衡舟，殊爲抱愧。更生到此，哭思家甚。晚九時寢。

初二日　陰　三月八日　星期二

八時起，倦甚。九時渡江，訪仲蘇，李佛波，就其家吃午飯。午後二時訪吳前廳長，談半時許。桂競秋來與談數語，余先出，渡後訪馮藝林未晤，留一函與之約，明日再往討信。飯後閱報，十時寢。

初三日　雨　三月九日　星期三

八時起。料理更生寫字等事。九時渡江訪茂道，途遇之，遂歸，留其吃早飯，細詢各事。午後訪馮藝林，請其往上海銀①探前信，余在范宅候之，與允師談各事。便訪幼虛談各事，再至藝林處，知銀行事無效，彼乃以公款百元與余，連計前挪共百六十元，殊爲可感也。約期以暑假散學之日爲止。五時回家飯畢，寫胡經庭先生挽聯並范伯屏挽聯畢，教更生讀書約一時許。十時寢。

初四日　陰　三月十日　星期四

八時起，更生思家甚，余屢止其哭。飯後帶之渡江，先往厚訓處，便晤鼎三談各事出，訪茂道未晤，訪佛波、眉仙均晤見，談甚久。晚五時半渡江回寓。飯後清理各事，閱《勸戒錄》，十二時寢。

初五日　晴　三月十一日　星期五

九時起，倦甚。飯後外出一次，至易雪師處略坐。下午至范宅弔伯屏，至胡經庭家弔孝，二處均於明晨出殯也。便訪賀明階，詳知皖垣各事。幸去夏余已回鄂，不然在皖當不知嘔多少氣也。肖鵠蓋亦欲歸不得。劉菊坡騙人，無所不用其極矣。五時半歸，飯後閱雜書，十二時寢。

初六日　早晴　午後大北風　寒甚
　　　三月十二日　星期六

八時起，更生思家涕泣，余爲之教訓數語。此兒志氣小，殊無可取也。九時渡江，交款與陳博卿，兌還楊厚安之借款，面請其作書告厚安。

---

① 銀，後疑脫"行"字。

十一時回家，飯後命太輔渡江。午後二時，余帶同更生往公安局、電報局並訪陳登甫家，得其近況，途遇嚴其安、石仲鴻、周樹棠等，立談各事。至程少松家略坐談出。五時歸，飯畢，北風更大如隆冬，寒氣更重。晚六時得佛波信，謂王樂群昨往渠家，述及黃達雲已升第二師師長，在鄭州就職矣。囑余作賀函，即晚代擬一稿，明日如無風，當渡江與佛波一談也。又云余前年寄張星儕轉交達云之書畫，達云並未收到，係張已吞没矣，請余不必錯怪等語。十二時寢。

初七日　陰　大風　午後下雪一分鐘之譜
三月十三日　星期日

十一時起，倦甚。今日天寒如隆冬，余著狐裘。飯後大椿、泮香來坐談甚久。與泮香同往訪秋舫，知已遷往漢口花布街三義巷一號教讀矣。便訪錢偉聲未遇，四時歸。六時飯畢，寫朱漢卿、楊厚安、鄭雨屏、周銳峰、楊衡舟等信。十二時寢，轉鐘二時更生思家大哭，余起訓之。

初八日　晴　寒甚　三月十四日　星期一

十時起，今晨泥、木兩匠四人來整前重鋪屋，極麻煩，飯後賀明階、朱次誠、劉伯陽、劉萃三等先後來談甚久去。午後二時，余送更生往大朝街明德小學校報名，定明日上學。省立各學校俱停課，僅教會小學在開課，送往讀書，較就近耳。每日有蘊玉作伴，俟其能獨立時再轉他校也。三時回家，五時半飯畢，帶同更生往三一學校晤陳仁舟、萬邦興，略坐談歸。分付更生明晨上課各事，十時寢。

初九日　晴　寒　三月十五日　星期二

九時起，飯後渡江訪眉宣，知其已往南京。訪佛波，談各事。至仲章店中打電話與厚訓，告知各事。晚五時渡江回家後，教庚生各書並算術，十時畢，十二時寢。

初十日　晴　三月十六日　星期三

八時半起，飯後往九中學晤陸潤甲談各事。至劉伯英家，晤其姊詢各事。至鴻磐樓訪賈仲明，談片刻。回家飯後欲外出未果。寫紅聯一副，送張諧音之子結婚也。教庚生算術一時許。十一時寢。今日取牙一顆。

十一日　陰　三月十七　星期四

八時起，飯後渡江晤及厚訓，告以各事。晚六時渡江回家，閱《勸戒錄》，至十二時寢。

十二日　晴熱　月色佳　三月十八日　星期五

八時起，飯後往戴志強處整牙齒，便至汪萬順說前欠款已清，感激彼未取利之意。便渡江訪佛波談一時許。五時回家吃飯，十一時寢。

十三日　晴　風　今夕月色好　三月十九　星期六

二時大風忽起，八時天氣變寒，余十時方起。飯後清理庚生書房中所積各事。二時與庚生至鴻盤樓洗澡一次。晚飯後至城外略一瀏覽，入望山門歸，教庚生算學，十時畢。閱《勸戒錄》廿頁，十二時寢。

十四日　晴　風　月色佳　三月二十　星期日

八時起，飯後渡江一次，午後往各處訪友，晤者甚少。晚飯後閱報，晚十時清理各事，十二時寢。

十五日　晴陰不定　今日春分節　三月廿一日　星期一

七時起，飯後渡江，午後六時方歸。晚閱各書及漢報，寫信三件，清理各事畢，十二時寢。

十六日　晴　三月廿二日　星期二

八時起，清理各事，飯後外出一次。午後三時閱報看書寫信畢，準備明日發出。晚閱《勸戒錄》十頁，十二時寢。

十七日　陰晴　三月廿三日　星期三

八時起，飯後渡江訪仲蘇寓，未晤見。午後二時晤陳時若，談各事。傍晚回家，十二時寢。

十八日　晴　三月廿四日　星期四

七時起，八時渡江，再訪仲蘇不晤，僅與其弟說各語出。便至佛波等處晤談，看影戲歸，已晚六時矣。飯後閱各書，十二時寢。

十九日　晴陰不定　大風　三月廿五日　星期五

八時起，九時渡江，十二時歸。午後又外出一次，三時歸。周銳峰同錢偉聲來談各事去，約余明晨渡江一談。晚爲陳時若作畫條一件，並落銳峰各聯款。十二時寢。

二十日　陰晴無定　三月廿六　星期六

九時起，倦甚。飯後外出一次，晚間閱書報，清理各事，教根生算學。閱《勸戒錄》十頁，十二時寢。

廿一日　大風雨　三月廿七日　星期日

轉鐘二時，大風忽起，氣候轉寒。余九時起，倦甚。十一時早飯，知安來約吃飯。午後二時，余與蕙芳、根生同去。中途遇雨，衣履盡濕，到其家寒甚。午後四時飯畢，五時同歸。晚寫信數件，十二時寢。

廿二日　晴　三月廿八日　星期一

八時起，飯後渡江，晤鋭峰、鼎三談各事。訪石鏡清、立群等談各事。至春陽酒樓吃晚飯，談思誠同來談各事，甚暢。六時渡江回家，晚寫信十二封，皆久欲作而未能者也。轉鐘二時方寢。

廿三日　晴陰不定　三月廿九日　星期二

十時起，倦甚。飯後鋭峰來坐談片刻去，約余明日往漢口宴，因彼已約賀彩庭也。午後外出一次，晚十二時寢。

廿四日　晴　大東風　三月卅日　星期三

九時起，飯後渡江。下午一時，東風甚烈，灰砂蔽天。先到遠東飯店會鋭峰談片刻，往新市場訪黃伯香，並帶張廉卿大八言聯、何子貞聯二副，交其代售。談二時許方出，再至遠東飯店。客猶未來，出，訪孫亞佛未晤，留片出。五時洗澡一次，六時半客已來，七時開席。廣濟人朱霽澄充十三師經理科長。詢之，爲本家，亦陽新分支者也，長余一輩。十一時席散，與鋭峰談各事，轉鐘一時方寢。

廿五日　晴　三月卅一日　星期四

七時起，八時半與鋭峰同出，欲尋考精實測字，至則已遷矣。余遂雇車訪仲蘇。途遇劉省吾，同至程宅。先有客在座，不便談話，仲蘇堅留余早餐，便許之。十一時出，立談數語。十二時訪盧兵城，未在家，至中央旅社訪之。晤渭泉，談一時許。兵城未歸，不能候也。下午一時渡江回家，晚飯後閱書報一小時。十一時寢。

廿六日　晴熱　晚小雨旋見星光　四月一日　星期五

七時起，傅端屏夫婦同來，談廣濟交卸不清事。囑余轉告仲蘇、鋭峰等，爲之辯寃。午餐後補畫各件並寫桂競秋對聯畢，屢思外出，以心緒煩亂止。三時小睡，四時彭大椿來呼余起，談各事。便留其晚飯畢，又談二小時。大椿知余困，説明江姓借款已展期償還，並假十元與余零用，可感也！晚八時半寫信四件，補日記，至十一時寢。

廿七日　晴　四月二日　星期六

八時起，倦甚。飯後渡江，午後寫信四件。晚閲《勸戒録》十頁，清理各事，十二時寢。

廿八日　晴熱　四月三日　星期日

七時起，九時與蕙芳、更生同往長生閣一號，向張姓靈姑請先君子到，余問三月能再入廳否？答以三月十七日，係原事。先公自云：現爲北京北門外城隍，斷余壽可七十五歲，尚有三子，蕙芳病須培補，不必服藥也。問從前詩稿失在何處？則云：係同姓人偷去。約五分鐘退去。此事余疑信參半。其餘所問事多相合者。與蕙芳出後，帶同更生渡江往凌霄遊戲場觀文明劇。四時半出場，在天津館食麵食，五時半歸。十二時寢。

廿九日　晴熱甚　午後大風　四月四日　星期一

八時起，十時帶同更生往徐凌卿姬人住宅弔唁。此婦人最不良，卒於其贅婿鄭鳳棲家。昨晚因其來報喪，不能不去弔也。坐片刻出，同更生便購各物。正午回家飯畢，午後又外出一次。晚閲《勸戒録》，十一時寢。

三十日　早小雨數次　午後放晴　二時後大風　砂塵蔽天終夜未息　四月五日　星期二　今日晨正清明節

八時起，以前日問靈姑事余頗懷疑，十時再往問之。求約先公，所説與昨同，謂仍係在北平城隍任內，前年接事者也。廟祝係僧人九名，廟在北星橋云云。又謂余近進好運，仍可入廳就原事。余問廳長係何人？

始云姓沈，繼云姓吳，三月十七日可成。所說與前日同。又謂庚戌所殤長子純學刻亦在北京城隍廟，又謂蕙芳明年可得子。余請今晚示夢可否？答以能。余詢以余現居何處？則云保安門正街。問門牌號則云記不清。此又有懷疑之點甚多也。約八分鐘問畢。歸家飯後小睡，晚間風愈烈，着棉衣。十時寢，十二時夢見先公囑余將書室琴面第四弦補上，餘無多事。其他夢似與題無關也。轉鐘二時仍睡熟。

三　　月

初一日　晨　陰寒　午後一時大風　江浪排山　呈驚愕狀
四月六日　星期三　午後四時一刻地震

八時起，天氣甚寒，又着棉衣矣。世事不可測類如此。九時半渡江，十時到仲蘇家中，彼剛起來，客甚多顯者，如孔文軒輩。余與劉仲衡相繼到，談各事，請仲蘇寫信，蓋章畢，出，訪周銳峰尋考精實測字。余先拈一光字，彼謂適雨已止，光字有用，如就原事，此月初十日必發表。繼拈一觜字，彼問何事？余謂往寧尋吳國楨。彼謂此字正，如往寧，確有把握，且四月七日可望獨立事云云。余與周出，分途訪立群，請其卜卦爲六合，但回頭克多，據說不甚吉，看初七以後何如。在立群處出門訪瑞蘭，便就其館中吃飯，頗適口。三時渡江回家，江中浪擁風大，頗驚人。到家後與蕙芳談各事。四時一刻地震，有聲，余家右厨房墮磚擊破王姓物件。約三十秒鐘止。今年天災人禍已極，地震尚欲示何儆耶？飯後牙痛劇，略定後補上書室壁上挂琴第四弦，欲證昨日之夢也。十一時寢。

初二日　四月七日　星期四

八時起，飯後渡江，四時半回家寫信三件。晚飯後閱《勸戒錄》十頁，十二時寢。

初三日　陰　寒　四月八日　星期五

八時起，九時往次誠寓坐談一小時。李亮澄昨晚病故，以窮病久，殊爲可歎！至張春元家略坐即歸。午後寫信四件，晚閱《勸戒錄》十頁，十二時寢。

初四日　四月九日　星期六

九時起，清理各事，飯後寫信三件。晚五時外出一次，九時閱《勸戒錄》十頁，寫日記，寫信二件。十二時寢。

初五日　四月十日　星期日

九時起，倦甚。飯後外出一次，午後二時寫信四件，寫挽聯一副。晚九時閱《勸戒錄》，十二時寢。

初六日　風雨　四月十一日　星期一

八時起，飯後外出一次。午後寫信二件，爲賀采庭作畫屏。晚閱《勸戒錄》十頁，十二時寢。

初七日　晴　四月十二日　星期二

八時起，九時春元來，謂沈碧舫昨已接事矣，談片刻去。午後一時，周銳峰來請余寫挽聯二副畢。三時與同至黃鶴樓瀏覽，並訪金石語，問奇門數，謂余事小人作梗，如此月十二日能發表成事，否則必須四月也。三時到鴻磐樓洗澡，五時半回家。飯後閱《勸戒錄》十餘頁，十二時寢。今夕有蚊。

初八日　早陰　午後晴　四月十三日　星期三

八時起，往訪春元不得要領。九時半訪次誠，談片刻即歸。飯後寫挽聯一副送亮澄。午後三時便帶往，在次誠寓略坐，與同出至鴻磐樓，遇張谷仙原號景韓，武昌人，談相法。謂余氣色未開，本年六月可望獨立事，次誠則此月即得差云云。便邀至其家看圖章，佳者少。晚六時歸，飯後寫日記，補近日者也。閱《勸戒錄》十頁，十二時寢。

初九日　晴　四月十四日　星期四

八時起，飯後渡江，午後四時歸。連日悶甚，財廳事至今無消息。仲蘇已往應城，無法托其再説也。十二時寢。

初十日　晴熱　四月十五日　星期五

七時起，連日悶甚。八時漱畢，早點後即過漢陽，逕往縣署訪陳列侯同學，談一時許。同往訪雲龍驤，就其家早餐後回縣署，又便訪宋濟賢，未遇。又訪何士雄，值其病，無多話説。與列侯雇車至伯牙琴臺一遊。此地余在晴川中學教授時曾再遊一次，記係庚申春間。今日來遊，則一片荒蕪氣象。蓋此地駐兵十餘次也。午後三時，與列侯別後，余乘車到東門外渡江回家。飯後外出一次，晚九時寫信四件。昨與厚訓約定明日帶庚生回縣祀祖也。十二時寢，連日有蚊蟲，甚多。

十一日　晴　四月十六日　星期六

八時起，飯後訪子奎，談片。午後清理各事。三時少松來談，便留飯，四時半命太輔送庚生渡江，交厚訓帶回縣。今年清明已過，余未能回縣祀祖，心焦灼萬分。去歲此時，余在皖尚未就事，正煩惱不堪之時，今日又值之，心痛甚矣。庚生與太輔出門，少松又談片刻去。田潤時、陸潤甲、詹學選三生同來，坐談甚久去。余閱雜書及《寄園》約三時許。目倦不能開，十二時寢。

十二日　早大風雨旋止　午後晴　四月十七日　星期日

七時大風忽起，氣候轉寒。庚生今日同厚訓搭輪回家祀祖，余心甚為焦灼。八時起，清理各事，飯後外出一次。晚間看雜書，心煩意亂，不能入也，十二時寢。

十三日　晴　熱　四月十八日　星期一

八時起，飯後渡江一次，午後三時歸。作畫數件，皆零碎存紙，然興趣殊少也。晚間寫信二件，十二時寢。

十四日　晴　四月十九日　星期二

八時起，倦甚。飯後在家作畫四件，補昨日未成者，寄茂道等畫。寫信問賀采庭及程仲蘇等，余事仍未發表，焦灼甚。今日未出門。晚閱雜書，十二時寢，連日蚊蟲甚多。

十五日　晴　今日穀雨節　四月二十日　星期三

七時起，倦甚。八時半渡江訪仲蘇談財廳事，謂晤沈再力薦。十一時渡江回家，飯後子奎來談，得采庭信，謂財廳事難成。晚間外出一次，訪張諧英未晤。步行至橫街遇范寄滄，立談數語歸家。飯後寫信二件，至十二時未寢，心煩甚。轉鐘一時睡後不甚安。三時再起，寫信二件，付太輔，明日渡江接庚生也。天明再寢。

十六日　陰晴不定　午後大風　小雨數次　四月廿一日　星期四

六時半起，交信與太輔余即睡。八時半再起，九時步行至次誠家談半時，訪春元知已就漢口營業稅事。十一時回家，飯後往大朝街整容一次，歸後知鄭宇平親家來，留字去矣。寫大聯一副，備明日送黃少松結婚者也。晚閱雜書，十一時寢。

十七日　陰晴不定　四月廿二日　星期五

七時庚生不欲上課，且大哭不止，余恨甚，痛責之，殊嘔氣也。八時渡江訪銳峰，知已回武穴矣。訪瑞蘭知次齋已回縣。瑞蘭約余訪汪福蘋，至甲子旅館，與談各事，並同至瑞蘭處吃早飯。午後再訪福蘋於漢壽里廿五號，約明日午後在省再會面。五時渡江訪仲和未遇，留話與其岳母，囑渠明天正午候余也。六時回寓，飯後閱雜書，十二時寢。

十八日　三時大雷雨數次　八時晴　四月廿三日　星期六

七時起，囑庚生上學，仍不願去，勉强命太輔送之出門。八時往傅幼虛家談片刻，請其寫信與王伯川。十一時訪仲和，候福蘋並就其家吃午飯畢。福蘋來，略坐談並爲竹戰。余已年餘未爲此戲也。五時半仍在仲和家吃晚飯，六時與福蘋分手。余遂回家，閱書報，十一時寢。

十九日　陰晴不定　午前三時大風　四月廿四日　星期日

七時起，天氣又變寒，御棉衣。八時帶同庚生往次誠寓略坐談出，便訪袁鼎榮、金煥若等處。回家午飯畢，十二時又帶同庚生渡江，先訪仲章，寄庚生於其店候厚訓來。午後二時往青年會參預黃少松結婚禮。便訪福蘋未晤，留字出，再至青年會西餐後，至京漢旅館，聞厚訓曾來電話詢余，並云即來館，余候之久不至。六時至天福紙店帶同庚生出，便至前花樓食點心。七時渡江，八時到家。九時閱報及雜書，十一時寢。

二十日　晴　四月廿五日　星期一

七時起，八時渡江訪仲蘇，談片刻即歸。飯後寫信三件，晚間清理各事，閱雜書。十二時寢，今夕蚊蟲甚多。

廿一日　風雨　四月廿六日　星期二

七時起，愁悶極。連日所謀，皆浮浮泛泛之事，財廳則無一定把握。飯後寫信三件，晚閱雜書，十一時寢。今午渡江爲田債事開會。

廿二日　風雨甚大　四月廿七　星期三

八時起，寫信二件已發出。飯後往訪劉子奎未晤。晚間愁悶不堪，八時半焚香念《文昌帝君陰騭文》三遍。余八歲入塾時，先公定以爲日行課程者，奉行十年未衰。余入學後遂止，蓋自是科舉停罷，學堂初興，肄業在外，無從諷誦，寒暑假歸家，間或晚間諷誦三遍，不似從前之逐夕跪誦也。辛亥以後，遇有危急時則虔誠誦之，以祈禱各事，屢有應驗。近數年並未舉行。今晨許願自今夕起虔誦，以解厄解困及祈禱余轉運以求事耳。先跪叩稟畢，坐以誦之，約半小時儀式已畢。十二時寢。

廿三日　晴陰不定　四月廿八日　星期四

八時起，漱畢渡江，訪仲蘇已晤見，云財廳事不可靠，囑余往晤朱懷冰謀縣缺，謂彼與孫華甫已先容矣。往訪佛波、象珍。正午至天津館食飯畢，再訪佛波，與談甚久出。二時至老圃略遊覽，閱京劇，唱做都好，無聊中藉此解悶。近日漢上遊戲場價均不昂，惜余手中窘迫耳。五時歸，渡江後飯畢，寫信四件。十二時寢。

廿四日　晴　四月廿九日　星期五

八時起，九時渡江，十時往各至好處略坐。晚飯時回寓，八時半寫信三件，十時閱雜書。十二時寢。

廿五日　晴熱甚　如五月　四月卅　星期六

八時起，訪幼虛，請其寫信介紹楊振世。正午歸，飯後帶同更生渡江至新市場一遊。便晤伯香，談片刻出。晚六時在漢飯畢，帶同更生回家，準備明日回鄂城。因更生在此讀書未久，思家切也。九時寫信四件，十二時寢。

廿六日　晴熱如伏初　五月一日　星期日

八時起，天氣甚熱。十時早飯畢，十二時帶同更生渡江，先往仲章店中寄存包袱等件。午後一時攜更生再遊新市場。四時半出，在仲章店中候厚訓來，囑各事，並訓更生回家後各事。六時渡江回家，飯畢寫信二件，十二時寢。天氣熱，蚊蟲多，又念更生明晨搭船回縣懼有風起，心焦灼甚。

廿七日　晴熱甚　如初伏　晨大雨　旋止　晚雨
五月二日　星期一

六時天暴雨，旋止。七時起，見天色已變，似有暴風來狀，八時止，天氣又變晴矣。自是暴風時作。飯後渡江投楊振世信，未之見也，約明晨去。傳達謂此其向例，不可違。余遂往各處略坐，便訪仲章，知更生昨晨上船時情形。六時渡江回家，飯後閱雜書，十一時寢後，天氣風雨時作時止，悶甚。今晚渡江時，在船中晤及孫華佛，談甚久。

廿八日　早晴旋雨　午後大雨　雷電時作時止
五月三日　星期二　天氣甚熱　如初伏

八時起，天氣已晴，俊源同孝達來談片刻去。九時余渡江，十時到鹽務局晤楊振世，談各事出。訪仲章，問各事畢，至天津館早餐後，訪鄭宇平，途中遇雨，換車行至其寓談一時許，雨未止。午後一時與同至老圖看京戲。四時出，再至天津館食麵及餃子，甚美。食畢，恐暴雨至，遂與宇平分手。余渡江後訪次誠，談片刻出，乘車匆匆歸。七時風雨雷電交作，彭大椿來坐談甚久去。十二時寢。

廿九日　早晴旋雨　天氣甚寒　五月四日　星期三

八時起，昨夕十二時以後，天大雷電以風約三時之久，大雨如注，平地水深尺許。余起接屋漏致一夜睡未安也。九時乘車到民廳，見三道街口積水甚深。抵廳，則求見廳長左右者已約有卅餘人。候半時許，又來卅餘人，可見謀生之難也。遇周光烈、周振亞、謝漢聖，皆求縣缺者也。熟人中尚有吳仲衡、鄧溶之。候至十時，朱始請余及鄧先見。在內客廳候片刻，又僅請余一人入其簽押房坐談約半時，述其政見，兼詢余近況。其謙恭較嚴立三稍遜，談吐頗近嚴立三也。余出後彼再見他客，约八九人。余至曹蕙村處略坐，便約周光烈來寓吃飯去。午後三時小睡，天氣大風，漸轉寒矣，仍御棉衣。晚閱雜書，十二時寢。

三十日　陰晴不定　大北風　五月五日　星期四

八時起，倦甚。飯後渡江訪佛波，談各事，便訪仲章，知厚訓事已取消，昨晨已回縣矣。傍晚回家，飯後閱雜書，心緒紛亂不能入也。去歲在皖就事，此時回鄂另圖，卒有獲也。今年困頓至此，焦灼萬狀。偶一回憶，感慨無限矣。十二時寢。

四　月

初一日　早陰寒甚　午後雨　今日立夏　五月六日　星期五

七時起，八時半渡江訪仲蘇未遇，留一函出，便訪銳峰未值。訪宇平時天氣不能禁，借夾襖背心着之稍好。午正渡江遇大雨，歸家飯後小憩，遂睡一時。幼虛送到王伯川信來，寫雖懇切，不知姜士庭能念舊否也？幼虛談一時許去。晚間大雨，雷電以風。聞近日水漲丈餘，奈何奈何！十二時寢。

初二時　陰雨　五月七日　星期六

八時起，天寒甚，着棉衣。九時半往整容店剃頭一次。飯後得肖谷、三輔、知安等信，晚彭大椿來坐甚久去。余寫信四件，便覆伯英一信，十二時寢。

初三日　陰晴不定　五月八日　星期日

八時起，連日以謀事無頭緒焦灼甚。飯後渡江晤宇平，談片刻。訪周銳峰未晤。五時渡回家，飯後閱雜書，十二時寢。

初四日　早　晴　午後雨數次　五月九日　星期一

張耀先來家，余尚未起，彼約余明晨往珞珈山看武漢大學新校舍，余已許之。九時周銳峰來，請余代彼作聯，送錢大鈞者。談片刻，與同至周知安寓。緣周知安屢約銳峰過其家吃飯也。九時半乘車同往晤見後知安病足，不良於行，十二時飯畢，與銳峰同出分手。余便往各處一談。歸家晚飯後閱書至十二時寢。

初五日　早晴　十一時以後大雨如注　四時止　晚又大雨　五月十日　星期二

七時起候張耀先，久不至。九時余與蕙芳同出，雇車往珞珈山。車夫謂大小東門俱修路，車馬不通行，須改道出保安門，過十字街、郭家街等處，經石牌嶺，所行路不平，顛簸甚，坐者甚苦。行二小時始到達武漢大學。行校舍先晤朱光祖，昔時三一學校學生也。由彼引看各處教室、寢室、陳列室等，均精潔，惟房間太小，嫌其不開展也。此處係依山建屋，階級甚多，行步吃虧。青年人或不以爲苦耳。樹木甚少，教員住宅俱在前山。余以倦甚，足力不健，且天呈欲雨狀，不欲往，僅於校中瀏覽約二小時，便晤熊魯馨，頗冷澹。雖彼以事多，余遂初次到該校而略無酬應狀態，真勢利小人也。十一時半仍坐人力車回。經過洪山時，小雨時作。午後一時半到家，大雨。飯後小睡，五時晚飯畢，往電局送利息洋與彭大椿，談甚久。大雨雷電，八時半歸。車行至王府口，水深三四寸，余衣服濕矣。十時閱書，十二時寢。

初六日　早陰欲雨　午後二時晴　五月十一日　星期三

七時半起，八時渡江，到漢口已九時半矣。訪仲蘇未遇，留函出。途遇石幼平，又隨車轉其寓，與談甚久。幼平留余午餐，余便將托仲蘇者托彼代爲詳說。十二時出，訪黃海濤、桂競秋，知吳前廳長往南昌就鹽局長事，已去者有黃金疇、周震東等。余往天泰晤周幼書，便借楮墨寫快函與吳國楨，請其爲余留一位置，蓋欲其回信而後往也。午後一時，送局發出，便訪佛波，談片刻出。再訪海濤，就其旅館中吃飯。七時回武昌，便訪范寄滄，詢其家，蓋彼亦在漢未歸也。回家後飲酒一杯，閱書，補記日記，至轉鐘半時寢。

初七日　早晴　午後小雨數次　五月十二日　星期四

八時起，漱後往周知安家談各事，就其家吃早飯。十一時半渡江，在輪渡中遇傅幼虛，便與談各事。起岸後往法界京漢旅館略坐，便約同往訪佛波，途遇銳峰約同往，坐一時半許。六時回家，飯後焦灼甚，得袁芷青自荆州寄函，知其已爲余在承天寺關帝、吕祖前爲余求籤求乩筆判語，甚感其誠也。吕祖乩判詩一首，有"九夏逢庚鶯報好"之句。並另判語謂三友扶助，夏至後逢二庚可得事。關帝籤文有"與君定約爲霖日，正是藴隆中伏時"，"解田若問濟，事在中伏時"。又注：季夏交臨爾自知。又解：在中伏之際。又釋義：大暑後第二旬庚日。皆含有爲雨爲霖之意。余細查曆書，九夏逢庚是七月十六日，夏至後逢二庚是六月初五，至籤語中伏則六月廿五也。大約此三個日期必有靈驗。記於此，以資印證耳。晚十時閱《耳食錄》半本。連日心中焦躁不能寐，轉鐘一時方寢。

初八日　早陰　午後雨數次　晚見星月
五月十三日　星期五

八時起。今日爲佛生日。記丁巳年此日在陽新縣，鄧勉之接余往者也，不勝感慨。九時往電報局，未晤大椿，至其家交還周知安款。十時至水利局晤鄧秘書麟生，交王伯川函，請其轉向姜士庭一言。然姜接事已久，恐於余事無濟也。十二時回午餐，午後二時小睡。三時大椿來坐談甚久去。晚飯後未出門，十時寢。

初九日　早陰午後晴　晚小雨數次　五月十四日　星期六

七時起，倦甚。命太輔渡江質狐裘，此係取出後又再質者也。余四十六歲以前無此窘境。連日心灼，夜不安枕。八時渡江訪仲蘇未遇，與其弟談數語出，至京漢旅館候太輔，彼已先至矣。狐裘質洋五十六元，命太輔先渡江，余訪佛波談數語出，晚六時渡江回家。飯後寫信二件，閱《耳食錄》十頁，十二時寢。

初十日　早晴午後小雨數次　晚六時大雨數陣
　　　五月十五日　星期日

八時起，今晨王宅搬家，在隔壁。知安、大椿先後來談，大椿就此吃早飯。午後一時，余同知安渡江，往京漢旅館略坐，請伯陽談話，知已渡江訪余矣，遂訪佛波，談甚久。晤仲章，囑各事，覓便帶信與厚訓。再訪伯陽談往江西事，就其寓吃飯。歸至巷口遇雨，又折至黃海濤寓略坐談，再雇車至江干，又雨。渡江歸家九時矣。細思各事，心亂如焚，十一時寢，展轉難寐。

十一日　早晴旋雨旋晴　悶極　晚雨
　　　五月十六日　星期一

早晴甚熱，磴潤，天氣極悶。九時起，清理各事，堂屋地上水溢，天氣悶甚。寫聯二副、屏一堂，劉伯陽所請書者也。飯後小睡一時許，身軟無力，愁悶難宣，此情殊為難過。午後四時洗澡一次。晚飯後寫信二件。九時閱《耳食錄》，十二時寢。轉鐘一時大雨，雷震驚人。

十二日　陰晴不定　悶熱　上午雨甚大
　　　五月十七日　星期二

七時起，擬渡江一次，漱後半時，因在家連日愁悶不堪，先往財廳探范寄滄，詢江西情形。九時冒雨雇車往財廳。此余正月七日出廳今日入廳第一次也。晤寄滄談半時許，便訪賀采庭詢各事。殊無聊，十一時回家吃飯，雨甚大，正午天忽晴，遂渡江，在仲章處晤及素泉，殊多慨也。晚六時回家，飯後閱雜書，十二時寢。

十三日　陰晴雨不定　悶極　五月十六日　星期三

七時起，飯後渡江訪佛波，談各事。昨日吳國楨自贛回信云，局事范圍狹小，囑余暫勿往，當亦實情。佛波謂余近日氣色大開，決係湖北有事，非江西也。因驛馬未動前星期亦屢言之，但佛波前去兩年，余未往皖時斷余氣色，均不驗，今則姑妄聽之而已。晚六時渡江回家，飯後細思今歲出財廳後情況，焦灼悶狀不堪言傳。去冬稍事牽就於人，不致今日之困。繼又思孔子語，富而可求，雖執鞭之事亦可爲；如不可求，則從吾所好耳。丙寅余長沙市稅局本可解決一生生活，不料八月革命軍興，冬月間幾疑終身無望，糾紛不堪矣，乃戊辰春夏間，忽而軍校，忽而黨校，忽而民政廳，皖省民廳亦函約余往。其年秋間又署蒲圻縣長，蓋運氣使然也。古聖賢未遇大英雄失志時，其坎坷之情或有甚於余者。一旦風云際會，其道大光。初亦不能逆將其後來作何事業，揆其困頓時之大意，抑若苟得粗粗溫飽，志願已足。同是漢鄧禹，未遇時只希將來一文學。馬武未遇時，只求將來爲一督郵耳。十時閱《耳食錄》，十二時寢。

十四日　晴　極熱　寒暑表八十三度　五月十九日　星期四

七時起，八時往水利局訪姜士庭，知未到局，便訪鄧麟生問各事，彼謂姜可爲余設法也。訪陸潤甲談借款事。十一時回家，飯後持仲蘇函附胡瑞芝贊語送佛波寓，談一時出。訪仲章問各事，晚歸閱書二小時。天熱蚊多，如五月底情狀也。十二時寢，轉鐘二時雨電。

十五日　大雨竟日　平地水深尺餘　五月二十日　星期五

晨七時聞內子云，東方赤色如火，似晴熱狀，余以疲倦甚未能起床。

八時天忽雨，自是至十一時漸大未停。午飯時余始起，已十一時半矣。街上水深尺餘，午後雨仍未停，至晚九時始止。災象已成，天怒人怨矣。次誠、知安於三時半來談甚久去。四時余往電報局略坐談，五時回家，晚間寫信二件，十二時寢。

十六日　陰晴不定　悶熱　五月廿一日　星期六

七時起，十時劉伯陽來談各事。飯後與伯陽同往春茂里看房屋畢，便訪趙策良談片刻，與伯陽在漢陽門茶樓略坐，再同渡江。余先訪黃金疇未遇，訪王小宋談片刻出，至伯陽寓吃飯後，與同往法界河街維多利亞影戲院看影戲，名《野獸奇觀》者，頗多驚人之作，穿插甚巧。九時半出院，折而至京漢旅館，與新來彭君談星命之學。彭爲湘人，亦曾在政界多年，今日來該館就賬房職務，以謀一飽，亦苦矣。推余造與各處所談同，謂大運仍須四十九歲方交，本年四月六月謀獨立之事可成。談論多中窾奧。推庚生、遲生兩兒八字，均與各處算者同，謂較余造甚好也。轉鐘二時半方寢，以天熱未能成寐。

十七日　晴熱　五月廿二日　星期日

七時起，吃早點後即雇車往仲蘇寓。劉潤山招呼，謂仲蘇未起，囑余暫候之，不見之客先出。再說現在武漢附近，謀事麕集，一半係外縣不能安居者逼而至此，一半係賦閒及被裁之職員再求恢復職業者。去秋水災奇重，今夏年成不佳，天災人禍相逼而來，當道不籌辦法，作惡日甚，無怪外縣民眾逼而爲匪，武漢失業之人日存搗亂之念，且恐匪禍水災之不擴大，蓋冀同歸於盡也。嗚呼，前途危險矣！候至十時仲蘇方起，而客來愈眾，談話則糾纏不清。余希純、舒澄宇輩談一時許猶未盡，梅國石爲仲蘇同學，糾纏□笑説至三小時猶未罷，情殊可鄙。十二時半，仲蘇留余吃飯。午後一時，余始與仲蘇談片刻出。謀事之難如此，以後余決不往仲蘇處談謀事，升沈顯晦，聽之而已。三時往佛波寓中略坐，並爲之寫誄語送胡姓者。四時半向仲章借款購衣料，送范寄滄嫁妹禮也。

五時渡江回宅。飯後熱甚，蚊蟲又多。十一時寢，熱不可耐，再起再睡，咳嗽大作，連日心灼所致。

十八日　晴陰無定　甚熱　五月廿三日　星期一

九時起，身體倦甚，飯後未出門，擬寫信未能也。晚飯後勉強步行至次誠家略坐談，八時半歸。十二時，天悶極欲雨，寢不安，再起再睡，厥狀難受也。轉鐘二時始昏昏睡去。

十九日　早大雨至正午止　五月廿四日　星期二

六時醒，七時知天氣已變，大雨時作。八時以後大雨傾盆矣。連日渡江見水漲甚速，觀水勢似較去年尤猛。聞鄉間麥子熟而因雨霉爛者不少，將來荒象不堪設想矣。國難當前，民生顦顇，盜匪充斥，中央當局尚諄諄以支配位置，鄂省當局則籌設所謂省政府設計委員會，委員至五十名之多，月夫馬費每名定為二百元，其他用費尚不在內。以吾鄂財政困難如此，月添此萬餘元之夫馬費，何異分贓耶？嗚呼，此吾鄂政局所以愈變愈壞，真所謂一蟹不如一蟹也！天變於上，民怨於下，亡國氣象而已。十時餘始起床，飯後本欲往范寄滄家宴，因曹繼壽約正午來晤談，故未出。午後二時，伯陽來談看春茂里事，約以明日。四時余往大朝街整容一次。晤譚少坪，知幼平已死，去歲寄柩漢口，為大水沖去，亦慘矣！幼平與余原無深交，然好客，殊為可取也。整容歸後，知繼壽曾來坐甚久去。晚飯後小睡一次。八時黎傑同某生來，為遊某求介紹函，蓋印去。十二時寢。

二十日　陰晴不定　東北風甚大　五月廿五日　星期三

七時起，九時雇車往周知安家候伯陽。十時知安命其家再具酒飯。十二時余小睡。午後一時伯陽同樂姓來看房屋，匆匆去。余與伯陽至黃鶴樓一遊，小坐進茶點談二時許，並往蘇姓問奇門課，謂五月初三以後方利。四時與伯陽分手，余訪沈汝礪未晤。訪周振亞談片刻，回家換衣服往賀采庭家宴，晤沈希白談甚久。沈浙江人，曾供職於財廳，前清充刑幕者也。九時半歸，清理各事。余連日所謀仍未有頭緒，心焦無已。十一時半大雨數陣，十二時寢。

廿一日　晨六時大雨　早陰晴不定　晚小雨
五月廿六日　星期四

八時起，飯後訪姜士庭於水利局，談甚久，余近狀已與詳述，揆其意，余事總在陰曆五月初方可成功也。姜述近年景仰余之意，或者此事不至落空耳。出局後訪周振亞談片刻。渡江訪伯陽未晤，至京漢旅館通電話與曹繼壽，約以明日午後再晤談。四時訪佛波談各事，五時在佛波寓飯畢，渡江。九時蕙芳病，十二時未能安寢。

廿二日　早陰雨　北風　十時以後大風　雨　天氣忽寒
五月廿七日　星期五

九時起，因天雨遂止渡江之約。飯後得淬成信，並匯來洋四十元。得宇平信，詢及仲蘇各事。午後三時大椿來坐談甚久，留便飯去。晚寒甚，寫信二件，心鬱甚，十一時寢。

廿三日　陰晴雨不定　五月廿八日　星期六

八時起，天氣寒，御棉衣。午後渡江一次。晚歸，飯後寫信二件。今日晤曹繼壽談各事並述嚴西陵已得密京大如法師所傳者也，頗奇驗之事甚多。余去年在皖聞葉同舫云，大如在山西所行諸事均不驗，其師如此，其徒可知，況西陵為人，其歷余所深知者。繼壽諛之太過，不足信也。閱雜書一小時，十二時寢。

廿四日　陰晴不定　晚小雨　五月廿九日　星期日

八時起，連日心灼意亂不自安。飯後約彭大椿渡江，值萬生、邦興，遂同往觀電影，明星公司所謂國產片者，甚有趣。二時起至四時止，同出至酒館小酌後，再往老圃觀雜劇。地方不潔，各處污潦滯目不足觀也，在茶肆略坐。渡江時遇韓少荃，狼狽之狀可憫。余以積困，心亦鬱悶不堪，不能代之爲力也。到家後小憩，吃飯畢，寫信二件，十二時寢。

廿五日　晴　五月卅日　星期一

八時起，倦甚。伯陽來，便留共飯畢。正午往葉同舫家弔其夫人，略與談各事。二時歸，寫布挽一副。四時半畢，再送往葉宅。劉達五等留余行禮，至九時方畢。今日並晤錢偉聲，交石章四枚，便請轉售者也。九時半歸，十時閱雜書，十二時寢。

廿六日　晴　五月卅一日　星期二

九時起，飯後渡江，在輪渡遇少松、賀明階，同明階同至法界，先往京漢旅館略談，旋至其族人寓中看畫。一惲南田山水，題跋五；一宋徽宗鷹，紙本，題跋三。皆贋品之最劣也。其人寶貴非常，殊可哂矣。坐片刻，再至京漢館，與知安同往長江戲院觀電影。所標示爲《同居之愛》者，殊無可取。六時出，送胡姓挽聯交李佛波，請其轉交。不便與該宅往來，以佛波面，情難卻耳。就其寓吃飯畢，八時渡江回寓，時蕙芳嘔正劇，殊爲可憐。勸之服胃活粉，十時略愈，十一時起泄，又見減輕。余十二時寢。

廿七日　晴熱　六月一日　星期三

八時起，飯後渡江。連日心煩意亂。傍晚回家，飯後清理雜事畢。閱報一時許，十二時寢。

廿八日　晴　熱甚　八十度以上　六月二日　星期四

八時起，九時往水利局候姜士庭，久未到局，僅與鄧麟生談一時許出，至鴻磐樓食麵一盂，渡江至佛波寓談各事，與同往中央影戲看電影。有聲，機器甚佳，看者寥寥，可知現在經濟社會上困難矣。傍晚渡江回家，飯後閱書寫信，至轉鐘一時寢，展轉難成寐，咳嗽不已，心煩甚。

廿九日　晴熱甚　如伏　八十五度以上　六月三日　星期五

八時起，飯後往大朝街剃頭一次。便訪彭大椿，請其卜課。一詢水利局事，謂已成。一詢南昌事，須往求之。一詢民廳事，六爻未動。所說如此，姑誌之耳。三時渡江，至泰興里訪周震東，已晤見，談甚久。便請其向吳國楨説局外有分局可就否。周明晚搭輪東下，故便托之。出門雇車訪汪馥萍，談各事，就其寓晚餐畢，渡江已七時矣。今晨知安、葉月舫等先後來談甚久去。晚九時寫信三件，分致吳國楨、朱士堪、宋濟賢等，轉鐘一時半寢。心煩意亂，不可名狀。

五　月

初一日　晨極熱　旋雨　午後大雨　六月四日　星期六

八時起，九時黃海濤來，余囑其渡江典衣，並囑約汪俊源來家面談各事去。水利局着人來探王伯川地址去。午後得淬成寄來洋四十元，另湊十元共五十元，還馮藝林公款也。馮屢濟余之急，頗可感。三時訪姜士庭。談甚久。彼欲候朱懷冰歸，為余説一相當職務，余謂緩不濟急也，彼遂許以閒事暫維生活云云。余出後遂往幼虛家説明各情。五時歸，飯後閱書報等，心煩甚，十二時寢。

初二日　晴　六月五日　星期日

七時起，八時雇車訪錢偉聲談各事，與月舫談各事出，訪周鵬程談一時許歸家。飯後抑鬱甚，出訪次誠，便請其刻章子二枚，錢偉聲所囑者也。坐次誠樓上甚久，風大衣薄，感受風寒，鼻忽塞，不可耐。歸家得汪生志道送來洋廿元並禮物。汪生篤於感情者也，每節必送許多禮物，卻之不可。屢托余謀事，以力薄未成為愧。晚閱雜書，心煩不能入。兼之傷風甚重，鼻涕交流。十時即寢，睡不安枕，轉鐘二時起一次，再睡多夢，見月明甚而未圓，類十一晚狀，雲中且現二鐵柱焉。

初三日　晴熱　今日芒種節　六月六日　星期一

七時起，心煩甚，檢牙牌數卜水利局事。因昨晚往彭大椿請其卜，謂事已成，薪水無多也。得上上、中平、上上數，頗吉。飯後訪馮藝林二次，未遇。訪傅幼虛亦未遇。詢其姪喜期在何日也。訪范允師晤伯高，問皖中各事。允師留晚餐畢，紀雪昉來談皖事甚詳，並述肖鵠困況。傍晚與伯高至其新居一看。尚未成功，屋矮小，空氣尚好。晚歸得劉伯英信，知所托無效，此人無用，無可取也。得吳國楨函，囑余勿往，謂局內外此時無法可設，俟有缺再約。得朱士堪覆函，無款可挪。得鄧麟生函，謂姜士庭已委余爲密查員，約即往晤談。計余自正月初七出財政廳近四閱月，其間窘困不堪言狀。此事不過暫作棲身計，徐圖他事而已。薪水未必多，聊舒急困。明晨往水利局再詢一切。寫信二件，一寄幼虛，一告家中，均發出。十二時寢。

初四日　晴　熱甚　六月七日　星期二

七時半起，八時半雇車往水利局。火巷口修街不能通車，步行至水利局。先訪鄧麟生詢知余事，係姜士庭動用臨時經費，以余名列爲密查員，爲人而設者也。月薪百元，以七折算，不到局辦事，如有緊要，附近堤工，彼再約余一查而已。晤士庭談甚久，感其誠意爲余安置此事，既可得現，又不畫到，較之江西事實百元以上也。正午回家，飯後外出一次，閱報知安徽宣城修公路，於該縣新闢西門外路基上掘出古代陶器甚多，有二尺高古花瓶一尊，凸花精雅，斷爲千年陶器時代古物。同時在該地又發現墓碑一方，正方，石質甚佳，由監工派人抬往縣府洗刷，乃一參軍墓誌銘也。就其殘句中悉，該參軍係客死宣城者，姓名蝕落，已不可考。似載唐大曆年間事。惟宣城城垣，史誌築於五代。此碑當係唐末宋初之物也。晚十二時寢。

初五日　晴　熱甚　寒暑表八十度以上
六月八日　星期三

七時起。前夕發家信云余不能回縣，今晨想可到家。去年端午，余就財廳事未久，在省甚爲歡暢，蓋先二日曾寄款回家濟用也。今年則窘困不堪言狀。幸昨日已就水利局事，心稍安慰。而於鄂城家用，一元不能寄歸，心焦灼甚。早九時彭大椿來坐談去。十時余小睡，聞張春元來一次。十二時余起，焚香畢，午飯後至王義甫家拜節，便往大椿寓略坐談歸。晚間閱報見江蘇徐州於上月廿九日在子房山下發現古墓，掘得死屍一具，長約丈許，可見古代人與現今人骨格長短不同也。又掘出古代陶器頗多。聞屍出土後肉即腐爛，蓋在地中已得氣矣。惜報載不甚詳耳。十二時寢。

初六日　晴　熱甚如伏　午後小雨一次
六月九日　星期四

七時起，九時清理各事，飯後送禮物數件。渡江仿佛波，就其寓便飯。下午七時與同至湖南粉館吃粉一盂，頗可口。七時半與同至維多利亞夜花園看電影。九時半出，渡江回家即寢，已十一時矣。

初七日　晴熱如伏　夜更甚　六月十日　星期五

八時起，九時外出一次。午後閱報，知漢口公安局飭工役各處掃街，撕民牆上破爛標語，以整理觀瞻，蓋聞蔣介石不日來鄂也。中國人每有洋人來漢或偉人過省，街道必爲之一清，則平時之污濁可知矣。又載國府訓令司法院依法懲戒泰興縣長馬仁生任匪殃民、包庇煙賭一案，監院派委李夢庚查實該縣濫刑吸煙屬實，交付懲戒。馬仁生即己巳五月繼余任爲蒲圻縣長者也。在任四月即去職，已無成績可言。庚午臘月余在漢與伯英同行，途遇之，匆匆數語。辛未春得泰興金太史薌意函，知其署泰興縣長已半年。今年被劾，是久於其任者，至今始發現其劣迹，可見江蘇縣長容易做，非吾鄂之蒲圻土劣多也，爲之慨然。午後外出一次，晚寫信四件，十二時寢。蚊多熱甚，旋起旋睡，潦倒不堪之狀，頗難受也。

初八日　早大雨　天氣變寒　六月十一日　星期六

五時天忽大風雨，七時更甚。九時半余起，雨仍未止。飯後清理室內外各事。余今日四十七初度，約馮藝林、彭大椿來便飯。四時馮、彭到，五時開席，六時半畢，談至八時方散去。晚間閱報，見天津王揖唐對廢戰運動深表贊同，發電文中列舉老子"夫惟兵者，不祥之器"，孔子"軍旅之事未嘗學也"，顏子"願鑄劍戟爲農器"，孟子"春秋無義戰"，管子"貧民傷財莫大於兵"，墨子"諸侯相愛則不野戰"，商子"自攻之國必削"，列舉弭兵一派空話，此之謂投機之時髦語也。其實兵何能弭？列强環伺吾國，爭欲吞噬，非强兵不足以禦外侮。東三省與上海，日本侵略事實具在也。不過吾國練兵，徒尚內戰。辛亥以還，廿年中內亂相循，殺人盈野，計數總在數十萬。水災以後，民不聊生，土匪充斥，而所謂國軍者，至今不能平匪，且與匪通聲氣，如吾鄂之日日言清鄉，而土匪殺人奪地掠財綁票如故也。則此等徒刮民財之軍隊可裁也。王揖唐之廢戰，殊嫌含混。廢內戰可以不用兵，刻下外侮日深，欲裁而不可，將奈之何哉！十一時清理案上積件畢，十二時寢。

初九日　晴熱　六月十二日　星期日

八時起，九時往彭大椿寓，彼約余今日早飯也。先有黎賚良在座，黎湘陰人，年七十三，號夔颺，自云十九歲時在劉峴山幕府，頗知相法。爲余看相，謂本月交夏至節大利，似有獨立事，氣色開矣，鼻爲土庫，光潤漸升於山根上也。尚有盧政同席，盧號新蒲，敘州人。十二時席散，余仍回寓，改單綢衫渡江。晚六時歸，十一時寢。

初十日　晴熱　六月十三日　星期一

九時起，飯後渡江，晚六時歸，閱報及雜書。連日未寫信，心煩意冷，欲執筆中止者再。蓋實無一得意事也。十二時寢。

十一日　晴　熱甚　六月十四日　星期二

八時起，飯後渡江，往佛波寓略坐。下午三時回家，便還馮藝林款，係轉借於汪俊源者也。晚飯後出門購零件得鄂城家信，知端節極窘。余以積欠太多，今歲端節並未寄分文歸，殊為抱愧耳。十二時寢。

十二日　晴陰不定　午後大東風
六月十五日　星期三

八時起，九時出門，渡江時已十時半矣。往訪仲蘇，因十餘日未往彼寓。至則梅先、鉅驤先在座。十一時就其家吃午飯，石幼平亦在座。午後二時出，訪周銳峰，詢武穴近事，便約之至美茶點店食點心數件。出訪王小宋取信蓋章，致熊魯心者也。四時渡江回家，飯後小憩，晚九時閱雜書並《元次山集》。十二時寢。

十三日　陰　午後二時大風忽起　甚寒　晚小雨
六月十六日　星期四

八時起，九時寄熊魯心快信。飯後天氣忽寒，御夾衣。今年天氣之不同如此。午後五時小雨數次，余送綢衫與染店，便往大椿家中坐談片刻出，途行甚寒如八月，奇事也。今午往水利局借支薪水三十元應用。此月幸有此津貼，頗可感於傅幼虛。晚九時進香請神。今日為關帝生期，敬具香燭，念《覺世經》三次，十時半畢。十二時寢。

十四日　早陰雨　天氣甚寒　六月十七日　星期五

十時半起，倦甚，足軟。汪俊源來坐談甚久去。飯後寫信四件，午後二時清理各事。三時熊魯心着人送信來。四時渡江，持函往晤陳鼎卿，收信後許以明早寄滄蓋章加名，或者此事可成也。遇連冠吾談數語，因便往其室奉看，坐片刻出門後，訪佛波談半時許，知張心革已就張瀾川駐漢辦事處事，甚慰。心革賦閑近三年，居佛波家中年餘，年少頗有能力，蓋已困頓不堪矣。六時渡江回家，飯後寫信一件，閱書半時。十二時寢。

十五日　雨　六月十八日　星期六

九時起，十時清理書室各事，飯後再爲清理，並檢櫃中置衣服。近二月中，書室衣箱書桌淩亂甚，尋物件極不易，與余丁巳至壬戌間行止大異。蓋邇時充各學校教授，書桌臥室整理清潔，望之心目俱爽。癸亥遊閩幕府中，整潔不異從前。甲子歸後，仍主講席，晚間起床不用燈燭而可取心欲之物，蓋物件大小均置之一定地位也。先君於庚子辛丑間教余如此，謂晚間不用燈可取物者，記其有一定地位也。即有水火盜賊之事起，方寸不亂，並於晚間就寢後囑余於枕側置自來火一盒、蠟燭一隻，行之二十餘年均如此。此雖小事，可以見大。今日整理尚未完畢，腰痛甚，遂中止。明日當再清理也。十二時寢。

十六日　晴　六月十九日　星期日

八時起，倦甚。飯後擬渡江未果。午後清理各事未畢，晚往長街一次，歸後寫信二件，十二時寢。

十七日　晴熱　六月二十日　星期一

八時起，飯後客來甚多，致未能出門。馮藝林談甚久去。午後四時，爲曾雨村寫屏一堂，范允師寫屏一堂，張海門對一副，中堂一件。晚外出一次，十二時寢。

十八日　晴　熱甚　如伏　六月廿一日　星期二

八時起，十一時飯畢，往彭大椿寓送行，因渠送其子往南昌也。至則知今日不行，並約余渡江看影戲。午後二時渡江抵法界之上海戲院，三時一刻開幕演影戲，片甚佳。四時一刻演國技，甚佳。余近年所看把戲甚多，未見如此之精絕者。初演戲法魔術，極妙。主演人爲潘玉珍，北平人，曾遊歐美演術者也。並帶其妹二人，又一女子唱外國曲，甚佳。奏樂者係四西人，至演頂碗、拉鈴、穿刀圈、飛水碗、木棍上跳躍跟斗、有聲舞棒、滿臺飛盤等等，均稱佳妙。而獨竹桿，約長二丈，上頂伏一人作種種危險諸技，下一人以肩承之，意態自如，尤爲奇絕，令人至此有觀止之歎矣。五時半畢，與大椿夫婦往致生西點鋪小酌食麵，甚快。六時往伏波處略坐即出，渡江回家。十二時寢。

十九日　晴　晚涼有風　六月廿二　星期三

八時起，飯後徐孝達等來談。午後一時往水利局，姜士庭先請余往談話也。午後四時半歸。飯後天氣大風忽起，已改涼。十二時寢。

二十日　陰　大東南風　甚寒　晚雨
六月廿三日　星期四

九時起，身體疲倦，今日天氣變寒，因昨夕起風，今晨更大也。漱後雇車往知安家説劉子奎買屋事，遇談克勤，就其家午餐後，出門步行，略藉遊覽。入城後訪黎賫良未晤，雇車歸。晚飯後訪曾雨村，談甚久出。訪劉子奎約明日寫約事，坐片刻歸。今晚又着綢衣，甚寒。今年五月天氣寒熱不同如此，無怪人心反覆也。十二時寢。

廿一日　陰　雨　六月廿四日　星期五

八時起，九時半知安來談屋事，並云已就團風印花局事矣。飯後渡江至京漢旅館，晤克勤、知安、波澄談各事畢，寫信並帶雲青二盒付克勤之便寄與家母治氣疾。傍晚渡江遇大雨，雇車後便訪次誠，取所刻朱景照章子出。回家飯畢，清理各事，十二時寢。

廿二日　雨　寒　六月廿五日　星期六

八時起，十時訪子奎問屋事，便借款，約晚間去取也。飯後訪幼虛談各事，五時歸。大雨如注，飯後爲范雲師畫屏四塊，已成其三矣。九時閱書一小時，十一時清理各事畢，寢。

廿三日　雨　寒甚　六月廿六　星期日

九時起，昨夜細雨未止，今晨天氣更寒，可御棉衣矣。天氣不可料如此，十時訪子奎，取款五十元，以備還馮先生並傅幼虛家喜事之用。飯後補作雲師畫件，已成。晚五時付夏炳丞送裱。晚間寫信二件，十二時寢。

廿四日　晴　六月廿七日　星期一

八時起，九時周銳峰來談各事。十時往幼虛家，因其侄今日行婚禮也。就其家早飯畢，訪馮藝林還清借款，仍往幼虛家送賀禮十元。幼虛待余甚厚，上月水利局事由彼發動，此次送禮不能不從重也。四時禮成，五時席散，六時回家。七時石叔名自鄂城來，帶到厚訓信二件，知印花局事不甚好。十一時寢。

廿五日　晴熱　六月廿八日　星期二

七時半起，八時趙少欽來約蕙芳去看病。九時丁國鎮來，仍談區長事。余面薦裴晦公，已允矣。送丁出後，余即往知安寓，途遇黎夔颺，車行甚速，彼此不能語，余亦不料其往余宅也。在知安家飯後，再往武昌縣署晤劉達五，知丁國鎮事已成。蔡小南出署未歸，談片刻即渡江，至京漢旅館晤彭正笏談余造，知已愄推。詳談各事，謂余四十九大得志，此月運氣佳，六月合爲三奇，有獨立之事可幹，諸事逢凶化吉云云。談克勤來云厚訓決計不辦印花事。五時往訪佛波，談片刻即渡江回家，飯後六時半矣。七時半訪錢偉聲，談各事，便訪月舫，談甚久歸。十一時寢。

廿六日　晴熱　六月廿九日　星期三

八時起，飯後來客二次去，劉伯陽又來談。已約出門探各事，章振旅又來，坐甚久去。余與伯陽同往劉幹生家，幹生便留吃早飯，並晤劉劍平，談片刻，飯畢渡江訪王小宋及陳鼎卿，至京漢旅館晤彭桂汀談八字，至日界訪仲蘇，知已出外矣。三時與伯陽至光明影戲院觀電影，兼看張寶慶演武藝，頗佳。樂亦用外國人，惟不及前日上海戲院藝術之多耳。便約伯陽往美生吃點心炒麵，甚鮮美。晚六時渡江回家，十二時寢。

廿七日　晴熱　六月卅日　星期四

八時起，渡江訪仲蘇，已晤見，談片刻並晤韓覺民，新自魯歸者也。十時往黃陂街永盛棧晤銳峰，吃飯後略坐出。訪立群，談各事即渡江，雇車訪范允師，值其遷新居。擬明日送書畫屏二堂贈之，前日所急辦者也。允師為人正直，待余頗以世誼禮，故此次不能不為之作書畫也。四時半歸，袁子青來，留便飯，詢沙市各事，甚悉。晚得鼎卿覆信，知咸寧事不成。先一刻曾往本街李姓占一卦，謂咸寧事不成，下月初三或可另調一地耳。晚間至子奎家略坐出。十一時寢。

廿八日　晴　熱甚　午正已九十度　七月一日　星期五

八時起，寫信二件，飯後渡江一次。午間熱甚。晚九時閱報，又寫信二件，十二時寢。

廿九日　晴　熱甚　九十度以上　午正暴雨一次
七月二日　星期六

七時起，八時往水利局晤姜士庭談各事，士庭約往同見朱懷冰。至則沈碧舫、孔文軒、田季威、江文波在座。沈見余有赧色，此人卑鄙甚。余從前任沙市局長，彼欲薦人與余，則和靄。今年余寫信二次，彼雖覆一次，仍作圓滑語，究竟無誠意也。士庭與朱約在別室談片刻，與同出後，謂朱決計為余安置廳內，蓋與前日仲蘇所談又有異也。總之此事到手方算得事，人情世事多有不可逆料者。十一時與姜出門，朱送余，表示好感。午後暴雨，在家飯後小睡半時。伯陽來約余渡江，與至佛波寓一談，便約至美生吃點心，各件均好。伯陽屢次多情，余甚不過意。寒溪生徒中，此較之二汪生知禮者也。汪翰章極勢利，汪奠基不知人情世故者也。傍晚渡江回家閱報，十二時寢。

三十日　晴　熱甚　九十度　七月三日　星期日

八時起，十時欲整容未果。十一時往長街購藥，午後未出門。晚閱報章，十二時寢。

六　月

初一日　晴　酷熱　寒暑表九十四度　晚十一時小雨
七月四日　星期一

七時起，汪俊源來談各事去。九時半往水利局晤士庭，談甚久，便取薪資出。十一時半訪榆村，談數語出。訪范允師談前日民廳所聞事。十二時半渡江，先至美生食點心，再訪佛波，談甚久，就其家午餐。今日熱如蒸也。三時囑仲章各事，並帶信回鄂城。四時半渡江。晚飯後熱不可耐。九時半寫信九件，補寫日記，至轉鐘二時始寢。展轉不寐。

初二日　陰晴雨不定　七月五日　星期二

八時起，飯後渡江，午後三時回家。晚飯後寫信三件，閱報，清理各事畢，十二時寢。

初三日　晴陰不定　熱極　晚雨　七月六日　星期三

七時起，原擬渡江訪程仲蘇，以客來數次中止。午後寫字數張，晚閱書，十二時寢。

初四日　陰晴不定　雨　七月七日　星期四

八時起，九時渡江，訪仲蘇談片刻出，便至京漢旅取彭桂汀所推八字。午後三時，訪伯陽，便約佛波談相畢，與劉幹生等同至美生吃點心，又至天津館吃晚飯歸。極不適，腹痛甚，當即服藥就寢，十時也。

初五日　雨　七月八日　星期五

八時起，早飯後約次誠渡江，起岸時正值大雨，抵佛波寓坐談久。伯陽亦來，便請其圓光。先請李亮澄魂至，聞其甚安，葬地亦好。次誠問休咎，八月間可得事，不甚佳。問余民廳事此月可成否，云甚吉。詢其何職務，初現一米字，次現一打字，不知何職何事也。再問伯陽事，七月有機會。圓畢已五時矣。至廣州酒家吃便飯，仍伯陽開賬，晚九時歸。十一時寢。

初六日　時雨時晴　七月九日　星期六

八時起，九時打電話約伯陽渡江來談。午後陳康弗、彭大椿等先後來談甚久去。寫字六塊，晚十二時寢。

初七日　晴熱　七月十日　星期日

八時起，寫字二張。十時半，劉伯威、朱士堪來談甚久，便留吃早飯，午後二時去。便訪劉西吾，談片刻出。訪雨村談甚久。便訪幼虛，談一時許歸。晚間大椿送卜課來談，云此月有事，財運佳，非獨立事也。便約明日渡江看戲，談甚久去，十二時寢。

初八日　晴　酷熱　九十度以上　七月十一日　星期一

七時起，飯後渡江一次。因昨與大椿約往漢口明星戲院看《舊時京華》影片也。佳處不少。四時半出院，訪丁國澄，至美生吃麵食。腹脹甚。九時半渡江，胸胃俱痛，服藥早寢。

初九日　晴　酷熱不可耐　九十三度上
七月十二日　星期二

八時半起，倦甚。昨雖病，然睡甚安恬也。午後二時往水利局晤姜局長，談各事，便送紅大聯與之，以六尺紙寫五言文，頗有魄力，此爲得意之作。士庭便欲請余出差，往九江勘堤，已面許之。六時歸，飯後未出，十二時寢。

初十日　晴　酷熱　九十三度　七月十三日　星期三

八時起，患腹瀉。午後渡江訪佛波及各至好處。渡江後至水利局，探公事辦就否。回家飯後，天熱，夜不安睡。

十一日　晴　熱甚　九十三度　七月十四日　星期四

八時起，腹泄未痊，且增次數。受熱膈食，以至於此，以後須切記之。午後再至水利局一問。晚飯後未外出，十二時寢。

十二日　晴　熱甚　九十二度以上　七月十五日　星期五

七月起，腹泄仍未痊。寫廿四孝圖已齊，送周次書家，囑其速裱竣事，姜士庭所托者也。朱祐亭、彭大椿來談甚久去。午後渡江一次，晚十二時寢。

十三日　晴　酷熱　九十四五度　七月十六日　星期六

七時起，腹泄仍未痊。飯後往水利局取公事並領旅費卅元，預定帶夏僕同往。天暑勘堤非余所願，以前日曾面允姜士庭，不便推卻也。歸家飯後，渡江訪桂縣長負蒼，號鵬九，黃梅人，以本縣作本縣縣長者。與談片刻，約定明晚同船至潯。余初意擬今晨回鄂城，再由鄂城到黃州搭輪到潯。以中途買房艙不易，回武昌飯後遂改計，先發電報與厚訓，囑其明日在黃州洋划子上與余晤，便詢家中各事也。今年自二月初一日到省後，四閱月餘未歸，思家中老幼甚切，聊以事不順意，余又懶於行動，厭船車上下之煩耳。晚飯後雇車至范季倫家，請其轉電鄂城，云余十七晚船過黃州，囑厚訓來晤。九時歸，十二時寢。

十四日　晴　酷熱如蒸　九十六七度
七月十七日　星期日

　　六時起，近數夜俱在堂屋中宿，故起早也。今晨更熱，余料理各事畢，腹泄三四次仍未愈，心焦灼甚。買藥物數事。午飯後寫信數件。劉質如來坐談片刻去。天熱不可耐，午後三時命夏僕將各事辦畢。五時晚飯畢，六時渡江到大智旅社晤桂鵬九，並遇財廳舊同事數人略談即出，訪佛波，食粥一碗，甚可口，蓋余今日共進食不及一碗也，恐腹泄故禁之。八時半上聯合輪，住六號房艙，熱而不能入，僅坐欄小憩。遇幼虛夫婦及金匯三、封三等，蓋赴牯嶺消夏者也。彼等尋樂，余則受熱勘堪，真不幸事。九時半船開行，熱度仍未減，十二時余進房小睡，不能寐。

十五日　晴　酷熱　百度　七月十八日　星期一

　　二時船過黃州，划子上厚訓立談數語，知家母及兒輩均好，當交零件並洋十一元，囑留家濟用。水利局出差最苦，余此行主僕僅預領洋卅元也。去年財廳出差為薦任待遇，每日可支食宿費四元，今則以委任待遇，僅能支二元也。以九江生活之高，恐不夠房間之費。厚訓談不及五分鐘，余原囑其同船往黃石港，彼以長衫置洋棚內未能同往。叮囑數語仍令其歸，不過藉以向家中老幼報告余之狀態耳。四時過黃石港，六時過圻州，八時過武穴，余均起視。九時五十分抵九江，與幼虛談數語別去。余與桂縣長同至國民飯店，住十四號房，價昂，熱甚。飯後訪九江縣長蔣笈號大川，九江人，曾任江西民、教兩廳長，此次任本籍縣長，下喬入幽，據其自稱，係為作事起見，非作官。九江現改為四區長官公署，即南京議政之首席縣長者也。中國政治愈變愈壞，區長官類似舊制知府，公文對各廳，用咨文又似從前道尹，奇矣。蔣為人頗精幹，心地忠厚，談九梅堤事甚悉，頗負息事寧人責。桂縣長同在座，所說亦如此。未幾，朱卓爾來共商甚久，決定明晨會同蔣縣長及梅九兩縣有關係之堤紳勘堤。六時就九江公署晚餐，九時歸，住館中。來客衆，天熱如火，余又疲而欲睡未能，此時此景，誠難受也。轉鐘三時僅合眼而已。

十六日　晴　酷熱　寒暑表百零一度
七月十九日　星期二

五時起，漱畢小憩。命夏炳丞收拾物件，先與桂縣長之僕坐船至小池口，再往孔壟。六時朱卓爾來約，謂蔣縣長已在江干相候，乘汽船往小池口，同行者八人。余遂與桂縣長乘車往江干上汽船。行甚速，到小池口小憩進早點後，乘四人輿上堤。以天熱，非乘輿難行也。蔣桂兩縣長、九梅堤紳同行者約九人，僕從衛兵約十人。行至丁字壩，鄉民男婦來訴當日取土掘其田地者二處，約十餘人，經堤紳解釋數語以去。觀其意似受害不甚重者，否則攔輿不去矣。天氣酷熱，揮汗如雨，余以河魚之疾新痊，體弱，頗難受。隨行僕從輿夫受熱，殊爲可憫。余去臘與省府建廳同出差往象鼻山查礦案，值大雪嚴寒結冰，今年出差值酷暑難受，真運氣不佳矣。午前十一時抵甘露菴，鄉民來圍觀者甚衆，桂縣長對鄉民詢問，每以厲色對之，殊非近日平民縣長態度。沿途潰口浪坎俱已修竣。中有一二段加高者，據說當時爲取土便利，民衆熱心，一二日內即將此段完竣矣，至此在茶肆略坐休息，蔣縣長與九江堤紳遂乘船折回小池回潯，僅余與桂縣長及梅紳吳尚迖之輿循堤視察。但屬於黃梅一段潰口，浪坎堤身均未修補。過嚴家閘，經劉、王二姓民衆及有關此堤士紳，向桂縣長多所陳述，語言雜亂不堪。余以受熱，身體疲倦，困甚，亦未與多答語，但囑渠等舉代表數人，往孔壟來開會，陳述各事而已。雇船往孔壟，余與桂縣長便詢舟子，略知當日情形。行二小時到孔壟，晤湯頗公暨王、劉諸姓重要代表，談一小時。飯後小憩，諸人與桂、孔二人會商甚久，開列條件與九江政府十時半始定議。十二時食粥一盂，趁月色起行，與孔、桂二人作別。

十七日　晴　酷熱　百零二度　七月二十日　星期三

轉鐘一時，與夏僕登小船，劉石樵送余，在江干談數語別去。船開行後有風甚涼，月色極佳，惟睡不穩耳。起坐看月，而舟子每唱悲哀之山謳，入耳真難爲聽也。八時抵小池口，晤熊團董談片刻。余倦極欲睡，熊遂導余至王姓家略坐，洗澡畢，小憩半時。此宅當南風，天氣尚涼，十時半，廖、王、梅等姓代表十餘人來會余，多陳述堤案始末，並攻訐桂縣長、湯頗公甚力，並遞禀請余轉陳省政府。廖秩道亦來詳述此事，謂桂縣長性情執拗，湯頗公心術不正，此次阻止修堤，完全私意。余以連日考查情形，對於廖等所說亦頗相信也。今日天氣熱，說話過多，頗以爲苦。晚六時渡江回潯，晤蔣縣長，談各事出。九時洗澡畢，十時與卓爾談各事，十二時寢。

十八日　晴　酷熱　百零二度　七月廿一日　星期四

七時起，寫信二件，分寄省寓、縣宅，報知余在潯近情也。又寄函與鄧麟生，請其轉告姜局長各事。九時半與卓爾同往汽車站，欲往牯嶺。至則時晏，汽車非專開不可。余恐計時上山甚熱，遂折回，決計明晨上山。且今晨已專函與桂縣長，約其來潯商各事，或者彼有回電也。回寓飯後與卓爾同遊煙水亭，雇舟往此亭。余於前清丁未正月曾遊覽一次，邇時天下太平，樓榭均佳。自光復後聞常駐兵，革命軍興，朽壞愈甚，來往兵隊無時不在破壞中。今則楹聯缺而不全，字畫淩亂，遊人雜沓，僧人無一雅者。抹牌者數桌，喧囂不堪，真殺風景矣。坐片刻與卓爾歸，至花園飯店坐甚久。晚飯後洗澡畢，卓爾約往遊甘棠湖，雇小船自正街發，途遇王某，卓爾約與同遊。水風襲人，熱甚。望牯嶺山頂有電閃。四鄉望雨切，不知何時可得也。在湖中約三小時，九時半自花園飯店起岸，回寓甚熱，與卓爾談各事，十二時寢。

十九日　晴　酷熱　上午七時九十四度　午後在牯嶺約七十一度
七月廿二日　星期五

六時起，洗漱畢夏僕雇車在門，余僅攜小包袱登車，至汽車公司小憩，購票登汽車。自站發行二十餘分鐘抵蓮花洞，氣候較九江略涼。余起床時室中寒暑表已逾九十度上也。雇輿上山，行七里許，在茶肆小憩，再行十里小憩飲茶，地址似名同弓塹。兩山缺處，望九江平疇百里，江湖平闊，心目俱爽。再行里許，牯嶺屋舍在望矣。氣候驟寒，雖赤日行天，余着單衣，頗難受。再行七里抵牯嶺街頭，市場繁盛，較昔迥不同矣。行里許抵桂競秋住宅，余先命輿夫持名片探問。桂剛起，出室來迎，握手歡甚，時計已八時半矣。茶後談近事，並知余由潯來，競秋初以爲余自南昌來者。十時見其妻，十二時午餐畢，小憩片刻，同往醫生窪訪金梁園住宅。金爲桂友，余因幼虛夫婦及金匯山、封三住梁園宅，特便訪之，談二小時出。金宅甚雅而涼，面正南，得風多。牯嶺濕氣重，房屋多東西向，取陽光去濕也。歸途見風景甚佳。余前次遊匡廬未到此，心甚快然。途中得詩，擬贈梁園。午後四時半，至胡金芳旅館探伍光建，尚未到。五時回桂宅，談各事。九時寢。轉鐘一時醒一次，欲作詩贈競秋，稿已成矣，並作《再遊匡廬詩》二首。

二十日　晴熱　上午七十度以上　正午八十度　晚七十度
七月廿三日　星期六

六時半起見日光，浣漱畢，寫昨夕詩稿示競秋。七時半進早點，八時與競秋攜乾點帶手杖出門，經後街山行三里許。沿途朝暾綠陰俱可愛，山泉聲小，因牯嶺近十餘日亦未降點雨也。九時半抵黃龍寺，狹陋如故，別已十餘年，寺僧並未加修葺，足徵其能力薄弱。黃龍寺額爲康南海書，不甚佳。余前此來遊，似此三字粘於牆上者，今則已石刻矣。與競秋坐石桌上進早點，僧來陪坐。余問寺中有能講經者否，則以維寬對。維寬新自武漢來，該寺延以講經者也。維寬余縣人，民國七年尚在王子恒藥店充廚役，八年出家漢口千佛寺，今春劉漢槎等延至西山講經半月，曾約余與幼虛回縣未果者。究竟其有行與否，不得而知。余欲見之，僧云今晨牯嶺某宅延之吃飯去矣。十時觀寶樹，四株高大仍與從前相似，十年以後未見增減，何也？遊黃龍潭，水喧而清，小瀑布狀。遊烏龍潭，水較深，余曾就其下濯足半時，水涼軋骨。十一時與競秋折而右行，過溪石上，足滑跌下，足在水，手腰均墮石上，血見皮破。以急欲行也，用靈寶丹敷之。自是山路崎嶇，忽上忽下，頗以為苦。過一山坳，中有照相者，余等問以山徑，再上愈高，足軟心煩身熱。日正午，氣喘甚，頗難受。繼思前無輿夫，後無來人，非前進不足以求出路。設後面有匪追蹤，將中止耶？奮取再行。競秋在前問路，行三里始聞人聲，遇土人則知距天池寺不遠矣。小憩石上，片刻再行，抵天池寺，亦昔年所遊者。僧延入，再入新成經舍，見一僧似曾相識者。僧方作書應酬求者，問其名，則心月，余去夏在黃離明座中相晤者也。心月，魯人，北京大學哲學系畢業後出家者。談甚快，飴余等以好茶點，出紙乞余作屏四、聯一，並乞畫山水小幀，桂競秋慫恿之。小坐心恬然，慨然落筆，成《秋林亭子圖》，僅二小時畢。心月留飯，余以欲歸心切不可留，心月遂導余等至池，觀所謂龍魚者約半時，殷勤送至山口，分路別去。余與競秋順路遊仙人洞、御碑亭等處。行至牯嶺附近，疲頓不堪。過花徑遇李鉅廷先生，白髮紅顏，住山中久，宜其有此怡然道貌。立談數語，並詢吳舅氏在南昌故後狀。李與舅氏從前交頗深。余自甲寅以後，在鄂曾兩晤李，談舅氏事均詳。李晚號拙翁，以能書見稱於時，隸篆尤佳。癸丑署湖北恩施縣知事，前清在贛署縣缺二次，甲寅以後再署贛省縣缺二次。積金居山，誠上策。惜其長子將漢陽原籍所庋古玩等件，前五六年早已賤值售與別人矣。過牯嶺正街回宅，飯後洗澡，天已晚矣，倦極早寢。

廿一日　晴熱　上午七十度　下午九江百度
七月廿四日　星期日

七時起，補寫各詩稿，交競秋存之。早點後擬遊大林沖及附近各處，並欲便往訪李拙翁，請其書一單條。十時與競秋同出，欲尋照相者，就廬照一風景片。至公事房用電話探九江縣政府，請蔣縣長說話，始知桂縣長又來潯，願意解決糾紛，請余即下山商各事。辭以明晨，彼等似不願候，許以今晚六時抵九江縣署。卓爾來接電話，亦諄諄以今日為請。牯嶺至九江電話，每通一次付洋三角，甚為便利。聞公事房云，蔣介石昨晚上山，不知何事。余與競秋購各物即回寓，其夫人必欲余作一畫留紀念。十一時午餐畢，即爲之作山水小幀，下午二時畢。雇輿下山，與桂夫婦別。行至公事房前，途遇蔣介石夫婦及孔祥熙之女公子數人，乘輿自中國街來，大約遊附近山水方歸。二時半輿自山中起行，三時在半月墊小憩，五時下山抵蓮花洞汽車站。候一刻鐘汽車開行，抵九江換人力車，到寓已六時矣。命卓爾子持片至九江縣署云余已歸。六時半天熱甚，此則由寒而暑。山上氣候清涼，易此酷熱氣候，誠爲難受，蔣約余與桂縣長、卓爾及潯紳二人食素餐，甚佳。七時半畢，八時與桂縣長商各事，謂甘露菴以上各段堤身潰口浪坎，俱由黃梅縣府修補，完竣期限五六日即可成。余謂只須君負責修好，少此糾紛，十日亦可，半月亦惟天旱如此①，農忙可知，得雨後速修完竣，余之報告緩半月再上可也。桂書條列各事交余留存出。晚十時與桂宿朱卓爾家，余以疲勞先寢。

廿二日　晴　酷熱　百零二度　七月廿五日　星期一

五時聞桂縣長已行矣。七時余起，九時外出一次。十時早餐畢，熱不可耐，欲出未能。午後一時整容一次。九江近日時疫流行，日死百餘人，街中多有抬神像出巡者。午後卓爾往九江縣署開會，余亦外出一次。晚十二時寢。

廿三日　晴　酷熱　百零四度　七月廿六日　星期二

七時起，命夏炳丞檢清各物，預備先回黃，轉鄂城本籍，看家母及兒輩，請卓爾代探船名。午後卓爾云有隆和等三隻上水船，晚八時方到。午後三時更熱，余出外購物一次，醬菜物數事歸，五時飯畢，六時與卓爾到江邊探聽，則各輪上水俱於五點鐘已開行矣，爲旅館所誤。明日上水又不知輪之好否，甚悔恨也。與卓爾在江干略坐，歸後洗澡。晚九時食粥一盂，閒談一時許，來客二次。十二時寢。

---

① 亦惟天旱，疑有誤，底稿如此。

廿四日　晴　酷熱　百度以上　七月廿七日　星期三

七時起，九時半張宜伯來，十時飯畢，童昧樵來談桂縣長劣迹。童，黃梅人，駐蒲圻，曾充副營長者也。談甚久去。午後三時探船數次，只有三北公司新寧興及太古安慶上水，晚八時可到。晚飯後與張宜伯同往正街購各物，便往珈非館飲珈非茶，食麵包二塊，再往江干探船，適甬興輪上水，據說不搭客，余遂問客棧，得知新寧興晚十二時可到，已有電來矣。與宜伯回寓，今日卓爾感寒，未同余出門也。九時命夏僕雇車，余與卓爾夫婦作別，同宜伯出門，逕往河街客棧候船。整理各事畢，鋪席待睡，已十一時半，聞寧興輪到，遂命茶房代余結賬，並上船購房艙位置。轉鐘一時上船，住四號房艙，鋪位四，甚狹也。中國船之不信類如此。天熱甚，房中不能坐。九江碼頭人多，喧囂不已。轉鐘三時來一黃陂人鄭君同房住，帶小孩一，余四時方寢。

廿五日　晴　酷熱　約百度　晚大東風
七月廿八日　星期四　今日中伏

六時起，七時早餐，船猶未開，熱不可耐。使昨宿寓中，免受此一夜罪也。九時船開，余始再睡。十一時午餐畢，與鄭君略談近事，滬戰抗日本，鄭曾參加者。聽其所説，中國人愛國亦可取也。午後再睡，晚飯後在欄小立看江景。八時半船過石灰窰、黃石港等處，知江水漸退。十一時半船到黃州，余與夏僕同下划子，起岸後住王興發茶肆中，睡竹床上，甚涼適。問之肆中人，云我縣望雨甚切，近日亦奇熱，轉鐘一時，余與夏僕均寢。

廿六日　晴　酷熱　晨大東風　熱度九十九
七月廿九　星期五

六時漱畢渡江，風順利，半時即到家。敲門後知家母甚健，心慰之至。兩兒病已痊，身體瘦甚。家中近日缺用度，當買各物。十時早餐畢，小睡一時許。午後天氣甚熱，三時往王國煌家，知其昆季於樂峰謝世後，各殤一子，不孝於父所致也。便訪心栽、服初等處。晚飯後天仍熱，余與夏炳臣宿二重堂屋中，展轉不寐。

廿七日　晴熱甚　九十九度　七月卅日　星期六

六時半起，倦甚。九時趙茂林、夏村來坐談甚久去。午飯後清檢各事，晚飯後外出一次，十一時寢。

廿八日　晴　酷熱　百度上　七月三十一日　星期日

七時起，倦甚。八時擬出城未果。囑王小齋探上水船。午後往郵局一次，傍晚服初、叔和等來坐談，十時方散去。十一時寢。

廿九日　晴　酷熱　百度以上　六時半大風　小雨旋止
八月一日　星期一

八時起，身體疲倦。午餐後計議渡江搭大輪較為便捷。四時晚飯畢，天仍熱，余出門，熊小堂帶同遲生送余下河。與家母談數語，擬月半前回家祀祖，然不能屆時果能歸否也。雇船渡江到黃州住劉長發，大風忽起，旋止。晚十時安慶輪到黃，余上划子，晤及律之、克勤等。上船購得鋪位，欲睡不能，轉鐘二時僅一合眼。手不停扇，頗以為苦。

七　月

初一日　晴　酷熱　九十九度　八月二日　星期二

六時起，洗漱畢，在船後上層略坐，與律之等談各事。七時半船抵漢口，八時渡江回省宅，知蕙芳病甚久。余出門次日即腹泄，致身體愈弱矣。與談各事，檢各處來信，飯後寄函回家。午後至水利局，晚間洗澡後略憩，外出一次。省宅較縣宅熱，晚宿堂屋中。

初二日　晴　酷熱　百零一度　八月三日　星期三

七時起，飯後往局一次，聞士庭已渡江，未與見，僅將九梅堤案先後情形向鄧麟生詳述而已。午後辦報告，囑韓少荃來清稿。晚飯後外出一次，十二時寢。

初三日　晴　熱甚　百度以上　八月四日　星期四

六時起，九時往局見士庭述查案經過。十一時半回家，飯後小睡一時許。午後辦報告已成功，少荃清稿已畢，函約劉質如來家寫之，並理賬目。晚十二時寢。

初四日　晴　熱甚　百度以上　八月五日　星期五

七時起，整理稿件畢，爲士庭寫廿四孝各傳。午後二時外出二次。晚飯後清理各事，十二時寢。

初五日　晴　酷熱　百度以上　晚大風　天氣涼
八月六日　星期六

七時起，爲士庭寫各體書，僅及半數。飯後外出一次。午後二時再寫各體書。晚至范允師、曾雨村處略坐談，九時歸。十時清理報告，俾明日劉質如來寫者也。十二時寢。

初六日　陰晴不變　熱甚　八月七日　星期日

七時起，倦甚。昨晚涼，睡較好。八時半劉質如來，與談片刻，給報告稿與看，便留其吃早飯，攜稿去。午後爲士庭寫各體已畢，擬明日送裱。晚未出門，十二時寢。

初七日　晴熱　午後風小雨　今日立秋
八月八日　星期一

七時起，昨在曾雨村家晤海平、祐亭，云水利局已劃分爲二局，以堤工局與蘇世安，水利局仍屬士庭。但經費減，用人甚少，士庭已辭職矣。余就事僅兩月餘，匆逢此事，或亦運氣有關耶？飯後往局一探，始知近情。晚八時質如送寫文來，余已將出差用費報算清楚矣。晚外出一次，十一時寢。

初八日　晴　酷熱　九十八度　大南風
八月九日　星期二

八時起，九時半送報告等件往局，請麟生飭科早日呈核批准，補領旅費。午飯後清理各事，晚未出門，十二時寢。

初九日　晴　熱甚　九十六度　大南風
八月十日　星期三

八時起，九時到局探問，知士庭辭呈未准。午飯後大南風。連日以來南風甚大，今歲天氣大變，秋前多東風，秋多發南風，奇事也。天時人事變態如此。聞北平、上海、山東今歲熱度至百零八九度，爲歷年所無。此間苦旱，山東水災甚重，又奇矣。晚飯後往劉子奎家略坐，十二時寢，不甚安。

初十日　晴　酷熱　九十七度　南風甚大
八月十一日　星期四

七時起，八時渡江訪仲蘇，談數言出。便訪各至好處，十二時渡江回家，熱不可耐。晚飯後未出門，十二時寢。

十一日　陰晴無定　九十度　八月十二日　星期五

七時起，十一時渡江訪伯威、立群、佛波等，午後渡江至水利局問各事。晚飯後外出一次。連日以事羈身，不能回家祀祖，胸心鬱鬱也。今夕月明，天氣稍涼，趨步庭中，頗多感概。十二時寢。

十二日　晴　熱甚　九十度以上　八月十三　星期六

　　七時起。連日秋燥，較伏天尤難受，奇矣。飯後到局，詢及士庭二次辭職，省府仍慰留。午後寫各處覆函，連日以天熱未作答也。晚間外出一次，十二時寢。

十三日　晴熱　八十九度　大南風　八月十四日　星期日

　　八時起，飯後到局，知出差計算書又須重改，殊爲麻煩。歸家後再爲寫就送出。晚間寫信二件，寄鄂城謂余不能回家祀祖，及省中困難各情，使家中知之也。十二時寢。

十四日　晴　熱甚　八十九度　大南風
八月十五日　星期一

　　七時起，十時到局，知昨所送計算又須改定。承辦人陳齋梓，局中辦事員也，殊可惡。午後再改送出。晚間未外出，十二時寢。

十五日　晴　熱甚　八十八度　八月十六日　星期二

　　八時起，九時渡江，十二時回家。飯後外出一次，來客數次，均探局事，□否繼任者。余以此事得之甚易，失之不足爲憂，聽之而已。十二時寢。

十六日　晴　熱甚　九十度　八月十七日　星期三

　　八時起，炎曦望之可畏。余生四十六以前經過此炎威，未經過如此之長熱也。寫信四件，午後至巡道嶺催代裱册頁。訪雨村未遇。晚間檢閱各報，轉鐘一時方寢。

十七日　晴　熱甚　九十度　八月十八日　星期四

　　七時起，早飯後至局領得補給川資，聞堤工局已定陳克明繼任，水利局蘇世安辭職矣。晚飯後至子奎家略坐即歸，十一時寢。

十八日　雨　天氣改涼　八月十九日　星期五

七時起，昨夜天氣忽變寒，午前小雨，午後甚大，天氣漸變寒矣。午飯後清理各事，晚未出門。十二時寢。今晨士庭來談甚久。

十九日　晴　熱　八月二十日　星期六

八時半起，倦甚。午後到局詢各事，知省府所提盧某爲水利局者又辭矣。晚間外出一次，十一時寢。

二十日　晴陰不定　八月廿一日　星期日

七時起，八時寫各處信，分寄牯嶺詩稿。午後少荃、知安等先後來坐談，知少荃久窘，余亦愛莫能助也。十二時寢。

廿一日　晴熱　八月廿二日　星期一

八時起，飯後渡江，午後回家寫信寄牯嶺桂競秋。連日閱報見各處災異甚多。時局如此，應有之事也。晚至子奎家略坐，至長街購零件及藥品。蕙芳病時好時發，頗以爲慮耳。十二時寢。

廿二日　晴熱　八十八度　今日處暑節
八月廿三日　星期二

八時起，九時渡江，午後回家，便往水利局探繼任者爲誰，則已沈寂矣。省府作事兒戲如此，奈何？晚間閱雜書，明日決計將後書房裱糊就緒，無事讀書養氣耳。十二時寢。

廿三日　晴熱　八月廿四　星期三

八時起，十時命夏僕裱房子。午後外出一次，接家信囑帶款回家濟用。余近日毫無收入，奈何奈何？晚飯後探馮藝林，尚未到省。便訪范允師，談片刻，十時歸。寫信看報，轉鐘一時寢。

廿四日　陰晴不定　大北風天氣寒
八月廿五日　星期四

八時半起，午飯後至局，知水利局已易藍漢淩，不知接事，便寫一函，囑小宋。晚間外出，取册頁交姜士庭，未晤，留片即歸。閱雜書，寫信二件，清理書室各事，十二時寢。

廿五日　早雨　旋晴　八月廿六日　星期五

七時起，八時半訪士庭，知朱懷冰不日可回鄂，余便托士庭關說，因民廳已出秘書缺，傅希咸放隨縣縣長也。士庭欣然許之。午後閱報，見各省災異甚多。晚飯後未出門，十二時寢。

廿六日　陰　大風　寒甚　八月廿七日　星期六

八時起，九時訪士庭，云已與懷冰見面矣。廳中事秘席爭者甚多，彼不敢貿然許之。以余不願意出門，他事又不相當云云，則此事難靠也。晚歸，書房已裱好，甚潔，易字畫畢，十二時寢。

廿七日　早雨旋晴　八月廿八日　星期日

九時起，倦甚。早飯後擬外出未果。午後一時大椿來，謂已卜課，余事下月甚好。余以姜士庭晤朱語告之。二時少松來談，謂已就水利局股長。廿四日在漢口晤藍漢淩、王小宋，已許延余爲水利局文牘。因局中現無視察名義故也。余慨然允之。蓋此時不就事，索債者仍未能止。文牘事雖繁，接事後總可減少，身分上亦過得去。少松出，余寫信回家，提及此事，以慰老人之心。晚間至長街購藥品雜件。蕙芳病已漸痊矣。十二時寢。

廿八日　早雨旋晴　晚八時大雨如注
八月廿九日　星期一

八時起，清理書室各件，整理書籍畢。早飯後渡江至至好各處略坐，且與立群、佛波述及蟬聯局事之因果。晚七時佛波堅留余吃飯。因訪前廳長，未晤見，作函與之，遂在佛波寓上候信也。飯畢渡江，至江干時大雨，上船到船後，前廳勤務劉右卿帶有傘一柄，抵武昌起坡，正大雨如注，幸用劉傘，得以雇車。行經大巷口，水深尺許矣。天氣驟寒，抵家門口，給洋二角與車夫去。小憩洗澡一次，恐受濕也。蕙芳述及吳鳳遷曾來家見，民廳已委余爲幫辦秘書，補饒光亞之缺也。凡事遲早有定，不必强求如此。明日發表，只好辭局事就此，似可以對姜士庭也。十二時寢。

廿九日　早雨旋晴　午後雨　八月卅日　星期二

七時起，飯後檢清皖遊詩並牯嶺印件，分寄肖鵠、月舫、紀雪昉等廿餘處。午後閱報，晚七時訪曹蕙村告以此事，囑爲余探民廳委令何時下，便函辭小宋也。晚晤子奎便告之，十二時寢。

卅日　早雨旋晴　八月卅一日　星期三

九時起，倦甚。十一時飯畢，正午渡江，在船上遇仲和，談近事。彼今日渡江歡送佘子祥回縣清鄉也。抵漢後，與同往簽名出，托詹煥品帶各樣物件回家，撥洋十元與王四奶，餘廿元由厚安帶爲蕙芳買參酒諸件。尋田小青醫生，知已回葛店。再至同鄉會開會，遇夏賦初等。會中缺一文牘須補人。余薦夏村補此。仲和、龍驤不便提出，由余提議通過矣。至秦茂棧托楊厚安帶款回家，談片刻出。午後六時渡江回家，飯後再清理各事，閱書報。清理房中，勞頓已極。十二時寢。

八　月

初一日　晴　九月一日　星期四

八時起，廳中事無信息，飯後欲外出，民廳傳達始送公文來。細閱則因余名繼昌，非用號也。或者朱懷冰前在士庭家見余所寫字記余名耳。午後二時到廳，先見畢斗山及周霽畔、吳鳳遷諸人，再見朱廳長。立談數語，即囑余往葛芝岩處，一詢即詳，蓋囑余查一密案也。問往何處，則云沙市，交通便利，以視察不可靠，知君爲舊道德甚深者，用敢相托，不必多説云云。余以初入廳又不便推卻，乃問葛芝岩，細詢各節，候公事下來再行定奪。領取秘書應用各件，四時半即歸。飯後與蕙芳談各事，清理書籍，十二時寢。

初二日　晴　九月二日　星期五

七時起，八時半到廳，畢斗山謂廳長已分付余與余虞琴專辦文牘。汪鶯儔與周畢三人同閱文件。民廳事較財廳事甚簡，覆函則較財廳多也。午後覆函十件。今日午餐在知安寓中，晚五時歸，閱各處來信，飯後未出，十一時寢。

初三日　晴　九月三日　星期六

七時起，八時到廳辦函稿六件。午飯在省府與賀笠卿同食。因賀約余談話也。晚六時回家，飯畢至子奎家略坐。蕙芳病漸痊矣。閱報及雜書，十一時寢。

初四日　晴　九月四日　星期日

七時起，八時到廳辦事。聞廳長明日出發，今日無事。電約立青談話，彼約余往晤文波、叔通，便薦彭大椿辦電政。正午歸家，午後一時渡江訪佛波，説明已到廳辦事。晚六時歸，飯後小憩，十二時寢。

初五日　晴　九月五日　星期一

七時起，八時到廳，起函稿五件，聞廳長在漢謁蔣，午後須到省府開會，明日恐不能出發。先往江陵之議作罷，改道入襄河也。余查案公事已下，芝岩與余談各事。午後三時見廳長，説數語，取旅費，擬明晨渡江探上水船。五時回家，飯後外出一次，十二時寢。

初六日　晴　九月六日　星期二

九時起，飯後渡江探船，有宜豐開上水船，在劉家廟，美國公司小船也，未能搭，且價亦不廉。至迎賓館探問，武穴輪最佳，八日可開行。余決意乘武穴輪。晚五時歸，飯後清理各物，十二時寢。

初七日　晴　九月七日

八時起，九時到廳。先囑羅國貞往漢探船並定艙位。余在廳食午飯畢，小憩一時歸。囑夏僕及國貞搬行李等件上船。聞艙位爲官艙卅二號。廳長今晨同隨員乘輪往仙桃鎮，計到沙市在秋節後也。晚飯後外出一次。足力軟，因晨興已疲倦不堪也。十二時寢。

初八日　晴熱　九月八日　星期四

九時起，十時訪大椿，問卜：債今年九月以上可了結否？彼云：不吉，九月前可得結果，賠款則未能也。繼問九月以前有獨立之事否？則云：可成功。因朱雀青龍俱動，主吉事也。十一時半回家，飯畢清理各事。午後二時渡江補購零件，帶上船應用，買加啡茶一盒，托石鏡清帶家中，寫信托之，述余今晚首途也。上武穴輪，官艙頗清潔，同房者四人，三人往沙，一客赴宜。置安各件，帶同夏僕至佛波寓吃飯。七時半與佛波同上船，坐談甚久。十時開行，在官艙外遇吳仲行並知李儀吉往監利查案，亦乘此輪，遂談甚久，至轉鐘一時方寢。

初九日　晴　午後小雨一次　星期五

八時起，漱畢食稀飯，飯菜均好。正午午餐，甚佳。上游輪船當以此輪爲佳矣。午後半時過新堤，下午四時過岳州。余在官艙中補上月未完日記，六時晚餐，十一時寢。

初十日　陰晴　晚小雨　九月十日　星期六

轉鐘一時半船過監利縣，余起視，划子已靠船，李儀吉已下船。本欲與談數語，已來不及矣。仍回房中睡，甚適。八時再起，早餐後寫信致淬成，請同房張華卿君帶宜昌局。張新自瀋陽派往宜昌局服務者也。當交並囑致數言。閱《大公報》知雲南本年陰曆七月初大水成災，吾鄂則七月至八月旱象已成矣。十二時午飯後小睡一時許。晚七時抵沙市，上岸後住長發旅館。余丙寅長沙市征收局接事，交卸時均居此。今夕到此頗多感慨也。八時命夏僕尋劉光溪來館問各事，談片刻，與同訪孫伯勤、彭梓芳師談一時許。十時回館，十二時寢。臭蟲如蟻，至終夜不能寐也。

十一日　晴熱　九月十一日　星期日

七時起，八時寫信寄畢斗山，報告已到沙市。伯琴來，與談甚久同出，飯後雇車訪公安局長袁棟臣，交葛芝岩所寫信件。午後劉耀華請吃午飯。因今日電話未打通，便寫一函與袁子青，使其知余已來沙市也。晚間同伯琴訪周馥亭、胡蔭唐諸人，各談甚久出。今夕以臭蟲太多，不敢宿旅館，至伯琴家宿，談話甚久，轉鐘二時方寢。

十二日　晴熱　晚小雨　九月十二日　星期一

四時半起，盥漱畢，五時半動身，小雨路滑，夏僕挎行李及網籃，甚以爲苦。因天早又不能雇挑夫也。到碼頭小駐茶肆中，七時開船。船甚小。坐官艙中與一王姓談，王前公安郵政局長也。十二時開飯，午後三時抵公安縣，住南門長發棧。飯後外出私訪各處，與同棧黃銘西同出，便至典獄署訪典獄員何國松，細詢各事，坐半時許，出遊各街。偏僻不整，較之余壬子在黃安縣之街道尤簡陋也。晚十一時寢，臭蟲多，不能寐。

十三日　早雨　午後陰　小雨數次　九月十三日　星期三

七時起，八時與黃君同往公安局，用李文藻名片晤局長丁某，大冶人。細詢各事，知吳春霖毫不負責，對於政事敷衍而已。貌似忠誠，心實貪利。談一時許出，便訪各街輿論，知吳確無政績。回寓午餐後再外出，至東門紅安棧及黃州會館各棧細訪，途遇湘人之寄居公安者數人，詢知吳之政績均不良。縱團丁殃民之事，不一而足。晚飯後再訪各處歸，十一時寢。

十四日　陰晴不定　晚雨　九月十四日　星期三

八時起，昨夕聞棧中人云，賀龍殘部由松滋潰至公安邊境者約二千人。各區保衛團已在集合。城內已有謠言，人心惶惶，蓋王炳南部爲賀龍中著名善戰者也。吳春霖縣長今日在沙市方歸，縣署職員多有遷行李者。此實足以擾亂人心也。十一時寢，轉鐘一時許，保衛團丁猶來查余棧中，甚可惡。

十五日　雨　寒甚　舊曆中秋　九月十五日　星期四

七時起，飯後往各處查吳案，無一説吳好話者，庸懦無能而已。今晚謠風更大，謂大隊已逼近公安矣。余遷往郵局，萬生隆焜爲之置酒，心亂如麻，不能爲懽也。時至汪生大森家探軍息，汪與李旅長熟，得確信甚易。十時與萬生訪電報局長，探軍隊確信，據説沙市綫今午後四時忽中斷，消息不通。電局長黃道遠，宜昌人，與謝服初交頗厚，談半時出。十一時宿郵局。

十六日　陰雨　午後晴　九月十六　星期五

七時起，今日謠風略減，午後又盛。余仍往各處便查吳案。二時邱海如弄得護照一紙，約余往津市坐民船，取道長沙，轉赴武岳路回鄂。余以謠風甚，警甚允之。五時飯畢，同夏僕挑行李下河，竟爲駐軍數人阻止不能行，仍回郵局。晚間汪大森來說，旅長明日封差輪往藕池，余可同行，再由該埠換輪往沙市甚便。並約余明晨過其家，與旅長李宗鑑飯後同行，余許之。十二時寢，仍宿郵局，萬生與余談甚久，至轉鐘二時寢。

十七日　陰晴不定　九月十七　星期六

七時起，余親往探信，八時半在汪宅晤李旅長宗鑑。四川大竹人，頗和靄。十時半早膳，同席者邱海如，餘爲旅部之秘書、科長數人。飯畢命夏僕挑行李上船。李因候款，余遂上岸與萬生、汪生、邱海如閒眺。三時始開船，五時飯畢，與李談各事甚久。晚九時抵藕池口，該埠放炮竹迎李旅長，謂其得勝歸也，置茶點於河邊。李堅囑余與海如同入座，約半時散去。余同一副官及財廳委員朱少甲至新開之某旅館小駐二時許，聞此旅館即從前之藕池征收局也。十二時半仍上楚泰輪，轉鐘二時寢。

十八日　陰晴不定　九月十八日　星期日

四時開船，七時抵郝穴，八時再換小火輪名利川者，一破壞不堪之小輪也。人數多，貨物堆積，悶甚。行甚緩，過陡湖堤時，保衛團送信，謂馬家壋兩岸有殘匪軍隊渡江，希注意。此輪於郝穴行未數里，即拖大民船一隻，計小時僅行七八里，不及人行之速也。沿途着急心慌。據輪中水手談，今年時時遇險。下午六時始到馬家壋。八時到窰灣，危境已過。九時抵沙市，即往孫伯琴家。而上次所遇之王篤山猶住其家未回省。飯後談各事，十二時寢。

十九日　晴熱　九月十九　星期一

八時起，用電話通知袁子青，約以先往承天寺相候，因前函知返沙市，須往承天寺祀關帝也。九時半約邱海如同雇車往荊州，途經多感觸。此路余於丙寅八月初往祀關帝，今已六年餘矣，荒涼較從前更甚。十一時抵承天寺，子青先在此相候，遂入寺進香。聞頻年駐兵，現已頹敗不堪。與海如、子青詣關帝，立像前行香，並乞籤語爲廿六數，所說皆吉。關帝猶似從前。在寺逗留一小時，與子青同至酒肆吃午飯，肴佳而價廉，可想見近日生活之艱也。飯畢同往第八中學小憩。□電話探沙市飯店，知曾雨村與晏勳甫居此，約以五時必到與相見也。二時半自校雇車，四時抵飯店，晤雨村、勳甫談甚久，並就其旅館中吃飯。晚間與海如同至各處遊覽。九時回伯勤家，宿時已轉鐘矣。

二十日　晴　熱甚　八十度以上　九月二十日　星期二

八時起，九時與伯勤同往劉亞華、彭梓師處略坐。飯後海如來約往雨村旅館中一談。午後二時與雨村等同遊章華寺。此寺余筦榷沙市時，七月做道場，曾同徐藍田到寺進香一次，邇時武漢戰事吃緊，心亂如焚，並未安心瀏覽也。今日細察碑志，知此寺即楚靈王章華臺遺址。有清代順治十三年一碑，乾隆六十一年一碑記其事。觀畢，與僧話一小時出，仍回伯勤家與談各事。飯後六時同往各街一遊。途遇吳文齋，狼狽不堪。至吳正貴商店中略坐談即歸。與伯勤談至十二時半方寢。

廿一日　雨　午後晴　九月廿一日　星期三

八時起，命夏僕往河干探下水輪。九時半劉亞華派人送信來，謂湘和輪已抵沙市矣。彭師來坐談片刻去。飯後上船，聞下午四時方開，遂起岸，與伯勤便訪王文舫及招商局之徐仁東，王晤見，徐則已往漢矣。與伯勤及王篤山等吃飯後，再往江干各處遊覽。三時上船住官艙，中間遇郭德臣持劉潤山函，蓋自宜昌囑以交余者也。四時半船開行，五時飯畢，六時船至郝穴附近下椗。船主膽小，懼前行有匪警。十一時半與雨村、勳甫談甚久，十二時寢。

廿二日　晴　九月廿二　星期四

八時起，九時半補寫日記。午餐後與雨村閒話。午後三時過城陵磯，見岳陽城，望洞庭君山。晚餐後閱雜書。預計行程今夜本可抵漢，昨以下椗耽延，須明晨方可抵漢也。十二時寢。

廿三日　晴　今日秋分節　九月廿三日　星期五

五時半起，六時船已抵漢，七時半余與夏僕至江漢關搭輪渡江，八時到家，知蕙芳病已漸減。十時小睡，午飯後未出，清理各事，閱各處來函，致信鄂城，今晨到武昌。途遇羅國貞，便囑其帶辣醬回縣，面囑各語，因彼明日即回鄂城也。晚間閱報及雜書，十二時寢。

廿四日　晴　九月廿四日　星期六

九時起，倦甚。早飯後清理各事。午後二時往廳中便詢各事，與馬顯聲述各語囑其轉告畢斗山，余匆匆出，渡江訪佛波。午後五時歸，十一時寢。

廿五日　早雨旋晴　晚雨　九月廿五　星期日

八時起，午後渡江。傍晚回家清理各事，補作報告，擬電文，報告吳案。十一時寢。

廿六日　陰　寒　九月廿六　星期一

八時起，九時到廳，辦信件四。午飯後外出一次。三時擬電文，不知寄何處，因現不知居停在何處也。五時半回家，飯畢客來甚衆，晚閱雜書，十二時寢。

廿七日　陰　寒　九月廿七　星期二

八時起，九時到廳。今日無多事，午飯後清理各事，六時回家，飯畢閱報，回各事函，十一時寢。

廿八日　晴　九月廿八　星期三

八時起，九時到廳，辦信稿四。午後渡江一次，晚六時回家，飯後覆各處信，十二時寢。

廿九日　晴　九月廿九　星期四

八時起，八時半到廳。今日無多事，交密電文與譯電員，囑其寄藕池探送，請居停即撤吳縣長。午後六時回家，來客甚衆，飯畢外出一次。十一時寢。

九　月

初一日　晴　九月卅日　星期五

八時起，九時到廳，十時渡江，送查案報告，用飛機快信遞沙市，因昨得電知居停數日內抵沙市也。午後回廳辦信稿數件，晚六時回家，十二時寢。

初二日　晴　十月一日　星期六

七時起，八時到廳，辦題詞二件。飯後至水利局一次，晚五時回家，飯後清理各事，十二時寢。

初三日　晴　十月二日　星期日

八時起，九時到廳，十時渡江訪伍國正先生，未晤。至周震東寓略坐，就其寓吃午飯。午後至佛波寓，談甚久。四時渡江回家，飯畢客來甚衆，略與周旋以去，十二時寢。

初四日　晴　燥　十月三日　星期一

八時起，八時半到廳，辦信件四。午後整理各稿畢，六時回寓，飯後清理家中各事，十二時寢。

初五日　晴　十月四日　星期二

八時起，九時到廳，十時清理雜稿，飯後辦信件二、聯文二。午後五時回家，飯後寫各處覆函，至十二時半方寢。

初六日　晴　十月五日　星期三

八時起，九時到廳。飯後渡江一次，查公安文稿及報消賬，均齊，囑書記寫就送收發。晚五時回家，飯後外出一次，十二時寢。

初七日　晴　十月六日　星期四

八時起，八時半到廳，辦信件三。飯後無多事，晚六時歸，十二時寢。

初八日　晴　十月七日　星期五

八時起，九時到廳，清理各事，代作挽聯二。午後寫信四件，覆各處也。六時回家，飯後外出一次，九時閱各書，欲和肖鵠自壽詩未果。十一時閱雜書，十二時半寢。

初九日　晴陰不定　今日寒露節　十月八日　星期六

八時朱次誠來家云，周鵬程今日約余正午至其家登高，尚有多客云云。九時去，余即往廳，上午無多事，正午至鵬程家，僅曾君先在座。十二時飯畢，鵬程囑余午後四時往抱冰堂。蓋所約某君改時爲今日午後到抱冰堂也。余飯後即回廳辦公，四時再到抱冰堂詢之，彼等未至，余遂至各處瀏覽一週，小憩片刻。覺天色漸晚，遂回家。飯後閱各書，十二時寢。

初十日　晴　十月九日　星期日

八時起，九時到廳。無多事，飯後渡江至佛波家略坐談，便往各處遊覽。晚六時歸，飯畢閱雜書，十二時寢。

十一日　晴　十月十日　星期一

七時半起，八時半到廳。聞秘書、科長須往省黨部聽蔣介石演說，余亦往黨部。九時人到甚衆。蔣來演說，兼譏訕湖北人，似有所指，聽者多怒目，僅張難先時時點首，又似心許者，嘻，異哉！湖北人之無團結，余所深信。每次鄂人居高位，同時必有數方以軋之，必至同歸於盡而後快，易一外省人來君臨其上乃甘心焉，至受他人宰割，亦甘心焉，真特性也。以視川人之拒外，湘人之强悍，江浙人之團結，決不容外籍人持其政柄者，殊覺可愧死矣。十一時回廳時，便訪袁鉅驤於保安處，談各事，請其囑新任李縣長早到鄂城接事也。午後談克勤等來談棉花捐事，余謂已得袁電話，云去電制止矣。晚六時歸，飯後閱書，十二時寢。

十二日　晴　十月十一日　星期二

八時起，九時到廳，昨以王壽軒來探問提案事，便請畢斗山堅持提案之不能改，因前日提京山縣長李儀吉，竟爲夏靈柄改易他員也。飯後寫信四件，午後六時回家，七時飯畢，十二時寢。

十三日　晴　十月十二日　星期三

八時起，九時到廳，午後外出一次。今日無多事，六時歸。飯後閱雜書，寫信四件，十二時寢。

十四日　晴熱　十月十三日　星期四

八時起，九時到廳，寫信四件，作挽聯二。飯後來客數次。午後三時，斗山等約渡江接居停，因居停前日發電謂今日乘飛機歸也。水上公安局陶繼侃備有差輪在江干相候。四時，余與斗山等五人同上小汽船。省令公安局長賈雲蒸先在船上相候。開至日界洋火廠下，候至五時半，見飛機已落法界球廠，乃將汽船開至法界起岸，當即雇車至法界，在德明飯店對門俗稱八大家者，居停已先歸矣。談甚久，就其寓飯畢，已七時半矣，遂與斗山、范尚立等至光明戲院所謂歌舞團者看跳舞，未竟即出。舞女與獸何異？然實不知人間有羞恥事也。院中座客悉滿，無立足地。吾國人好淫，於茲可證。是夕觀者，婦女約三分之二。嗚呼！此革命軍到吾鄂後之成績也。十時渡江，十一時抵家，十二時寢。

十五日　晴熱　十月十四日　星期五

七時起，八時到廳，辦信稿三。午飯後至財廳問各事，晚六時回家，飯後來客數次。今日朱漢卿到廳云謀事，余囑其緩一步再說。彼病初愈，不可耐勞，然此時實無事可薦耳。九時閱各書，寫格言數張，十二時寢。

十六日　晴　十月十五日　星期六

七時起，八時到廳，寫通信稿一，擬挽聯二。午後無多事，晚六時歸。飯後閱雜書，十二時寢。

十七日　晴寒　十月十六　星期日

七時起，八時到廳，辦理信稿。午飯後渡江，便訪王詩岩未晤。晚六時歸，十二時寢。

十八日　晴寒　十月十七日　星期一

七時起，八時到廳。今日居停來廳甚早，旋又渡江，奉蔣介石召也。

午飯後余至財廳一次，晚六時回家，十二時寢。今日得朱漢卿凶信。

十九日　晴寒　十月十八日　星期二

七時起，八時到廳。飯後寫各處覆函約十件，以積久未覆者也。晚六時回家，來客甚衆，十時閱書，十二時寢。

二十日　晴寒　十月十九日　星期三

七時起，八時到廳寫覆函五。午飯後外出一次，晚六時回家，閱雜書，欲作赤壁詩未果。十二時寢。

廿一日　晴寒　十月二十日　星期四

七時起，八時到廳，午飯後無多事。晚六時回家。今日得曹芷壽覆函，詳叙漢卿在漢病故情形，甚爲可憫。漢卿此次來謀事，前於十五日到廳時無多話，余與同出廳，途行數語，猶以謀事相托。初不料其此次來永訣也。芷壽述其後事甚祥，回想彼自在沙市隨余，以及蒲圻任內相隨日久，上下來往情形，頗覺難過。與蕙芳言之，亦相與太息久之。十二時寢。

廿二日　晴　十月廿一日　星期五

七時起，八時到廳。午後閱滬報，云北平故宮群花盛開，是凶是吉，不得而知。又聞現時之省政府門前，即從前湖北警務處，石榴花盛開矣。世態反常，花木再開，當作反象看。以吾鄂近事證之，無一不可亡國矣。晚六時歸，飯後閱雜書，十二時寢。

廿三日　晴　十月廿二日　星期六

七時起，八時到廳，寫信四件，起函稿三，擬挽聯一。飯後外出一次，仍回廳補寫三信。六時回家，十二時寢。

廿四日　晴　十月廿三日　星期日

七時起，八時到廳辦公。午飯後渡江，訪博卿未晤，詢仲章縣中各事，至佛波寓略談即出。五時回家，飯後鄂城公安局來談半時去。晚間閱雜書，十二時寢。

廿五日　陰　寒　有風　今日霜降節　十月廿四日　星期一

七時起，七時半到廳，八時廳派下午往省府出席組織災區視察團會議，寫信數件。飯後已下午一時半，至政府，延至三時半開會，四時半畢，五時回廳，廳中會議仍未散，余以事前未與聞不便列席。六時回家，吃飯畢，浚源、大椿來坐談甚久去，十一時寢。

廿六日　陰晴不定　十月廿五　星期二

七時起，八時到廳，寫信三件，起稿二件，居停交審潛江縣黨部及保衛團、總商會長八人被控案卷，聞人犯已解省矣。此事本可飭武昌首縣或省會公安局審理，案關通匪。本可交縣長審理或交地方法院亦可，如屬民廳審訊，將作行政處分歟？似嫌其輕，且函知黨部來會審，則更不倫矣，俟明日開會再定。午後往財政廳及周知安家略坐，回廳辦理函稿，並閱卷一時許。五時再至知安家吃酒，同席者王薦如等八人。七時半畢，八時回家休息後，八時半往李宜煊家坐談一時許歸，十二時寢。

廿七日　晴　十月廿六日　星期三

七時起，八時到廳辦公，飯後辦理信稿等項，閱潛江解省張箴三等卷，預備星期五審訊者也。五時半回家，十二時寢。

廿八日　晴熱　十月廿七　星期四

七時起，八時到廳辦公。飯後閱張箴等卷仍未竣。居停今日乘飛機巡視，正午匆匆渡江行矣。五時半回家，十二時寢。

廿九日　晴熱　十月廿八日　星期五

七時起，八時到廳清理各事，寫信四件，寄鄂城者二件。午後一時半，黨部派陳崐來會審張箴三等案，至四時半始畢。潛江黨部派分省方、縣方兩派，已含報復相尋之意，朱心佛等正人雖多，對於此案似有故入人罪之處甚多也。五時半歸，陳登甫來坐談甚久。汪大森來談公安事甚悉。十二時寢。

十　月

初一日　晴熱　十月廿九日　星期六

七時起，八時到廳辦公。飯後小憩半時即往省政府開災區組織調查團會議，四時半散會逕回家。飯畢，大椿、浚源等來談甚久去。十時清理各事。連夕蚊蟲甚多，如初秋狀。氣候如此，亦奇事也。寫信二件，至十二時寢。

初二日　晴熱　十月卅日　星期日

七時起，八時到廳，十時自往鴻磐樓定菜五肴，再約泮香、少卿來家便飯。正午回家，龔雲拔來談甚久去。下午二時，秋舫、立群、肖鵠先後到，且便約張棫章來，劉鼎珊父子相繼來談片刻，均去。繼笠卿、菊坡、達五來，遂開席，飲酒多，歡甚，七時散席。又談甚久，秋舫、立群渡江，餘人均散。十二時寢。

初三日　晴熱　十月卅一日　星期一

七時起，八時到廳辦公。午後外出一次，五時半回家。今日代居停作警官學校同學錄序，已成。晚間著夾衣，天燥甚，蚊多咬人。氣候反常如此。十一時寫信，十二時寢。

初四日　晴燥　十一月一日　星期二

七時起，八時到廳辦公。午飯後周秘書霽畊已委監利縣長，首途在即，將居停出巡日記囑余修改整理之。斗山、席儒欲余閱第二科文稿，以後事益繁矣。五時半回家，飯畢，大椿等來談甚久去。七時補寫文稿及作赤壁詩，十二時寢。

初五日　晴燥　十一月二日　星期三

七時起，八時到廳，閱文件甚多。午後繼閱，至五時未畢，蓋廳內自三科歸並二科後，事益加繁也。五時半歸，晚間清理各事，寫信三件。十二時半寢。

初六日　晴熱　十一月三日　星期四

七時半起，八時到廳閱文件。十時伯芳、伯陽同來，談省會公安局事。十一時代至電局、省府為之探聽一切。十二時到鴻磬樓，為周霽畊踐行也，午後二時畢。回廳閱文件甚多，至五時半未畢。回家飯後大椿等來談甚久去，十一時寢。

初七日　晴熱　十一月四日　星期五

七時半起，倦甚。八時到廳閱文件，頭為之暈。飯後繼續閱至五時半回家。連日天氣燥如中秋，着夾衣者多，正午有單衣者，奇事也。憶丙午十月七日，余肄業兩湖學堂，是日甚寒。初九日下大雪。今乃氣候懸殊如此，不類初冬時，時事多乖，百事反常矣。蚊蟲尤多，咬人。補寫日記及詩稿，昨夕睡較早，甚安適，今夕補寫詩稿，十二時半方寢。

初八日　陰寒　午後雨　十一月五日　星期六

七時起，八時到廳閱文件。飯後外出整牙齒，便訪劉達五。午後一時回廳閱文件，極多。張渭泉來談甚久去。五時天氣漸寒，廳中蚊蟲甚多。五時半歸，十時寢。

初九日　陰寒　十一月六日　星期日

七時起，八時到廳閱文件，甚多，飯後再閱至二時畢。旋渡江，先至京漢旅館訪律之、海濤，談近事，約劉伯芳來談話。三時半途遇張渭泉，便至其寓奉看，始知彼又遷至輔堂里三號也。晚六時渡江，七時到家吃晚飯，八時寫信二件，十時寢。

初十日　陰晴不定　十一月七日　星期一

七時起，八時到廳閱文件。飯後渡江，在陳博卿棧中取款購羊皮殘料，寄回縣補綴舊皮袍子，並帶書籍信件回家，付根生、遲生應用。四時仍渡江回廳，閱文件約卅餘起，未竣也。存桌上，明晨再閱。六時回家吃飯，十時半寢。

十一日　晴　今日立冬節　十一月八日　星期二

七時起，八時到廳，補閱昨日未竣公事。飯後到戴志強家安牙齒。午後肖鵠、章振旅、宋濟賢先後來談甚久去。閱文件約五十件，晚六時半方歸。飯後外出訪姜士庭未晤。便購日記簿紙，打電話約宋聖遺明日到廳一晤。歸後補寫日記，十一時寢。

十二日　晴暖　十一月九日　星期三

七時起，倦甚。八時到廳閱昨日未畢文件約卅餘件。飯後稍憩，來客數次。午後三時閱文件，至五時半止，約五十件，仍未畢也。六時回家，飯後爲居停改寫出巡日記。原爲隨員羅陌農所記，居停改定後囑周霽畊隨謄隨改者也。周任監利縣長，離廳時以此件囑余更正，繕已四日矣。日間辦公無暇，晚猶爲之辦此事，疲勞無休息，甚感吃飯之難耳。廳中久不發薪，捨此又無他處可就之事，不得不忍氣就之。九時半，室猶多蚊蟲，如秋深，亦不可以尋常氣候測之也。十二時寢。

十三日　晴熱　十一月十日　星期四

七時起，八時到廳，檢閱昨日未竣公事卅餘件。十一時又閱卅餘件。知安、秋舫先後來談。午後一時整容，二時廳中開廳務會議，討論各事，約三小時畢。閱文件約卅件，餘置明日補閱。六時半歸，飯後爲居停整理出巡日記。十一時寢。

十四日　晴　大東北風　晚月色甚佳
　　　十一月十一日　星期五

七時起，八時到廳閱文件約卅餘起。飯後渡江買紅花緞料，送姜士庭之子結婚者也。大風渡江，輪船簸顚甚，到漢後，以足軟身倦，行路吃虧殊甚。便往佛波寓略坐談，匆匆渡江回廳，再閱文件六十餘起。五時半回家，飯畢閱報一小時，十一時寢。

十五日　晴　晚月色甚佳　十一月十二日　星期六

九時起，匆匆雇車往廳，閱文件甚多。午飯後來客數次。午後三時閱文件六十餘起。五時半回家，飯後登甫來談甚久去。今日接各處函件甚多，寫信四件，十一時寢。

十六日　晴熱　月色甚佳　十一月十三　星期四

七時起，到廳閱昨日未竣公事卅餘件。飯後渡江，便往佛波寓及各處略坐談。五時半回家。飯後爲居停整理日記約三小時，手已寫僵矣。連日天氣如秋，着夾衣，蚊蟲仍多，甚奇也。十二時寢。

十七日　晴熱如秋　晚六時大風忽起
　　　十一月十四　星期一

七時半起，八時爲居停整理日記約三小時。飯後到廳便交羅宣祉信，爲張肖鵠事也。出廳後訪周知安未遇，當留言與其家，云公安事已成矣。

正午天氣甚熱，二時至省政府爲籌備災區視察團事出席，候至三時仍到半數。三時半開會，五時畢。用電話詢知畢、魏兩秘書尚未渡江，余遂往漢陽門候之。時大風漸起，余腹餒甚，遂回家。飯後知安、登甫來與談各事去。仍爲居停整理日記。天氣因風緊驟變矣，十二時寢。

十八日 陰晴不定 甚寒 十一月十五 星期二

七時晏海屏來談。八時到廳閱文件四十餘起，約方疇九來，爲陳登甫事。薦與方同行，已許可。飯後皮嗣襄、姚漁青等先後來談甚久去。三時閱文件畢，四時往省政府晤黃秘書，商議星期五仍用省秘書處名義，通知各機關來開視察團成立會。出府後回家小憩，即往姜士庭家道喜，因其子今日結婚也。宴後即回家，登甫、知安俱來與談各事去。八時半爲居停整理日記，十二時方寢。

十九日 晴 十一月十六日 星期三

七時起，八時到廳，知居停昨已渡江宿武昌，九時來廳矣。閱文件卅餘，寫信二件，再閱公事。飯後小憩半時，二時本廳爲審查公安人員資格事，余與范尚立及張厓軒討論章程，約二小時方畢。四時閱公事四十餘件，五時半繼來之件不能閱看，留待明晨也。歸家飯後官全斌、徐恕之先後來談去。九時爲居停整理第二册日記，十二時寢。

二十日 晴暖 十一月十七日 星期四

七時起，八時到廳，閱文件甚多。午飯後渡江還陳卿款，便購圍脛頭、毛襪、肥皂等物。二時回廳閱文，計今日已百起以上矣。晚六時飯畢小憩，九時爲居停整理日記。無精神，因早起疲倦甚，又渡江行路勞頓也。登甫清晨曾將七絃琴取去送存佛波家中，此佛波十日前所囑者也。今日天氣又煖，廳中蚊蟲極多。節近小雪，而氣候如此，乖氣致異矣。十二時寢。

廿一日　晴暖　十一月十八　星期五

七時起，八時到廳。上午閱文件約五十起。午飯後以身不能支，小睡一時許。二時起閱文件約六十餘起，尚未畢，明晨當續閱之。六時回家，飯後登甫來辭行，謂彼先往沙市，有事接洽，再往荆門就事也。登甫兩年間頻來余家，欲爲薦事，卒以時機不至，余力又薄弱，今冬始得薦其回荆門佐治，月可得薪八十元，余心亦安矣。十二時寢。

廿二日　晴暖　十一月十九日　星期六

七時起，八時到廳閱文件約五十起。十一時肖鵠來訪廳長，候一時許方去。飯後小憩，二時開廳務會議，討論各事，至午後六時散會。回家飯畢，爲居停整理日記，十一時寢。

廿三日　晴熱如暮秋　十一月二十日　星期日

七時起，八時到廳閱昨日未了文件。十時繼續閱文件五十餘起。代居停作挽聯一副，寄蕭某。午後閱急文件四起。二時出廳，囑傳達處轉告肖鵠，請其逕來家，因今晨通電三次，肖鵠均外出也。回家後略憩，至鴻磐樓洗澡，五時回家。晚飯畢往次誠寓坐談二時許，蓋已月餘未晤見也，八時與同出訪平甫未遇。雇車回家爲居停整理日記，十一時寢。

廿四日　晴　早寒午暖如秋　十一月廿一日　星期一

七時起，八時到廳閱文件，九時肖鵠來與談各事去。紀念週，居停報告各事。十一時平甫來與談甲債事，請其急速設法補救。蓋遲則省府改組，又難爲力矣。午飯後仍閱文件，一時閱廳務會議，余以文未核竣，仍在秘書室閱文件。二時剃頭，三時半核文件，計先後已七十餘起矣，六時仍未畢，遂回家。吃飯後小憩，九時寫信四件，十一時寢。

廿五日　晴暖　十一月廿二日　星期二

七時起，八時到廳閱文件五十餘起。飯後來客二次。今日張肖鵠提案可望通過。三時閱文件，至六時止，約五十餘件。回家飯後寫信四件，爲居停整理日記。十二時寢。

廿六日　晴　十月廿三　星期三

七時起，八時到廳，核昨日未竣文稿約廿餘起。飯後爲居停作壽詩，蔣某之父母八十雙壽，以前用秘書所作，不愜意，囑余再作者。此等題目縛人，實不易見工力、發揮意義，非余所願也。六時回家，飯後上琴絃欲彈一曲，手僵不成調，蓋三四閱月未理絲桐矣。十二時寢。

廿七日　陰晴不定　小雨一次　十一月廿四　星期四

八時起，八時半到廳核各日未竣文件四十餘起。十二時飯畢，渡江取外套，並往佛波寓談數語匆匆出，渡江回廳閱文件六十餘起，未竣也。六時半回家，飯後寫信作詩，至十二時半寢。

廿八日　陰寒　大北風　十一月廿五　星期五

八時起，八時半到廳閱文件四十餘。飯後兵城來廳，與談各事，甚久去。二時閱文件甚多，六時回家，寫信四件，十二時寢。今夕寒甚，然室內蚊蟲猶多，近來政治變更，氣候不可測如此。

廿九日　陰　寒　十一月廿六日　星期六

八時半起，九時到廳，閱核文件卅餘起。送詩稿與居停，居停囑以第一次出巡日記，爲之整理。飯後核文件七十餘件矣。端佛着人送信來，謂閔師事不成，余深悔前日孟浪與之說此事也。四時半渡江至東方旅館，因馮壽軒、許祖蔭兩同學爲肖鵠餞行也。同席者雨村、梅宣，七時席散。八時與梅宣同訪仲蘇，正值仲蘇約黃安漢紳開會，余僅談數語即出，渡江回家，十一時矣。寫日記並函告厚訓，囑其與肖鵠同往宜都。轉鐘一時半始寢。

三十日　晴陰不定　小雨寒甚　十一月廿七　星期日

八時起，八時半到廳。昨寢甚遲，心膈痛甚。連日以公務甚勞，接鄉間來信，又催錢寄縣，而外間債務一時不能清結，廳中不發薪水，尤爲焦灼。轉瞬陰曆年關逼近，百債俱發，奈何？值此世界，欲某生活，只須廳中發現，養家尚可支强，惟以債務積久，此時僅還利息尚不夠，況益之以近日酬應，幾於挪借無門矣。閱文件五十餘起，心煩甚，飯後回家解衣寢。四時半再起，孔廣芹爲之寫介紹書與張肖鵠去。晚飯後爲居停整理日記，至十一時寢。

十一月

初一日　晴　十一月廿八日　星期一

八時起，八時半到廳。自今日起，爲居停整理日記，決計不閱文件，俟日記整理畢時再閱。飯後渡江一次，未晤陳博卿，仍回廳代居停作挽一副，送萬倚吾之母也。五時回家，覆各處信四件，改胡彝尊爲居停所記第一次本，數十字，十一時寢。

初二日　晴　十一月廿九日　星期二

七時起，八時到廳整理日記。午飯後渡江訪仲蘇未晤，云已渡江赴省府會議矣。買零件，囑仲章帶零件回家。三時回廳寫日記，已竣六頁，然未改者尚多，恐非七日能畢者。六時回家，飯畢小憩，九時補改日記至十二時寢。

初三日　晴　燥　十一月卅日　星期三

七時起，八時到廳，仍整理居停日記。飯後渡江訪仲蘇及晏勳甫，均晤談甚久。三時渡江回廳，來客二次。日記已成約十餘頁。六時回家。

飯後仍繼續寫日記，十二時寢。

初四日　晴　燥　十二月一日　星期四

七時起，八時到廳。連日早寒午熱，鄉間缺雨量，麥子明春必不旺。今年各縣收成雖較好，穀價賤，設有春荒，民難生活。況□共未清，益以春荒禍患，不堪設想矣。在上者只知斂財而已，遑計及來春事耶？聞漢口市黨部改選委員七人，競選暗鬥者現有八十餘人，甚有以萬餘元金錢買選舉票者。嗚呼，從前議員賄選，國人唾罵，時論譏之爲"猪子議員"，今竟何如耶？午飯後整理日記僅兩頁，因客來數次，且新聞記者五人到秘書室，煩擾不堪。四時接仲章電話，知厚訓已到漢。五時往葉月舫家吃便飯，緣彼爲肖鵠餞行也，同席者韓伯瓊、尹小村、盧渭泉、陳叔澄等。七時半飯畢，余與肖鵠先辭出步行，與談各事。至東廠口分手回家時，則少荃、興祥在此候事者，與說數語。柳漱玉聞在此候六小時矣，爲柳少丞薦事，囑余轉告肖鵠帶之同往者，謀事人多爲縣長者。未就任時即感用人困難，此近日現狀如此，奈之何哉！誠懇答以竭力轉薦始去。寫信二件，十二時寢。

初五日　晴　十二月二日　星期五

七時起，八時到廳。居停交下日記十餘頁，彼自爲筆記者也，囑檢閱付印。今日上午甚忙，厚訓及王僕來廳問各事，與詳告以去。囑王僕至家暫候。午飯畢整理日記極忙，王福坪來探各事，實以告之。六時整理日記畢，回家吃飯，補寫余近日日記，蓋爲居停作事，自書日記致停數日矣。蕙芳復病，爲抄古方服之，十時寢。

初六日　陰　晚小雨　十二月三日　星期六

七時起，八時到廳。連日爲居停整理日記已畢，付印矣。今日起再核一二科文稿。上午約六十件。午後一時半開廳務會議，余簽名即退席，仍閱文件。三時往財廳一次，取月刊十册，皆余出財廳以後所未取者也。

四時回廳，仍閱文件約四十件。六時回家，飯後以蕙芳病未愈，欲訪余虞琴看病，至則彼已渡江，僅與其子言之。回家後大椿、吳硯農、劉質如來談，先後出，十時半寢。

初七日　風雨交作　寒甚　十二月四日　星期日

八時半起，九時到廳，核閱昨日未竣文件。用電話問厚訓，知肖鵠尚未來漢。宜都遲遲其行，彼真無計畫矣。午飯後小憩，一時半回家清理臥室及書室中各事，周化吾來談，彼近欲作縣長，問及辦法。談一時半方去。今日寒氣重，十時半即寢。

初八日　晴寒　十二月五日　星期一

八時起，九時到廳核閱文件。午飯後仍繼續閱文件，代居停作挽語一副，晚六時歸，十二時寢。

初九日　晴　早霜甚重　十二月六日　星期二

八時半起，九時到廳閱文件約五十起。午飯後約五十餘起，晚六時在廳中吃飯，因今晚居停搭輪至南京出席內政會議，廳中秘科兩處同事約往漢相送也。七時渡江，八時在寧紹輪與居停略坐談。八時三刻，同人等因陶局長繼侃之約，往揚子江旅館休息夜餐。彼等為竹戰戲，余往法界訪張肖鵠談各事，十一時仍回揚子江旅館，洗澡後與諸人談至轉鐘三時方寢。

初十日　晴　早霜　甚寒　十二月七日　星期三

七時起，八時出旅館雇車往訪肖鵠，渠未起，略候之，與談各事出。渡江回廳核閱各種文件，頭痛甚。午飯後小睡半時，足冷甚，心煩腹痛，皆係昨晚食多，吃冷橘子三枚所致。四時身倦痛，百不如法，五時半雇車回家。在途中腹痛不可耐，歸家即解衣寢。次誠及盧希聖來，余均未與之談也。腹餓亦忍之而已。七時已睡宿，十一時醒一次。

十一日 晴 早霜甚重 十二月八日 星期四

七時起，命謝僕買魚肉蔬菜之類，因肖鵠昨約今午到余家也。八時到廳核昨日未竣文件，午飯後回家。肖鵠夫婦已來，正留飯，余亦略加餐。午後一時肖鵠去。二時余帶同王僕渡江至匯源棧，命其攜厚訓同往宜都也。囑數語出，雇車往市政府，欲訪吳國楨，值其開冬賑會。遇范僕治瑚，因知之，未便入也。訪孔廣芹告以肖鵠今晚搭輪赴任，未遇之，與其友說明各事，至沈家廟余記巷公和阜號棧買眼藥水三瓶，歸家已六時矣。飯畢與知安談各事去，寫信四件，十二時寢，轉鐘二時展轉不寐。因思近日急債須償也。

十二日 陰 十二月九日 星期五

八時半起，九時半到廳核閱文件。午飯後渡江，至市政府訪范寄滄，談甚久，便訪吳國楨談各事。三時渡江回廳，仍閱文件。五時半回家，飯後訪余虞琴談各事。九時回，寫信十數件，十二時寢。

十三日 晴陰不定 早霜 十二月十日 星期六

八時半起，九時到廳核閱文件。午後周光烈來談。三時與汪鶯儔、余虞琴、葛芝岩往吳嘯南家弔孝，略坐即出。余便往理髮店理髮一次。四時半回廳閱文件，五時半回家。飯後閱雜書，十二時寢。

十四日 晴暖 早霜 十二月十一日 星期日

八時起，九時到廳開廳務會議。十一時閱昨日未竣文件。午飯後訪周鵬程，欲會川人楊時中，鵬程曾許為道德高尚者也。晤鵬程之子，云楊已渡江，今晚方歸，余不能候。往訪錢偉聲，便晤月舫，談片刻出，即渡江訪楊厚安未遇，訪李佛波談一時許，渡江回家。飯後訪姜士庭談甚久，便看蔣南沙畫、祝枝山字、李穀齋山水條，皆偽作。與談余欲外放意，囑其便與朱廳長言之。九時歸，寫信三件，十一時寢。

十五日　晴　大風　十二月十二日　星期一

　　轉鐘一時醒，聞大風起。余原定今晨回縣，繼又轉念，如風大即改日再歸。二時仍睡熟，四時醒，與蕙芳談各事。五時起，五時半漱畢，風似漸息。六時出門至望山門雇得一車，到漢陽門躉船，值新萬安輪靠後又往平湖門裝客矣。七時半船來，余登官艙中。八時在漢口開行，十時半抵陽邐，風又漸起。一時抵團風，呂莘野來官艙中與談各事。蓋已三年未見。呂爲吾邑丁橋人，戊辰在軍官學校同事者也。三時過黃州，呂登岸去。三時半到鄂城，根生在河邊。余先問家中事，命其攜皮包上岸，一同回家。見家母病仍似從前狀。飯後小憩，親故時來問詢。晚八時欲外出不果。十時命遲生與余同睡。

十六日　晴　早霜　十二月十三日　星期二

　　九時半起，十時呂莘野同楊澤民、軍醫胡某來談甚久去。十一時飯畢，來客數次。寫信二件，一寄廳，一轉省宅。十二時半帶同根生、遲生兩兒及洪英、李明喜等至姚家壟謁先君墓。途行見麥地乾裂，麥子出者甚少，非急得雨，明年春收無望矣！三時半歸，鄭宇平已在余家相候，便留飯，與談各事去。晚間淩益之來，與談數語。余往電報局訪服初未遇，訪劉心栽局長，略談各事歸。途遇鄧勉之，便至其家談片刻出，回家，十一時寢。

十七日　晴　早霜　十二月十四日　星期三

　　八時半張渭泉來會，余尚未起，與之談各事。公安局長劉行翼來談甚久去。留渭泉便飯，約久旃來陪。午後幼卿、國煌、授卿、薦旃、仲和、莊篇、心栽等先後來談去。晚飯後訪子恒、國煌、鄭華樸、張叔和等。九時半回家，吳表兄來談各事，十一時寢。

十八日　晴　十二月十五日　星期四

　　九時倦甚未起，王侶梅來家，余起漱後與談各事畢，欲出門，值黃石港宋濟賢着人送信來，謂港局已改組矣。即作一函覆之。至公安局回看，談片刻。訪夏乃卿回家，早飯畢分付明喜、幼卿等購米炭及油鹽等，給家中零用款。余擬明日回廳。晚間小堂、伯芳、蓮卿等送信來，謂明晨乘福東輪到省爲安。晚飯後佈置家事均竣。七時半訪愚溪、楊厚安，愚溪未晤，厚安未歸，交鈔洋廿元與厚安次子出。愚溪九時來敲門，見後與談各事去。十時與家母商酌各事，十一時寢，十二時以後展轉不成寐。

十九日　晴　十二月十六日　星期五

昨以終夜未睡熟，四時半起，五時盥漱畢，六時同吳、德二表姪下河。剛開城，以時尚早，茂林來茶肆中與余談各事。六時半福東輪來，雪卿約余往官艙得一鋪位小睡。此次歸家，帶物甚簡也。小睡一時許，船抵團風後余始起。十一時到葛店，飯後又睡，午後三時抵漢，渡江後逕到鴻磐樓洗澡，五時半畢。到家吃飯，晚未出。十二時寢，甚適，因今晨起甚早，已疲矣。

二十日　晴　早霜　十二月十七日　星期六

八時起，九時到廳詢問近事，聞居停已往上海矣。十時核閱文件。午飯後外出一次。今晨遇陳亮若，知財廳可退水災扣薪，遂取之，此不無小補也。三時至五時核文件七十餘起。六時回家，飯後外出一次，晚寫信四件，十二時寢。

廿一日　晴　霜　十二月十八日　星期日

九時起，到廳後核文件五十餘起。午飯後渡江購應用各物，並還博卿款十元，便托厚安前借款十元，帶遲生衣料回縣。六時歸家，飯畢寫信三件，十一時寢。今晚長街維新廣貨店失慎。

廿二日　晴　早霜　大風　十二月十九日　星期一

九時起，倦甚。九時半到廳核閱文件，午飯後再核文件約五十餘起。

晚六時回家飯畢，十二時寢。轉鐘一時大風忽起，警鐘亂鳴，知長街都司巷口失慎。

廿三日　陰　寒　十二月二十日　星期二

九時起，九時半渡江訪梅仙，囑其寫信與仲蘇，來函居停，便爲保薦外放。因廳中薪水少，不夠用，且不能還小借款也。十一時半在其寓出，至美生館食點心一盤。一時半渡江到廳閱文件約八十餘起。晚六時歸，飯畢聞張萬泰失慎，平湖門起火矣。連日天氣暖甚，久旱未雨，易惹火災，事理之常者也。十二時寢。

廿四日　陰　十二月廿一日　星期三

八時起，八時半到廳核閱文件。午後海觀來云不日赴宜昌，與談各事去。閱文件八十餘件，晚六時回家，飯後知安來談各事。七時聞警鐘亂鳴，知糧道街又失慎。九時補寫日記，十一時寢。

廿五日　陰寒　今日冬至　十二月廿二日　星期四

九時起，九時半到廳核文件，午飯後往糧道街察看，昨晚失火之家計已焚去六七家，聞吳毅諳宅亦遭波及，殊爲可憫也。便訪傅幼虛談甚久。午後二時回廳閱文件甚多。六時回家，飯後又聞漢陽門張萬泰米店起火，計燒三家。此五日中連續火警，殊爲奇事。九時寫全聯、紅聯各一副。金泥代汪子洲送鄒宅，紅聯則集句送陳耀支之母也。寫畢寫信四件，十二時寢。

廿六日　雨　寒　十二月廿三　星期五

十時起，十時半到廳閱文件，十一時劉伯陽來談，與同出往洗馬池劉挺石家略坐。劉，閩之建甌人，伯陽介紹余借款者也。立字取款回廳，飯後閱文件極多。汪鶯儔自漢電話囑余代閱文件。截至下午六時止，計核文稿百五十件矣。六時半歸，飯後清理各件，寫信二件，十一時寢。

廿七日　雨　寒甚　十二月廿四日　星期六

九時起，十時到廳核閱文件。劉幹生來略坐即去。午飯後續核文件約八十餘起，晚六時回家。飯畢寫信四件，十二時寢。

廿八日　雨　陰　寒甚　十二月廿五　星期日

九時，十時到廳閱文件五十餘起。午飯後帶同祥煥渡江購衣料九尺，送張渭泉次女于歸之禮者也。至佛波寓中坐談，便爲之整理絲桐，並指導各事約二小時出，渡江回家，飯畢寫信三件，十二時寢。

廿九日　風雨交作　寒甚　十二月廿六　星期一

八時半起，九時到廳閱文件，飯後繼續閱，先後共約七十件。午後三時與席仔、鷺儔、虞琴等往漢口法界居停寓中，蓋居停新自寧歸者也。談約三小時出。余與席仔等至前花樓酒肆吃邊鑪，晚飯甚飽。八時半渡江，回家已十時矣。小憩後寫信二件，清理各事至十二時方寢。

十二月

初一日　陰　午後晴　晚十時　大風
十二月廿七日　星期二

九時起，九時半到廳核閱文件。午飯後居停來廳。余仍閱文件，六時回家，飯後寫信四件，十二時寢。今日還馮藝林借款五十元。

初二日　陰　十二月廿八日　星期三

八時起，九時到廳，核昨日未竣文件。午飯後外出一次。歸後閱文件，代居停作挽聯一副，晚六時歸。飯後來客數次，九時寫信二件，十二時寢。

初三日　陰晴不定　十二月廿九日　星期四

八時半起，九時到廳核文件。午飯後渡江訪劉伯陽，還姜顯謨款，計連利息共百四十八元，尚有百元本金未清也。年來陳債未清，新債又添，廳中薪水過少且不發。現內而顧家，外而酬應，殊難爲繼矣，焦灼無已。三時回廳閱文件，五時回家，覓成衣匠添製一馬褂，舊者小而不能套皮袍。又添做短襯襖一件，皆不得已而製者。九時半寫信二件，清理各事，十二時半方寢。

初四日　陰　寒　十二月卅日　星期五

八時起，九時到廳核閱文件，午飯後寫信三件，一致萬炎午，一覆陸潤甲，一致彭普成。值此社會，應付爲難，耗許多精神矣。晚五時歸，飯後補寫日記及雜件，十二時寢。

初五日　晴　晚寒甚　十二月卅一日　星期六

八時起，九時到廳核閱文件。午後辦公至六時方畢，計閱文件已百餘矣。與鸞儔、席儒、光亞同邱耕畬渡江，至其家聽新設之無線電收音機，聞安置及添配器具，僅去價百卅餘元，聽日本戲劇及南京中央戲院馬連良、梅蘭芳戲劇頗爲清晰。年來無線電進步之速，交通治政軍事等便利多矣。外人勝於吾國者有二事：一科學，一愛國心，此吾國所深恥者也。就其寓晚餐，九時畢，渡江回家，清理各事，寫信四件，十二時寢。

初六日　晴　民國廿二年陽曆一月一日　星期日

十時起，劉質如來坐未久去。彭大椿來談，留便飯。午後二時與內子蕙芳並帶羅國貞渡江，在漢陽門遇葉月舫談數語，與大椿同往光明影戲院看影戲。人多如鯽，熱不可耐。今日武漢各機關皆放假，聞各遊戲場皆人滿矣。五時出，與內子同訪佛波，就其家晚餐。菜係臨時在館購來者，頗可口。九時渡江回家，十二時寢。今日倦甚。

初七日　晴　晚見星月　一月二日　星期一

九時半起，朱士堪來談。十時雇車到廳，聞居停在做紀念週，傳達云今日因職員到者少，居停大發怒，正在室上訾人。余立而聽之，良是，旋汪鶯儔來與余議不入，免受其語言之辱也。至鶯儔家略坐談，就其家吃午餐畢，聞居停演說尚未休也。與鶯儔半時到廳問各事，一時出，便訪彭梓師、姚虞卿，均未晤。訪傅幼虛，談甚久出，回家吃晚飯，休息後欲寫一信，終未成，至轉鐘一時寢。

初八日　雪　一月三日　星期二

十時起，十一時飯畢，十二時到廳。小雪未止，知居停已來，余細訊魏席儒，知無多事，二時半出廳至鴻磐樓洗澡，五時回家。得眉宣函，知仲蘇已來函居停效收，但允許與否，不得而知也。飯後呂調陽來坐談甚久去。九時請神問休咎，謂余今臘不能外放。再三問先君，則在陽四月也。十時畢，十一時寢。

初九日　雪　一月四日　星期三

八時起，八時半到廳，核閱文件約六十餘起。午後來客數次，三時至六時閱文件五十餘起。回家飯後清理各事畢，閱雜書，寫信三件。閱報知日本已佔領榆關，我國軍隊已退卻平津，現亦恐慌，熱河恐不能守。日謀我國甚急，遼省去年九月不抵抗，以致地盤全失，東三省人民至陷於萬劫不覆者，誰之咎歟？十二時寢。

初十日　晴　寒　一月五日　星期四

八時起，九時到廳核閱文件。午飯後外出一次，歸仍閱文件，並作挽聯，爲居停代筆也。晚六時就廳中晚餐，魏席儒請客也。七時居停講演渠在南京開內政會議時所決議各案。全廳職員並約武、陽兩縣及所屬機關人員來聽講，所述皆内政部此次各省出席委員討論各事也。十時回家，寒甚，寫信三件，精神不濟，小憩後即寢，已轉鐘十二時半矣。

十一日　晴　早結冰　一月六日　星期五

八時起，九時到廳閱文件，午飯後繼續閱文件約八十餘起。晚六時再就廳晚餐，葛芝岩所請者也。七時聽居停繼講内政會議決議案，許多難行之事。吾國近年每次開會，率皆空言無補，誠如馮玉祥所謂議而不決，決而不行者也。徒務虛名，有何益處？九時半畢，十時回家，十二時半寢。

十二日　晴　一月七日　星期六

八時起，九時到廳閱文件，午飯後寫對聯四副，一代傅幼虛，餘係余書以贈吳大表兄、二表弟及補送蔣伯鎬結婚者也。午後三時仍開廳務會議。晚六時就廳中吃飯，饒光亞代約便飯者。七時聽居停續内政會議決議案，九時半畢，十時歸，十二時寢。

十三日　晴　一月八日　星期日

八時起，九時到廳核閱文件，聞鶴峰縣長鄒已爲賀龍軍所殺。鄒去年曾委鶴峰，未到任者也。鄒爲前清江夏縣知縣鄒履禾之子，其家近年貧甚，妻孥均無以爲養，魏席儒曾與同居，述其近況，可慘也。午飯後回家，清理書室中各事，換字畫，整理各事，至晚九時方畢，腰爲之痛。十二時寢，轉鐘二時夢余往漢口市政府吃飯後，山行見余虞琴在一短窗小室中談話。

十四日　晴　燥　晚十時雨　一月九日　星期一

七時起，八時半到廳。魏馬等尚未來。黃福來廳，囑其持函往周知安家談借款事。閱文件五十餘起。午飯後知安來談甚久去。繼閱文件，代居停作挽聯二副。晚六時由范尚亞約余等往星海酒館吃飯，七時畢回廳。居停續講內政會議案，所列皆改良社會事。事本簡易，但吾鄂以水災、匪災之後，刻值賀竄回五峰、鶴峰老巢，日本又佔山海關、進窺熱河之際，國勢危如累卵，尚何能談到改良社會耶？救死不暇，遑問其他？九時半畢，聽廳中新安無線電收音機，南京所播北平消息不佳，學校放假，學生準備加入軍隊抗日本，其志可嘉，其力未必能做到也。十時半歸，轉鐘二時寢。

十五日　陰　雨　一月十日　星期二

七時起，八時半到廳閱文件。午飯後冒雨渡江，送洋卅元請楊厚安帶回家中，應年關之用，並托帶竹布袍料給兩兒做罩者也。至泰茂棧遇萬子雲談數語，三時回廳閱文件甚多。晚五時半張鵬南請吃飯，六時半畢，余回家具酒肴祀先君，奠酒焚楮。今日為先君謝世第十八年忌日，心傷痛，涕淚如雨。進香畢，與內子談往事，並述先君在時事蹟。九時作曾誠齋、馮曉初挽語。馮隸余幕二次，以今年十月病歿於樊城。誠齋與余同學，丙寅五月余筦榷沙市時以之為卡長，以上月杪病死鄉間。朱漢卿亦今年九月病死漢上。馮曾年逾五十，漢卿僅四十二歲。三人皆隨余較忠實作事者，觸景興感，心亦為痛矣。寫信二件，一寄心如，一覆立群兼述誠齋事。十一時寢。

十六日　早陰寒大風　晚四時以後大雪　寒甚
　　　一月十一日　星期三

八時起，九時到廳核閱文件甚多。午飯後代居停作挽文一副，仍續核文件。晚六時半饒校文請吃飯。七時居停演講，九時半畢，天氣奇冷，雪花如掌。余預囑呂僕，已雇車相候。途行風烈，雪打入車蓬內齒簌簌然。同事職員百餘人出門叫車，奈無可雇者，殊為可憫。天下無如吃飯難，可慨也。余乘之車，行甚緩，到家已十時半，敲門入，烘火二小時方寢。

十七日　雪　奇冷　寒暑表零度下四度　結冰未解
　　　　一月十二日　星期四

　　七時起，八時半到廳核閱昨日未竣文件。午飯後再閱三小時，計已達百件矣。四時開廳務會議，決議各案俱畢。五時半回家，飯後寫信，欲代居停作呂氏譜，以心亂仍不能落筆也。十二時寢。

十八日　微雪數次　奇寒　寒暑表零下五度　結冰未解
　　　　一月十三日　星期五

　　八時起，九時到廳，起草一件，即整理昨日決議案，會廳中各職員者。寫挽聯一副，送馮小初者。寫情意甚好，惜墨色不佳。今日較昨尤冷，滴水成冰。午飯後仍核文件。聞今晚孔文軒不來廳，講演會暫停，已通知各科，職員均相慶幸。此魏席儒向居停處聲請免講，否則孔不來，居停須自講矣。五時半歸，飯後寫信三件，分致夏乃卿、鄭華樸、孟愚溪，請其展期索款。每到陰曆年關，余爲債務所苦，殊焦灼也。昨以天寒下雪，憶及次誠，恐其乏食，送洋五元，飭呂僕帶一函往次誠，隨時覆函，謂正在無法設主意時，來此款亦可應急云云。寒士之苦如此，余亦過來人。安得廣廈千萬間耶？寫信畢，飲茶小憩遂寢，已十一時矣。

十九日　早微雪　奇冷　寒暑表零度下五度　終日結冰
　　　　一月十四日　星期六

　　七時半起，九時到廳核閱文件。十時到土地科，會議明日考試清丈測量員事。午飯後再至土地科擬試題。彭梓師、吳少丹、周知安來，先後晤談去。晚六時歸，飯後清理各事，寫信五件。十二時寢。

二十日　陰寒　終日結冰　寒暑表零度
　　　　一月十五日　星期日

　　七時起，八時半到廳。旋與畢斗山、萬嘯秋等八人往女子職業學校，考試清丈繪圖學生，計到百五十餘人。佈置出題等事，忙碌不堪。午後一時在周知安處借得洋百元，當還汪萬順五十四元，仍回校監考。五時半回家，飯後清理各事，寫信四件，十一時寢。

廿一日　大雪盈三寸　奇冷　午後四時晴
一月十六日　星期一

八時起，八時半到廳，九時往廳後山上寧靜樓畔監試測繪生。十一時雪大奇冷。午後三時半畢。閱文件，四時居停囑余往姜士庭家視其病狀如何。五時乘車至其家，途中雪厚，車行甚緩。見士庭形色消瘦，病已深矣。談數語出，回家飯後命羅國貞收拾書室中雜事，十時畢。

廿二日　陰　微雪數次　奇冷　一月十七日　星期二

八時起，九時到廳。連日公事忙，兼之辦理考試閱卷諸事，席不暇暖。又往別室佈置招呼，旋又回秘室辦公。飯後更忙作吏。依余昔在閩，深以爲恨，不圖今日又爲之也。百不自由。晚間又聽孔庚演講，殊無精采。九時半歸，寒甚，略坐，清理各事，十二時寢。

廿三日　陰　大雪數次　奇寒　零度下四度
一月十八日　星期三

八時起，八時半到廳，照常辦公兼料理閱卷事。飯後家中命羅僕送來航空信，知淬成親家攜眷自宜昌乘輪到漢，計今日可抵埠，當囑羅僕渡江迎之。余以事冗，午後三時與通電話一次，傍晚渡江訪之。渠夫婦已外出購物，候至八時半仍未歸。余遂渡江回家，飯後清理各事，十二時寢。

廿四日　晴　寒　舊曆小除夕　一月十九日　星期四

八時起，九時到廳辦公，午飯後還馮藝林款。歸後督促閱卷諸事。晚六時回家，飯後清理各事，十二時寢。

廿五日　陰　微雪數次　甚寒　一月二十日　星期五

九時起，匆匆到廳核閱文件。午飯後送洋百元請陳博卿轉寄縣中，請撥渠店作還張叔和等息金。冒雨雪渡江，心焦灼甚。二時回廳，仍繼續閱文件至六時正，畢斗山請余及同事吃晚飯。七時聽居停演講，九時半回家清理各事，十二時寢。

廿六日　陰　寒甚　結冰　微雪　一月廿一日　星期六

八時起，九時到廳。連日向各處籌款以償各處急賬。閱文件，心煩甚，覺廳中日來事甚多也。十一時半，飯後用電話約淬成夫婦渡江，午正余雇車歸家，久候未至，仍往廳中辦事。四時得電話，知淬成、全春已來，五時再歸。飯畢與談別後各事。九時淬成渡江，與其妻談各事。淬成之二女一子均佳，細詢各事，讀書亦佳。明年擬來省肄業，余甚贊同也。十二時寢。

廿七日　晴　寒　一月廿二日　星期日

九時半起，昨已請假，今日上午未到廳。十時渡江購各物，十二時購齊搭輪，與淬成在輪相值起岸，同到家。田靖來談各事去，午後一時吃年飯，留淬成夫婦，三時畢。四時淬成夫婦渡江，余亦送款與陳博卿帶縣交愚溪，償其息也。五時半往喻澤倩處，彼請民廳諸同事在大同旅社宴集。余僅食數肴，就大同浴池洗澡一次。八時畢，往中和旅館訪淬成夫婦，談至九時，渡江回家。連日忙瑣不堪，精神勞頓，十一時寢。

廿八日　晴　寒　一月廿三日　星期一

八時起，八時半到廳核閱文件。十時劉伯陽來談各事去。午後繼閱文件，料理土地科發榜諸事。六時歸，飯後寫信六件，皆急覆者也。清理積件，十二時寢。

廿九日　晴　寒　一月廿四日　星期二

七時半起，八時半到廳閱文件。午前來客甚多。飯後渡江償姜顯謨之款，已清結矣。匆匆交付劉伯陽。渡江後至馮藝林校中償其欠款畢，回廳閱文件。張皓樂、郭星樵等來詢問各事去。今日發宜都航空信。六時回家，飯後接肖鵠匯款函，清理各事，寫信三件，十二時寢。

三十日　陰晴不定　寒甚　結冰　晚間無星
一月廿五日　星期三

八時半起，九時到廳核閱文件。諸事較昨尤忙。午飯後小睡片刻。午後三時往郵局取昨日肖鵠匯款五十元。據說銀票根未到，不能取也。設非前日向何士雄挪借八十元，此日不知作何窘狀矣。前年除夕窘，去歲就財廳事，除夕亦窘，而今年除夕更窘。良由前歲賦閑甚久，又復挪款置本籍東門住宅，以致就皖事、就財廳事而不能償陳債。且縣中七事之費悉取給於余一人薪水項下，所還急賬不過五分之一耳。今年正月七日出財，五月初四日始就水利局事，月薪僅折爲七十元，以之顧家而不能夠，遑問還陳欠耶？坐是之故，積利愈多。八月初一就民政廳事，薪水亦不夠用，遲至此月始加薪爲百五十元，顧家還賬，皆資於此，愈形窘乏。四時仍回廳辦理各事。六時回家，七時祀祖，具酒肴焚楮帛。八時半訂去歲及今歲日記。余向例，在籍時於除夕止裝訂成冊，以示結束。去歲未歸縣，致日記未整理裝訂。今夕仍如此辦法，開春當再爲整理之。十二時整理畢，轉鐘二時疲倦不堪，振精神欲寫信覆各處，以無精神中止。二時半解衣欲寢，繼思明晨到廳，尚未開筆，囑羅國貞磨墨，檢紅帖一張，焚香開筆寫吉語，另以紅紙二錄中峰語及了凡先生語，知以惡心行善、善心行惡二事。寫畢，入寢室，思在外度歲，此爲第五次也。連日思家尤甚，蓋去歲厚訓於除夕前尚回家照料一切，今歲厚訓在宜都，余又在省，家中僅兩兒及家母、內子在縣宅，諸事乏人主持，令人心中鬱結不堪。使余差能自給，決不作嫁依人，致遇事不自由也。愈思愈煩，三時半覺神益不自支，遂解衣寢。

民國二十二年（1933年）癸酉日記

母壽康寧，家庭和樂；名成利就，諸事如意。

峙三手書　晨三時

作大善，是除暴安良；作小善，是施財發米。故爲聖賢者，當先天下之憂而憂，後天下之樂而樂，不可不知也。

峙三書

正　月

朔　陰　奇冷　終日結冰
一月廿六日　星期四　寒暑表零度下

七時半起，盥漱畢，焚香祀天地、祖宗，默祝本籍大南門岳王廟。辛未，縣中大雪盈尺，街上不能行。去歲未歸，今春仍在省，此祀典三年未舉行矣！余與先公平生均欽仰岳忠武穆王之爲人，自童稚時見先祖帶同先公及余輩，每於正月朔黎明入廟行香，數十年未敢廢也。小憩片刻，追憶今晨三時半就寢，昏昏睡未熟，聞大風忽起，四時得夢不吉，旋醒，甚惡之。客歲元旦得夢亦不吉，然亦無所驗，非如丙寅以前諸元旦，得夢之優劣，關係全年休咎也。馬齒漸長，心血漸衰，精神不安，遂發而爲夢耳。八時半，命羅國貞僱車在門，到廳時甚早，秘書處僅余先到。九時半，魏、張、畢、饒等同到，遂約往居停室中拜年。閑談二小時。午飯後小睡片刻，旋閱文件廿餘起未竣。四時半回家。飯畢，八時，倦不能支，遂寢。

初二日　晴　奇冷　終日結冰　傍晚夕照甚明
一月廿七日　寒暑表零度下四度　星期五

八時起，倦甚，到廳核閱文件甚多。午飯後屢欲外出，未能也。晚六時回家。飯畢，寫覆函六件，十二時寢，得夢不佳。

初三日　晴　奇冷　終日結冰　晚夕照甚明
一月廿八日　寒暑表零度下五度　星期六

八時起，八時半到廳核閱文件。午後，魏席儒欲余與汪鶯儔分作廳中今歲《行政計劃書》。此等文字，非余所願為也。午飯後往幼虛、藝林兩處拜年，二時歸。搜集材料，預定今晚作此文。四時即歸，因廳今晚請聶國青演講，設不先歸，又須候至晚十時也。次誠、傅汝弼先後來談甚久去，十二時半寢。

初四日　晴　寒　結冰　夕陽甚明　一月廿九日　星期日

十時起，身體甚倦。十一時來客甚眾。飯後擬外出，未能也。午後三時，彭梓師先來，大椿、漁青、梓琴到後開席。飲酒甚歡，七時半方散。八時，漁青等先後別去。余作民廳《行政計劃書》未能成。蓋此等文字，余所厭惡者。轉鐘二時方寢。

初五日　晴　寒　早結冰　晚見夕陽　一月卅日　星期一

八時起，九時到廳整理昨日計劃書稿，仍未就緒。來廳之客又眾，今日未閱公事。午後三時，聞鈞天蘄水人來廳講保甲法，五時畢，余歸晚餐。八時，雇車往訪姜士庭。視其疾未減，略與談片刻歸。十時，仍敘昨日未竣之稿。心煩意亂，至轉鐘二時草草畢，倦眼難開，遂寢。

初六日　晴　暖　早仍有冰　晚見斜陽
一月卅一日　星期二

八時起。因晨五時祥煥母子回縣，擾擾未能安寢，余以睡未足，勉強起床。雇車到廳後整理昨晚稿件。胡劍侯、沈慎之先後來談甚久去。晚六時歸，飯後寫信二件，十一時寢。

初七日　晴暖　早結冰　晚見夕陽　二月一日　星期三

八時起，八時半到廳。昨日所擬行政計劃稿已成，交與魏席儒。今日午飯，廳中會食者百餘人。火食不甚佳，徒爲厨房生一批財而已。午後六時回家。姜文山、王文舫來談甚久，便囑其致函與孫伯琴。晚九時再整理前次未竣文件，十二時半寢。

初八日　晴暖　早霜甚重　二月二日　星期四

八時起，九時到廳閲文件。正午會餐畢，渡江訪眉仙，遇漁青於輪渡中，談各事，起岸雇車往眉仙寓。晤談片刻即出，仍匆匆渡江回廳閲文件。六時回家，張春元、邱海如、周知安先後來談甚久去，十一時寢。

初九日　晴暖　早結冰　二月三日　星期五

八時起，八時半到廳閲文件，十時半渡江訪仲蘇。聞其來武昌，已相左矣，僅與陳君説明來意。正午渡江至黃鶴樓登記照像館照二寸相，因銓敍部取薦任憑照需此也。午後一時回廳，仍閲文件。三時半聽覃壽公講經濟學，多精采處，較之聞鈞天所演保甲法空洞無當者遠矣！五時半歸，飯後蕭焜來談通山任内被控事，甚久去，十一時寢。

初十日　陰　今日立春　晚小雨　二月四日　星期六

八時起，八時半到廳核閲文件，午後仍繼續閲文件。今日聞中央對湖北省府確有改組訊，民、財、教三廳俱已換長官矣。四時渡江訪眉宣，談片刻出，訪勃甫，詳談各事。於輪渡中晤雨村，便托其詢各事。晚六時半至佛波寓，未晤，僅給其二子賞洋出。八時半渡江回家，飯後小憩，十一時寢。

十一日　陰　晚小雨　二月五日　星期日

八時半起，九時到廳閱文件，十二時至余虞琴家吃春酒，均廳中同事，皆談回廳改組事。午後二時飯畢，余回家小憩。四時渡江，晤眉宣、競秋、渭泉諸人，所談無非政府改組事。余以無恒產故，且以家口之累，非執筆謀薪不足以供贍養，惟此萬惡社會中隨波逐流以討生活，真非吾所願也。而今之長官，多輕浮驕矜之氣，其待僚屬固不可比擬清代之曾、胡諸賢，以視軍閥時代長官之待僚屬又弗如也。天下無如吃飯難，誠慨乎言之矣！五時至佛波寓坐談甚久。佛約賀某某等來，堅請余彈琴一操，心煩意亂，手指又僵，幾不成操。八時半渡江回家，飯後閱報一小時，遂寢。

十二日　陰寒　二月六日　星期一

八時起，八時半到廳，囑呂森照單接科、秘、股長於今日午後五時吃便飯，此係補請者，以余去歲曾被各人請過者也。九時以後閱文件，午飯後往彭梓師寓略談。彼今日請吃飯，因便辭之。至姚漁青寓未晤見；至范允師寓亦未晤；至財政廳繳薦任狀費並印花費共十二元，由鄒科員仲謀收繳會計處，與亮若、賦初、競秋談各事出，仍回廳閱文件。五時半約同事酒敘甚歡，七時半畢，八時回家，閱報一小時，十時半寢。

十三日　陰寒　小雨　二月七日　星期二

八時起，八時半到廳閱文件。今日報載湖北四廳均改組，今夕可得南京消息。飯後外出一次，午後仍閱文件。五時半王庶務請余及科、秘諸人吃飯。七時張科長鵬南演講中國盜匪問題，聽者甚少，緣本廳宣傳長官易人，各員無心來聽故也。八時半畢，廳中無線電機已得南京報告，鄂省府改組，本廳已換李書城為廳長矣，余等遂散去，回家後與蕙芳言之，清理各事畢，十一時寢。

十四日　雨　午後下雪子　寒甚　二月八日　星期三

八時半起，九時到廳，知居停昨未歸寓也。余上午仍閱文件，午後寫信數件分答各處，並以換人事告知厚訓也。聞姜士庭先生已作古人，二時往其家一吊，知尚未殮。士庭為黃岡敦品勵行之人，輿論頗以其未竟生平抱負惜之。余去歲五月承其予以視察名義，給薪維持現狀；八月改組又承其薦入民廳。公德私交，對於士庭作古，頗生知己之感也。在其家坐甚久出，便訪易雪師取信件，至方纘武局中略坐。纘武為從前三一學生新日郵政總局調保安門支局者，與談甚久。三時半仍回廳閱文件，六時回家，飯後與蕙芳談近事。九時半寢，夜夢甚雜，似余請客甚衆狀，李明喜為余聽差幫忙，旋醒旋夢。

十五日　陰　寒　小雨　二月九日　星期四

九時起，倦甚。昨睡甚早，今起較遲。自去年冬月至今正十三以前，實未睡一安穩覺也。廳事甚忙，晚間私函及為居停整理日記，代作諸雜文，每至夜分不能寢。設余不欠外債，此等職務早已辭去矣！九時半到廳，仍閱文件。飯後來客數次，略與敷衍以去。晚六時歸，飯後小睡，旋起進香。今夕為舊時燈節，撫今思昔，感慨甚多。小甥在宜都未歸，余以此事覊身，又不能回縣省視一切，慈親及兒輩此時念及余，余實不能不生回鄉之念耳。十一時寢。

十六日　晴　晚月色甚佳　二月十日　星期五

八時起，八時半到廳照常辦公，居停亦出席省府會議。午飯後外出一次，二時回廳繼續閱文件。姚漁青來談各事去。四時林某來講農村合作，毫無精采。五時半回家，十一時寢。

十七日　晴　晚月色甚佳　早霜　二月十一日　星期六

八時半起，九時到廳閱文件。午飯後至幼虛、伯高、海如各處略坐談出，三時回廳閲文件，四時清理零件付羅國貞帶回家。今日在幼虛寓晤及周子南，新自本邑來者，云家母病傷寒，尚未大愈，囑余歸縣。但近日未接家信，不知近狀果若何耳，便訪范尚立，未晤見。余明日欲托其帶藥回縣，僅與其姪説明來意。六時回家，飯後彭大椿來談久，便爲余卜民建兩廳事，俱吉。八時半，余至雪師家談甚久出，十一時寢。

十八日　晴　早霜　二月十二日　星期日

八時起，九時到廳閲文件。未到以前曾渡江訪眉仙，值其夫人臨産，匆匆與談數語渡江。十二時午餐，午後一時歸家。三時張立群來，四時余憲光、朱士堪、易泮香、譚少卿先後來。余今日約立群便飯，遂並留之。五時半開席，七時半盡歡而去，九時閲報寫信，十一時寢。

十九日　晴　早霜　二月十三日　星期一

八時起，九時到廳，十時半紀念週，居停演説，多道歉之語，蓋已覺悟其平昔傲慢爲非也。午飯後外出一次，午後三時閲卷甚少，蓋近數日職員以冷淡態度辦事，且各存五日京兆之心矣。六時回家，飯後小憩，十二時寢。

二十日　晴　燥　早霜　晚十時雨　二月十四日　星期二

八時半起，九時到廳照常辦公，午飯後外出一次，二時閲文件，四時半至大朝街姜宅吊姜士庭，略坐回家。飯後小憩閲報，十二時寢。

廿一日　雨　二月十五日　星期三

九時起，九時半到廳，閲文件甚少，向居停請假，擬明日回舍看家母疾兼取文件，預備送省府審查也。午飯後至財政廳，訪竟秋、賦初諸人問各事。出廳至理髮店，理髮畢，三時回廳，五時周知安家吃飯，同席者律之、耀先諸人，七時半畢，八時半回家，知淬成隨子到寓，爲考學校也，十一時寢。

廿二日　陰　雨　二月十六日　星期四

五時起，開窗，見空中雲開月現。漱畢，同羅僕出門。行至望山門始雇得一車，遂令羅返到漢陽門。坐片刻，福東輪已到，余上船購得鋪位，遂就寢。午後三時到縣，起岸時小雨未停。到家見家母病已減輕，細詢各事。飯後寫信命洪英函約范視察、鄭宇平明日來家談話。晚間與家母商酌各事，十一時寢。

廿三日　早陰　午後晴　二月十七日　星期五

九時起，來客數次。十一時，范尚立來，留其便飯畢，與同往縣署商撥政費事，便晤范朗仙、黃蓬安諸人，便訪劉心栽，欲訪謝服初，知其已丁外艱矣。晚飯後至石鏡清家弔孝，略坐即歸，進香焚楮，補昨日先祖冠群公忌日也。十二時寢。

廿四日　晴陰不定　午後小雨　二月十八日　星期六

九時起，倦甚。飯後囑洪英探聽上水小輪。今日午前來客甚多，午後二時便留宇平、叔和、伯鎬、星樵、良輔、久旃、福坪等在家吃便飯，午後四時盡歡去，五時半便至各處回看，兼訪乃卿、華模等處，餘則不能一一親到也。十一時寢，展轉不寐，十二時，聞之幼浦來，余未起，轉鐘二時略昏眼耳。

廿五日　晴　今日雨水節　二月十九日　星期日

二時半起，三時漱畢，與家母談各事。每次出門早起，頗以爲苦。家無隔宿之糧，省宅縣宅人口之衆，非出門謀事不可，心焦灼甚。快快與洪英、老王開門出，內子送余出門到北門外，三時半在茶肆與茂林、巒卿坐談甚久，四時半上船，覓得房艙，當即睡去。舟抵團風，余方醒也。十一時半飯畢，再睡。午後二時半，船抵漢口，三時起岸訪佛波，談片刻，訪眉宣，知其前日生子矣。與談數語出，再至佛波寓，取皮包渡江回家，與內子談各事，飯後十時寢。

廿六日　晴　二月二十日　星期一

九時起，十時到廳，照例看文件，紀念週居停報告各事。午飯畢，小睡片刻，爲姜士庭作像贊，代居停筆也。仍閱文件甚多，五時回家，清理各事，十二時寢。

廿七日　陰晴不定　二月廿一日　星期二

九時起，到廳後無多事，照例文件甚少。飯後外出一次。三時，代居停作挽語不愜意，爲沈士遠之太夫人也。更改數次仍不愜。連日心亂如麻，故如此。五時回家，飯後寫信三件，十二時寢。

廿八日　晴陰不定　二月廿二日　星期三

八時半起，九時到廳閱文件。午後外出一次，晚六時回家。晚後清理各事，閱書報，俱不能入，心焦灼甚，十二時寢。

廿九日　陰　二月廿三日　星期四

八時起，九時到廳，核閱文件。午後擬渡江未果。二時來客數次，俱係詢縣長登記者。此本無聊之事，當時此舉係居停設之以欺騙人者，拒外來謀縣缺者，設此以塞其口。使早知其改組去官，亦不得爲此矣。天下事每多揭破人之陰私者類如此，甚哉！人之不可以虛僞欺人也。午後六時回家，十二時寢。

二　月

初一日　陰雨　寒甚　二月廿四日　星期五

八時半起，九時到廳，文件甚少。午飯後，劉象珍來謀漢陽事。居停催爲李姓作像贊，欲走筆成之，勉强應酬而已。午後三時閱文件，六時回家，寫信二件，閱雜書，十二時寢。

初二日　雨　兼下雪子　二月廿五日　星期六

八時半起，九時到廳，文件甚少。午飯後汪小舫送《赤壁集》二套來廳。余欲送易雪師一套。雇車回家，以天雨小坐，仍乘車返廳。三時半渡江，先訪佛波，便囑其子持片探李範一，云未至無線電台。李爲人怪癖，在皖長建設，毫無成績，去後惹皖人唾罵。鄂省初歸，且不清晰近狀，未必得良好成績也。至普海春，係廳中同人公餞居停往潯者，七時方散。余再往佛波寓略坐，便道晤眉宣，談片刻出。同人約往江順輪與居停送別，照例如此。居停向無誠意待人，送行廿餘人未必有誠意耳。九時渡江回家，坐片刻，已十時半，以腹未飽，食豆絲一盂，十二時半方寢。

初三日　陰雨　二月廿六日　星期日

九時起，早飯後渡江訪佛波談各事，晚六時回家，飯後小憩，閱報一時許，清理各事，十二時寢。

初四日　陰　二月廿七日　星期一

八時半起，九時到廳閱文件回。午飯後，渡江訪佛波，談片刻；訪眉仙、渭泉，談各事。四時半渡江訪王詩岩，約其明晨渡江約佛波訪張賦濤，談至六時回家。飯後閱雜書，十二時寢。

初五日　陰　二月廿八日　星期二

九時起，十時到廳，無多事。爲汪南疇代作挽聯並代書之。午飯時建設廳着人持函來請余與汪南疇、張厓軒、饒光亞、胡彦聖五人去談話，由魏席儒導見，李曉垣細詢各事，意欲余等作縣長，蓋已知余等辭職也。四時半回廳，五時渡江訪佛波，詩岩及何維禮、羅饒波等俱在佛波寓中候余，余吃飯畢，詩岩約張春浦來聽琴。張號賦濤，直隸人，爲朱紹良之參謀長，日本士官學生也。與談閩省事，甚恚。晚八時半，余以內子病尚未痊，先渡江回家閱雜書，十一時寢。

初六日　陰　三月一日　星期三

八時半起，九時到廳。舊職員到者甚少。余即往汪南疇寓坐談。未幾，光亞、崖軒先後來，就南疇家吃早飯。午後二時到廳略坐即出。三時半回家，晚飯後閱雜書，十二時寢。

初七日　陰雨　三月二日　星期四

九時半起，至彭梓師家略坐，便訪姚虞青，在其家吃飯。午後一時訪雨村未晤。回家後又渡江一次，吳端偉約余往漢陽幫忙，謂鄧麟生欲余負責辦秘書事，當即函辭，許以明午到署敘談，一切付夏炳丞持之去。晚八時閱雜書，十二時寢。

初八日　陰　雨　三月三日　星期五

早八時，朱前廳長着人來請余今晚五時至其寓小酌，余尚未起，僅答來人數語去。九時半起，十一時早飯畢渡江往漢陽縣政府，代吳端偉處理公事，與麟生談各事。四時自漢陽集稼墩渡河到漢口，往朱懷冰寓吃飯，後晤眉宣，知石幼平曾來電，與李曉垣事雖未成，頗可感也。九時渡江回家，十二時半寢。

初九日　陰雨　東北風甚烈　三月四日　星期六

早八時半知安來，九時余起與談各事，十一時至平湖門渡江，輪船簸甚，心爲之悸。起岸到縣署處理各文件，與麟生談各事。午後四時半渡河到漢口，轉車到一碼頭乘輪渡江。風愈大，船中人約千數。到岸雇車回家。飯後小憩，天氣轉寒，九時半即寢。

初十日　早大雪　午後三時雪更大　屋瓦上盈三寸
三月五日　星期日

　　早九時，郵局方纘武着人來問信，約余談話，余未起也。十時半起，漱後往周知安寓吃飯，昨預約往者。午後一時飯畢，往汪南疇寓中一談歸。函請大椿代卜消息。以其所斷，當在星期五可望提案發表也。羅國貞持信回時，雪大如掌。奇寒見於二月十日，奇矣！十一時寢。

十一日　早微雪　午後陰　今日驚蟄節　三月六日　星期一

　　九時起，十時到平湖門搭小輪，值其剛開，候至十一時方渡江，至漢陽縣署，已十一時矣，飯後處理各事，晚五時出，雇車行至集稼觜，渡河到漢口，便訪佛波，再渡江回家，飯後十二時寢。

十二日　陰晴不定　寒　三月七日　星期二

　　九時起，九時半渡江到署後處理各事。飯後事甚多，晚六時仍由集稼觜過河到漢口，便訪佛波。匆匆數語，仍渡江回家，清理各事至十二時寢。

十三日　陰　寒　三月八日　星期三

　　九時起，九時半訪汪南疇，談甚久。再雇車訪余虞琴，談片刻即由平湖門渡江，到署後處理批答各事。今日保安處派參謀長丁秉權來檢閱團隊。晚飯後余仍處理文件。六時半由集稼觜過河到漢，便訪眉宣、幼平，俱未晤，匆匆渡江回家。清檢各事畢，十一時寢。轉鐘二時夢見先君與談各事，似計畫某事狀。又見許叔文向余乞款，醒時記叔文已於正月初物故矣。旋又夢汪萬順家中病故一人，正入殮，細詢爲其戚某。總之夢不吉，再醒則雞既鳴矣。連日心緒惡劣，復感此等惡夢，心甚惡之。

十四日　雨　寒　三月九日　星期四

八時半起，九時渡江到署後無多事。飯後已十二時半，雇車至集稼墹渡河，到漢口訪詹煥品未晤，與劉仲明談片刻出；渡江到汪南疇寓，彥聖、光亞、崖軒俱先至，與談甚久出，訪黃叔通，托各事出；訪漁青、彭梓師俱未晤；訪胡彝尊談片刻。歸家，閔志貞在座，未幾，漁青來，留便飯去，十時寢。

十五日　陰晴不定　早小雨　大北風　寒甚　晚月色佳　三月十日　星期五

九時間，竹軒有人來稱祥煥失物事，甚爲嘔氣。十時，余起與談片刻。十一時往該店向其管事說各辦法。出欲渡江，已上建華輪，仍起岸，恐風大，晚間無船渡江也。至武昌縣政府會孟律之，便用電話告知漢陽，說明風大不能來署之意。至鴻磐樓洗澡，至財政廳晤桂競秋談各事，出便往理髮店整容一次。五時至饒光亞寓吃晚飯，昨所約者。六時畢，便訪魏席儒看各碑帖，佳者甚少。七時歸，八時往易雪師寓略坐談即歸，十時寢。

十六日　晴　早霜　三月十一日　星期六

八時起，九時渡江往縣政府處理各事，與鄧縣長談國事。飯後閱文件。晚飯畢，由集稼墹渡河到漢口，先訪詹煥品談王國熔家事，詢及作函索款時情形。出往蔡家巷口爲次女購棉絮二床，又同仲章至介倫購朱紅被面等，付詹先生便帶回縣。往訪眉宣，談片刻。訪渭泉未晤。訪□梅先談劉象珍事。渡江回家已十時半矣。知周淬成送其子到我家養病。消夜後與談至十二時半寢。

十七日　晴　早霜甚厚　三月十二日　星期日

早起倦甚。周知安來談甚久便留飯。魯蘭生來談片刻去。午後大椿來談寫挽聯送寄謝服初之父，又送祭幛與姜士庭。姜待人厚，故於前次送挽聯後當須補送緞幛一懸也。今日午後二時，內子蕙芳以嘔氣為問竹軒賠款事，忽吐血十餘口，余當令其休息床上，飲開水三次，血遂止，晚飯亦能陪大椿等食之。陳登甫來詢及荊門事，旋與同出，余雇車訪范寄滄，便托各事，略坐即歸。清理各事，十二時寢。

十八日　晴　大風　三月十三日　星期一

九時起，十一時到縣。漢陽縣署照例代吳端偉辦各事。晚六時渡河由漢口回家閱報，知倭禍緊逼，北平恐慌。奸人誤國，致有此日。中國前途不堪設想矣！奈何，奈何？九時半閱雜書，十二時寢。

十九日　晴　風　三月十四日　星期二

八時起，九時渡江到署，午飯後核閱文件。晚六時渡江，為次女買奩物已齊，囑仲章轉送彥先生帶回縣去。九時渡江回家，十二時寢。

二十日　晴　燥　三月十五日　星期三

九時起，十時到平湖門渡江，到署後聞蔡專員今日到武昌檢閱各事。午後閱文件，晚五時半渡河，至佛波、眉仙寓均未晤。九時半渡江回家，閱雜書畢，與內子談各事。連日以賬務相逼而來，曾向馮先生左三十元應用。出廳後收入減少，益以次女于歸，在在需錢，焦灼無已。十二時寢。

廿一日　陰　三月十六日　星期四

八時起。昨晚民廳李廳長約余與汪南疇等四人今日午前到廳談話並帶詳細履歷。九時到廳，請馬顯聲為余寫之，晤及尚立、綏方、吉六諸人。十時，饒光亞、張厓軒等來，南疇回黃州未到，因與饒、張接見李曉園，談一時久，對於余等外放事仍未確切表示，只云待預保耳。午後渡江到漢陽署，照例辦事。惜到差已十四日，對於麟生縣長未能多幫忙，心甚歉然。晚飯後渡河到漢口，上寶和輪訪彭韻秋，因接黃海清電話，知彭由沙到漢也。與談別後事甚詳，坐談一時半，約以明晚再見，輪中統艙談話多不便。韻秋送余至輪邊，珍重數語，並約余明晚必來一別也。訪眉宣未晤，僅與子琴述今日見李事，囑轉告其舅。訪佛波未晤。九時渡江，十時到家，十二時半寢。

廿二日　晴　熱　三月十七日　星期五

八時起，九時渡江到縣府照例辦事。今日天氣極燥，如五月初。午後核文件，晚飯後渡河到漢口，先訪眉仙未晤，到怡和碼頭上寶和輪送路費與韻秋，談各事，珍重惜別。上岸後訪佛波未晤，匆匆渡江到家已九時矣。天熱蚊出，頗奇，十二時寢。

廿三日　晴　燥甚　寒暑表六十三度
三月十八日　星期六

八時起，九時到漢陽縣府。今日蒲圻蔡專員來檢閱，府內上下甚忙。午後一時傳見各區長考詢各事，晚七時方畢。余由集稼嘴渡河到漢口訪眉仙、佛波，匆匆渡江回家。今晚蚊爭出，天熱如五月，奇事也。十二時寢。

廿四日　晴熱如夏天　寒暑表六十三度
三月十九日　星期日

八時起，九時着棉衣渡江，到縣署無多事，因專員今日仍校閱保安隊也。午後天氣熱甚，有着單衣赤膊者。氣候之怪如此，可以證近日政局耳。至正街整容一次，三時渡江，至鴻磐樓洗澡畢回家吃飯。晚間蚊出嚼人。天燥如此，似有風雨至矣，十二寢。

廿五日　晴熱如夏　晚十二時大風忽起
三月二十日　星期一

八時起，九時半至汪南疇寓談各事，十一時渡江到漢陽署照例辦各事。晚五時到漢口訪子琴便托各事，九時渡江回家，十二時寢。

廿六日　大風　陰　晚小雨　今日春分節
三月廿一日　星期二

九時半起，今日大北風，天氣變寒。余以心煩意亂，終日未出門。晚閱《勸戒錄》十餘頁，十二時寢。

廿七日　晴　風　晚小雨數次　三月廿二日　星期三

九時起，往汪南疇寓，彼尚未起。候半時與談商各事，十一時渡江往漢陽縣府，知鄧縣長已下鄉爲修路事去矣。照例閱文件，晚飯後渡河到漢口訪眉宣已晤見，云民廳事可望即日發表，至何地當不能預指也。八時渡江回家，內子今日又失紅數口，甚以爲慮。十二時寢。

廿八日　陰　大北風　寒甚　三月廿三日　星期四

十時起，今日未出門，命黃福磨墨，準備寫積壓文件。晚間汪南疇來坐談甚久去，十二時寢。

廿九日　陰雨　大風寒甚　三月廿四日　星期五

九時半起，小雨甚寒，未往漢陽，昨已電詢，無多事也。飯後往姜士庭宅吊孝。與南疇遇，酒後與同至饒光亞道賀其子結婚。酒後回家已晚八時矣。十二時寢。

三十日　陰寒　大北風　三月廿五　星期六

八時起，飯後到漢陽縣署詢知無多事，照例核閱文件。晚五時半渡河到漢口，匆匆再渡江回家。飯後命黃福磨墨寫對聯等件，佳者甚少，與內子談各事。

三　月

初一日　陰寒　小雨　大風　三月廿六日　星期日

九時半起，倦甚。彭梓師來，留便飯，談甚久去。魏席儒來談，便與同訪李宜煊未晤，留刺出。回家，寫屏對甚多，至晚十一時止。腰痛手軟，精神不繼，十二時寢。

初二日　晴　大北風　三月廿七日　星期一

八時半起，九時渡江訪吳市長國楨，請其蓋預保書私章，便與范寄滄、張鏡懷談各事。出渡河至漢陽署閱文件。鄧縣長午後二時回署，與談近事，五時由漢口匆匆再渡江回家，陳時若來談。余飯後訪易雪師，談甚久歸，寫朱卓爾回信並寄蔣大川、張宜伯等聯並覆函，請其分別轉交者也。清理各事畢，十一時寢。

初三日　晴陰無定　三月廿八日　星期二

九時起，十時送預保單與民政廳，便晤范吉六，談片刻出。午後渡江至漢陽縣府核閱文件，晚八時歸，十二時寢。

初四日　晴　三月廿九日　星期三

九時起，異常疲倦。十時欲渡江，足軟，不良於行，到劉希吾家回看像集。昨晚與伯威東家談，約余今晨往晤談，其實無緊要語，就其家吃午飯。出渡河往漢陽署照例辦事，晚飯後渡河至漢，訪陳時若未晤，便訪佛波談甚久，何作禮在坐，知其新就兵工廠隊長矣。九時渡江回家，十二時寢。

初五日　晴　三月卅日　星期四

九時起，渡江至漢陽署閱文件。飯後會計處送洋百元，除還何雄及扣雜營外尚餘五十二元，以五十元交大椿，囑其代還江姓款。晚六時渡河至漢口訪佛波，晚八時歸，十二時寢。

初六日　晴　熱　三月卅一日　星期五

九時起，午後渡江到漢陽署，照常閱文件。飯后整容一次，晚八時回家，十二時寢。

初七日　陰　風　四月一日　星期六

八時起，倦甚。今日未渡江，午飯後出門一次，寫對聯極多，因劉質如送墨來，故將積件俱書之。晚十一時寢。

初八日　陰　風　小雨　四月二日　星期日

九時起，飯後渡江訪佛波一次。今日午後一時同内子至公園看漢劇朱洪壽所演《李密投唐》，唱做俱佳。丁巳余在陽新曾觀朱洪壽劇，爾時唱做未能如此精絕，盖現已入化境矣。五時回家，飯後閱報二時許，十二時寢。

初九日　晴　四月三日　星期一

九時起，飯後渡江往佛波寓中略坐談，午後五時回家。今日無多事，晚九時閱書及報，十一時寢。

初十日　晴　四月四日　星期二

九時起，飯後渡江先至佛波寓，登甫、鏡波俱先在，余約佛波等同出購水晶眼鏡一副，因今正失去舊眼鏡之佳者，不時需此避風沙也。就佛波家中吃晚飯，遇李德群，湘陰人，談甚久。八時半渡江回家，十一時寢。

十一日　晴陰不定　今日清明節　四月五日　星期三

八時起，飯後已十一時。渡江至漢陽署，無多事可辦，午後三時半將石章交彭大椿，囑其轉交庶務。四時步行出西門閱魯肅墓，積糞没其石碑。前歲余同黃志雲等閱墓時尚無此狀況，無論此墓是否真偽，前余肇康太守既培植於前矣，後之有司應盡保護之責耳。今日清明，余又以事牽，未能回縣祀祖，心殊悒悒也。雇車至集稼墹，候渡甚久。至漢訪眉宣未晤，留名片出，至京漢旅館略坐，七時往光明影戲院看電影，八時半畢，九時渡江，十時到家，十二時寢。

十二日　陰　小雨　四月六日　星期四

十一時起，飯後寫信七件，晚飯前飲酒甚適，食飯亦多。内子往彭宅做客，四時半余自釀菜，故可口多食耳。五時半訪虞琴，知已到漢口矣。便訪汪南疇談各事，七時半歸，十二時寢。

十三日　陰　風雨甚大　四月七日　星期五

九時起，倦甚。飯後厓軒、光亞、南疇來談，便約往朱懷冰宅一談。到時，吳斗山在座。繼席儒、鵬南來談甚久。余等出門，以天雨，車輛少，又折回與懷冰談甚久，就其家吃晚飯歸。淬成夫婦及其子女五人來家，與談各事，留之住宿。十時爲内子辦呈文，十二時寢。

十四日　雨　四月八日　星期六

九時起，飯後仍爲内子辦各項文件並填表，終日未出門。晚間料理各事。除與淬成夫婦閑談外，餘均爲辦文時間，寫至晚十二時方寢。

十五日　陰　小雨　四月九日　星期日

十時起，飯後清理各事。午後二時訪雨村並送小對付裱，因戴志强索余字，屢許未交者也。便訪張耀先於本日年會，張約余今午後往江鴻發集讌，便往辭之。今午後魏席儒請民廳舊同事之科、秘諸人陪舊居停朱懷冰，似不可不到耳，與耀先談片刻出。至魏宅，斗山、光亞、芝岩、虞琴、南疇、鵬南等先後到齊，六時開席，八時半畢，九時余先歸，仍爲内子辦理文件，十一時寢。

十六日　晴　晚月色佳　四月十日　星期一

八時半起，内子今晨已往校中上課，余與淬成夫婦略談。飯後内子約陪淬成夫婦並其女及家婢，令羅僕送至公園看戲，午後一時去。二時斗山、光亞來坐談甚久，余並檢詩集文稿及日記數册付閲，因去歲持之至民廳時，彼二人未見之也，三時半方去。四時半内子歸，淬成等未回。余與内子飯後幫寫表册畢，囑羅僕買蠟香祀祖，因明日爲内子生期也。囑家人具酒肴，淬成夫婦並其就食畢，十二時寢。

十七日　晴陰不定　四月十一日　星期二

八時半起，飯後淬成夫婦往南湖至其戚朱姓去，余往首義公園晤劉東青、林少南等詢及明日迎黎大總統靈櫬事，東青持王季薌所作祭文，欲余與劉希吾改竄之，余堅持不可，旋托故出回家，飯後已二時矣。清理各事畢，往饒光亞寓中。今日係南疇與余等公讌朱懷冰，須去陪也。五時，斗山、席儒、鵬南等到齊，六時開席，七時半散去，八時回家，九時閲雜書，閲《漢報》，十二時寢。

十八日　晴　四月十二日　星期三

八時起，疲倦殊甚，足軟。漱後進早點，欲於晨間渡江迎黎大總統靈櫬。九時雇車出門往漢陽，知時已晏，遂在武昌候之。步行至大堤口遇陳登甫，以足軟難行，至一茶肆小憩。十一時再往漢陽門探詢，知靈櫬尚未渡江，便往鴻磐樓小憩，食麥面一盂，知此時再不能往江干守候，遂就樓中小憩。午後一時，總統靈櫬始過去，余遂在鴻磐樓洗澡一次，再往西街理髮一次，五時回家吃飯，十一時寢。

十九日　陰　午後五時雨　四月十三日　星期四

八時半起，漱後囑黃福洗硯，爲王義圖先生書中堂一，又畫屏風，執筆迅速，欲了此願。因義圖先生待內子甚厚，此屏屬約畫而未能也。十一時早飯畢，再執筆。十二時淬成來，余以心煩意亂，遂匆匆與同出，便至公園看漢劇。朱鴻壽等所演之《未央宮》甚佳，余幼時喜看漢劇，未見此也。在武漢前後近三十年，亦未觀此劇，今日竟閱全本矣。徐繼聲飾韓信，詞多新語。迎合近人心理之語，似亦可不必。漢京劇均取發聲之抑揚頓挫，不在詞句之新舊耳。朱洪壽唱詞仍用俚句，仍盡抑揚悠遠之妙。四時小雨，余遂出園雇車回家，飯後再補作畫數件，轉鐘一時猶未寢。雨聲粗，鄉村望雨甚切，插秧犁田均待雨，余亦心快不置耳，二時寢。

二十日　陰　雨　四月十四日　星期五

九時起，十時補作昨日未竣之畫。飯後未出門，仍補作畫。心煩亂不堪。晚間，各畫已成，十二時寢。

廿一日　陰雨　午後六時大風雨
四月十五日　星期六

九時起，倦甚，飯後送畫與方纘武，送小聯與戴志強，便訪周賓宣未晤。午後三時渡江至李佛波寓談甚久，就其寓午餐，僅食雞蛋及魚數事，因今日邱耕畬請客也。五時冒雨往邱宅，六時客已到齊，朱懷冰、畢斗山等十餘人俱到，八時半畢。余等渡江時已九點鐘，風雨頗大，江干極寒。到家十時矣，與內子談各事，十一時寢。

廿二日　陰雨　四月十六日　星期日

十一時起，疲倦異常。今日雨大，氣候寒，未出門。閱報亦無多事。

午飯後訂詩稿廿本，擬分贈各處。晚間閱《了凡四訓》，寫信一件，十一時寢。

廿三日　陰雨　四月十七日　星期一

九時起，飯後在家閱雜書。連日無事，偶撿雜書，時一消遣而已。日禍正烈，平津恐不能保。吾國人心渙散，廿年間軍閥更番繼起，爭城爭地皆爲自利之爭。十五年以後黨禍更烈，造成必亡之象，日本遂得起而乘之。列強自經歐戰後元氣未復，誰肯牽入旋渦或作調人耶？最近國聯報告，日已置若罔聞，退出國聯後列強亦僅默默聽之，蓋日本亦早知國聯之無能爲也。嗚呼！吾國人至今尚醉生夢死，沈沈不悟，奈何，奈何！午後四時外出一次。晚仍閱《勸戒錄》一類雜書，十二時寢。

廿四日　陰　小雨　四月十八日　星期二

九時起，飯後閱雜書。午後二時往朱懷冰宅一談，李儀吉在座。懷冰請余閱字畫碑刻多件，約二小時畢。余出回家，着雨衣至斗山寓吃晚飯，渠前日約余等及懷冰十人酒叙也。七時席散，八時回家，十二時寢。

廿五日　陰晴不定　四月十九日　星期三

九時起，十時寫信數件，便寄各處詩稿。晚飯後外出一次，九時歸，準備明日遊洪山，已約次誠明晨來同去。十二時寢。

廿六日　晴　四月二十日　星期四

八時半起，九時次誠來，略坐談，進午點，與同出，步行至大東門外。數月未出城，今年春寒，柳色不濃麗，桃花開過，現僅見千葉絳桃係遲開者，蛙聲閣閣尚可聽耳。行過長春觀，與次誠同雇車往寶通寺，詢知向賢師已往漢口，下午方歸。遂與次誠就寺外各處遊覽並閱田子琴墓。此係所謂省葬者，費湖北省庫洋壹萬元。佈置欠雅，墓碑文寫作並不佳。余與次誠坐小亭甚久，遇一袁姓老叟，年七十矣，係甲子十六初六亥時生，現以小貿爲業，日能得錢串餘以養其子，殊可憐也。十一時至寺中，早餐畢，往珞珈山參觀武漢大學，遇江孝楨，次誠之世交姪輩也，約往其寓吃午飯。腹餒甚，便往就食，午後三時矣。食畢，步行至寶通寺，知向賢已歸，與談各事，四時出寺，雇車回家。車過東嶽廟便參觀，正在補修神像，蓋此地駐軍隊三四年，神像已毀者十之七矣。匆匆出車，乘原車入城，到家已七時矣，閱雜書，消夜後十二時寢。

廿七日　晴　四月廿一日　星期五

八時起，飯後外出一次，午後四時渡江一次。連日無多事，僅於晚間閱善書而已。昨以勞甚，今夕十一時寢。

廿八日　晴　四月廿二　星期六

九時起，飯後外出二次，行至王府口即歸，因無人力車故也。余原擬往汪南疇寓，又擬渡江，均不果行。回家後仍閱雜書。午後回時行至大都司口始雇得一車，至漢陽門渡江時，輪渡中人數盈千，蓋漢口來遊洪山者返漢也，擁擠不堪，余上岸後僅至佛波寓小坐。晚間渡江，在輪渡中遇南疇談各事，回家後閱雜書，十二時寢。

廿九日　陰　四月廿三日　星期日

九日起，飯後渡江一次，傍晚與南疇同往崖軒家坐談一次，九時歸，閱雜書，十二時寢。

三十日　陰　四月廿四　星期一

八時起，內子上課去，余寫信二件。飯後出門。午後三時渡江至佛波寓略坐談，傍晚回家，十二時寢。

四　月

初一日　晴陰不定　四月廿五日　星期二

八時起，九時出門一次，飯後往漢陽晤鄧縣長談片刻。午後四時至東門，輪船已開武昌矣。余嫌時晏難候，仍雇車至積稼壩，渡河到漢口晤眉仙談各事，八時渡江回家，十二時寢。

初二日　晴　晚十二時雨　四月廿六日　星期三

八時起，九時寫信二件，飯後至朱懷冰宅，聞其已渡江矣，與吳嘯南談片刻出。晚訪南疇、鶴九、益三，均未晤，至幼虛宅，與談甚久，回家已十時矣。閱《庸庵筆記》至轉鐘二時寢。

初三日　晴　四月廿七日　星期四

四時枕上聞天又下雨，約一時始止。八時半起，朝暾在窗，知又晴矣。今春雨水過量，麥子、稻秧均受損，春收未必佳。幸各處米船集漢，致米價未漲，不然殆矣。飯後至懷冰宅談各事，請其以電話探李範一意。余欲往談，因李前告陳列侯轉告余，謂星期三須約談也。未幾，範一來，見面甚好，且似同學時狀況。彼約余明後天再談，其意仍勸余作縣長，謂可待余擇一地點較安全者。午後三時別去，余亦回家清理各事。飯後至周知安寓送息金去，與其妻略談數語，便訪少松，晤其妻新自縣中來，云曾往我家探視，家母衰病較甚，然余以貧而賦閑，又在省久候民廳揭曉，至今年清明亦未回縣祀祖，皆李曉園前以蜜語誤我耳，言之不勝感慨。七時回家，閱雜書，欲整理各稿於詩話筆記之類，明日當另立稿本，否則日久皆忘之矣。十二時寢。

初四日　晴　四月廿八日　星期五

九時起，飯後出門一次，午後三時渡江，便訪佛波，談甚久。六時渡江回家，飯後閱雜書，十二時寢。

初五日　晴　熱　四月廿九日　星期六

八時起，飯後至黃鶴樓遊覽，便往顯真照四寸像、六寸像各一，因前在文華照像館所照不佳也。該樓藝術佳，余前年所照均好。遇施術者，爲鄂城學生嚴良誦，余因囑其填筆須精細。遂出，途遇夏沈剛，談數語回家。飯後閱雜書，十二時寢。

初六日　晴　熱　四月卅日　星期日

九時起，十一時飯畢，內子同王燕兒出門，往公園去遊覽，余以其近日病久未愈，囑其出遊也。午後一時，余渡江購物件，便訪佛波，遇張必階、羅敬波，作方城竹戰之戲。近三年未爲之，以事忙，興趣少也。晚九時畢，渡江回家十一時矣，與內子談各事，十二時寢。

初七日　晴　旋暴雨數次　五月一日　星期一

八時起，九時清理各事。飯後送周親家母禮物畢，欲渡江，以大雨遂止。旋晴旋雨，四時往建設廳晤範一，以前日在朱懷冰宅所談未竟也，便托其詢民廳事。談半時許出，回家，飯畢閱雜書。晚間，周淬成來，留之宿，與談各事，十二時寢。

初八日　陰　大風　午後風更烈　天氣轉寒
五月二日　星期二

八時起，九時渡江，風甚大。十時往興華公司購各物，便托陳博卿帶回縣。以燕邊及臨時應用物件，便向博卿左款十元。買畢，返佛波家吃飯畢，訪眉仙、國楨，俱晤見，並晤濟滄、鏡懷諸人，三時至佛波寓，仍爲竹戰戲。天氣轉寒，東北風更烈，聞輪渡危險，是以未歸，在佛波寓竹戰終宵，曙時始寢。

初九日　晴　上午風始熄　五月三日　星期三

七時半醒，即起，洗面畢，即渡江。回家後即寢，頭暈神倦不能支。飯熟起，已十二時，食後仍寢。三時，漢卿之婦來家，云及其夫去世後事，請余寫一函致其翁，攜之去。晚五時半，訪余虞琴，談片刻出，訪王藝圃先生，談甚久出，訪次誠談各事，九時回家，十二時寢。

初十日　陰雨　五月四日　星期四

七時，余尚未起，林少南之子持挽聯一付請余寫之。昨與其父途遇數語，今晨乃乞余爲不吉利之事，心甚惡之，草率寫畢付之去，飯後傅幼虛來坐談甚久去。江英持其兄函來謀事，謂余已提案爲枝江縣長，薦江英爲財政科長。或者預保案已准歟？略與敷衍數語去。晚六時，王文達來謂民廳提案余爲黃岡縣長矣。內子云呂森曾來送信。七時半，與內子商用人事並以後如何辦法，至展轉不成寐；念甚雜，心愈煩也。

十一日　晴　五月五日　星期五

八時，余未起。又以昨寢不寧，心煩甚。陳賡甫來呼余起，談許多不相干語以去。九時渡江至鄧麟生處，坐談一時許。彭大椿爲余卜近事，謂事已成矣。飯後渡江回家得黃叔通函，知今日省府會議已通過余爲黃岡縣長，並薦一人，然逆料明後天謀事者必多矣。晚與蕙芳開單斟酌用人辦法，十二時寢。

十二日　晴　午後熱　五月六日　星期六

七時起，倦甚。八時半與蕙芳同往黃鶴樓照像，此今春所議者也。蕙芳自歸余後，並未照過一次像，屢約屢未成。然以余不久須離家，欣然與同出也。到館後合照一像，蕙芳又欲照四寸半身像，笑謂余曰"今歲如病故，就像放大"云云，余心甚惡其言，然又憐其歸余後同聚時少。丙寅、丁卯之際屢約余與同照一相，余未之允。前月又約之，余謂今歲無論如何必與君同照永作紀念耳。司機者爲寒溪學生嚴良誦，號守則，學此術已五年矣，初五日爲余所照之像極佳。坐談片刻即出，便遊奧略樓各處。蕙芳笑謂"十餘年未遊鶴樓，今晨與君同來，實爲有福，然足軟，又不良於行"，與余徐行徐談，余亦以足軟感行路痛苦，蓋今日羅國貞爲余夫婦雇車時誤講到黃鶴樓在公園門首入也。與內子同入後則詢之，此地並未到過。陳友諒之墳，從前只聽人談過，未之見也。十時半，攜蕙芳下鶴樓雇車到家，匆匆飯畢，聞《漢報》已登載余長黃岡事。十一時半渡江訪立群告以此事，立群不願意就黃岡事，謂其太夫人去世後稽核處拉用之賬至今未清，一時不能脫也。就其寓飯畢，乘車訪程專員仲蘇，值其出，立談數語，蓋彼爲黃陂禮山勘界事甚忙也。眉仙、述曾、吉三俱在座。與談一時許出，渡江回家清理各事。晚間外出一次，九時歸，與蕙芳商酌各事以後如何佈置。蕙芳謂此次不能順人情，須用得力者數人，免自己吃苦。若如蒲圻任內之不簡省，則虧空不堪矣。十二時寢。

十三日 晴 熱 五月七日 星期日

八時起，來客甚多。介紹信先見面者爲魏仲允，寄滄力保者也。飯後渡江見仲蘇談黃岡情形，約一時許出，便訪佛波，彼尚未知余已得黃岡縣長也，與談甚久。適王詩岩至，謂已見報載余爲黃岡縣長矣。與佛波談後，約以明日再見。渡江回家，得介紹薦人信二十餘封，聞親自來謀事者約廿餘人。以後如何對付，令人不能不注意耳。吾鄂自水災後生計蕭索。去臘米賤，今春三廳改組，被裁人員極多，蓋以賦閑久者麕集武漢，無怪謀事者之多也。晚間清理信件，擇急要者覆之，十二時寢。

十四日 陰 小雨數次 五月八日 星期一

八時起，倦甚。昨日已換新繃子，睡較安適，惟足軟耳。余以急欲覆各處信，遂在後宅約裴晦公幫同覆之，前堂來客不能出見，藉免麻煩。晚十時覆信方畢，十二時寢。

十五日 晴 五月九日 星期二

九時起。今日事忙，午後往各處拜客，晚十二時寫信仍未畢。時局如此，謀事者多，殊難應付，轉鐘一時寢。

十六日　晴　熱　五月十日　星期三

七時起，囑晦公覆各處函。來客多，便請梓師、慎旃代會。晚間相會黃岡同鄉，十二時寢。

十七日　晴　熱甚　五月十一日　星期四

七時着人往廳辭熊氏兄弟宴約。來客甚衆，午後渡江晤仲蘇。四時回家換衣服往朗丞家宴，同學眉宣、嘯青、養吾、伯瓊、仙舟俱到，宴畢，便往孔文軒家中一談。七時回家閱信件，分別覆之，十二時寢。

十八日　晴　熱　五月十二日　星期五

七時起，八時渡江，午後回省，又往民政晤各同事，晚訪南疇。今日函件尤多，分別覆之。十二時寢。

十九日　晴　熱　五月十三日　星期六

八時起，往謁各廳。午後渡江一次。今日來客仍請彭梓師代見。晚間覆各處函，十二時寢。

二十日　晴　熱甚　晚六時大雨如注　五月十四日　星期日

七時起，倦甚。八時半往謁方耀廷，九時談至十時畢，便訪梓師，略坐，即同羅僕渡江拜客，至昌年里蕭炳丞家略坐談。正午黃岡同鄉會開歡迎會，來客甚衆，多政界中人。借譙月樓公讌，午後三時方散。匆匆渡江回家閱信件。後與內子同往建設廳，李範一所請眉宣夫婦、鼎珊夫婦均同往。宴時大雨如注，平地水深五六寸。九時讌畢回家清理各事，十二時半寢。

廿一日　晴　熱　晚暴雨　五月十五日　星期一

七時起，八時往南疇家，午後往財政廳至各科長、秘書處略坐談。

午後往教育廳晤其秘書、科长，五時回家覆各處信，十二時寢。

廿二日　晴熱　暴雨　五月十六日　星期二

七時起，午前往保安處，午後往財廳見賈廳長，四時半回家，飯後又外出一次，漢口黃岡第四區同鄉公讌。渡江後至南疇家宴，十二時寢。

廿三日　晴　暴雨數次　五月十七日　星期三

七時起，九時至省政府，與鼎珊遇，往見主席，候至午前十二時仍未見，余遂與鼎珊同出至其家。午飯畢，再往教育廳及民廳拜會科、秘諸人，至保安處見丁參謀長、徐味冰諸人。晚歸，十二時寢。

廿四日　陰晴不定　晚雨　大風　五月十八日　星期四

七時起，九時到省政府與鼎珊同見夏主席，談一時許，出時遇向賢，談數語。午後回家吃飯畢，再往總部黨政委員會，未晤主官。晚飯後清各事，十二時寢。

廿五日　大風雨終日　五月十九日　星期三

七時起，倦甚。天氣變寒，着夾衣，整容一次，十二時往省府，因今日主席請謝師長、程專員及余與鼎珊等新委縣長也。讌後談甚久。復在叔通處略坐；至電報局晤范季倫，囑其致電謝服初，告以明日無風雨，當乘小輪回縣，請便告家中。晚至易先生家略坐。七時與彭大椿分覆各處信件，十二時寢。

廿六日　晴陰不定　五月二十日　星期六

八時起，與內子談各事，清理雜事，準備今晚搭大輪回鄂城也。午後三時來客數次，四時囑家中具膳畢，五時南疇來家，謂成烺先欲來余宅談話。余以急欲渡江恐來不及辭之，約以到黃州再見。易雪師來談片刻去。六時與內子囑各事畢，辭別出門，登車到輪船碼頭，上船人多，到漢陽時與大椿遇，搭江順輪船，九時啟碇，轉鐘一時到黃州。在輪中□晤□也。下船時以黑夜識余者少，到劉長發茶肆中小憩，欲睡不成寐，與大椿、文旂等進食後仍小睡半時許。

廿七日　陰晴不定　晚大雨　五月廿一日　星期日

四時半起，五時雇舟渡江，六時到家，見家母病狀較前稍佳，略憩欲睡而客來甚衆，不能不起床招呼，自是來客絡繹不絕。説話多，精神又不繼，至晚九時方止。今日來道賀者，無一不談謀事、薦人，可見生計之艱也。十一時寢。

廿八日　晴　五月廿二日　星期一

五時醒，倦甚。黃岡財委會着人具函來歡迎。余起盥漱後進早點畢，八時半帶同僕從、厚訓、仲章亦同余上船，東風順利到黃州。九時剛近縣府，政警、公安科警士來迎余入府，晤彭梓師及各僚屬。教育局、區長均有人來道賀者。午前十一時接印就職。飯後來客愈多。午後二時出府拜客。晚六時半點驗委員韓德元、駱逸塵到，余照例往迎。剛出門，彼已來矣。陪談進食，勞倦不堪。自是不能休息，轉鐘二時方寢，展轉不寧。

今晨起床，頭目暈眩。此次發表黃岡縣長，在省地已忙碌半月，蓋近年社會狀態極不佳，如余戊辰秋發表蒲圻縣長時社會狀態也，謀事者多，失業者多。今歲四廳改組，失業者愈衆，此又一原因也。

廿九日　晴　熱　五月廿三　星期二

七時起，八時閱文件，九時與汪副隊長、高指導員同往赤壁訪點驗員，十時談甚久，十一時到隊部吃飯，午後一時往關岳廟空場檢閱。天熱汗流，頭暈痛甚。余亦演説約半時許，三時半畢。四時點驗委員往赤壁赴商會各公團宴，余亦同之去。宴後歸，清理文卷。晚十時再往赤壁，彼已睡矣，余僅與其書記談數語出。回署後閱文判□至轉鐘二時寢。

五　月

初一日　晴熱　五月廿四　星期三

七時起，八時閱文件。鄂城來客數次，本地來賓甚多，無非謀事。而尤難應付者，以下等人爲多，頗以爲苦。午後閱文件，晚間見客數次，十二時半乃寢。

初二日　陰雨　五月廿五　星期四

七時起，八時來客甚多。飯後閱文件，囑彭大椿等分覆各處信件。今日較昨尤繁瑣不堪，頭暈目眩，如大病然。傍晚小卧不能安，時時來客，時時應付，説許多無味之語。噫！余從前任蒲圻時，身體甚強，遇事能支持；今隔五年，身體漸弱，每願習靜。去年省府通過余爲沔陽縣長，以電話求余同意，余決意拒絕者，一以才力非作官者，一以求頭腦清靜而已。枕上細思，前任胡光麓作惡多端，奉承廳長，斂財多，復以殺人邀功。如此次匪案，黃松山、李少銀等搶豆子船傷人事，亦原可判無期徒刑者，彼竟欲邀功報總部，總部竟電准其執行矣，乃文到半月而不執行。胡去後，秘書劉右仙辦文，專案移交余執行。功□文到，不執行乃後任之責。噫！胡前任與劉秘書亦巧手段哉！此與蒲圻張前任靜修同一手段、同一心術也。余逆料此兩人能得好結果是無天理報應矣。囑科長擬布告，述明奉令執行前任判決之搶匪，命科員今晚須辦就，於明晨五時行之。余秉性忠厚，黃岡人共知者。蒲圻往事，余至今心猶耿耿。聞張前任尚在做法官，因連並記之，觀其將來。

初三日　陰晴不定　五月廿六日　星期五

昨與彭秘書商各事，睡時已轉鐘一時半矣。四時，心煩甚，即起。五時，科秘已將佈告寫就，隊役已將各事辦就，提出李少銀、黃松山等，命隊長押赴刑場槍決。下午三時往各處拜客，晚閱文件，十二時寢，寢時猶恨胡光麓何以如此毒心。

初四日　早雨　晚大雨如注　五月廿七日　星期六

五時起，八時閱文件極多，客來謀事者較稀，清理積案須問者。明日端節，囑庶務辦理各事，應發各餉。

初五日　晴　五月廿八　星期日

九時起，閱文件甚多，客來甚眾，間有賀節者。午正，囑各僚散去。今日節氣，然人情上亦不可廢也。各員去後亦囑工役：除值班各科留一人，餘均散去。余仍判行至晚九時，與各職員閒談至轉鐘一時寢。

初六日　晴　五月廿九日　星期一

六時起，吩咐各區送通知人早行，以便早日促各紳來縣開會也。判文件，來客數次，午後外出一次，二時歸，清理各事。晚至財委會一次。十二時坐堂訊問前任久押人犯卅餘人，令取保釋放十一人。

初七日　晴　五月卅日　星期二

七時起，八時判行文件極多，午後往十三師訓練班袁奉選處回看，談甚久歸，仍閱文件，至轉鐘一時寢。

初八日　晴　五月卅一日　星期三

六時起，七時閱文件，八時見客，十一時到赤壁五十四師，王、郭二處長請客，十二時半開席，二時回府。午後三時，余請此地各機關及士紳卅余人，四時半開席，七時散去，晚九時閱文件，至轉鐘二時寢。

初九日　晴　熱　六月一日　星期四

六時起，七時分派各事畢，八時進早點後與彭科長囑各語。渡江，先到鄂城縣政府訪李華屏縣長，檢卷始知今日會勘樊堤外，尚須代江漢工程處索從前堤工局所借洋七千元也。修訪處僅史少芝主任在局。武、冶、鄂三縣公舉之人均未到。詢及文卷及款項，則云須召集冶、武、鄂三縣主任到時方能答覆云云。六時與李縣長、周所長、李會長至樊口堤閘巡視一週，七時乘舟到鄂城時已黃昏矣。今晨在鄂城縣府坐談半時即回東門住宅，見家母較前日更健。自是來客多，飯後復往各處奉看，足軟甚。晚九時，福坪、服初坐縣中，各至好來相慰問，至十一時方散，十二時半寢。

初十日　晴陰不定　小雨數次　六月二日　星期五

七時起，倦甚。八時匆匆渡江，東風順利，八時半到黃州，入城後便訪廖少甫未遇。到府後小憩，閱文件，旋見客數次。午後聞旅武漢同鄉士紳有回縣者。晚間事甚多，轉鐘十二時寢。

十一日　晴　六月三日　星期六

七時起，八時囑公安科佈置文廟大禮堂爲會議場，準備午後開會。一時，小輪過黃州。武漢及新洲來開會士紳均到府。飯後二時正式舉行開議簽到，開會者七十二人。除府屬科長外與余認識者惟萬玉拂、孫潤民、周武丹、陶牧夫、聞子壽、汪小舫、陶子綏、鄭階香、李文清、鄭子題諸人。由余主席致詞後討論議案，僅決議三件，因時間長，多有所爭執故也。六時半散會，七時飯畢，八時閱文件，九時清理各事，十時清理收押人犯前任未判者，開釋五人，轉鐘二時寢。

十二日　早雨　午後晴　四時小雨　六月四日　星期日

六時起，九時早餐，十時開會，午後四時方散。今日決議案件甚多。晚開區長會議，討論築路事，十二時方畢，精神疲甚。從前作宰蒲圻，未有如此之苦也，轉鐘二時寢。

十三日　終日雨　午後六時略止　六月五日　星期一

七時起，九時早餐，十一時開會，余發言多。午後四時會議畢，決議重要案件三十起。余演説畢，孫潤民致答詞，多頌揚語。余則以才力薄弱，恐將來言不踐實耳。五時照相畢，公讌各士紳，晚八時半畢，轉鐘二時寢。今夕副隊長交到鈐記一顆。

十四日　晴　大北風竟日　天氣轉寒　六月六日　星期二

七時起，天氣驟寒，着薄棉。今日風烈，各小輪上下水俱停班。汪小舫、朱幼扶約余及各機關人員到赤壁公讌。上午十一時去，午後二時議各事畢，三時回府，核閱文件，處理各事，晚間再赴楊教育長公讌，十一時歸，轉鐘二時寢。

十五日　晨陰　午後晴　六月七日　星期三

四時起，四時半出城，爲旅武漢士紳送行。因昨接程專員一電與改編保安隊關係重大，須囑旅者諸紳徑向保安處陳述顛末也。到茶肆後與牧夫、武丹、小舫談各事甚久，五時小輪到，余與諸紳作別入城，朝暾上矣。便訪廖少甫，入府後略憩，小睡半時許。九時起，核閱文件，十一時見客，飯後處理文件，開會商各事，晚十二時半寢。

十六日　早陰　午後四時雨　六月八日　星期四

七時起，閱文件，飯後往觀第一小學校，校長鄭玉珊年老，學生成績極不佳，便往苗圃囑鄭子題將房屋早日修整完竣，以便辦公。囑數語出，便檢閱第一中隊，新隊長汪殿華，年稚教操，精神欠缺。三時回府。鄂城公安科長劉行翼持李縣長函來，知保安街昨爲匪據，人心動搖，請余飭樊口公安局禁演戲，因近日該鎮有演戲舉動，舊俗大端午節未能免除也，當以匪風正熾，治安有關，飭巡官持函往樊口分駐所，會同周所長及商會，協同嚴禁。晚間據回報，實無此事。九時處理各事，清理積案，又坐堂訊明無罪者，今取保釋五人。至轉鐘二時寢。

十七日　早陰雨　午後四時大雨　六月九日　星期五

六時起，閱文件，十時見客三次，午後三時往電報局，王炯堂、汪仲權公謙余及此間各機關也。五時回府。晚六時起閱文件，起信件稿至轉鐘一時寢。

十八日　晴　六月十日　星期六

七時起，天空蔚藍無云，此半月未見現象也，似余在程氏家塾時，四月間讀書天氣也。懷想程松師當日所期許及先君子當此仲夏時勉勵余幼時讀書報國之言，思之惆然耳。八時閱文件，十一時見客二次。午後二時，盧宗呂號荊林大冶人來訪，談甚久去。盧前署石首縣長，近充樊口湖荒委員會委員長，新自省歸，述三廳長對於樊口收入視爲財源，謂將來清丈取畝費年可獲數千萬云云。噫！在上者焉知民間疾苦耶！晚六時有人報黃州關後今晚演唱花姑戲，當飭政警先往探其爲首之人。旋令汪副隊長帶隊往該處解散之。據回稱幸早去，尚未唱，已申斥聯保主任洪雨臺矣。今午樊口亦有演戲舉動，飭公安科長渡江往禁，亦事前解散矣。九時至十二時寫急發信件，囑李丹陽往漢之便購各物，並帶致內子蕙芳一函，面囑各語，十二時半寢。

十九日　晴　六月十一日　星期日

六時起，七時閱文件，飯後處理各事。午後三時李子章自漢口來向余借款往南京，糾纏不休，與以洋伍元而去。李爲人私德欠缺，且與余雖屬義齋同學，並無深交也。晚餐後小睡一時許，六時至十一時處理公事，十二時寢。

二十日　晴　六月十二日　星期一

七時起，核閱文件，午後清理胡前任積案，閱文件，寫各處私函，因積壓已久未復者也。連日未出門，總思將內部清理而終不能畢。晚間閱文件至轉鐘二時寢。

廿一日　晴熱　午後六時大風雨　六月十三日　星期二

六時起，七時閱文件。午後一時擬往安國寺未果。厚訓同國煌來，又付王四奶洋七十元，連今正共付二百元矣。五時安國寺方丈騰煥來見，欲向鄂城李縣長募捐，乞余為介函，已許之並為之蓋印於募捐啟上。騰煥俗蘄水人，據稱四十歲時有感觸出家者也，與談半時去。晚間寫朱、晏兩廳長函及余、魏兩舊同事復沈品谷函俱畢，手已僵矣。今日寫字，總在一萬以上，轉鐘一時寢。今夕七時半清理在押人犯，又釋七人，內有三人，胡任當時硬指為共黨者，雲夢人許姓，新洲人張姓，年均約廿歲，令取保釋。

廿二日　大風雨竟日　六月十四日　星期三

七時起，閱文件，計畫各事，心煩亂不堪。午飯後約朱幼扶來談，大雨未歇。據黃海卿來稱司馬子美飯後患中痰不語，初以為病瘧，推拉時無效。延西醫劉姓治之，據說不可救，午後二時卒於稅契處。子美家貧，連年向余謀事，未之應。此次帶之同來，在錄事室辦事，未久調稅契征收□，客死於此，亦命定也。當即去二電，囑其家屬來縣，囑庶務辦衣棺等事。此不幸之事，發生於余接印未久時，殊怏怏耳。晚間處理各事，心煩意亂，精神亦不繼，十二時半寢。

廿三日　早雨　大東北風竟日　晚見星斗
六月十五日　星期四

七時起，八時見客，九時囑庶務料理司馬子美衣棺事俱齊，飯後囑人探聽，則其子與弟得電俱來府，面囑各事，殮畢，再囑王文達等料理裝運往漢，諸事畢。連日頭痛，心煩甚。晚十二時寢。

廿四日　晴熱　六月十六日　星期五

六時起，八時見客一次。閱文件。午後處理各事。日來頭暈腦悶，聞江水增長不已，殊爲隱憂。晚轉鐘一時，烈風暴雨未止。余以勞頓甚，遂寢。

廿五日　清熱　六月十七日　星期六

六時起，八時閱文件。聞司馬子美柩尚未運往漢口，小輪賬房殊爲可惡，囑公安科長於下水輪到時再扣留其船主，蓋已給拖力十元，並非完全差事也。晚閱文件，面囑彭慎旃各事，召集各科長詳籌一切，因準定明日出巡往團風、新洲等處，往返需七八日也。十二時與成焜先談甚久。焜先今年始來此，爲第三次談話，人甚爽直。轉鐘二時回室就寢。

廿六日　雨　午正傾盆如注　六月十八　星期日

五時起，五時半帶同副隊長汪堅、財廳委員賀良瑜，隨員王典訓，李達云所薦者也，並本府書記范治成、張鴻鈞、周知安、衛士六人同出城，乘大東輪船，值謝服初、劉蔭梧在船上，遇之與談甚久。下午七時抵團風，至黃岡飯店休息。飯後拜客，與武裝壯丁隊訓話，接見區長、聯保主任等。四時，營業稅洪局長請宴於江干酒館。今日談話過多，精神困乏。十一時始轉公安分駐所鄭宇平處宿。又與談各事，轉鐘二時寢。

廿七日　雨　午後陰晴　六月十九日　星期一

七時起，八時郵局李局長仲錦來談，九時半與汪區長、仲謹、商會常委辛榮丞、張寅陔等赴聯保辦公處宴。十一時半就區公所討論築路，會議時間極長，又討論催收欠賦事，賀委員所主持者也。六時回看闞段長、余技士，晚間在第一春宴後與方區長便查門牌、保甲，尚無錯誤。十一時回公安分駐所宿，再與宇平談各事，轉鐘一時寢。

廿八日　晴　六月二十日　星期二

七時起，晉早點，八時半由團風乘轎往大埠街，僅賀委員由團風轉黃州，餘悉與余同往，汪區長爲先導。轎行以泥深路滑甚緩，因便抽查門牌。十時半抵街尾小憩。已雇得民船三隻，分坐往新洲。此水路余於民國元年正月初六赴黃安任曾經過者也，回首已廿一年。邇時先君健在，思之泫然。開船後風色甚利，午後二時抵辛家冲，街頭發現歡迎余蒞此標語，蓋此等近山鄉間去年曾受過胡縣長摧殘，均不滿意於胡也，今日歡迎亦理想中應有之事。聯保主任王鎭東、張耀南來迎，便與說明重要應辦之事項，往街頭巡視，便查門牌戶口約一時許。此鎭亦壬子蒞黃安所經過者，旋上船，下午五時抵新洲保安隊，第五、第八中隊來迎余徑入區公所。晚飯後商會暨各紳商來謁，均與談片刻，天氣漸熱，隨帶員役又多，遂囑副隊長往中隊部分住，沐浴後與汪區長便往街中巡視一次，則歡迎之標語甚多。歸後已十二時矣，轉鐘一時寢。

廿九日　晴　熱　六月廿一日　星期三

七時起，清理應辦之事，命范治成、張書記等分查各保門牌。見客數次，午後赴商會公讌，便參觀小學校，查私開代當各商，令其減輕利率以便民。晚六時往游會長、曹侃亭二處略坐談，歸已十一時矣。與汪區長議各事，定明晨檢閱五、八兩中隊。轉鐘二時寢。

三十日　晴熱　六月廿二日　星期四

七時起，八時同汪區長鑄東、汪副隊長及衛士三名往西門外操場點驗第五、第八兩中隊並訓話。其大意：一、不能以索餉挾制長官、挾制地方；二、先培養其鄉土心而後推及於愛國；三、訓練吃苦耐勞，須如馮玉祥之軍隊，成爲模範軍人。約一時許畢。兩隊操法均不熟，蓋副隊長來鄉訓練時少，實無成績可言。十時返區公所休息。飯後再同副隊長、汪區長並帶范、張、王三人往三店，未入城時見標語甚多，此地受胡前縣長苛罰數次，鄉人恨之，故對於余極力表示歡迎也。第六中隊隊長張繩武爲前三一中學學生，帶隊至城外相迎，商會及各團在城外鳴炮致禮。古人爲政在不擾民，胡前任之失德在擾民也。余來此邦，上峰命令紛至沓來，舉辦者千頭萬緒，以後擾民與否，原不敢必然，總以盡心減輕民衆痛苦，予以務全之路耳。正午檢閱第六中隊並訓話，與在新洲訓話同。午後三時，三店兩商會爭相筵請，余俱許之，囑其併於一處聚餐。四時往柳子港召集保甲訓話。主任徐耀奎導至胡氏宗祠小憩約一時許，便遊各街市，生意冷落。余壬子正月七日晚六時到柳子港宿城門口之飯店，視其屋已改造矣。途行時與二汪亦談及此事。相隔廿一年，今日重臨，恍如夢寐。六時半乘輿回新洲，八中隊派一分隊士兵在橋頭相迓，七時到區公所，八時沐浴畢，飯後再遊新洲各街市，轉鐘一時回公所寢。

閏五月

初一日　晴　六月廿三　星期五

七時起，昨得彭愼旂電話，謂江水暴漲，省令飭急防險，一夜睡未穩。七時早點畢，帶同汪副隊長、張王兩書記及衛士出門至河干，八中隊列隊相送。余與汪副隊長分乘民船立船首與汪區長及送行人作別，開船後小睡。十一時過辛家冲，聯保主任來請余登岸，余以急欲回團風，未之許也。午後一時泊舟小岸，囑衛士午炊，飯畢開船。三時過大埠街，將宋爕亭帶至團風，訊問蕭公開堤款事。四時半抵團風，住公安分駐所，晚飯後審理宋爕亭，訊知尚無虧欠情事，囑其覓保候覆訊。晚與宇平親家商各事。水勢漸大，團風街已與水平，殷憂何極，轉鐘二時寢。

初二日　晴　東北風甚大　六月廿四日　星期六

七時起，與宇平談各事，飯後同秀池、秦少溪、宇平等往江干候船。十時船到，十一時回府處理各事，與子芳、愼旂等商各事。連日盼武昌家信甚切，不知蕙芳近日病狀如何耳。晚十一時半寢。

初三日　晴　燥　六月廿五日　星期日

七時起，核閱文件甚多。連日江水暴漲，堤防危險，分飭各區集保甲長預防搶險諸事，心亂如麻，晚十二時寢。

初四日　晴　晚小雨　六月廿六日　星期一

七時起。連日江水大漲，堤防危險。聞挖溝、蕭公閘等處堤裂沁水，極為憂慮。總部委秘書朱玖瑩、楊參議定華往挖溝勘堤，又順便往巴鋪勘堤邊沁水。各處鄉人皆指為江漢工程局修堤人員剋扣工價致堤身不固。六時船過黃州，朱、楊等已往鄂城，余遂回府，朱並作赤壁詩一律囑和，匆匆答之，心緒不寧，不成句也。九時與慎旃等商各事，十二時半寢。

初五日　早雨　九時晴　六月廿七日，星期二

六時起，閱文件，判行各件，囑書記速書之，皆堤防、水災諸文也，請省府免電報費以報水災。飯後來客數次，晚十二時寢。

初六日　陰晴不定　六月廿八日　星期三

七時起，發江漢工程局代電，告知此間堤防狀況，並飭樊口修防處注意堤防；令總隊部轉飭各中隊不准就地借款；飭各區公所依照議案建築碉樓。覆胡前任函二：一、未兌清之期條仍由彼負責；二、催征存堤款專案彙解。令堵龍堤代表張干城認真辦理閘板；得江漢工程局撥發防汛材料；令施澤鉅具領建廳令知搶險事宜須與工程分所接洽。今日事極煩，午後來客數次，晚十二時半寢。

初七日　晴　六月廿九　星期四

七時起，得永福堤、五福堤危急信，當即派人搶險。倉埠倉溪小學畢業未能親往致訓令，飭易局長代表。飯後與科、秘諸人商量堤防搶險

諸事。晚間審理案件，轉鐘二時方寢，心神不安。

初八日　晴熱　六月卅日　星期五

六時半起。連夕寢不安，起甚早，寫信三件，致漢口曾心如、蕭拂塵、師先生，附寄議案一份。令各區長速完成倉穀備點驗，佈告各區財廳展限二月減價稅契事，午後令各區從速組織防汛委員會。晚間來客數次，十二時半寢。

初九日　晴熱　七月一日

五時起，帶同護兵出城。昨奉建廳令往挖溝地方督修堤防也。九時到團風，當往籌備購袋各事。十一時往挖溝見堤已搶救完畢，午後四時轉團風，晚宿團風。

初十日　晴　熱甚　七月二日　星期日

七時起，十一時乘輪回縣府。飯後處理各事。普福堤委員吳群先辭職，不准，臨難求免，決非好人。發一、六區防汛材料；派劉莊祥往一、四兩區抽查保甲。晚間來客甚多，連日精疲倦，懶於應酬，轉鐘一時寢。

十一日　晴熱　七月三日　星期一

七時起，九時得周瑞蘭自團風電話，謂程專員出巡來黃州，囑府中僚屬於午後一時往迎之。程專員同來者李雋、陳鋂候、劉光漢、魏文裕等陪往赤壁，先已在赤壁作行□也。飯後回府，覆許愈初、黃傳華索津貼信；密令陶聯保主任查陽邏有無組織私會情事；呈報建廳搶護蕭公閘情形。晚間程專員來府略坐談，詢各事。連日未得省宅信，不知蕙芳病狀如何。前日周知安回縣，稱其飲食不佳，心甚憂之。轉鐘二時寢，魂夢不安。

十二日　晴熱　下午九時微雨　七月四日　星期二

六時起。昨日程專員來縣，府中準備各事，並代之填表册，極忙。午前十時召集各機關並城中士紳，請專員演說新法。今到者甚多，天熱甚。十二時又召集各聯保甲長訓話，午後三時方畢，得蕙芳七月二日在省寓所發親筆信，哀憐語極多，以韞玉未說婚及處分彼之後事，並顧慮省住宅，又欲立胡姓子爲後，謂余不許，將來必爲孤魂等語。蕙芳對余向不作哀托之語，余閱之心痛，因前日曾上呈請假往民廳面禀，即欲藉以觀蕙芳病態也。晚寫范寄滄、李襄耳、周光烈、魏仲尹各函，俱發出。九時仲蘇專員又來坐談一時許，清理積案，至轉鐘二時寢，魂夢難安。

十三日　晴　熱甚　午後六時東北風甚烈　七月五日　星期三

六時起，上午十時程專員召集各保甲長在儒學正殿訓話，時間甚長，天氣熱甚。十二時宴專員及隨員等於赤壁，陪客財委會委員數人。三時歸，得韞玉三日發信，知蕙芳病重，囑余即日往省一視。閱之心慌亂，囑彭大椿擬電文探省宅情形，五時發出，再檢昨日蕙芳親筆信閱之，大意謂半月餘未接余函，不知余身體好否，渠病大概難愈，自與余分別四十餘日，渠毫無精神。前函及托人帶信言稍愈係寬余之心。每日夕潮熱之後出汗，飲食不進，皮糙，頸項乾瘉，腳不能行，日心煩難過，皆不祥之兆。彭大椿之子在校代課，已送廿元。薪水發後，擬再送十元了事。見風即發熱、咳嗽就動氣，動氣即不能睡，與余能否見面還是一問題。渠有兩件拜托，一是韞玉愚蠢未開親，一是孟祥焕要余照看。照看祥焕，是報其父之恩。所存房屋及生後一切，要余憑心處理。自出生至今所受苦楚，是余全知。東西奔馳，死裏逃生，方落得此重房屋。與余同居十餘年，夫婦之間，未曾失色。小產四次，未獲一男，虛度人世半生。從前欲立胡姓子而君阻止，此我大恨。首飾衣服留給韞玉。死後衣棺雜費以房屋變賣作抵，不要君受累。命該如此，前世所定耳。尾開教廳欠渠薪水數月，並云渠不吃不穿，恐老而受貧，今伸頭伸腳矣。又書立望回音及卓芳病書，七月二日，又書地方法院通知，囑將住宅登記。展轉覆閱再三，心痛如割，淚涔涔下，決計往省察看情形。晚六時得省電，余以爲係廳覆余電，囑大椿閱之，則輯玉報告蕙芳病危，促余即歸之電也。頃閱蕙芳原信，錯落極多，神魂未定，可爲危懼。余心亂如焚，囑彭慎旃作報告，請彭梓芳先生親送專員，説明此事，須請假一看，不能候民廳准假令下。天氣漸熱，設蕙芳病殁，省寓狹小，百事未備，將奈之何？與彭、陳、韓諸科秘議定各事後，大椿爲余卜之，謂蕙芳病尚有幾日，決不至死，余心稍安。因大椿屢卜余事，甚驗也。遂決定明晨同專員乘輪到團風，便往挖溝勘堤工，再往省宅。今日楊澤民請余陪專員宴，亦無心作客。檢點各事至轉鐘二時方寢，心悸時作。

十四日　晴　熱甚　晚雨　七月六日　星期四

三時半劉玉階呼余起，謂財會委員在外相候；四時半與少荃、伯瓊囑各事。此爲余到任後第一次往省，甚不得意之往省也。出府後天漸明，五時半到城外送專員，行者均在茶肆相候。六時船到，余隨專員上福東輪，九時船過團風，鄭宇平在江干來與余立談，余以内子病重告之。船過挖泥溝，余囑停輪，與專員往勘前次搶險處，約耽延兩小時。專員往團風，余仍乘輪上駛。午後一時囑開飯，與周知安、王文達同食畢，小睡半小時。心念蕙芳疾狀，展轉不安。四時半抵漢，五時渡江雇車行至保安門正街，余延頸望之，恐余宅門外有石灰、棺木也。進門未聞泣聲，心稍安。入室則蕙芳卧藤椅上，奄奄待斃，狀殊爲憐。惜目不清，余執其手，問"識余否"，答語甚清。余當囑張春元請西醫，再囑家人頻以熱毛巾拂其面，神智漸清，與余叙別後事甚詳，流淚時多，余亦涔涔淚下，總祝其愈也。未幾，同仁醫院醫生來診病，謂熱度高，非肺病，狀亦可危。付洋五元外藥費一元，蕙芳甚悔之，謂此無益之錢，其緊細如此。余此時只求其愈，不計其他。晚九時以後與余議其後事，刺刺不休。余囑其安心靜養，尚未到絕境，何必多慮。此蓋病者見親人至，已神智清朗。設余今日不歸，則蕙芳由怨而憂悶，必至於死矣。十二時天氣因雨轉涼，遂同寢，猶刺刺不休。余謂多言不相宜，有話明日再談，且一切事今日已頻言之，余倦甚，轉鐘二時睡已熟。蕙芳仍呼余與談，未之應。

十五日　早陰　十時後大雨　七月七日　星期五

六時醒，蕙芳病稍減輕，彼七時起床。周知安、張春元來視疾，蕙芳一一答之。未幾，謝服初之妹來視疾，余今晨倦甚未起，九時始勉與謝妹略述到黃情形。飯後楊樹千來診脉，謂疾略轉，可望生理，余心竊喜。午後五時發電告知黃岡縣府諸人，仍料理蕙芳醫藥，求其速愈。晚十二時寢。蕙芳今夕熱仍未退。

十六日　早大雨　午後晴　七月八日　星期六

八時起，命羅國貞至民廳探請假呈文批准否，得馬顯聲函，知已准，擬星期一往見李廳長。飯後仍請楊樹千來診脉。蕙芳謂服藥太多，決不再診。如須轉地，只有回鄂城延周子吉診之看如何耳。余韙其言。晚十二時寢，蕙芳熱仍未退。

十七日　大雨　天氣轉寒　七月九日　星期日

八時起，蕙芳病未見大減，惟飲食稍增，連日與談皆其生後事。余謂總宜遷黃州診治爲好，蕙芳謂省宅最爲方便。此次設不幸卒於省宅，電到黃州，君是否見面殊難定也。余聞言心痛。晚間仍商議各事，與同寢，熱仍不退，余心甚憂，轉鐘一時仍不寐。

十八日　早雨　午後晴熱　七月十日　星期一

九時起，蕙芳病仍似昨狀。余今午見廳長述各事。廳長謂黃岡人士甚稱余有政績，囑好好爲之。至省府財廳及各至友處略坐。今日始走訪各家，准假令下，可會客矣。近來政令束縛如此，余素小心，因黃岡宵小或以謀事未遂而訐余。如副隊長汪堅近日與城內宵小勾結一氣，日日密謀於王貴和住宅中，前汪太森頻與言之。前聞專員在輪時，劉光漢亦頻告余以此意，蓋王貴和屢托人表示親近，或謀禁煙事，余均拒絕之。汪堅因余索交出總隊部鈐記，亦恨余甚深。群小團結一氣，因是余不輕來省。非奉令准假，余不便見客也。晚間囑蕙芳浴後與余同在書房中進香禱於觀音大士前，求延五年壽。余代爲文，與同署名，並許購太上寶筏廿元分送各處勸人。蕙芳體愈弱，跪拜幾不能起。進觀音大士後再往廚房祀竈神。在司命前亦行拜跪禮，余憐而牽起。進香畢，小憩片刻又與坐談至轉鐘一時寢。

十九日　晴　熱甚　十一日　星期二

七時起，昨晚蕙芳服發汗藥退熱，八小時出汗甚多，但轉鐘時仍發熱，余太息彼病難治也。今午飯後與談，囑仍回黃州爲好。蕙遲疑不決，因留夏炳丞在寓中料理，余決計明晨回縣府。晚間情意纏綿處與蕙芳論後事，蕙芳堅囑余早歸，恐縣中發生他事。轉鐘一時寢。

二十日　晴　極熱　十二日　星期三

四時起，與蕙芳含淚別。未出門時，頻與語。五時帶同羅國貞等出門，雇車至漢陽門，六時搭小輪，午後一時抵黃州。入署後見各科秘，詢問別後諸事。心神交困，十二時寢。

廿一日　晴　熱甚　今日初伏　七月十三日　星期四

六時起，致鄭宇平一信，告以近事，並函宜都夏秋舫。閱文件。午後天熱，會客數次，神倦不支。心念蕙芳病不能愈，感傷無已。轉鐘二時猶展轉不寐。

廿二日　晴　酷熱　七月十四　星期五

七時起，閱積壓文件，十一時見客數次，覆旅漢蕭拂丞等公函，令堵龍堤修防處仍加意防險，覆萬子湘、蕭敦五、張立群、羅廉賓、羅卓如、李襄平、黃小松、賀秉庭、王德栽、王衡三、嚴士佳、孟端溪、劉省吾等函，皆積久未答者也。另函致朱玖瑩秘書，說明堵龍堤搶險情形，向總部一聲明之。午後外出一次，晚十一時半來江邊乘涼，十二時歸。

廿三日　晴　炎熱　七月十五日　星期六

六時起，七時判文件，午後見客三次，致一函與萬玉佛，提及陡龍堤事，汪堅與城內群小謀余甚急，時時謠言散動，謂余不久須調省，蓋前日城著名流氓王貴和請程專員仲蘇至其家飲宴，有汪堅及王履之等陪客飲酒，乃大誇專員對彼等如何親愛，對余與成烺先等，彼等如何攻訐，使不安於其位，大言不慚，和者甚多。電局汪仲權曾告余以此事。噫！王貴和作惡甚多，得不義之財以造新宅，衆怨所積，一旦禍發，恐累及他人矣。王之敢於作惡者，以前縣長胡光麓為其至友，現駐黃軍隊楊澤民主任為其護符，而程專員仲蘇與同鄉又為其密友，此次巡視來黃，無怪王貴和得以持其柄而搖之也。小人得志類此。晚涼適，又念蕙芳病，心悸甚。廳令囑予親往查災，則小人汪堅囑其族人某具呈者也。擬明晨往陽邏勘災，十二時寢。

廿四日　晴　酷熱　七月十六日　星期日

四時半起，將昨夕所寫覆汪三輔、方獻廷、戴俊三、廖純古、黃慶雲、陳恒儒、萬玉佛、汪志道、高漢丞、張芙初信俱發出。六時帶同劉玉階、羅僕下河搭輪至陽邏詢問災況，朱區長與陶子翊、呂會長等面稱無甚災情，請不必前往，余又心念蕙芳病，用電話探問，署中未接省信，彭科長請余歸焉。晚間與朱區長、張區員商議各事，決計明日回署。今夕天氣極熱，與朱區長等在外乘涼，心念蕙芳無已，轉鐘二時入公所樓上宿，未曾安枕。

廿五日　晴　熱甚　七月十七日　星期一

五時起，六時陶、呂諸人來送余。心煩意亂，勉與應酬而已。八時船到，余匆匆與諸人作別，十一時到黃州。入署後詢各科長以近事。飯後閱文卷。下午二時訊上巴河林步青等賭犯案，三時至五時訊陶朗文、陶峻山互控案。陶峻山確非善類，此次又恃汪堅，屢爲無禮要求，殊可惡。晚六時飯畢，在後院乘涼，力不能支，且頻頻來客求見。作官如此之苦，設余無積欠應還，早已棄官去矣。轉鐘二時寢。

廿六日　陰　晴熱　七月十八日

六時起，閱昨日未竣文件。午後復訊陶朗文等案。晚六時得周瑞蘭自武昌發電，知內子今晚搭大輪回黃州，派胡升、李明喜等隨同轎夫往關上接之。處理文件各事甚忙，十二時進稀飯，轉鐘二時，余到新租姚宅往候內子。

廿七日　晴　奇熱　午後陣雨　七月十九日

余在姚宅候內子不至，推測似已到關上多時，何尚未入城耶？天大明，聞人家出殯鼓吹聲漸近，心甚惡之。八時內子方到寓，病態可憐。囑其小憩，明日當請周子吉渡江來治病，此內子在省念念者。余與談近事，早餐後回府處理文件，晚九時到姚寓與內子閒話甚久，轉鐘一時寢。

廿八日　陰晴　酷熱　七月廿日

七時起，八時回府處理公事。發陳時若函，許以今秋還清欠款。余在陳款近六百元，以本利計算已還千餘元矣。復王小東函、黃安七十八團書記官蕭厚鑫函，蕭昔年在黃安署充書記者也。晚九時到姚宅與內子閒話，十一時寢。

廿九日　晴　熱甚　九十三度　午後有陣雨
　　　七月廿一　星期五

七時起，八時周子吉來與內診脉，甚細緻，據說尚非絕境。開方囑服之，可望痊愈。余殷勤招待，以周過江不易也。午後回府處理文件。今日奇熱，三時陣雨，晚七時到姚宅與內子閒話。服周藥後神氣較好。九時大風忽起，十二時寢。

六　月

初一日　晴熱　九十三度　七月廿二日

六時署中送信來，云總部有盧委員來。七時余回府，則係盧子明因事到黃。彼現在劉鎮華處充參議。余遂囑人將其行李搬入署中，便請酒，因盧曾駐黃岡，與財會朱幼甫等係熟人也。調查員方驥來，晚間審理城內人民鬥毆一案，復天門鄭宇平親家一函，述內子已來黃州事。九時到姚宅問內子病狀，十一時回府宿。

初二日　晴　酷熱　七月廿三

六時起。七時十三師送信來，云萬耀煌師長來黃檢閱，八時至城外迎之，盧子明亦去，彼與萬同學故也。十一時回姚宅與內子談各事，周子吉又來看病，謂可望痊可。午後回府處理文件。連日操勞甚，面目黎黑，憂鬱未嘗去懷。盧子明接總部電，午後八時離黃，余送之至城外，珍重數語而別。回署後沐浴小憩，往姚宅已十一時矣，細訊內子病狀，轉鐘一時寢。

初三日　晴　奇熱　七月廿四　星期一

七時起回府判文件，晚九時到姚宅，覺該宅低下，不通風，蚊蟲極多，睡難安穩，內子有遷居意，謂苗圃甚涼爽，必遷之。十二時寢。

初四日　晴　熱甚　七月廿五

七時回府處理文件。連日事忙，心又焦慮。午後蔡波丞送西瓜一擔來府，當即各科室，余僅留五枚，以三枚送寓中，以內子不能食也。復周銳峰、傅幼虛、戴俊三、鄧武軒函。厚訓今日來府，面囑各事以去，晚八時回姚宅。

初五日　晴　奇熱午後陣雨　七月廿六

八時回府處理文件，午後清理積案，一一囑彭慎旃辦理。精神疲敝異常，行路足軟，腎氣下墜，頗以爲苦。晚十一時回姚宅，轉鐘仍與内子談各事。内子病漸不如前，心焦灼甚，不能安寢。

初六日　晴　酷熱　九十四度　七月廿七日　星期四

七時回府，九時處理各事。午後與彭秘書商各事。晚間奇熱，九時回寓，見内子病無甚起色，極爲憂慮。十一時回府宿。

初七日　晴　奇熱　九十四度　晚雨　七月廿八　星期五

六時半起，八時處理文件。午飯後羅僕來云，内子已搬至苗圃，不回姚宅矣。晚八時到苗圃，路較遠，與内子談各事。九時大雨如注，天氣改涼。内子自謂病難望痊，不願再服藥，囑余爲之辦壽木，余慰藉之，十二時寢。

初八日　晴熱　七月廿九

七時回府。各處寄來轉盧子明函，囑傳達轉潢川。晚九時審陳玉山、王星垣在新洲拿土詐財一案。各縣保安隊士多流氓編入，害民敲詐，而黄岡保安隊尤甚，蓋副隊長汪堅流氓出身，販土販軍火，小偷大騙，樣樣俱全者也。十時半到苗圃，内子病旋好旋歹，難望痊好，余心憂甚。轉鐘一時寢。

初九日　晴　晚西北風　七月卅日　星期日

七時回府，八時處理文件，午後審理復審王心垣、陳玉山案。此案與汪堅之弟有關係，殊可惡。晚九時半回苗圃。内子病時好時歹，彼必欲辦壽木，謂彼目見較信心也，余許之。因談其母病瘵癆時亦自辦壽木云云。余慰藉，囑以勿過慮。内子囑與韞玉即日覓一配偶，此則甚難事，已托王文達、鄭子題二人關說矣。十二時寢。

初十日　晴　七月卅一　星期一

八時回府處理各事，午後審理劉復漢、李石頭二案，晚飯後帶同遲生往見內子談各事畢，命人送遲生回府，余宿苗圃。內子時起氣疾，病愈難治矣！十二時半與商各事畢，遂寢。

十一日　晴熱　八月一日　星期二

七時起，回府處理各事。午後三時得電：新任張主席群約到省，謂重要會議待商也。五時到苗圃與內子商各事。晚七時半帶同羅國楨、劉玉階往省，至關上搭輪。張碧垣約至其家，招待甚殷。轉鐘四時武穴輪到。

十二日　晴熱　八月二日　星期三

四時上大輪，買得官艙鋪位，十時到漢，當即渡江到省宅。飯後小睡，午後一時約馬顯聲來問，知此次已約禮山、麻城、黃安等縣長來此為邊區會議也。程專員仲蘇派人約余渡江先談各事，三時晤於長江飯店，晚間渡江回寓，與葉太太談各事。葉係孟夫人至好，且念念其病者也。十二時寢。

十三日　晴熱　八月三日　星期四

七時起，八時往省府謁張主席談半時許，張便介紹與保安處長范熙績相見，談片刻出。午後往民廳謁新任孟廳長廣澎，號劍濤，河南商邱人，目動言視似滑吏，談半時許出，便謁各廳。午後五時回寓，熱不可耐，浴罷遂寢。

十四日　晴熱　八月四日

七時起，八時半至省府開會。四廳一處及秘書長、各委員均列席。

程專員、鄭蔣華、三縣長及余坐次與專員相接。上午會畢，由吳委員國楨介紹余見陳教育廳長及盧秘書長。盧紙烟癮大，開會時烟不離口，無暇發言。聞此人爲楊永泰之紅人，張主席知其有嗜好而不能不用也。午飯後繼續開會，三時畢，與程專員、李廳長範一同往教廳開會，五時方回家。浴後飯畢，閱慎自黄岡寄來快信，内附各事，請早回黄州也，晚十二時寢。

十五日　晴　熱甚　八月五日　星期六

七時起，八時出外訪各親友，便告以内子病狀。午飯後又出門一次，便購應用之物。晚間與葉太太閑話，便托省宅中各事，因孟二奶諸事不可靠也。省宅各物，凌亂不堪。幸重要物件已由内子帶回黄州矣。十二時寢。

十六日　晴　熱甚　八月六日　星期日

七時起，帶同劉、羅二勤務在漢陽門搭小輪，下午一時到黄州，當往苗圃晤内子，病仍未增減，談一時許，回府理各事，與科、秘商議對於以後縣政改良方法。晚九時往苗圃，内子思食鴉片，借汪局長烟具來與之燒吃，未見大效。内子諄諄以辦後事爲囑也，十二時寢。

十七日　晴　奇熱　九十四度　八月七日

七時起，到府處理文件。午後三時往苗圃視内子，疾似轉重，殊焦灼。晚仍囑其吃烟，欲減其氣疾也。十二時寢。

十八日　晴　熱甚　今日立秋　八月八日　星期二

六時起，回府，午後堂訊陶國流、田畏清、李金山等各案。晚八時汪堅慫恿各中隊班長到府來索餉。余與演説片刻，均退去。汪堅自余接事，索還保安隊關防，不能爲所欲爲，每恨余。凡能藉隊土力量可以搗亂者，時時思搗亂。此人心術可怕，賊眼可畏，將來報應，天總可與以相當耳。九時回苗圃視內子病，又似略好，與談各事，十二時寢。

十九日　陰　晴　熱甚　午後三時小雨　八月九日

七時回府處理文件。正午往十三師訓練班參與典禮，各機關均到。楊教育長澤民欲余致訓詞，立談半時畢。餘則法院、學校諸人演說畢開席，五時方散。余歸後寫信二件：一致朱久瑩秘書，並送《赤壁帖》一套，渠所屬也；一函馬顯聲，囑其將預保案證書付人帶縣。晚九時往苗圃，內子疾仍如昨。十二時寢。

二十日　晴熱　早大北風　八月十日　星期四

六時回府處理各事，午後一時請十三師方參謀長酒，約財會職員及府中科秘陪之。四時席散，六時調袁壽丞專在一科辦書記，寫信致陳時若請緩還款。十時半到苗圃，內子病略好。十二時寢。

廿一日　晴陰不定　大北風　八月十一日

七時回府，八時訊王成德案，午後處理文件，晚十時回苗圃視內子疾，無起色，頗可慮也。彼亦不願服藥，聽之而已。十二時半寢。

廿二日　陰晴不定　微風　八月十二日

七時回府處理文件，午後寫信分覆致丁炳權、畢斗山、蕭焜、周午丹、姜得璜、吳端偉、黃陂華縣長、漢川陳縣長、黃安程專員。華、陳爲辦理禁烟事，程則爲汪堅不受指揮事也。廚房今日易人，因夏炳丞辦理不善，恐其虧空多如蒲圻時，仍尋余彌補其欠款。晚十時到苗圃視疾，未轉佳。

廿三日　晴　酷熱　九十三度　八月十三日

六時半回府閱文件，覆致沙市徐南田、黃陂陳康甫、漢口劉仲衡、葉蓬、鄂城楊詞垣、滿蘭汀、蔣方舟等，晚視內子疾似轉重，彼已囑余子勤到鵝公頭購壽木料矣。與談各事，十二時寢。

廿四日　陰晴不定　熱甚　八月十四日　星期一

上午九時訊丁善芝、陳培卿、王永言等案，午後囑科秘清理積案。連日心煩意亂，例行案件向不積壓，惟十日以前手續未完或待查報者，恐久而漸忘，特清理之。余昔長蒲圻時，何養吾每每恐有積案未清者爲慮，真賢橡屬也。復嘉魚祝維新函，囑其安心辦事。晚十時到苗圃，内子病狀如昨。蘊玉開親事由王文達物色黃安人現在堤工局與王工程師幫忙者，名鄧寶，號虛若，鄧小園之次子也，聞之彭秘書、余會計，云人尚誠實，明日來謁余再訊一切。然内子心已允許，余亦順其意。蘊玉本非親生女，且性拙劣，屢傷内子之心，只須以後與鄧寶不發生意外之事，求此人爲配偶似甚相當。鄧有能力，雖貧不足爲害。十二時半寢。

廿五日　早晴午陰　雷小雨　八月十五日

七時回府，九時判文件畢，十二時到苗圃見鄧寶。詢其家世，人尚樸誠。與談片刻仍回府與彭、余諸人詢鄧何以廿餘尚未定婚。彭謂其聘妻早爲□□掠去矣，確否未再問。總之蘊玉早適人，内子之心願已了，且就其眼見而嫁之，心尤安矣。晚十一時回苗圃宿。

廿六日　雨　八月十六日

七時回府判文件，十時訊黃正宏、徐法庭等案。今日十時，風雨交作，午後三時方止，天氣轉涼。四時半回苗圃，内子疾略好。氣候轉變，病者如雨之潤物，其理一也。晚與議嫁蘊玉事，請彭秘書擇期爲下月初三日。今日請木匠來爲内子做壽材，據說先劈之木躍之甚遠，木工賀内子曰尚有幾年壽，病不甚要緊。内子爲余言之，謂此可信也。傷心哉！人誰不貪生而惡死耶？余亦順其語曰"必驗矣！"天氣改變，十時余回府宿，以連日大勞也。

廿七日　晴　八月十七日　星期四

七時半起閲文件。午後覆武昌劉習耕、李恢光函，黄安劉潤山、鄂城楊芝藩函。晚九時回苗圃，内子壽材已成矣。明日當囑漆工來做裏面。内子病仍如昨狀，已囑其嬸母在此招呼多日。嫁蘊玉必囑其嬸渡江辦理奩具，余謂此俗所謂"沖新"，俱事從簡而已。十二時寢。

廿八日　陰晴不定　八月十八日

八時到府閲文件，九時以後見客數次，午後事煩。晚八時沐浴後往苗圃視内子，疾轉沈重，心憂如焚，回府寢不成寐，明日又須往陽邏查災。

廿九日　小雨　午後晴　八月十九

六時起，帶同錄事衛信安、勤務羅國貞、劉玉階出府，輿過苗圃，與内子見面。知疾雖重，尚不危險。余此次出巡查災本非得已，因廳令須余親往，而告狀胡説者爲彭城區小土劣汪某，實汪堅暗使之爲之者也。汪堅要打倒堤首劉某，故有此舉，小人可畏哉！與内子談片刻出，乘輿到江邊，搭小輪至陽邏，約朱區長同往，晚到魏家墻宿。該地無甚水災，且聚族而居者甚富，做烟土生意發財者也，命魏錄士詳詢各事記之。余以受熱身倦，又念内子疾狀如何，心亂如麻，轉鐘三時猶未寢也。

三十日　晴　八月廿日

七時起，與魏姓士紳同往馮家鋪，又舟行至葉店，又由葉店至大埠街，今日行程匆忙，説話極多，身倦心煩不可言狀。晚九時半抵團風區公所。沐浴畢，打電話問縣府，知内子疾於昨午後發暈一次，甚危險。彭慎旂科長用電話通陽邏，余已行矣。今夕已漸□矣。方區長來與談各事，又言明日可往團風善堂行香，兼可卜内子疾可爲不可爲，余信之，與談各事，兼述此次行程實不得已，皆汪堅一人作劇，黄岡保安隊副隊用此流氓爲之，苦吾民耳。保安處長范熙績大權旁落，一任丁炳權爲所欲爲。汪與丁有特殊關係者，汪妻與丁從前有染，以故汪在黃私□殺人屬□，被查屬實而范處長不能辦者，以有丁掣肘也。總之，汪在黃岡無惡不作，恃丁爲後臺耳。胡縣長交卸前在黃岡江爲五十四師用鞭撻背流血，汪亦被捕，爲軍隊痛毆，或謂有以自取也云。

新洲人。

七　月

初一日　晴　熱甚　深夜暴雨一次　八月廿一日

七時起，盥漱畢，與方區長秀池同往福善堂問內子病狀。昨晚十一時到團風，以電話詢縣署彭科長，知內子蕙芳於廿日余往陽邏後病忽轉劇，幾至氣絕也。到善堂細問各事，謂舊朔望爲扶乩之期。遂將年庚、病源開畢出，便訪方昇平，談片刻歸。就區公所早飯，秀池、昇平、秦少溪送余在江干搭小輪。十一時鄂東輪抵埠，十二時回黃州即到苗圃晤蕙芳，問近三日疾狀，一一述之，余爲墮淚數次。內子則嚴詞拒之，謂"以男子而作女子態，悲傷有何益處？夫婦百年，終有分離之一日，夫子上有老親，下有幼子，近年夫子身體不強，近日縣政繁劇，總以保重身體爲主，徒泣無益也。設余死在壬戌正月，不如一下等動物。自嫁君後，境遇日佳，而今秋君適爲黃岡長，較爲體面，將來行禮、出殯、諷經、安葬均爲利便。此時諸事，在他人有費多數金錢而辦不到者，而余適逢，此時而死者有何憾焉！"說罷氣促，囑余勿哭。謂余涕泣，渠則心痛氣促也。陳宗璧來，謂前談張家壋一段墓地已說妥，定爲四十五元，明日可立契。余與內子言之，謂契立後即稅，用胡姓名義購買。餘俱吩咐身後事，謂蘊玉已許婚鄧寶，擇期初三日完婚，趁彼未死，眼看了此心願。余一一許之。午後二時回府處理文件，清理各事，晚十一時至苗圃，內子仍進飲食，但已臥床不能起三日矣。神氣雖未大改，然逼近氣盡力微之境矣。天氣仍熱，余以竹床在堂屋中宿，時起時睡不能安枕，又時時與內子談過去未來諸事，淚頻頻下而心痛不能止，轉鐘四時猶未能睡熟也。

初二日　晴　燥　八月廿二日

七時起。昨王文達、余子琴等談及蘊玉婚期雖定，然鄧實家貧，僅能顧及自己，若欲其贍養蘊玉及冬梅婢，則力所不及，請每月撥錢二十元以養之。余當時氣極，謂蘊玉急於定婚，遂徇內子之意，鄧為黃安人，而此時恰在黃州堤工處辦事，當初既與余無關係，而此一層姻事係王文達勉強撮成。余恐增內子之心病，亦勉強允之，既不用聘金，復給一婢以為伴，以後令其暫住省宅。其住省宅之意係內子自云死後靈前晨夕供獻及叫飯事非人照料不可。蘊玉既廢學在家，非先行婚禮定名分則不便寄居省宅。靈前香火僅恃其庶母張姨、胡女，均不可靠，欲鄧婿、蘊玉照料其香火供獻，故有此牽就之舉。又以余現膺民社，不能在省宅居住，故急就黃岡，草草為蘊玉完婚，蓋省城無親屬，蘊玉又不能在縣居住，再四思維，只有此為萬全之策。內子昨與余言之，其心計已苦而愈加其病之劇也。八時半內子略進飯食，余始以此事再與言之，並轉告王文達等欲以廿元養鄧婿、蘊玉之意，內子則以為不可，且又生氣，恨文達當時欺己。余謂姻緣有定，鄧為黃安人，真不知何緣而得此機會。雖其貧，然余與君已許之，焉用悔為！遂決定以省宅租金，囑彼四人自取自用。囑文達通知明日下午七時送蘊玉到鄧寓完婚。議已定，陳宗璧送新購山約來看，與內子談立碑安葬諸事。碑文寫就，付內子一閱，係書胡母及靈位、字數，俱一一與內子商酌之。午後二時，談及舊事，頗傷感數次。內子則頻頻慰之，謂此次衣棺俱辦好，山地亦購定，而境遇又好，與鄂城又近，體面極矣，只恐不死。不過求明日病稍減，恐於蘊玉婚期不利也，大約此病決難過初七晚間耳。余問何以知之，則以前夕夢中求無常之事、求閻王之事對，且謂過初四不死即尋自盡。余謂何必如此，則以病難磨，臥床中皮骨俱痛，蓋此月餘骨瘠如柴，皮皺如樹幹，展轉亦感痛苦，故求速死也。余則眼淚如湧泉，內子則一再正色拒之。午後一時回縣府處理急件，三時往王遠村宅弔孝。王爲城內正紳，余到任五日後填正紳於民廳，曾書遠村及朱佑扶二人。前次開行政會議時，見遠村精神矍爍，雖年逾七十而健康如中年人，以爲渠可享長年。乃一病不起，殊爲惋惜。在王宅坐片刻，進香畢即回。財廳派委員周崇新來提各款，與談各事，頗麻煩。周與萬玉拂、汪小舫諸人熟，已深知岡邑情形者也。晚十一時回苗圃，內子病似稍減。轉鐘後余時起時坐，間或與一談舊事，然總不離乎傷感耳。

初三日　晴　熱甚　今日處暑節　八月廿三日　星期三

七時起，漱後與內子談各事，見其疾似又增劇。磋商今晚嫁蘊玉辦法。鄧實家貧，其父兄又未在此，僅彭梓師、余子琴、王書華及黃安人爲之主婚。其幫忙者則文達、子題諸黃岡人，俗例謂之沖新，內子則心痛萬分矣，蓋所以呕呕牽就者，一慮其死後蘊玉年輕，不知寄托何所，既不嫌鄧實之貧，又不能不牽就之，故一許其住省宅，二許貼其火食零用也；二慮蘊玉少不更事，且脾氣拙而壞，今鄧實既願意，總算得其所矣。其餘所談又多嘔氣語，深怪王文達之孟浪騙已也。余以"姻緣有定"四字解之。未幾，余復感傷而泣，謂君死後，余到省宅必多感傷。覩物傷心，自所難免。惟憶及昔人戲言，則令人心痛無已。內子又頻頻爲余慰之，且謂得此時機而死，已於前次所說矣，又何憾！不過請夫子保重，不必思我。如慮到省後無人侍奉，亦可另娶一人。余謂已種情根，至有今日之難捨，再牽情網何爲？內子泣而無淚，謂心已痛，夫子流淚，我愈心痛；望見我勿感傷，致令我感痛苦也。十一時回府處理各事，午後二時開會。縣設分櫃事，財廳委員周崇新及催賦委員賀良瑜及財委會等均出席。討論畢，四時半散會。余飯後仍往苗圃。六時文達等頻催蘊玉到鄧寓行婚禮，內子則屢止之，謂未到上燈時決不可去，蓋其實心難捨也。八時小興在門候之，蘊玉涕泣拜跪去，內子在床大哭失聲。此自到黃州後，雖涕泣而未失聲。至性之間，蓋有不能已者。蘊玉雖爲其養女，蓋自一歲時即由其撫養至今，惟近兩年不聽教誨，時時以惡言語咒其母，故内子恨之。此次不給奩物，草草成禮者，雖迫於此時境遇，實亦飲恨於平昔也。内子到黃州之日，即以蘊玉及其庶母在省宅無狀之情相告，謂對於彼兩人心已死矣。此次能愈，囑余到省後將彼二人處置；不能愈亦必早爲解決，免爲後慮云云。晚九時，蘊玉去後，余與內子時時談舊事，心亂如麻。今日內子殮服已飭縫工趕做。連日病增劇，據前日孟宅所問卜，謂內子病決難逃初五日也。內子自言未必能過初七，證以夢兆及所見，頻頻告余，謂初七晚可去也。余又爲涕泣。轉鐘一時剛睡下，而第一中隊長謝劍鳴帶同隊士朱宏亮、高紀民等來述隊士在關上檢查被流氓毆傷並毆斃班長錢漢卿等語，當即帶同彼回府處理此事，請慎旃來商酌。因今晚蘊玉喜期，彭、王諸人俱在鄧宅協同主婚禮未歸，囑謝隊長帶同隊士勿得拘拿無辜，以與此案有關係之人爲限。不准毆人及開槍，違則重懲。去後余仍回苗圃宿，因內子自蘊玉去後心傷不能止，當往慰之。轉鐘三時猶不能安枕。

初四日　晴　熱甚　夜大雨如注　八月廿四日　星期四

六時起，七時內子頻頻問及蘊玉何以尚不回門。余謂黃岡俗例，須三日回門。內子則言已約就照省城例，次晨即歸，何以此時尚未到耶？七時半，文達來說，鄧實要來。余囑廚役備菜四盂，送苗圃款之。九時蘊玉歸，十時余即回府處理公事。連日頭暈痛，心煩意亂，看文件頗難入也。午後一時審理關上毆隊士案，臨時放出七人，餘係略有嫌疑者。副隊長汪堅前日未請假往新洲，今日始歸，不能解決此事，更從而煽浮言，歸過於縣府，真搗亂成性者也。晚十時往視內子疾，覺略減，與余談昨夕見帳外有人手影狀，又述求速死狀，謂再無所囑，諸事又辦齊矣，不死何爲？且以後決不托人胎，免煩惱也。言之沈痛，余又爲悲痛不置。十一時與內子籌設以後各事。十二時半，天忽大雨、雷電，以風水從後宅沁入室中，水深三寸，擾擾至一時方止。囑黃福等掃除室中水，極爲麻煩，轉鐘三時方寢。

初五日 晴 涼 八月廿五

七時起，內子神氣較好，且進百合粉並食粥，蓋昨夕改涼，病人當減輕其痛苦。余與內子言今日當請謝功肅先生來診治、看脉象如何，何時可死，請爲一決。內子許之。飯後與談各事，午後三時謝先生來，入內室診脉象，謂尚有幾日可延，仍囑家人以食進。謝去，余再與內子談近年戲言，不勝感慨，噓唏久之。連日余以氣促，行路又多，疝氣大痛，此新疾也。內子亦感歎，謂宜渡江一次，且謂如不急診，後患大矣，切不可入醫院，並舉省城某某入院事爲鑒。四時，內子患泄甚劇，自知難愈，謂前夕夢見兩小孩，是不祥也。二豎爲災，疾已入膏肓矣，復心傷不能止。內子讀書，均能記憶，處事又能識大義、識大體，余謂"君死後余將奈何"？內子則謂"保重身體。夫子上有老，下有小，豈能絕情耶？然每念及死後一家人如蘊玉、庶母之類星散矣。年來夫子待我又厚，感情愈深。回念自嫁夫子十年矣，平生未失和氣，且無語言爭論，一旦絕情，寧不心傷？我死於夫子之先，夫子能以禮待我，喪禮可從□者，仍須減用費，以不抗不卑爲好。出殯時行禮不下訃，僅由此下河送柩運鄂城，但吹手須令渡江，此余所願也。爲人而落此結果，心滿意足矣。故連日雖悲而轉念至此爲快慰，此我死於夫子之先之利益"云云。晚十二時半寢。

初六日 晴 八月廿六

七時起，八時在府處理急件，復訊關上毆傷隊士案。午後三時往苗圃，內子疾仍如昨狀。殮服早已辦齊。國煌來，聞與商量在西山寺念經做齋各事，與余言須做齋念經七日，所念要以《血湖》《高王》兩經爲主，餘則超度其父親。報恩用何種經典，可與住持商之。謂以金飾向鄂城首飾店換洋百餘元了此願。余一一許之。飯後蕙芳謂余言：明日爲乞巧節，我必求離塵世。余問何以知之，曰已乞陰間之無常矣。談至此，似多囈語者。晚間九時後，病似轉重。余問之，謂心地明白非常，明日不死，當求速死之法耳。余頻慰之。轉鐘一時至三時間，余屢與談話，謂前之言走無常者皆夢想之詞，總之閻王裁定三更死，決不留人到五更也。此時又似囈非囈。余連夕勞頓，幾至眼痛，內子又時時氣促而喘，余以烟進，曰：「夫子如此待我，令我愈難消受矣。」余遂止，然實未乾淚也。

初七日　晴　八月廿七

七時起，視內子疾仍如昨狀，惟鼻下人中漸歪，睡後口中喃喃，且昨夕今晨均睡未熟，飲食已減，殊可慮也。說話時齒舌間不甚清晰。九時半余回府處理緊急各事件，便囑彭秘書及慎旃招呼府中，以內子病沈重，非守夜不可。五時往苗圃與談各事，覺神氣又轉清，蓋回陽也。頻語余謂閻王已向其說尚有廿日壽，惜身體已壞，不能還陽，非覓一替身不可，現尚無相當者可覓，蓋囈語也，余笑而應之。蕙芳又謂「夫子如不信，我可坐起矣」。蓋自初二以後，內子身已木僵，頭不能抬，已六日不能起坐，頻欲余引以手。余以其瘦骨恐拉脫，繼令其庶母抱其首，余以手引之，果起坐矣。片刻，笑謂身不能支，仍臥下。此一奇事，或者將來其精神不滅歟？九時與余談，謂其母係七月七日生期，每年曾做生一次，彼則恐今夕死矣。余謂七月為余家不利之月，蓋長子純學係七月初十夭亡。假定在生，今年廿八歲矣。又相與慨歎之餘，仍述從前在省各事，余則終夜難寢。轉鐘後余起與談從前舊事輒涕泣，內子仍責以養親、保重身體諸大義，謂徒悲無益，又慮及蘊玉年輕性拙，婿鄧實家貧恐不能養活，囑余令婿女暫居省宅，以女能為其早晚燒香焚楮耳。蓋前雖恨蘊玉，恐余以後不憐愛其女，不能不諄諄囑余，其心益苦矣。三時余又睡去。

初八日　熱極　悶極　八月廿八日

七時起，八時內子忽大哭，並細數各事。一謂省宅所置器具及歷年所經營各物件難捨；一謂彼死後恃彼以生活之人星散，下至所蓄之貓亦難捨矣。口不停説，眼中無淚，蓋前月在省流淚已多，今日淚枯矣。九時思食湯元，僅食半個即止，十時又大泄，眼中無神彩，疾益不可爲，面瘦削難看，余向之哭，彼又屢止之，舌矯言語不甚清楚，余心痛切，然一念中總望其延至冬季死耳。午後三時回府，五時處理公事畢，請財廳委員周崇新酒，六時散，仍回苗圃，七時住客棧回看周委員，僅談半時即歸。今夕本街做盂蘭會，香案在苗圃前。九時半余與內子談各事，至十二時忽聞苗圃門首群犬狂吠不已，余遂呼劉玉陔、胡天喜持棒逐之，不散，然心甚惡之。轉鐘二時寢。

初九日　晴　熱甚　八月廿九

七時起，內子病狀漸沉重，説話口齒不清，似多囈語，余更衣時與問答，各語已不清晰，九時問之思食否，則云不食，今日必須離塵世。余謂天氣熱則離塵須以夜間爲好。十時囑家人爲之洗澡畢，又囑代爲洗腳，腳已腫矣，囑其妹須過細洗之，自持梳理髮整齊，兩手已無力，婢女爲之代理。余以茶進，則不願吞，似喉中漸不靈活，再與余説各事，眼光無神，面愈削難看，此時已不能合眼，眼珠漸上揚直視。余見其狀心痛甚，與説亦無話再説矣。身後事俱辦齊，囑劉玉階取紙轎回備用，十一時，內子喉中痰擁有聲，茶水均不欲飲，神氣頹喪。正午目光直視，家人惶恐，是時奄奄一息而已。幸晨間內子已沐浴理髮俱完竣，蓋已知其必去也。午後一時目又上視不得下，喉痰起，似有痛苦狀，旋轉笑容，口流沫，一時四十分，額有微汗。與余同居九年於武昌，平昔相敬相愛之孟夫人遂與世長辭矣，根生、遲生兩兒及義女韞玉送終後，當即囑其在外室焚楮轎畢，心痛之餘，頗生無限悲感。是時府中員司已來數人，囑各司所事。彭師與赤壁住持鏡臺擇日，均以今晚亥時入殮爲好，一則天氣熱，一則今日時日俱佳，余以天氣熱且諸事俱備，遂許之。晚八時覓道士開路，來人多如放焰口，狀頗繁，余甚厭之。念唱至十一時止，內子殮服穿齊後，面呈笑容，十二時蓋棺，余則心痛欲絕，此刻永無見面期矣！分咐各職員料理各事。今日未、申、酉、戌四時，來客唁者眾，余亦擇要親陪，然精神困乏至極，轉鐘二時欲睡而哭，終不成寐，枕畔淚涔涔下，爲內子作挽章，文曰："恭敬如賓，直諒如友，儉樸如嫗，十年來鄂渚同棲，感君襄助彌勤，應付多才知大義；節食傷體，久鬱傷肝，教學傷氣，三月內沉疴莫愈，痛我膠弦忽斷，遭逢不幸是中年。"枕畔依稀所記如此。自初八至十一日記均係十二日補記。心亂如麻，政事繁劇，蓋實不能握筆也。

初十日　雨　天氣轉涼　八月卅日

七時起，分咐政警警士各司所事，命熊小堂、魏智化等佈置一切並紮孝堂等事，赤壁住持鏡臺看期，謂十五日可出殯。余午後回府處理積案，今日雨未止，天氣已涼。三時審理黃朝琇案，晚十時住苗圃，仍佈置各事，十二時寢。

十一日　雨　涼　八月卅一日，星期四

七時起，連日困甚，政事又繁，昨夕大雨，稍事休息，然每一念及孟夫人，淚未能乾也。囑科秘清理案件，恐有擱置未辦者，不能以余喪妻而中止耳。帶信往鄂城準備明日祀祖。晚寫信五件致閔祖騫、陳楚北、張諧音、羅卓如、宋濟賢等，印報喪單分各至好處，以與孟夫人曾見過面之人爲限，擬不用訃文，以家母在堂，余於禮制爲不杖期生也。所開之人僅至戚如鄭宇平、周淬成等，友如張肖谷、朱次誠等五十餘人，與內子同學如蘇德蕙、陳新楚等數人而已，十二時半寢。

十二日　早雨　午後晴　九月一日　星期五

七時起，閱文件，判行，十時與科秘商各事畢，十一時出府，帶同羅劉兩勤務及胡天喜等搭小輪到鄂城家中準備祀祖，諸事均齊矣。與家母談片刻，小憩即祀祖行禮如儀，惟今年添孟夫人包袱，則余所痛心耳，男女客各二桌，較去歲祀之豐矣，晚間清理各事，與家母商各事，十二時寢。

十三日　陰　小雨　九月二日　星期六

七時起，八時半出門，與家母説各事，匆匆至北門搭輪到黃州，午後閱卷，四時訊張細昌案，晚八時至苗圃囑魏、熊石等佈置一切，九時歸，十二時寢。

十四日　陰　晚雨　九月三日

七時起，囑石、熊等早往苗圃料理各事，午前訊張高生一案，十二時往苗圃囑孟二奶、蘊玉等招呼女客。午後三時致祭，均黃岡士紳。財委會諸人均來，頗可感。各機關、各區長均送挽幛。晚十一時禮畢開酒畢，大雨如注，余十二時回府。

十五日　上午雨　旋止　熱甚　九月四日

六時起，王小齋就府中約余子勤、彭慎旂等。惟小雨路滑，余遂囑候雨止再行。九時天晴雨止，李商會長來商，必欲孟夫人靈柩行正街，余力止之，乃由苗圃迳出漢川門下河，鼓吹籠棺過市，亦與身分相稱。昨夕商借招商局大划二隻，極大極穩。柩上船上，送者方散去，頗可感，划子抵寒溪塘上坡，余乘輿送往新購張林塴山地停之做厝屋，以今歲山向不利，俟臘月間方可安葬。囑羅國貞等招呼做厝屋，蘊玉等迳往西山寺爲孟夫人超度念經諸事，即夕超首經價已與該寺住持言之，未照孟春溪所説，因春溪與西山方丈有特別關係，方丈畏其勢力，使聽王國煌之議，彼等必從中漁利也，人心可畏如此。余午後三時半仍回府處理各事，至十二時寢。

十六日　晴　九月五日　星期二

八時起，九時處理文件，午後訊胡樵東、張開甲兩案，晚間與科秘商整理黃岡政治，然以汪堅任本府副隊長，此人誠不可以德化、以情感、以理喻也，奈何，奈何！十二時寢，不成寐。

十七日　晴　九月六日

七時起，九時閱文件，十一時審理王吉林案，午後又審余澤英等案，晚七時命胡天喜等送物往西山，因近兩日已與內子超度念經也，十二時寢。

十八日　晴　熱　九月七日　星期四

八時起，九時來客數次，午後審理余漢臣案，三時致各處函，有覆答各事並附告孟內子病故情形者，共十件，寄朱懷冰、張渭泉、汪大森、汪南疇、余希純、嚴士佳、范尚立、胡光麓、萬武直、劉光漢等，五時均發出。政務繁，中心鬱，每念及孟夫人，淚涔涔下也。轉鐘一時寢。

十九日　晴　熱甚　今日白露　九月八日

七時起，八時判文件，十時寫覆各處函共六件，分發余廷襄、陳楚北、陳康勤、蘇德蕙、李俊芬、張肖鵠等，午後一時審理陳宗崇等案。團風洪局長來述各事去，胡天喜自西山歸，稱明夕升表須余入廟行香，心念孟夫人，不能不為之誠心禱祝也。晚復朱懷冰、黃煜林信，十二時寢，轉鐘三時夢孟夫人著短衣。

二十日　晴　熱甚　九月九日

七時起，八時命人渡江至西山佈置一切，午後訊汪坤臣案。今日已請洪局長君悅酒，三時客到齊開席，五時半散去，六時帶同劉玉階、羅國貞等渡江，回家見家母談一時許，雇肩輿出城到西山上燈久矣，進香畢，小憩，知已辦酒席二桌，坐位不夠，囑添二桌。祥鶯與會益□氣去，此不知好歹之男女，聽其自然耳，余宿西山，與蘊玉、國煌、厚訓說各事後寢，雞已鳴矣。

廿一日　晴　熱　九月十日

七時起，進早點後匆匆渡江回府，九時判文件，正午訊張鳳詠案，午後三時寫復馮藝林、龔雲拔、司馬仲平信，晚與科秘商各事，十二時寢。

廿二日　晴　熱　九月十一日　星期一

七時起，八時閱文件，午後訊張緒伢、王永言、吳自新等三案畢，頗多感慨。今夏來黃岡作宰，不應專在感情上用事。彭秘書年老，彼前十年曾爲安徽丞□，二次來黃後決不肯問案；陳建勳爲黃岡警佐不止一次，今爲公安科長而不問案，遇事推諉，僅余與第一科彭慎旃分問，實以爲苦矣。至關於財政事，趙畏三問案殊爲可笑，以後不能令其坐堂貶余官聲也。晚十二時寢，夢蕙芳。

廿三日　陰　九月十二

七時起。胡天喜來稱西山佛事昨已竣功，一切開消由厚訓料理。然余心願已了，死者果有知耶？孟夫人倘再生，十六年後尚可與重見面矣！噫！勸世人勿鍾情以惹煩惱。古詩曰："勸君莫結同心結，一結同心解不開。"今孟夫人死矣，生者難堪，奈何？晚間飲酒遣悶，轉鐘一時寢。

廿四日　晴　九月十三　星期三

七時起，八時閱文件，九時寫復李仲錦、鄭宇平、楊芝藩、成朗先信四件，晚與科秘諸人商以後政治進行，今年本邑除彭城區少數地被淹外，年歲尚不惡，惟本縣畝捐過多，團隊無用，財廳又催正供，則處此頗難應付，然只有愛惜人民，於上司功令緩緩征解而已。晚甚疲困，邇來面黑瘦如大病後，飯食不能進，心已傷、力已竭矣，十二時寢。

廿五日　晴　燥　九月十四

七時起，八時判文件，正午復程次松、李少谷信二件。午後三時訊李元大案。晚間外出一次，心無所謂，遣愁而已。歸後小憩，十一時寢，夢內子足不良於行。

廿六日　晴　九月十五　星期五

七時起，八時閱文件，午後三時法院派謝、胡兩推事來會審胡孝生案，一時許畢。晚九時復程次松、李少谷、成朗先三函，十二時寢。

廿七日　晴　九月十六

七時起，八時判文件，九時須發簽到簿，令各員簽名蓋章。日久玩生，竟到公不按時，出入不請假，則余遇事放鬆寬恕之過也。晚十二時寢。

廿八日　晴　九月十七日　星期日

八時起。午前未了案件囑各員辦出，午後例假。余則不能怠職守，午後二時訊馬同興案，晚帶同一役外出至江干散步，二時許歸。十二時寢。

廿九日　陰　有風　九月十八日　星期一

七時起，十時來客數次，午後三時開例會決議各事。余到任已五閱月，欲各員振作精神而已。晚間閱文件至十二時半寢。

三十日　晴　午後燥　九月十九日

八時起，九時批判文件，見客三次。午後清理案上積件畢，與彭、韓兩先生面囑各事，晚飯後帶同劉玉階、羅國貞渡江回鄂城見家母商議中秋節開銷並急急還陳欠事。設不得缺，余所負二千餘元之債將用何清償耶？但不知做到何時還清耳，十二時寢，夢孟夫人已活，旋又卒。

八　月

初一日　晴　九月廿日

六時半起，七時帶同羅、劉二僕到小北門搭小輪到黃州，抵府甚早，各員未起也，至室內清理各事，呼根生、遲生上學去，九時判文件，十二時見客數次，午後小睡一時許，晚閱《閱微草堂筆記》十頁，十一時寢。

初二日　陰　九月廿一

七時起，十時判文件，午飯後欲作赤壁聯二副懸之客堂與于清端公祠中，久擬不妥，棄去，俟心閑當作之。晚八時帶僕一人至江干小步，九時半歸，與彭秘書談各事，十二時寢，今日訊胡喬東等案，極麻煩。

初三日　晴　陰　小雨片刻　九月廿二

七時半起，十時判文件，十二時半見客二次，午後三時清理案上未竣各文件。晚八時獲牛犯吳瞎子等八人，親訊之，至十一時畢，復與彭、韓、王諸人閑談至轉鐘一時方寢。

初四日　晴燥如伏　寒暑表八十四五度
九月廿三日　星期六　今日秋分節

七時起，連日心意煩亂，晚間臨睡，早晨臨起，每憶及蕙芳夫人燕居臨寢各事，悒悒不能自止，無怪乎古人之戚戚於悼亡也。午飯天熱如伏，手不停扇，午後熱尤甚。四時開例會決各事，晚十二時寢。

初五日　晴　燥　晚八時西北風甚烈
九月廿四日　星期日

七時起，清理積件判行後，欲寫覆各處函。無精神，中止矣。飯後清理箱中凌亂文件及雜物，一一分別檢置，預帶往省者另置一箱中。午後三時審陳宗崇□尹清丞案。今日星期，囑本府職員休息半日，前次開會決議者也。天氣入秋，應令僚屬外出遊覽，余則以喪耦故，入悲秋之境，心亂如焚。晚九時囑僕從購錢楮香燭並供碗三件，焚降香，取內子像置中堂，令兩兒行禮。今夕爲蕙芳死後第四七，轉瞬屆一月矣，心痛久之，淚涔涔下矣，轉鐘一時寢。

初六日　陰　小雨　九月廿五日　星期一

七時起，八時判文件，十時復致何養吾、朱紹瓊、汪新亞、鄭宇平等函，並告知鄂城家中，云明日往省，囑厚訓來府中照料數日。晚間預備各事畢。前十日向民廳請假到省，爲財、建兩廳事須面陳，已得代電准行也。十一時寢。

初七日　雨　陰　九月廿六

六時起，帶同羅、劉二僕乘輿出城。搭小輪往漢轉省宅並攜遲生來省，因渠雖承繼孟夫人爲子，尚未到過省宅。六時半到，抵宅詢之，堂中木主係王義甫先生所點者，囑蘊玉點燭進香，命遲生叩奠，余與葉太太略叙數語，見聯幛懸堂中，心酸淚如雨下，大痛失聲，此真難堪境地也，飯後再與葉太太、孟二奶細詢各事，則知鄧實已半月未來此，蘊玉非拒則罵。此則何人教唆，殊爲可惡。余遂寫一函，約其即來一見。信發遂寢。

初八日　陰　微雨　九月廿七

八時起，飯後往財廳、建廳面陳各事。晚歸仍與葉太太籌商使蘊玉與鄧實恢復爲感，因鄧今日未來也。十一時寢。

初九日　陰　九月廿八　星期四

七時起，飯後往建廳陳要，午後四時鄧實來，余與之細述各事，留之前房宿，彼不願意。余欲見孟夫人於圓光術中，遂帶同遲生渡江至李佛波寓，請其施術。遲生見孟夫人無異生前，表示死後已無痛苦，數已定矣。晚九時歸，與葉太太言之，遂留鄧實在此，明晨上學。余十二時寢。

初十日　陰　九月廿九　星期五

天未明，鄧實至余床前立談數語去，謂須早上課，該校距此幾十五里，須早行也。九時起，飯後往各至好道謝。孟夫人出殯前曾送情諸人，不能不走謝也。晚歸小憩，觸目傷心，淚涔涔下，然寢神情極不安，時夢夫人來室中。

今午劉莘三、王履垣來談。

十一日　陰雨　九月卅日

八時半起，飯後外出至各至好處坐談。時間少，以來省不能不逐一應酬也。午後未出門，朱次誠來借錢，渠屢次到宅非借不可，不堪其擾，與之方去，從前內子病重時屢來借，一次十元不足，二次必來借五元也。

十二日　陰　小雨　十月一日

八時起，囑羅僕將應購之物辦齊，定明日回黃州。所放孟夫人放大像俱神似，帶二張歸，以一張懸省宅中堂中。余連日勞頓，囑孟二奶、蘊玉各事，並以省宅拜託葉太太招呼，且向之說許多好話。使孟夫人在，余不慮及此矣，思之慘然。十一時寢。

十三日　晴　十月二日　星期一

天未明即起，囑蘊玉等點香燭，焚楮帛，命遲生叩奠畢，余帶之出門。羅、劉二僕招呼人力車及雜件，余與遲生等到江干乘小輪，覓得艙位即睡，到黃州已下午一時。府中有人來接，余與遲生乘輿。進府與科秘商各事，晚間補判文件並飭人渡江報知家母，稱余已回黃州，晚十時寢。

十四日　雨　寒　十月三日　星期二

七時起，清理積案。午後約科秘在室商各事，晚閱文件，覆緊要信件，十二時寢。

十五日　雨　北風　今日舊曆中秋　十月四日　星期三

八時起，閱文件，清理積案。午後囑各職員早退，命厨役加菜四肴。在府食宿之職員每桌加四菜。余以心緒紛亂，今晨已囑兩兒回鄂城。晚八時循俗例進香。今年無月，又念孟夫人，心煩惱甚。九時約伯瓊、彭師等小飲室中。十時閱《閱微草堂筆記》廿餘頁。有一事與孟夫人相類，偶然觸物興懷，淚如雨下，心煩甚，至轉鐘一時寢。

十六日　大雨　十月五日

八時起。連日聞庶務處為余子勤料理婚事，子勤續絃，周庶務作媒，女家欲急就，故成之速也。張眉宣自漢來黃為子勤主婚，一切用費係就會計處收款拉用。周庶務神魂顛倒，日日在余子勤寓，將來難免不虧空公款。城商會長李連城向與子勤一氣而恭維眉宣，醜態百出，酒食徵逐不以為恥也。余深恨周庶務不置，晚十二時寢。

十七日　雨　十月六日

八時起，九時閱文件，十一時余寓來請余為證婚人。正午行禮畢，張眉宣演說一大遍，余則略說數語敷衍而已。四時歸，處理各事。九時眉宣來與談各事，至十二時寢。

十八日　晴　陰　十月七日　星期六

七時起，九時判文件。午後請眉宣酒，請財委會諸委員作陪。二時席散，得程專員電約到漢。以眉宣不願搭大輪改明晨乘小輪往。十一時寢。

十九日　小雨　十月八日

五時半起，六時與眉宣同乘小輪。船靠團風時，新編第四旅某營長與汪堅有夙仇，迫使小輪停泊，要汪堅上岸理論。余恐釀禍，乃至船首與來兵說明，且以電相示，謂不能誤我行程。交涉一小時始散去。汪堅上船，余實不知。設余今晨不在輪船，正不知汪如何解決耳。興茂輪到漢遲，遂就眉宣寓吃飯畢，訪仲蘇，八時回家。今夕爲孟夫人死後第六七，囑國貞延道士來報七，予以錢去。十時與葉先生炳然談各事，十一時寢。

二十日　雨　寒　十月九日

九時起，十時清理室中各事。余近來屢次回省宅，使有孟夫人在，必多樂趣。今則歸時生感，想此次實不願歸也。晚十時寢。

廿一日　陰　十月十日　星期二

八時起，九時渡江，就徐公館通電話，告知長途電話局轉縣府，囑彭科長飭人今夕到洋關來接余，因準備搭大輪到黃州也。正午渡江吃飯，面囑蘊玉各事。午後六時飯畢，八時帶同僕人搭大輪到黃州，轉鐘二時半抵岸，府中已來輿相候。與張碧垣談片刻，登輿回府，張苦留，謂俟天明回府不遲，遂小寢其家。

廿二日　早小雨　大風　奇寒　十月十一日　星期三

六時起，六時半乘輿行，八時到府，問科秘近日有無特別事，飯後小睡一時許，夢中見孟夫人來，以三角版五枚補綴成一五不等邊形，內有一版則紙製者，然外邊整齊如木製者。內子又述從前在隨縣辦女學乘輿困苦之狀。又云蘊玉之母係巳姓，辰巳之巳字，奇姓也。醒後所記如此。四時半處理各事。晚早寢，又夢孟夫人來與余接吻，口多沫。未幾醒，已十一時半矣。《傳》云日之所思，夜有所夢，理或然歟？

廿三日　陰　寒　十月十二日

九時起，處理公事。午後在府開公路會議、財政特別會議。晚六時帶僕渡江回家看家母。晚飯後與萬夫人談孟夫人死後各事。此余廿九年前第一次細談之語也。萬性猜忌而愚拙，余平昔不與談緊要語，今乃言之知，孟夫人待余甚誠懇，死後必成正神矣。

廿四日　晴　寒　十月十三日

九時起，處理各事。匆匆渡江到府後，囑雜役打掃府中後院等處。十時補閱文件，十一時寢。

廿五日　晴　寒　十月十四日　星期六

七時起。連日寒甚，向來八月無此情形也。檢查根生、遲生讀書情形，毫不用心，發怒責之，命之補習各功課，請韓伯瓊督課嚴密，不可聽其自暴自棄也。午後寫復袁子青、周賓宜、張眉宣及蘊玉信，晚囑李丹陽帶香楮至苗圃祀孟夫人，明日為孟夫人七七也。十一時寢，咳嗽不能成寐，轉鐘二時夢夫人與余同卧起，無異生時，並談各事，又似在武昌住宅。

廿六日　晴　十月十五　星期日

七時起，今午處理公事畢，至苗圃，拜托文達、子題等晚間命丹陽帶同遲生至該處，請道士做七七。諺云"人死好過七"，是日孟夫人去世已四十九日矣，傷心哉！魂魄不知尚有靈否？晚十時僕回府云做七已畢，□余心痛而已，十二時寢。

廿七日　晴　十月十六日　星期一

七時起，午後辦理各事。欲擬出巡各鄉，以心緒未寧不果。晚十二時寢。

廿八日　晴　天氣清佳　十月十七日　星期二

七時起。早飯後天氣清麗，風日和美。昔在武昌遇此天氣清朗，余必出遊。今年心抑悶未能也。晚六時渡江至鄂城見家母後問各事，遂宿鄂城，然亦未遑至各友處拜訪。近來渡江，次晨即回黃州，不敢以私廢公也。十二時寢，又夢孟夫人來言談甚久去。

廿九日　晴　十月十八日　星期三

八時起，倦甚。九時雇民船渡江，並以昨夢告知萬夫人，九時半辭家母出，十時半到黃州，入府已十一時矣，處理各事。今日甚忙，晚十二時寢後夢孟夫人又來與余説一事甚歡，恰余又言一事，則彼生前未聞者也，惜常日未告知夫人。醒後仍記此事。噫！夫人與余感情厚而且真誠，夢中頻來，似難捨余。然則余念夫人之愁悶何時可解耶？

九　月

初一日　晴　十月十九日　星期四

以下尋羅、韓兩書記另留草稿不着，故九、十、冬、臘四個月日記未能補也，想係在縣宅散失矣。峙山記

十　月

初一日　陰　十一月十八日

十八日　陰　寒　十二月五日　星期二

早起處理文件。連日念玉兒與冬梅在省宅，孟二奶無知識，葉太太

又係外人，因有公文送省之便，派羅僕到省寓察看情形，余放心也。且連夕必夢孟夫人，時來親睠，無異生時，致悲歡喜樂之狀，夜間畢見。余白晝處理文件、會賓客，腦筋不得息，若晚睡不寧，真爲苦境。噫！此情絲何日可斷耶？囑羅僕各事竣，遂寢。

十九日　陰　寒甚　大北風　寒暑表四十度
十二月六日　星期三

四時半醒，呼羅僕，知已行矣。枕畔思及蕙芳夫人，今日爲其百日卒後紀念日，情殊慘痛，展轉不能睡，心煩意亂。七時半起，處理各事，閱文件。午後興趣蕭索，囑厨役辦供品三件。四時王文達來談續絃事，余勉强答之。傍晚命劉玉階攜更生同文達往苗圃燒楮以祀蕙芳，因蕙芳易簀時住室在苗圃。心亂無聊，冀其有靈，鑒余心之誠耳。更生出門後，余即命胡天喜等安排供品，焚香楮奠酒於庭以祀蕙芳，命遲生叩奠，心痛無已，十一時寢後夢魂猶戀戀於蕙芳，展轉不安。

二十日　陰晴不定　今日大雪節　晚十一時雨
十二月七日　星期四

七時醒，枕上極不適。八時五十四師新換主任王冠號雪生，大名人，同該所陳教官來拜會。披衣匆匆起，與談半時去。盥漱後遂囑厨房備飯，約夏福垓來，與彭梓師飯畢，同乘船渡江至寒溪塘起岸，乘轎往蕙芳夫人淺厝地再看墳地定向約二小時。再乘原轎往姚家壟看先君墓向約半時許，與梓師略坐談，時下午一時矣。乘轎至凌家河，雇船渡江起岸往赤壁，欲向鏡臺和尚談安葬日期，聞其在安國寺未歸，余遂回府。飯後處理各事畢，小睡半時起，審理陶守珊、陶守容一案，又審趙奇富佃案。十時通電話往各區，催報户口異動表，民政廳來令催填者也。今日得南昌朱廳長來信，收到捐修監獄洋百元，又彭均秋函叙各事，尤令人心臆難堪，蓋提及十九年在皖垣長江旅社諸事也。均秋境遇極不佳，今復詳於函，余亦爲悲痛耳。得民廳訓令轉示程專員查件，知近世那有公理！

且將僞造印信案置而不究而反證其誣控各事，中國乃有如此糊塗長官辦糊塗案也。爲之嘆息痛恨於丙寅以後之政治矣。十二時寢。

廿一日　陰　寒　十二月八日　星期五

早起處理文件，飯後見客二次。晚間無聊，欲睡不能，遂作悼亡詩。僅得三首，挑燈書之，已轉鐘二時矣。身倦乏，遂寢，寢後再起。

廿二日　陰　寒　十二月九日　星期六

早起記昨夕詩，第一首云："生前苦境向誰説，一自歸余涕淚新。內子每以衣食奔走在隨、岡等縣教學爲苦，自歸余後，就事省垣，衣食豐足，有唱隨之樂矣。空谷幽蘭今有主，頻年不受道旁春。"其二云："未必靈魂歸北斗，內子每爲余言，五歲時有老僧見之曰：此北斗星君童子也，乃在此耶。豈真織女近文昌。內子以縣署逼窄，到黃時竟居文昌閣養病，彼謂文昌宮爲昔年充女教員時所居熟址也。再來莫結相思債，合浦還珠事渺茫。病劇時與余言，即時投生某姓爲女子，余六十五歲時尚可娶也。"其三曰："遺書遺畫墨痕新，檢點行箱老淚頻。前數日始檢夫人行篋，得寫冊十本，畫幅五十件。我已貴時君竟去，俸錢營奠最傷神。"飯後見客二次，午後與韓伯瓊談孟夫人生前事，相與太息久之。

民國二十三年（1934年）甲戌日記

甲戌年元旦發筆，祈母壽康，名利俱遂。

作善降祥。積善之家必有餘慶。作大善是除暴安良，作小善是施錢發米。

峙山手書

正　月

朔　晴　二月十四日　星期三

六時半起，至後院，見日光爲烏雲所掩未透，全圓形。今日日食，曆書雖載湖北能見，幸今晨未驗也。七時漱畢進早點，八時半命王興發、胡天喜、夏炳丞等準備渡江與家母拜年，九時步行正街，沿途看春聯，多佳者。九時到江干，無船過江，乃就一漁舟，另覓大船中雇工，令其駕之送余渡江，隨政警四名到鄂城，進小東門已九時半矣。家母起甚早，與拜年後焚香祀祖畢，與家母談去歲各事。囑國楨辦酒肴與各警食之，因渠等隨余渡江值新年，不能不給與酒食作賞也。午後一時仍舊原舟渡江至關上起岸，步行經安國寺，鄉景甚佳。去歲歲豐且安謐，今晨拜年者絡繹於途。二時經會同崗至謝服初家，爲其尊人行禮，與服初談甚久出，入清源門，便訪邱耕畲，談片刻回府。府中僚屬皆外出，余昨與言之，今日照例不辦公也。四時後來客數次、五時便訪聞子壽、陳子周、裴晦公，均略坐談。晚七時約邵達三、周斗丞小飲，今日邵、周未出府且城內無熟人，余特約至室中閒談各事且慰之耳。九時半寢，轉鐘一時夢甚雜，不願記之。二時夢余乘輿至一舊式官署前重，有高櫃台甚長而形曲，藍色油漆，似完糧櫃也。進二堂，有二老僕拒余輿前進，□索名刺閱，余罵其無禮，囑護兵欲毆之，彼二僕遂退下。輿□入三堂，見內宅內之墻亦係藍色油塗之，見遲生及萬夫人，亦無多語，類官署內室，且沈靜無譁。醒時天已漸明。

初二日　晴　燥　二月十五日　星期四

八時起，盥漱畢，清理各事，補閱文件。來客數次，午飯後外出一次，便與軍界長官遣片賀年。今日晴朗，街行看春聯佳者多，如出一二人手筆。午後三時回府閱文件，補行。預計明日須發繕，府中書記均未至，舊習慣未除，余以若輩過勞，寬之而已。裴晦公請吃春酒，傍晚歸。九時約韓少荃、邵達之兩書記到寢室中小飲，十一時寢。

初三　晴　燥　晚九時小雨　二月十六日　星期五

八時起，午前來客數次，飯後鄭子題來坐談。今日擬寫對聯，以客來中止。寫信八件，致萬玉佛、李少谷等，明晨派差往省分送，皆急函也。派胡天喜購炮竹、香楮回胡二林莊，準備祀祖。余已五年未歸，先祖墳墓祭掃未能親臨，政界如萍蹤，有愧鄉農多矣。並便擬出巡陽邏，訪朱廳長一談近事。建設廳黎志青號劍書，昔年軍官學校同事，同黃照楚號翔耀，京山人，乘建廳遊巡輪來黃遊赤壁，囑府中招待，命厚訓陪與同往，余以事冗，不便導之。晚間寫佛波、端偉、李範一廳長函至十二時半寢。轉鐘三時忽聞雨聲大作，思明晨不能回胡二林，展轉未能安枕。天欲曙時，夢內子蕙芳仍在武昌家居如平昔，似晚間在廚房供炊役也。余戲之，蕙芳則正色詰責。堂屋前房現月光不明，又似下雨狀，而又有燈光返射入室壁，時間甚久。忽外間有剝喙聲，蕙芳囑余勿應，已至前房中。挑燈數次未能着，而案上洋油燈已熄，追菜油燈燃時遂醒。自蕙芳謝世，今已逾五月餘矣。思念未忘，入夢時少。前在倉埠扶乩，謂已登仙籍，不願與余見。然耶？否耶？心痛無已。

初四日　雨　二月十七日　星期六

八時起。今日因雨未能往胡林。午前處理公事，午後見客數次，晚間雨止，預計明日往胡林便巡視巴鋪等處。十二時寢，轉鐘三時夢蕙芳夫人與余見於臥室，仍似去年四月天熱時狀，頗親愛，余戲之，不以爲忤也。

初五日　晴　二月十八日　星期日

八時起，天氣有晴意，遂囑胡升、賢遂、炳南等五人準備回鄉一看情形。帶同第四子遲生回鄉。遲生去歲嗣蕙芳爲子，頂胡姓禮祀，應帶之回鄉祀祖也。九時半乘輿出，十時雇民船，十二時抵巴鋪，上上塘，門口多姚姓，便查門牌，並見花姑戲臺一座，力折之，乘輿回胡林，午後一時半過大墱上。昔年歸家，舟行亦必過此。天喜來迎，鳴炮竹抵本灣。邦燾、太高等來迎，鳴炮竹，自是與各族長輩、平行、晚輩相見，叙舊談新甚歡。小憩半時，往中分北頭大小墱上拜年並祀大林上余本支祖墓二，轉而至宗祠祀祖，鳴炮竹極多，鄉里圍觀者數百人，老弱男女，摩肩相望。族中人衆平時期望余甚殷。戊辰爲蒲圻宰未還鄉，今宰黃岡，密邇家園，不能不歸。惜先君子謝世已二十年，未之見也。余功名晚，不能顯揚於父在之日，爲恨耳。晚間在邦燾家中扶乩，欲問三事，而扶乩者答非所問，蓋僞筆也。來客甚衆，中分、北分向與南分有隙，余南分之人也。先君在時，北分不敢欺南分；先君謝世後，北分如子書、香書兄弟倚勢橫行，余每掊擊之，南分人財漸盛，子書輩甚畏余。今香書已死三年，子書孤立，更不敢作惡，亦懼余而不敢與南結怨，遂變和平手段來聯絡南分諸人。余囑南分人拒之，以此人烟賭之好甚深，屢不見信於鄉里，恐南分人同化也。子書今日來數次，軟語欺余，余勉與敷衍而已，轉鐘二時方寢。預計四時半起到黃柏山搭輪往陽邏出巡，便訪朱懷冰廳長。

初六日　雨　今日雨水節　二月十九日　星期一

五時聞雨聲頻作，邦壽兄已起，詢余往黃柏山否，余是時頭目暈眩不能起，蓋昨夕感受寒熱，又睡甚遲也。七時勉强支持起床，頭暈甚，旋吐清水，心煩甚。八時與遲生乘輿出灣。未三里，天已有雨意。行至馬礄，雨大作，憩關帝廟中。邇時太炳已來，雨小住，余囑胡炳南等前進。九時半已到巴鋪，民船回黃州，十一時半到府，午後處理公事，晚間思息，十一時寢。

初七日　陰　午後微雨　二月二十日　星期二

九時起，清理各件。昨日勞頓，午後開整理田賦委員會，約一時許畢，處理文件。擬渡江省視家慈，以事冗不能如願，俟天暖仍迎養署中也。來客數次，午後四時閱文件。今歲頗感署中人才缺乏。秘書不會客，不能代余審案，警佐亦如此，彼此推諉。署中事皆余與彭慎旃佈置應付，真以爲苦。財政科長不能審案，又時時請假往省。余用人重感情，以恕代人，惜人不以恕代我也。會計遇事生風，擅專善怒，幾忘其地位，欲駕縣長而上之。去臘爲袁子道犯案事，彼則造謠煽惑署中人心，殊爲可惡，此余痛心之事也。晚閱雜書，十二時寢。

初八日　晴　二月廿一日　星期三

八時起，清理文卷，九時得陽邏電話，謂朱懷冰已回鄉，欲約余至其家點主，明日當赴陽邏出行。午後來客數次，處理文件。晚與慎旃、伯瓊商各事、閱文件，佈置各事畢。明日午前搭船，藉免早起。小輪近歸建設廳辦理，聞甚妥善。十時清理各事畢，十二時寢。

初九日　晴　晚轉鐘一時風雨大作　二月廿二日

八時起，處理各事。九時命廚人辦菜飯帶至江邊茶肆中候船。同行者吳端偉、孟廣緯，飯畢，小輪到埠，余帶同羅國楨等搭建設廳新租行駛漢鄂之小輪，乘客甚少。官艙中與四十七師長裴昌會相晤，與談甚久。裴爲保定軍官第九期學生，人尚平和，余便談但店兵差事，請其減輕民衆痛苦。四時半，船抵陽邏，至區公所小憩，雇轎至朱廳長家。月色濛濛，到其村已九時半矣。汪南疇、余虞琴、蔣小垣俱至其家。晚飯後與余、汪等談各事，與朱廳長談江西事，余並述及欲離黃州之意，朱勉以耐心爲主。十二時寢。

初十日 風雨 寒甚 二月廿三日

六時起，盥漱畢，七時乘昨晚所雇原轎到陽邏乘義泰小輪，下午一時抵漢，至佛波寓約其至龍泉池洗澡，與談劉玉香事。三時出，便訪眉軒，五時渡江抵省宅。飯畢，訪方耀廷、李廳長、範一，均談甚久。十時回宅，十二時與韞玉等指示各事畢，十二時寢。

十一日 雨 大風 二月廿四日

九時起，十時渡江至漢口倉漢公司小憩，搭義泰輪返陽邏。今日漢口各小輪反對建廳收歸官辦事，紛紛開往九江請願，余以乘輪延時甚久，到陽邏已五時半矣。雇轎至朱廳長住宅，沿途值風雨，寒甚。晚九時飯畢，與蔣少垣等談各事，十二時寢。

十二日 晴 二月廿五日

六時起，七時朱幼山請早酒，余往與南疇、虞琴晤，並代爲之作所文，因朱廳長囑今日點主行禮，須作八所所文也。飯畢，往朱氏新祠行禮，禮節甚長。午後五時，余爲之點主，其尊人於民國八年去世，昔爲僱工，與呂姓代耕，朱廳長作文未諱其事，殊爲敬也。晚十時方畢，十一時飯後余以明日須回縣，遂先寢。

十三日 晴 霜 二月廿六日 星期一

五時起，與懷冰所別，早點後六時乘輿出，懷冰送至門外，珍重再三別，余知敬其父母也。興行，寒甚，夏、羅二僕苦之。夏尤勤，余將來必提拔之。到陽邏候小輪，下午三時回黃州，到縣府略憩後開整理田賦委員會第一次會議，此會分六區聘人：一區徐華甫，二區聞子孝，三區李咸珍，四區邱仲珊，五區曹侃亭，六區周淬成，文牘鄭階香，均黃岡聲譽之佳者。傍晚散會。十二時寢。

十四日 晴 暖 二月廿七日 星期二

八時起，閱文件。十時宴財委會及整理田財委員會各新委員。下午四時宴郭鏡澄、謝月峰兩委員，郭爲樊口劃歸鄂城事，謝爲民廳提禁烟牌照款項也。晚十二時寫各處信畢，轉鐘一時寢。

十五日 晴 二月廿八日 星期三

七時起。今日須晉省報告各事。上午九時出城乘小輪，購得房艙，小睡三小時，七時到漢口。舊曆元宵，漢市甚熱鬧。上坡後與羅僕購一文明杖，匆匆渡江至家，囑蘊玉、冬梅辦夜酒並祀先室蕙芳夫人畢，心痛不能已。十時半清理各事，十二時寢。

十六日 晴 暖 三月一日

八時起，十時外出。飯後小睡，午後寫信四件，晚清理家中諸事。囑孟庶母早日準備回鄂城，因渠與其媳在省住不安分也，十二時寢。

十七日 晴 暖 三月二日

九時起，足軟甚。十時飯畢，渡江至李宅，與夢仙晤見。晚十時渡江清理家事。十二時寢。

十八日 晴 暖 三月三日 星期六

九時起。飯後往民、建、財三廳謁當道。午後四時歸，十二時寢。

十九日　晴　暖　晚大風　三月四日　星期日

　　九時起，十時渡江，午後三時半歸。連日來客衆，余以心煩，漫應之而已。晚囑家人將樓上物件檢順，蓋零星物件捐失者不少，則孟庶母不可靠，蘊玉、冬梅則毫無知識耳。晚乘大輪回黃州。

二十日　晴　暖　三月五日　星期一

　　四時自黃州關乘輿回府，即解衣睡。七時起，八時批閱文件。飯後外出一次，午後四時核閱文稿，與科秘商各事。十二時寢。

廿一日　晴　暖　今日驚蟄節　三月六日　星期二

　　九時起，來客數次。午後處理文件，閱卷一小時。晚飯後外出一次，晚間清理積案，十二時寢。

廿二日　晴　三月七日

　　八時起，處理各事。來客甚多，頭爲之暈，目爲之炫。余今歲頗有辭職意，因此縣久做，愈難見功效也。午後二時乘輿往赤壁一遊，與鏡臺和尚談各事；又至安國寺一遊，三時半進城到電報局，因汪局長請春酌，同席謝服初、廖院長、鶴齡等十餘人，晚五時半方罷。余回府後處理各事，十二時寢。

廿三日　晴　暴風　三月八日　星期三

　　八時起，閱文件，午後天主堂請宴，義、美兩國教士均善飲，同席者廖院長、徐營長及余均苦之。李咸珍請宴，六時請李春初委員等五人宴，八時學生林仲喬、欒樹勳來謁，爲保袁子道事，余以案情重大，未能允也，婉言拒之去，轉鐘一時寢。

廿四日　晴　暴風終日未息　三月九日　星期五

七時起，九時校閱壯丁隊訓練班學生，十時畢閱文件，午後一時赴徐會之宴，三時赴第二區公所宴，五時請廖院長等廿人春酌。

廿五日　微雨竟日　三月十日　星期六

八時起閱文件，午後一時赴邱廣如宴，三時赴廖少甫宴，八時石復黃請宴，晚十時寫信二件，轉鐘二時寢。

廿六日　早雨　午後晴　三月十一日

八時起，九時至財委會商各事，午後處理文件，晚八時寫信五件，十二時寢，心亂如麻，展轉不寐。

廿七日　陰晴　晚九時風雨　三月十二日

八時起，午前閱文卷，午後一時往黨部，縣屬各機關均至，爲植樹節總理逝世九週年紀念，至三時半方畢。植樹二株於苗圃之後院，刻已成爲具文，各縣如此，不及九年前典禮隆重也。晚十二時寢。

廿八日　陰　寒　微雨　三月十三日

七時起，閱文件，十時開縣行政會議，各區區長均到，討論各事項。財委會委員亦到會，午後二時半方畢。雖有結果，以後行之如何？四時往電報局略坐談，五時便訪謝服初，六時便訪熊華甫，七時歸，清理各事，批閱文件，與科秘商各事，十一時寫致省城信四件，十二時半寢。

廿九日　晴　暖　三月十四日　星期三

七時起，聞成朗先回鄉，余須往城外一遊。八時半出城，便送之，與談甚久別去。回府後閱文件，晚六時余、朱兩區長均有事，先後來面商去。囑慎旃辦文件致四十七師、五十四師兩辦事處，述明該師在黃岡三區索伕，民不堪命各事，並托方本仁代爲設法疏通，使郝、上官兩軍長減輕民力，亦功德事也。蘄、羅、麻等縣均爲兵差苦，爲長官者知之而不理。本縣但店受害者不知凡幾，以故人民恨兵較甚於匪矣。十一時寫信致各處。閱書報約二小時，身極倦。日來睡未安，求去不得，擬日內辭此缺，另調一縣，否則只有求去而已。黃岡自民元以來，任事至一年者無有也。十二時半寢。

二　月

初一日　晴　燥　三月十五日　星期四

八時起，判文件。飯後汪區長仲謹來陳各事，午後二時往謝服初家赴春酌也，並見王六女，聰穎甚，年僅六齡，較□女□喜，貌尤端好，依依類吾女矣。四時席散，渡江謁家母談各事，傍晚訪孟端溪談甚久，淬成同往。淬成係渠新親家，與余之關係同。訪張叔和、姚福坪、周子吉均不遇。十時歸，十一時寢。

初二日　晴　暖　晨微霜　三月十六日　星期五

八時起，倦甚。十一時渡江，值小輪已到，遂搭小輪，與端溪、淬成、值緣今日約盧荊林與端溪到府酒叙也。飯後判文件，覆積函數件，辦赤壁聯三付已成。午後三時半，新民小學職教員及朱教育局長俱來齊，四時半開席，飲酒甚多，六時方散，余仍處理公事，晚送盧荊林往余會計寓，十二時盧、孟仍來府中宿，余與孟談至轉鐘二時寢。

初三日　晴　熱　三月十七日　星期六

六時孟端溪起，與余談各事，余以勞頓，未能起送之去也。八時半起，清理各事，囑夏炳丞、劉玉階、胡賢遂等辦祭品等件，帶遲生渡江祭內子蕙芳墓。明日爲春社，吾鄉俗例，所謂新墳不過社也。檢點各事，知未帶祭飯，余恚甚，此等奴僕，毫無用處，余罵之亦無益。祭畢，往祭先公。命羅僕送遲生回家，余遂便至樊口晤周所長查詢各事，即雇船回黃。建廳胡段長來商築路事，與談甚久去。三時往田賦委員會開會，神疲極，五時歸處理文件，十二時寢。

初四日　晴熱　晨地震一次　三月十八　星期日

八時起，處理各事。午後二時至郵局宴，同席者多軍人，無可與語者，僅與廖院長談近事，五時歸，詢政警陳鴻壽被毆案並熊永義匪案。九時與伯瓊談各事，命厨人治酒與飲之。十一時閱《閱微草堂筆記》，載某夫戀其妻事，舉頭見先室孟夫人像，感念往事，淚下如雨。余今春目力減，因去秋悲傷孟夫人過甚也。轉鐘一時寢，三時夢夫人及玉兒、冬梅似在省宅，此皆一念感召耳。

初五日　晴　燥　可着夾衣　三月十九

八時起，閱文件，飯後赴長圻嶸巡視，過半偈寺休息片刻，經祖師殿便勘永福堤。包工不努力，承辦堤工者黑幕重重，斂財而已，非真有公益心也。再過祖師殿查門牌戶口，至關上休息。張碧垣來談，余以不願擾其食，先至茶室小憩。六時回府，劉營長來自新洲說官司，曉曉不休，余婉詞拒之。十三師多不良軍官，良以師長萬耀煌愛薦人說官司，上好下甚，理固然耳。連日念及家母，明日擬渡江省視之。府中職員近來多與外間土劣勾結，司役則泄露秘密文件與外人，可恨可惡。秘書老而不負責任，余心焦灼甚，十二時寢。

初六日　陰　暴風　寒甚　三月廿日

三時醒，枕上聞雷雨聲大作，旋止。七時起，天氣轉寒，可着皮裘。上午處理文件，下午五時風息，六時回看劉營，八時歸，十二時寫信三件畢遂寢。

初七日　陰晴不定　三月廿一日　星期三

八時起，閱文件，午後四時與科秘囑各事，五時渡江返鄂城省視家母，神氣甚好，談今歲佈置各事，天氣暖，擬仍請渡江住，家母許之。晚間外出看客，九時歸，十一時寢。

初八日　晴　晚大北風　三月廿二日　星期四

八時起，早點後與家母別，九時半至江干搭小輪，十一時抵黃州。飯後處理各事。下午五時劉營長又來說官司，殊可鄙也。劉黃埔生，新洲人，以其在十三師，難免不在鄉間以官壓抑人民耳。十二時寢。

初九日　陰　晚雨　三月廿三日

九時起，閱文件，十一時開縣政會議討論各提案，午後三時方畢。府中已感政費困難，似非裁券不可。日來頗有去志。府中職員尾大不掉，而會計余子勤遇事驕橫。去臘袁子道捕獲案，彼則遇事生風，大言不慚，以袁與李連城董係余子勤之至好。嗎啡案王貴和為黃安人，且子勤去秋屢在其家酒食爭逐者也。職員中如彭梓芳、王書華、吳端偉俱為黃安人，皆與王貴和相熟，處理嗎啡案有如此之難。除彭慎旃可與共語外，韓伯瓊則與王履之為朋友，諸事又須避之。伯瓊職司監印，一切公文關於嗎啡案者又須避之矣。晚六時外出一次，十一時閱《閱微草堂筆記》，十二時寢。

初十日　晴　燥　三月廿四日　星期六

七時起，處理文件。連日為團隊開拔、裁汰老弱與財委會酌定籌款，與王副隊長商議改編事，極煩瑣，頭痛甚。飯後書赤壁聯，午後五時往壯丁隊訓練、訓話，兼講軍人精神，教育學生，百人靜坐無譁，有嚴肅氣。余以政務殷繁，往該所訓話此為第二次，殊為抱歉耳。六時畢，回室休憩，而來客接見白事者無已時，心煩甚。晚十二時不能休息，轉鐘十二時方寢。

十一日　晴　午後五時大北風　三月廿五日　星期日

八時起，補判文件。九時財委會、副隊長均來商團隊開拔事。府中自彭科長未歸，諸事乏人代理。彭秘書年老，諸事不能負責，余屢欲出巡而中止者，實不放心也。九時匆匆帶同劉玉階等乘輿出府至江干候船，十一時搭福東輪，午後五時抵區公所，西北風大作，天氣轉寒矣。張中隊長繩武、王委員長同文、陶子翼等先後來談，六時與同往陶家晚餐，九時半歸。飭隊士分頭拘陶木山等到區公所，飭朱區長訊問並令其請照，擾擾至轉鐘二時方寢。神倦不支，遂寢，多夢不安。

十二日　早陰晴　午後一時風雨交作　三月廿六日　星期一

八時起，天氣轉晴，惟風未息。余決計往倉埠。九時半乘輿起行，十時半抵粉家鋪小憩，抽查門牌；至施家岡早餐、抽查門牌，並向甲長訓話約一時許。下午一時半途中小雨，三時抵畢家鋪，風雨漸大。至周山鋪雨未止，先憩一菜店中，有老年醫士徐懷仁招待，不知余為縣長，與談各事，知其由倉埠新遷至此者。保長沈筱園、金仁川來迓余，堅請聯保辦公處。以雨大不能行，遂至萬緣寺休息，與沈、金兩人談一時許，乘轎行。沿途風雨未止，周瑞蘭與胡賢遂等步行，衣履盡濕，轎夫更苦，余心憐之。五時半抵區公所，七時飯畢，十一時宿糧錢分櫃。今日勞頓，寢後多夢。

十三日　早陰旋晴　午後二時大雨　三月廿七日　星期二

九時起，曾區長來，遂與同出，便拜會胡營長、柳雪峰、林子敬諸人。十一時至曾區長家中宴。午後二時乘輿帶同謝雲及李集撥來隊士六名往孔家埠召集保甲長訓話。出東門行五里，風勁雨至，遂至大陶家灣抽查門牌約一時許，仍折回倉埠，至倉溪學校晤熊校長，飭各教員集學生於紀念堂中訓話約一時許畢，六時回區公所。途行風雨甚大，雷電交作。七時飯畢，八時回分櫃，分飭隊士拘拿烟館及烟犯交區公所看管。今日精神仍困，十一時寢。

十四日　早陰　十一時以後大雪　寒甚
三月廿八日　星期三

十時起，早點後往區公所。十二時各聯保主任到會者廿四人，開會後即討論東馮、西馮二鄉，周余、石屋二鄉各共建碉樓一所，爭論地址甚久。繼討論催糧辦法；繼討論興復農村諸事。余演說約二時之久，四時半會議畢，回分櫃小憩，五時半至徐克誠軍長公館中宴，其叔主持延客者也。同席者柳雪峰、熊校長等六人，九時席散，十時命羅明初等將電話接至區公所，欲與陽邏通話，卒以種種障礙未能行，殊可恨也。柳雪峰來談甚久去，十二時寢。

十五日　晴寒　三月廿九　星期四

九時起，飯後乘小輪回漢口，晚過省城住宅，囑蘊玉各事，清理家中各事畢，十二時寢。

十六日　晴　三月卅日　星期五

九時起，十時外出一次，飯後清理樓上各物件，損失者多，皆宅中無人負責，感念孟夫人不已。晚十二時寢。

十七日　晴　暖　三月卅一日　星期六

九時起，清理各事，定今晚回縣。先在徐公館長途電話，告知府中今夜派人在關上來接余，午後渡江在佛波家與劉夢香談甚久，晚八時搭大輪，轉鐘二時抵黃州關，在張碧源家小憩，乘轎回署，與伯瓊、梓芳說數語即寢。

十八日　晴　四月一日

九時起清理積案，飯後補閱各文件。前在陽邏得更生、遲生電話，聞家母近來多病，急思回鄂城一看。午後三時佈置府中各事畢，五時雇船回鄂城見家母。母云近來忽思汝念汝操勞過甚，更生、遲生年稚無知，不知汝何時休息享福耳。又云疾不甚重，惟飲食已減。天氣和暖，仍回黃岡縣府居住為宜。餘則談及余調縣事。晚八時外出一次，十時歸，十一時寢。

十九日　晴　四月二日

八時起，與家母立談數語作別。母謂政務好好處理，此時勿再出巡。臨出房門，母忽墮淚，余心訝之，在舟中心於邑不能止。蓋余出門遠近計數十次，別母時向無此狀態也。癸亥遠行在閩，母送出門亦無此狀。到黃州後耿耿不能去懷，午後閱文件，心甚憂之。晚五時請張署員毓珩宴，張為勘測飛機場委員，余請其多積德而已，蓋長圻嶸附近安國寺地窄，灣住民多，不可為機場也。十二時寢。

二十日　晴　暴風　四月三日

八時起，九時批閱文件。午後法院梁首席瑞麐、廖院長鶴齡請宴，四時回府，籌商飛機場建築地點須改移。頻頻與張委員商酌之。晚九時閱《勸戒錄》三頁，十二時寢。

廿一日　晴　晚小雨　四月四日　星期三

九時起，閱文件。連日念及家母衰老，前已請劉菊坡作徵詩文啟，印齊待發。家母今年九月十三日八秩生辰，前七十七歲原已做八十壽矣，去臘商之，家母以余在任，今歲又為八十正壽，當再為祝嘏之文以顯之。下午五時與梓芳商各事，命僕將府中諸事清理畢，渡江到家後見母神氣甚好，度無他慮，遂囑厚訓將印齊之徵詩啟以道路遠者先發寄。九時與家母談各事。母言外祖母年九十餘，值晚境不佳，冬夜寒甚，衾薄，以簑衣覆其足。年雖高而痛苦，實難受，傷心極矣。余近年足於衣食，汝政聲好，余心慰之，並詢陽邏倉埠有送汝傘牌事，樊口則早已準備矣云云。與母談話甚多，十二時寢。

廿二日　上午小雨　午後晴　四月五日

七時起，早點後見家母甚好，余即出門至江干乘小輪到黃，抵府後處理文件，將遠道徵詩文啟再由黃州寄一批出，然心疑母疾難愈，因張立群在蒲圻時，推母造似不能到七十七也。晚與伯瓊、慎旃等言之，心于邑甚。九時與伯瓊小酌，又念及孟夫人未能長伴余，省宅諸事幾至廢棄，噓唏久之，心煩甚，十二時寢。

廿三日　晴　四月六日

七時起，心煩亂。昨夕睡不安神，心恍惚如有事。八時閱文件，午後外出一次，晚閱《勸戒錄》至轉鐘二時寢。

廿四日　晴　風　四月七日

七時起，心痛念家母甚切，遂帶同遲生渡江，已午後二時。天氣晴爽，問家母疾如何，母云無甚痛苦，僅咳嗽不出，飲食稍減，行動起坐仍如常。余遂問設有不測將如何？母云賬目已置之櫃中，餘無多事相囑，至於疾之是否危險，有命存焉，此不可強求者也。余因言明日黃州須開會，晚須回黃，因留遲生在家。母囑以政事為重，諒不甚要緊，面訓兩孫以用心讀書，汝父老矣，將來須早早幫助云。四時風色順利，余仍渡江回府處理公事，晚開清潔運動籌備會，明晨分途舉之。轉鐘一時寢，心神不寧，恍惚中多惡夢。

廿五日　晴　晚雷雨大作　四月八日　星期日

昨夕睡未安，五時醒，六時聞聞子壽呼人起，余遂與王同文、李連城、聞子壽等分途督促舉行清潔運動。八時胡賢遂自鄂城來，稱母病已減，昨日且進飲食，囑余今晚不必回鄂城，心甚喜。午飯後再出督促各街市之舉行清潔運動者，三時回府。梁首席請余至其家宴，汪載聯、徐春午同席。余以心念母，無多語。四時歸，處理文件，批判各事。五時天氣似欲變，羅僕自鄂城來謂母病轉劇，王子恒云左手無脈，頗危險。余遂約梓芳、端偉、伯瓊、慎旆等，匆匆告之各事，隨原舟渡江，囑舟子用力速駕。風雨欲來，天黑如墨，又慮江中危險，幸到家雷雨剛作。見家母神氣已衰，不欲多語。時已戌正，家人環集問後事，母語言甚清晰，謂前事俱囑汝矣。指耳環曰此給萬媳，狐皮襖亦給之。賬目在櫃，將來可取閱也。惟首不願舉，頻現疲狀，遂囑萬氏以枕就之，左右手俱脈絕矣。以右手執余手，頻呼兒聲不絕，又頻頻睡去。彌留之際，氣略促，子正氣促漸甚，呼之不醒。延至轉鐘二時，目忽開視一瞬，以茶進，亦能入，自是吾母溘然長溘矣。遵佛教會中人囑，與內子萬夫人及甥厚訓、長子更生誦佛號至黎明時，母屍身已冷，始闔家舉哀。

廿六日　陰雨　四月九日

黎明，命僮送各戚友及朱、胡二姓本家報喪，專人過黃岡請彭秘書代理縣務；去電省府民廳請示。午後各戚友及僚屬來辦喪事，酉時為先母入殮準備一切。

廿七日　雨　四月十日

昨未寢，侵晨起，在鄂城宅中人眾一一吩咐辦各事。

廿八日　大雨竟日　四月十一日

重要文件彭秘書派人來請示，余漫應之。

廿九日　雨　寒　四月十二日

為先母行成服禮，賓客甚眾，黃岡士紳亦來行禮一堂，極誠敬可感也。

三十日　大雨竟日　兼雨冰雹　四月十三日

在鄂城。

三　月

初一日　陰　四月十四日

在鄂城，晚上先母報七。

初二日　晴　四月十五日

七時起，鄂城諸事已辦竣。念黃岡事恐有失，午後二時渡江回府，晚八時開談話會一次，十一時寢。

初三日　晴　四月十六日　星期一

七時起，處理文件。午後一時詢潘金莫案，晚間清理積案，與科秘商各事，十二時寢。

初四日　晴　四月十七日

八時起，閱文件，午後三時往法院會汪載聯，談先母從前在蒲圻縣署事，兼謝黃州前日渡江士紳，四時歸，十一時寢。

初五日　晴和　四月十八日

七時起，八時開清潔會議，派員分途募渣桶捐事，商會李連城狡猾之徒，說話多不可靠。晚外出一次，十二時寢。

初六日　晴　暖　四月十九日

七時起，九時閱文件，午後批判各要案。晚七時訊陳旭初案，九時閱《勸誡錄》及《閱微草堂筆記》。十時念先母養育恩，淒然泣下，自是思曩事心痛甚，轉鐘二時未寢也。

初七日　晴　四月廿日

七時起，午後開會討論建築飛機場案，午後處理重要文件。五時飯後與科秘商各事。六時帶僕回鄂城。今晚為先母做二七也。七時抵家，不勝悲痛。人死易過七，先母常言之矣。今夕來賓眾，轉鐘二時寢。

初八日　早陰　午後雨　十一時雷電交作
四月廿一日　星期六　今天穀雨節

七時起，囑內子在宅好好照料，九時半下河搭小輪渡江回府，飯後開農村成立會，晚六時審王履之嗎啡案，十二時寢。

初九日　晴　晚雨　四月廿二　星期日

六時起，七時同孟委員憲武勘察飛機場地點，裴晦公同往。九時達到王家湖，已決定地址，午後歸。孟為人不通世事，其僕索酒資。以為南昌行營來員隨役，殊可惡。此殆與郭昭所帶之僕同，奇事也。處理文件，十二時寢。

初十日　晴　熱　四月廿三日

七時起，飯後外出一次，兼往孟委員及法院訪廖院長，略坐談，午後三時歸。九時閱文卷，為飛機場事閱縣志，鄉民有為機場事請願者，此事紛擾多，頗可慮也。十二時半寢。

十一日　陰　四月廿四

七時起，飯後開會討論飛機場事，下午五時宴孟委員，七時畢，八時處理文件，十二時半寢。思機場地點難決而限期又促，須掘民田地約四里之寬廣，將來紛擾甚，展轉不寐。余來黃岡已十月，迭出大案及難辦之事，破獲嗎啡案，而後又來此不能解決之事，奈何？從前不願做沔陽、宜都二缺者，以道遠，母親年老多病耳。今吾母已逝，戀此黃岡何爲？

十二日　大雨　四月廿五日

七時起，八時判文件，飯後外出一次，晚清理各事，十二時寢。

十三日　雨竟日　四月廿六日

七時起，八時赴壯丁隊訓練所考試各學員。午後來客數次。晚處理各事，與科秘商飛機場辦法，轉鐘二時寢。

十四日　大雨如注　終日未停　四月廿七日

七時起。催貸麥委員夏雲來接談，多無聊語，頗可厭。夏黃岡人，卑鄙甚。午後方秀池來談商各事，晚請夏與方同宴，十二時寢。

十五日　雨　西北風大作　氣候轉寒　四月廿八日

七時起，九時劉東青來見，爲飛機場請改地點事。余以南昌行營嚴令向之說明，彼謂無可挽回，遂去。晚外出二次，便拜會劉，知已回家矣。處理文件至轉鐘二時寢。

十六日　晴　四月廿九日　星期日

七時起，判文件，午後乘輪船渡江回鄂城。彭秘書、彭科長同來家，清理家中各事。十二時寢。

十七日　陰晴不定　四月卅日　星期一

七時起，九時飯畢，十時雇舟回黃岡。下午三時，面試壯丁隊畢業各學員，六時方畢。晚飯後精神已疲，十一時寢。

十八日　晴　熱　五月一日　星期二

七時起。今日舉行壯丁隊訓練班畢業典禮，講演、攝影紛擾，至四小時畢。午後三時至財委會開會，四時半宴李劭谷等，十一時審理陽邏區公所解送私蓄私販製錢案人犯。訊之無大情節，俱爲鄂城洪鄉人，押一日釋之，十二時半寢。

十九日　陰　晴　雨　五月二日

七時起，早點後閱文件。上午十一時半渡江回鄂城住宅。今夕爲先母四七之期，晚間請道士來報七，九時半罷。追念萱幃，泣不成聲，以後母之神色笑貌日遠矣。十二時寢。

二十日　陰　五月三日

六時起，盥漱畢，至江干搭早班小輪到黃州，抵縣府已七時矣。日來心亂如麻，政事推行不動，飛機場事不能解決，府中職員不受約束，在外勾結土劣，而嗎啡案犯陰謀煽惑以傾陷余，實無所不用其極也，寢饋難安矣。到府後各職員高臥未起，政事弛而不張之象。九時批閱文件，飯後來客數次，午後四時外出二次，晚閱縣志，王家湖有此名，官湖則無名。鄉民聞已向孟署員請願，以後糾紛大，頗難解決。與裴明言之，可爲隱憂。府中人無可與語者，此時余眞不欲作此縣令，焦灼無已，至轉鐘二時寢。

廿一日　陰雨　晚十時雷雨甚烈　五月四日

八時起，閱文件，來客數次。午後二時財委會請宴。王同文屢欲保釋嗎啡犯王履之，余未許。彼啣恨之，然罪案分明，豈可以私人情好變更耶？聽其隱恨而已。午後處理案件，五時請華委員雲舫等四人宴，六時討論教育改組諸事，至九時散會。十時雷雨交作，天氣劇變。閱《閱微草堂筆記》之因果報應諸事。此書勸善懲惡、百讀不厭。近日人心太壞，恩將仇報者甚多。府中近日已有動機，余則自認爲運氣太壞，因丁艱者無好運，非德不足以服若輩也。十一時閱文件一小時，轉鐘二時寢。

廿二日　雨　午後晴　夜三時又雨　五月五日　星期六

七時起。日來爲飛機場事麻煩至極。新來之孟署員諸事遊移，以後諸事更難辦矣。午後五時往赤壁回看李毅、賀某某，行營派來點驗十三師者也。晚八時至十二時囑孟順明等辦理發□至各處。轉鐘一時寢。

廿三日　晨四時大雨如注　八時大晴　五月六日　今日立夏

八時起，天忽放晴，氣候如陰曆五月，奇矣。今年天氣不正，時寒時暖。連日雨水多，麥子稻秧均受傷，恐成天災也。九時省立六中田教員引中華大學易某某教授帶同學生廿餘名來府參觀各處，並欲余演說接事後之施政方針，乃集諸生於大堂，述余由去年五月來此一切經過。大岡地大人衆，土劣多，施政之難，幾經磨折，乃得此時政況。鬚髮已白，亦由此地環境造成之也。約一小時畢。又導之至各處及財委會參觀出。午後五時至電報局商各事，十二時寢。

廿四日　陰晴風雨　氣候不正　五月七日

七時起，照例處理文件。飯後來客均接見，晚往孟署員處商各事，九時歸，十二時寢。

廿五日　早晴　晚雨　五月八日

八時起，閱文件，身極不適。正午往赤壁一遊，約一時回府。晚仍處理文件，十二時半寢。

廿六日　晴　五月九日

七時起，九時判文件，十一時飯畢至赤壁，囑鏡臺於孟署員來時囑以積德於黃岡也。二時歸，晚間外出一次，十二時寢。

廿七日　晴　五月十日

八時起，九時處理文件，十二時再同孟署員往王家湖勘飛機塲地，傍晚歸。孟非善類，此人如久居此，必多事，聞有人以色動之。噫，行營所派之人也！晚開清潔運動會，十時散，轉鐘二時寢。

廿八日　晴　五月十一日

八時起，連日疲勞不堪。上午十時閱文件，十一時往商會監選改選主席委員等，略有演說。宴畢回時已五時矣。十二時半寢。

廿九日　晴　燥　五月十二日

八時起，九時閱文件。連日疲勞甚，頭痛目炫，病象也。府中職員不負責，彼此推諉。近來有良心者少，無怪世風日下。十時來客數次，十一時清理案上積件，逐一了理之。午後六時渡江抵家。今夕爲先母五七，命家人請道士做七，具酒食，焚楮甚多，俗以五七爲最重也。晚十一時方罷。回念往事，不勝悲痛。先母雖年登八秩，以前五十歲時，家難迭遭，爲余姊料理病中極苦，余深知母心也。先君子邇時脾氣甚厲，對於母無好語，母心亦時時嘔氣，甚難處也。先君六十一歲謝世後，母親所處境遇雖較好，而太錚兒及純女、四女夭亡，先母親見之，尤痛心焉。

四　月

初一日　晴熱　寒暑表八十度　五月十三日　星期日

五時半起，倦甚。六時盥漱畢，六時半到江干小憩茶肆，帶同遲生、賢遂等遇范朗仙談各事，七時乘鼎盛輪渡江回府，八時處理各事，十時聞建廳有專輪來遊赤壁者三百餘人，婦孺有半數。余得報往赤壁見李廳長及熊魯馨、王校長、黎志青等談各事。午後一時照像畢，送李廳長船鄂城遊西山，二時回府。倉埠、樊口區公所商會送來德政牌匾，連同軍某隊士、紳商數十人留飯訖，傍晚小憩，十二時寢。

初二日　晴熱　八十一度　五月十四　星期一

六時起，天氣熱如五月間，蚊蟲臭虫連日争出嚼人。九時處理各事。午後二時商會正式成立，行就職典禮，約余監誓畢，演說半時許。天氣轉熱甚。四時飯畢回府，晚六時審袁子道、孫辛未、袁丙青等製嗎啡嫌疑案畢，十二時寫信付羅僕囑交更生，飭其無事時不得出校也。十二時寢。

初三日　晴熱　五月十五日

七時起，黃岡各界今日舉行新生活運動並清潔運動遊行演講，余同府中各職員去，甚好。至午後二時方畢。此種事已數數行之。中國人遇事難持久，僅在表面做工夫應潮流而已。午後二時處理文件，晚六時審理袁子道案。袁健訟，自入獄後，屢在行營專員署中誣控余，此敗類亦中山狼也，當急判決之，以絕其望。九時閱《閱微草堂筆記》終，十二時半寢。

初四日　晴　晚雨　氣候反常　五月十六日

七時起，連日心不適，八時乘新興赴唐家渡一帶查戶口，正午雨忽來，遂止唐家。雨止後欲到陡城等處，慮天晚，仍冒雨歸，已五時矣。本日極倦，十二時寢。

初五日　晴　五月十七日

七時起，八時閱文件。十一時聞各區今日爲余送牌匾，商民軍等，一、二、六、五等區均派員來府。余德薄，對黃岡無多惠政，僅不欺心，不罰百姓。對財廳未能催科盡職，致記過二次，以年來荒歉甚，懼擾民也。然對於推行新政，未嘗不向機導勢用力。此地非可無爲而治。省民間一錢，惜民間一分力，民衆受賜多矣。請彭慎旂代致謝詞，款以酒二席而去。晚六時渡江回鄂城，爲先母擇出殯期，兼往家內處理近事，十二時寢。

初六日　晴　五月十八日

七時起，乘早班小輪回黃州，九時閱文件，午後五時提訊張鳳生、陳希堯、沈星甫三案，晚八時畢，十二時寢。

初七日　雨　晴　五月十九日

八時起，九時閱文件。昨得省令，已准假三日，爲先母出殯期也，府事由秘書負責。擬初十渡江，因余不放心黃岡事耳。晚六時閱文件，八時外出一次，十二時寢。

初八日　晴　五月廿日

七時起，十時提訊王履之案，畢閱文件，分咐科秘各事。午後一時渡江回鄂城料理先母出殯事，十二時寢。

初九日　陰晴　微雨　五月廿一日

七時起，家中佈置已就緒。今日家奠行禮，戚族來賓甚多。晚間分付支客將明日各事辦齊。

初十日　陰雨　五月廿二日

六時起，今日自朝至暮，賓客甚衆。行禮二次，晚間道士來誦經至轉鐘一時畢。今晚大雨數次，雨止繼之以風。

十一日　晴　早十時微雨旋止　五月廿三日

五時張碧源起，推窗望，謂天已晴矣。先母出殯事籌備已半月，今日幸晴。送者三千人，儀仗、做樂、牌傘等行里餘，不能盡入古樓偈例也，此爲吾鄂百餘年未見之事。蓋前清州縣丁艱，須開缺回籍治喪。縱對於父母死後有顯揚，不能如此。黃岡僅一江隔，天時人事俱湊合甚好，則吾母之福也。十時出小西門，到先君子昔年停柩之旁建厝屋。今年山向不利，明春再擇期與先君合塋。

十二日　晴　五月廿四

八時起，連日精力已疲，腰足俱痛。午飯後又慮黃岡事無人負責，下午二時搭輪渡江回府，問秘書以重要事件，一一處理之。晚六時至整理田賦委員會開會，九時畢，十時歸。

十三日　晴　燥五月廿五日

七時起，匆匆處理文件，九時帶同劉玉階等渡江。今日爲先母安厝第三日，俗例須復土也。在寒溪塘起岸後囑羅僕入城，約內子等到先母厝屋來會祭，余則心痛甚，涕縱橫矣。十二時回家小憩，午後五時回黃州。晚間閱文件至九時正，十二時寢。

十四日　晴　燥五月廿六日

七時起，閱文件，十一時審訊呂耀南土膏店案。下午四時開縣政會議，六時回鄂城。

十五日　晴　燥　五月廿七日

六時半起，七時渡江回黃州閱批文件。晚宴史主任汝言等，十二時寢。

十六日　晴　燥　五月廿八日

七時起，九時帶傳達往黃州城各處謝步，午後歸，處理文件。晚間來客數次，閱書報三小時，十二時半寢。

十七日　晴　燥　五月廿九日

七時起，回鄂城略坐，分配各事畢，十一時渡江回府。下午六時赴王副隊長家宴，十時歸，十二時寢。

十八日　晴　五月卅日

七時起，得省府主席張回電：爲飛機場事，准來省面陳。九時審訊李仲堯、魏榮華案，下午五時請夏委員顯謨等宴，十二時寢。

十九日　晴　燥　五月卅一日

七時起，八時再往本城各處謝步，歸後處理文件，晚十二時寢。

二十日　晴　午後暴風大雨　六月一日　星期五

八時起，飯後至江干搭輪往省。船到時天氣已有風意，黑云佈滿。行過唐家渡，風大作。抵團風，大雨如注，舟震蕩甚，余遂起岸至區公所，以電話告知府中。在團風與方區長商各事，晚十二時半宿公安分駐所，先與劉伯陽商各事。伯陽頻有去志，余留之未能也。

廿一日　晴　六月二日

七時起，九時乘新義泰輪到漢。渡江時到省宅已晚，未出。十二時寢。

廿二日　晴熱　六月三日　星期日

八時起，飯後往財政廳會易泮香等，晚十二時寢。

廿三日　晴　六月四日　星期一

九時起，飯後帶同更生、王燕喜、周長生、玉軒等至黃鶴樓照像畢，至茶肆小憩。四時渡江，十一時方回宅，十二時寢。

廿四日　晴　六月五日　星期二

八時起，九時至省政府晤王秘書談各事，午後渡江，十時歸，十二時寢。

廿五日　晴　六月六日

七時起，出門會客，十二時回家早飯。下午四時渡江，張眉宣請吃酒至香花大酒，同席吳壽田、謝盛勘、蔡寄鷗等七人，晚十一時回家清理各事至十二時寢。

廿六日　晴　六月七日

八時起，九時至漢陽張肖鵠處略坐，早飯後歸家再渡江，四時回武昌至方耀廷家略坐談即回，晚六時飯畢，十二時寢。

廿七日　陰雨　六月八日

八時起，九時到省政府會客。回家午飯畢。渡江，晚十時歸。十二時清理各事，準備回黃，十二時寢。

廿八日　晴　六月九日

六時起，七時至漢陽門搭新漢陽輪，購得舵前一艙甚適。午後一時回黃州，抵府後清理積案，晚間會客數次，九時閱文件判行，十一時與科秘籌商各事，十二時寢。

廿九日　晴熱　六月十日

八時起，九時閱文件，午後三時往余會計家宴，晚六時歸，清理積案。十一時閱雜書，寫信四件，十二時半寢。

三十日　陰雨　六月十一日　星期一

八時起，閱文件，清理未竣之件，囑各科加緊辦公。日來職員疲玩漸生，秘書老而不能駕馭一切，稍示整理之意則生氣。悔從前作好人，平居濟人之急。天下以怨報德極多，不料余逢此種人甚多，殊為嘔氣。晚間外出一次，近來天氣漸熱，稍稍添置夏季衣服，殊嫌過分。先君子昔時一夏布衣服穿十八九年而不壞，惜物力財力如此，余則愧未能繼志耳。十二時半寢。

五　月

初一日　陰晴不定　六月十二日　星期二

七時起，八時閱文件，處理各事，飯後外出一次。日來團餉感困難，財委員會毫不負責，殊可惡。坐食得薪，殊無以對地方民眾也。晚九時閱雜文，十二時半寢。

初二日　晴熱　六月十三日

六時半起，九時閱文件，午後同航空署員往赤壁商飛機場地點，四時歸，十二時半寢。

初三日　晴熱　六月十四日

七時起，八時閱文件，十時外出，仍為飛機場事。囑家人準備送各醫生禮物，王、黃、姚看病多，一一須酬之也。各分櫃主任結賬，聞各有虧空。此等人均不可靠，利令智昏，大抵然耳。晚十二時寢。

初四日　晴　六月十五

七時起，照例辦公。飯後往赤壁酬神，午後六時歸。八時審理吳群先、熊子章等堤款賬目不清一案，堂諭二區區長汪仲謹與公安科長陳子周會算核復。

初五日　晴　六月十六日

六時起，今日爲舊曆端午，囑家人照去歲例佈置。天氣晴和，然念及去年今日，心痛如割矣。去歲母親甚健，值余接事未久，歡欣之狀可憶及之。內子孟夫人在省宅，病不重。今內子殁近一年，先母謝世已二月餘矣。僚屬來賀，勉强答之。放假一日，晚十一時寢。

初六日　晴　大東風　六月十七日　星期日

七時起，倦甚。八時心鬱悶，不能進食，往財委會與王同文略坐談。九時半早餐，食不知味。十時往城外第六中學紀念堂開新生活促進會成立大會演説，討論章則，推選理事、監事，約四小時方畢。歸後沐浴，進稀飯一盂，神倦不支，睡二時許方起，閲文件，清理各事畢，在後院小憩。今日思先母甚，起望白雲，心痛矣。晚六時又同遲生在後院與談各事，且念及蕙芳夫人逝世近十閲月矣。屢次往省宅，觸目傷心，晚寢每憶及之，心痛淚下。余今夏進四十九歲，回想二月廿六以後之日，心神頽喪，鬚髮俱白。念人生在世，實無一刻安恬也。九時，黃安回縣之李中隊長來索餉，帶同至財委會商酌，無甚結果，擬明晨再説。十一時寢。

初七日　晴　大東風　六月十八日　星期一

七時起，處理文件約卅餘起。午後更忙。五時約陳副官，徐、吳兩管獄員，徐則調往羅田者也。方秀池來，留共飯，與談各事。八時帶同政警三名，經各街小巷，藉查奸宄。九時至城外江干茶肆坐半時許歸。十時與伯瓊談各事。十一時寢。

初八日　晴　風　午後二時飛沙走石暴風一時許　六月十九日　星期二

七時起，今日爲余生辰，以心中抑鬱，八時半囑僅備香燭四套，往安國寺進香畢，就原輿至赤壁與鏡臺坐談甚久。祀于清端公、觀音殿二處。十二時與鏡臺同往龍王山。廟甚小，地勢高，再建築頗不易也。與鏡臺在山後小立時，見暴風飛沙，遠遠而至，勢甚駭然，約一時許方止。二時半回府。府中職員已知本日爲余生辰也，來道賀，因囑廚房明日辦酒二席，以資點綴。晚間處理文件，十一時寢。

初九日　晴　風　六月二十日　星期三

七時起，倦甚。八時處理文件，午後五時請府中各職員宴，六時半畢。晚間寫信四件，囑羅僕往省畢，十時半寢。轉鐘一時夢先母無異平時，似旅居漢口，囑余持訃文中所製銅板照片觀之。

初十日　晴　風　六月廿一日　星期四

七時起，八時龍編審員雲章來，與談片刻，八時半乘輿往堵城，沿途經余家鋪、唐家鋪等處抽查戶口門牌。十二時抵堵城。午飯畢，看江堤。下午三時由堵城至韋家鄉、詹家崗抽查門牌，貼者甚少。便視韋家鄉立第二區初級小學，教員王子蕃、何子祺均不在校，所寫示學生影本尤荒謬。歸途經陳家坡抽查門牌，遇一年八十二歲老人陳丹山甚健，且訓諸孫及曾孫。丹山自述爲咸豐癸酉年四月廿日亥時生，有二子四孫八曾孫，目明耳聰，亦快樂人也。與談片刻出，乘輿回府已五時矣。飯後處理文件，十一時寢。

十一日　陰　雨　今日夏至節　六月廿二日　星期五

八時起，照例辦公。飯後處理各事。下午四時監獄署管獄員請宴，同席廖院長等十四人皆司法衙門職員，因募捐事曾得力於余，特酬之。

五時半歸，十一時寢。

十二日　陰　雨　六月廿三日

七時起閱文件，飯後聞各區長到齊，午後三時在公安科後側講堂開臨時行政會議。各商會主席及財委會諸人討論各事，至晚十二時方散會。迨余休息已轉鐘二時矣。

十三日　晴　燥　六月廿四日

七時起，八時閱判文件。上午十一時請各區長、所長及商會諸人便酌。十二時仍在本府開會，三時方散去，晚十二時寢。

十四日　晴　熱　六月廿五

七時起，照例辦公。午後三時訊夏萬氏送逆子案，即時處理並隱示以勸戒。繼徐文彬、陶國流案。晚十二時寢。

十五日　晴　熱　六月廿六日　星期二

七時起，九時閱文件，正午往電報局略坐，午後二時回府處理各事，晚十二時寢。

十六日　晴　熱　六月廿七

七時起，十時赴新生活會議，午後歸辦公三時許，晚十二時寢。

十七日　晴　熱　六月廿八

七時起，九時閱文件。連日甚熱，辦公鐘點已提早。午後三時往財委會開會，晚間天氣稍涼。閱雜書雜文至十一時，寫信六件，皆積壓未復者。十二時半寢。

十八日　晴　極熱　六月廿九日

八時起，照例辦公。午後外出一次。下午七時請郭治平宴，便開會討論保甲事，因郭奉令來察保甲碉樓等等。小土劣匿名控余，而南昌行營每每不加察，據諜報即令行省府來查，此事已非一次，皆汪堅輩慫恿而犯嗎啡案之袁，王等，復勾結其黨羽以傾陷余也。專員公署則每與若輩暗中遙通聲援，殊失長官資格。午後七時散會，晚間外出一次。十一時歸，十二時寢。閱蔡報：行營陷余者，專員署中秘書余廷襄、魏文裕等，程專員亦慫恿之。

十九日　晴熱如伏　六月卅日

七時起，八時閱文件，下午同郭治平往訪崔吉六。崔專員，署派來提度量衡檢定所經費者也。十時歸，十二時寢。聞崔君言，余廷襄久想接黃岡縣者，故與程一氣。

二十日　晴　熱甚　七月一日　星期日

七時起，上午十時同崔科長查勘永福堤，便在公所開會討論。一切反對修堤者如蔡波臣輩亦非善類；修堤之洪禹台等則藉此斂財者，已非一次矣。午後一時回得關上抽查戶口，小憩一時許，在茶肆中吃便飯，三時乘輿歸，晚十二時寢。

廿一日　晴　熱　七月二日　星期一

七時起，九時閱文件，午後三時審魯良浩爲堤案抗費事。八時余子勤請客，十時歸，十二時寢。

廿二日　早晴熱　晚十時雷雨轉涼　七月三日

八時起，九時閱文件。午後四時請崔吉六宴，示意囑其早日回黃安，免在此間惹人厭惡也。程仲蘇署中所用人員無一不討人厭者，來查案者惹是非或敲詐，其行政之成績可知，更何能談到督察耶？晚間閱文件，十二時寢。崔君不想黃岡縣缺者，故前日能露出余廷襄輩乞程專員事事陷害余。

廿三日　晴　熱甚　七月四日

八時起，連日熱甚，天久不雨。九時判閱文件後同科秘商議禁屠祈雨，即發佈告。晚間補判文件，轉鐘一時寢。

廿四日　晴　熱甚　七月五日

三時半起，四時帶同彭科長、王專員、吳科長到安國寺進香祈雨，虔誠默坐畢，略坐天已明矣，紅日如火，狀可畏。六時回府，八時處理文件。午後外出一次，晚間閱《感應篇》《陰騭文》諸書至轉鐘一時寢。

廿五日　晴　熱甚　晚八時暴風雷電一時許　七月六日

五時起，仍往安國寺祈雨。今日吳科長未去，余與王彭同往進香畢，回府閱文件。午後聞城內病人多。晚七時，天忽雷電暴風□木約一時許即止，無雨意。見天象則鄂城、大冶一帶似已下雨矣。十二時寢。

廿六日　晴　熱甚　七月七日

六時起，仍往安國寺進香。今日僅彭慎旃同余去，可見人之有恒難也。王書華日日念佛經，恐無誠意。七時回府處理文件，九時出外，十一時歸。晚五時至崔吉六處坐談，仍囑其早離黃州。八時歸，十二時寫信四件，至轉鐘一時寢。近日察崔所行爲，似替程仲蘇來結合黃人以攻余短而爲余廷襄謀此缺者，小人哉！

廿七日　晴熱如伏　今日小暑節　七月八日

七時起，天氣極熱。九時閱文件。午後訪能求雨者陵，號□有，某某妄□之而已。晚十時閱《感應篇》，十二時寢。

廿八日　晴　熱甚　七月九日

七時起。連日省保安處派姜隊長來索民伕，此真無理之事。天變□，民苦不堪言，省府保安處時時派人守提坐索，不惜民命。午後請姜隊長便酌，冀其早去也。晚十二時寢。

廿九日　晴熱如伏　七月十日

四時起，往安國寺進香求雨。其方丈醉瘋已病臥。聞余至，坐起爲禮，余囑其睡。此僧頗有道行，聞其童身出家者，人多敬之。八時回府，九時閱文件，午後更熱，晚閱文件，轉鐘二時寢。

三十日　晴熱如伏　七月十一日

八時起，九時往赤壁問鏡臺有何求雨之法，彼答以從前有某法官能通天行事，今已亡矣。十二時回府。下午六時約同城內各機關往城隍廟祈雨，便往法院一談，晚歸商議救災事件，十二時寢。

六　月

初一日　晴熱如伏　七月十二日

五時半起，六時同財委會劉、萬諸人及聞子受等往城隍廟祈雨。此事余不深信，因前已向安國寺及大士閣祈雨數次，均無靈驗，間或降小雨一二次，而黃人諄諄欲向城隍神求之。前清已亡，各省城隍神祀典已廢，各縣令對於城隍神亦不進香行祀典。根本官制已廢，當然無靈。如清有知府、縣丞、教諭、訓導等；既無其官職，焉有其神而附之耶？余以不能過卻聞子受等之誠意，只好同去而已。晚六時各校長來，又以薪水爲要求，勉強應之。轉鐘二時寢。

初二日　晴熱　七月十三日

五時起，六時召集各校教職員開縣教育行政會議，至下午五時方散會，天熱如伏，旱災已現，余此時實欲求去。內而職員不聽命，外則犯嗎啡案者與流痞土劣聯成一氣，環而伺之，多方設計，必欲余去職而後快也。晚九時飲薄粥，身勞頓異常，轉鐘二時寢。

初三日　晴熱　七月十四日

七時起，八時與各校教職員籌商辦法。下午三時閱批文件，六時天轉陰，似有雨意。作勢久仍不雨，殊爲可憂。十二時寢。

初四日　晴熱　九十三度　七月十五日

六時起，七時閱文件，連日聞四鄉禾苗已枯，殊爲慮。午後一時至邱耕畬家弔其母，約坐談二時許。邱，教會中人，對於母死廢止一切舉動，簡則簡矣，未免忍情耳。四時回府，仍判文件，晚十二時寢。

初五日　晴熱　九十四度　下午小雨一次　七月十六日

六時起，七時至整理田賦委員會開會，王書華已調宜昌會計專員，田委會便餞之也。九時歸，十二時爲書華餞行。午後一時東北風大作，雷聲殷殷，至四時下小雨，旋止，氣候轉涼。五時余帶同勤務二名渡江，因近有事，須回家一視也。抵家後略事佈置，十二時寢。

初六日　晴熱　七月十七日

六時半起，七時乘小輪渡江，八時抵府，十時與五十四師派來之于副官會審該師逃兵孫應龍等一案。吳科長等與書華餞行，約余陪，午後三時畢。至總隊部開會，回與彭科長商議去電省府民廳報災，大意謂本縣自入夏以來雨澤稀少，近更月餘不雨，禾苗枯枯，池塘涸竭，所有濱江濱湖之地以前尚能以人力車水灌救者，近則水勢退落，不易車起。萬民愁歎，災象已成。中云奉令應撥移民各費亦關要政。惟民困既深，追救乏術，縣長自維涼德，不能上感天和，即乞派員詣勘云云。晚有雷聲，未降雨，氣候稍涼。十二時寢。

初七日　晴熱　七月十八日

七時起，九時于副官來，因同再審孫應龍等案。午後閱文件，晚六時請于副官便飯，七時散席去。九時閱《感應篇》及各善書之類。年來群盜如毛，民困不能蘇。余生於鄂城，官於黃岡，雖操勞過度，精神受傷，較勝於匪域官民日夕防范不能疏忽者，相去萬萬，則天賜之福也。轉鐘二時方寢。

初八日　晴熱　七月十九日

七時起。昨聞各處旱災已成，深爲隱憂。九時閱文件。午後與科秘等籌商各事。晚大北風忽起，似有雨意，未幾仍止，氣候改涼。十時補閱文件到轉鐘二時寢。

初九日　晴熱　七月廿日

七時起，八時閱文件，十一時至安國寺晤騰煥方丈，囑其即日虔誠誦經，以格天心，即降霖雨。午後一時回府。六時至大士閣祈雨。晚歸閱文件，寫信四件。十二時寢。

初十日　晴熱　風　七月廿一日

七時起，連日有風，禾苗得風更枯。此殆所謂劫數歟！九時判文件，十時約武委員衡平宴，此係華洋義賑會派來討水災後貸麥款者。頃已旱災成矣。余屢婉卻之，故今日請其吃，異日回省望之向當道陳述黃岡痛苦也。鍾楚屏爲飛機場事來府，晚間回看，十時歸，十二時寢。

十一日　晴熱　風　七月廿二日

六時半起，九時判文件，十二時審理魏健、黃金華、童彩章等各案，約二小時畢。晚九時往邱耕畬家略坐。十時閱文件，十二時寢。

十二日　晴熱　今日大暑節　七月廿三日

七時起，八時閱文件，午後一時往大士閣進香祈雨。五時大風忽起。九時閱《感應篇》，十一時寫信三件，轉鐘一時寢。

十三日　早陰　午後晴熱　七月廿四日

七時起，九時閱文件，十一時與韓伯瓊等談救災各事。午後熱度更高。連日無雨意，收成絕望，擬即往各區查勘災況。聞倉子埠災情重，擬先往勘。晚飯後雇舟至洋關，在張保長碧源家坐談救荒各事。天熱，入夜仍不改涼，與碧垣在室外乘涼未寢。

十四日　晴　熱甚　月色佳　七月廿五日

二時蕪湖輪到，與碧垣作別。購得官艙位置，熱如火，不能入，乃在前廳就板墊上臥。聞聲知李國驥在廳，遂與同起坐談甚久。李歸自牯嶺者也，近年生意甚好，其子已得力，殊可羨。天未明入廳小睡，八時起，船已抵埠，先至李佛波家與晤談各事。早飯後至偉英里曹祥泰探問債事，知已妥，有辦法不日領款。十二時渡江，午後休息二時許，六時再渡江，九時因佛波在菜根香歡宴黃縣長蓮霞，握手言歡，蓋彼已三年未見面也。十時歸李寓，與夢仙談各事，以時晚不能回省宅，即宿李寓。天熱如蒸，未能安枕。

十五日　晴熱　小雨　七月廿六日

五時起，六時在漢乘武湖小輪往倉埠。上午十一時抵區公所。午飯後聞徐克誠軍長已回家，便謁之，談半時許。徐囑余勿灰志氣，仍於困難中想辦法，以全力救黃岡民眾。彼以誠心在關帝廟誦經五日求雨，請余行香云云。徐對余極表好感。談話畢，彼即出城。余送之上車，握手而返。至大覺寺，爲彼代行香。下午三時小雨，並帶有佈告祈雨，令民眾齋戒。晚宿區公所。

十六日　晴熱　今夕月蝕　七月廿七日

七時起，八時往大覺寺進香，九時曾區長、徐繼勉等送余上小輪，嚴課長同行。十二時船迂道送余往陽邏區公所，並約商會諸人及陶子翊等商救災事。午後二時在商會飯畢，約同紳商至清蓮寺進香，虔誠禱雨。後至附近鄉村查勘，荒象目不忍睹也。晚宿區公所，以熱故，不能入室，置竹床在湖畔臥。今夕月食，初虧時黑雲蔽之，未見爲憾。與朱區長、張區員述南談各事。張久客思歸，欲余作薦函與盧兵城，以新調鍾祥縣長用人多也，因許之。

十七日　晴熱甚　九十三度　七月廿八日

七時起，在區公所早點後，周淬成請余在四美樓宴。同席者郵局長及朱區長等六人。宴畢與陶子翊等往培心堂一閱。陽邏培心堂素以做善事、收浮屍著名者也。惜屋宇已舊，未加修葺，略坐仍回區公所。十一時搭漢圻輪下水抵團風，晤方區長、王所長並在大廟進香祈雨後便訪團風各紳耆。晚宿區公所，天熱甚，不能寐。

十八日　晴　熱甚　九十五度　七月廿九日

五時起，同方區長乘輿出發，路經黃土崗、宋家鋪等處，災況尚不甚重。十二時抵淋山河休息。該地關帝廟余昔年往麻城曾小憩者也，形狀猶昔，不勝慨然。飯後帶同胡聯保主任往胡家橋休息。天熱如火，行路不易，聞之老人，言近六十年間無此旱災之重。欲求雨，須往大茸山云云。此蓋聞之前清楊令壽昌求雨故事也。下午二時午飯畢，同方區長向方家坪來，沿途所見甚苦。抵方家坪後，徐意成聯保主任來報告各事。余略事休息後催轎伕趁月色行，然火風吹過水面來，衣服着熱，奇事也。月下見鄉民男婦露宿地草上者極多，推想漢上人稠地窄，熱度較外縣增六七度，此時作何光景耶？行近團風約六里時，天空月下見大雨穿雲出，頗爲奇觀，似在鄂城附近，明日當詢之。十二時抵區公所。夜飯畢小睡，熱如蒸，不能寐。

十九日　晴熱甚　七月卅日

七時起。昨晚縣府電話頻催余歸，謂財委會有事須余回會商。但余以佰店未去，新洲又頻催余親往勘災矣。彭秘書向來不能當家，且老而愈滑，似又非余親回府處理不可，八時遂決定搭輪回縣府，再定勘災辦法。下午半時搭新漢陽輪，三時抵黃州，到府後細詢秘書各事，則無所謂也。飯後小憩，五時開縣府第十九次會議，議決各事。晚十二時寢。

二十日　晴熱甚　九十四度　七月卅一日

八時起，閱文件。十時接見新來會計專員邵季良，江蘇人，純謹，暨南大學畢業生也。午後處理各事，提訊曾玉田、魯良浩等案，又審殷弼吾抗財委會稅款案。四時往電報局細詢各事，聞英山有失守說。

廿一日　晴　熱甚　晚大雨一陣　八月一日

八時起，清理積壓未辦之件。彭秘書老不能辦事，遇事私心重，余每有事不能先商議，遇事則退有後言，余深悔當日用人不加選擇耳。十一時審理謝鶴鳴佃案，午後拜會禁烟督察處派員皮季莊。皮，大冶人。二時至赤壁與鏡臺談各事，四時歸。六時天氣忽變，東南方黑雲密佈，暴風雨徐來，約兩點鐘即止。晚九時寫信六件，十二時半寢。

廿二日　晴　熱甚　八月二日

八時起，九時閱文件，十一時清理積案，與彭慎旃商各事。此間職員已鬆懈，財委會諸人與余不合作，而王書、呂毓芬輩勢成仇敵，彭秘書向不負責，此時不辭職，將來無良好結果矣。嗎啡案僅余與慎旃同心。彭、王、余、吳皆黃安籍，雅不欲余重辦王貴和、袁子道諸人者也。余已灰心黃岡事矣。慎旃囑余辭職須看一步再说，余謂此何時也，可以止則止，聖人之言，公理也。午後外出一次，晚熱甚，仍處理未竣文件。

十二時在後院宿。

廿三日　晴　熱甚　八月三日

八時起處理文件。飯後審理劉德記佃案。各縣政府秘書須代縣長審□□及財政各案。彭秘書來此年餘，僅坐堂放人一次，餘則屢請必屢托故辭之，眞奇聞也。晚十二時寫信畢，宿後院。

廿四日　晴熱　九十四度　八月四日

六時起，九時閱文件，午後審訊孟玉山案。四時請華國章委員宴。華從前來此查案，今日奉命來此爲清賦委員也。七時畢，九時寫信四件，十二時半寢。

廿五日　晴熱　九十五度　八月五日

七時起，十時帶隊士二名往鄂城縣府晤李秘書，因會勘災事也。李縣長在金牛，未之晤。當晚即回黃岡。九時半與科秘商各事。本縣災象已成，須約王同文往武漢同鄉求助也。十二時寢。

廿六日　晴熱　九十九度　八月六日　星期一

七時起，處理各事畢，爲旱災事須往省。飯後約王同文乘益和輪赴漢。船上遇邱耕畲，暢談，多有趣之事。晚七時抵漢，與同文往長江飯店小憩。室中如火爐，熱不可耐。浴後食畢，同往蕭佛丞家談甚久，轉鐘一時回長江飯店，二時寢。熱甚，不能安，時在室外乘涼，眞苦境也。漢口人諸事圖舒適，此時皆如在火坑中渡生活。

廿七日　晴熱　九十八度　八月七日　星期二

六時起。東方赤日望之如火。八時命夏僕探劉菊坡在漢寓，當即乘車訪之，與談各事。旋同渡江至黃鶴樓小憩，同拍一小照，九時回省宅。飯後謁孟廳長談黃岡災情，要求發急賑以解倒懸也。晚宿省宅，熱甚，然較之昨夕在漢口則安適矣。

廿八日　晴熱甚　九十九度　八月八日　星期三

六時起，來客數次，頗以爲苦。天熱須着衣送之。來者非謀事即作不相干之談話者。飯後謁孟廳長述黃岡困難情形，邀求如不調缺即准余辭職。孟廳長始露程仲蘇攻訐余之意，謂主席欲余仍努力救災也。下午三時渡江，輪渡中遇余希純係往長江飯店者，與同到後候武漢士紳甚久，至六時方開會。首由余報告勘災實況，繼由王同文補充，結果派子周往牯嶺請方耀廷歸，並約朱、萬、徐等努力設法以救黃岡。天熱如蒸，發言多，神疲甚。散會就店晚餐，余十一時回省寓宿。

廿九日　晴熱　九十三度　八月九日　星期四

八時起，清理各事，囑夏炳丞、羅國貞等購應用物件。省宅修理尚好，惟兩鋪面不給租金。問之，則橫蠻無理。蘊玉、冬梅年稚無知，每次僅夏、胡三僕向之索租金，又不能在此久候，來時允許稍緩照付，去則兩鋪主不理矣。人心之壞如此，可恨也。飯後給家中雜用各費，傍晚渡江，乘新寧興輪，購得官艙鋪位，不能入室，僅在外間或走廊乘涼小憩而已。花錢受罪，諺語不虛。輪中人極多，轉鐘一時抵黃州，招商局張碧源未睡，留余消夜乘涼，便與談各事。臥帆布床上，心不能安。

七　月

初一日　晴　熱甚　九十六度　八月十日　星期五

五時起，睡未穩，神疲極。乘輿回縣府，略詢科秘諸人各事畢，和衣小睡一時再起。飯後拜會陳委員嘉，晚間處理各事，天熱如蒸，坐後院三時許，轉鐘二時方寢。

初二日　晴熱　晚雨　上午九十三度　八月十一日　星期六

五時起，氣候奇熱，鄉間災情愈重。連日得電話，三、五、四各區區長對於民衆無辦法，但店人民屢電請護照出境逃荒，余力止之。今年荒象各鄰縣如黃陂、羅田、浠水、鄂城尤甚，決不能出境釀事也。但店區長余傑屢次牘請，殊無識見。早餐後囑兵役備香楮，余潔身乘輿逕往赤壁，先晤鏡臺和尚，打掃于公祠，拜謁禱片刻，攜自帶之黃表、簡文，含質問之意，蓋用縣印者於于公前焚之，只求兩整日大雨，四野即有轉機矣。禱畢略坐即回府。飯後處理各事。天熱不可耐，余對於黃岡事，久有去志，今以災情恐人指摘，又不能即時言去，真焦灼欲死矣。午後二時請委員來酌。陳曾署武昌縣長，大水災時撤職。邇時余正在財政廳充秘書。其弟鼎卿與余同事，故相識之，便與商黃岡各事出。回時審理案件一次。六時天氣忽變，暴風雨忽至，天氣漸涼，大雨如注，僅兩小時，溝盈盈矣，意者于公之力歟？然不足甚，明晨再往求之。倘得雨足，余當再祀神也。晚十一時處理文件畢，轉鐘一時寢。

初三日　晴熱　東南風甚大　寒暑表九十三度　晚雨
　　八月十二日　星期日

六時起，東方赤日，望之可畏也。財委會諸人屢次搗亂，可厭。余久有去志，昨已上電辭職。除韓書記、彭慎旃、彭子芳外，他人鮮知，恐政務停滯、人心渙散故也。子芳謂余負債多，從此牽延，藉少賠累。余謂人格要緊，若戀祿位，爲人暗算，致將來欲下臺不得，或去職時無好結果，則更慪氣矣。可止則止，余之願也。且府中人疲玩，財委會不合作，僅民衆對我尚未失信仰，犯嗎啡案諸人日嗾使小流氓、土劣橫攻，將來吠影吠聲，是非淆亂，余欲在湖北立足作事不可得矣。慎旃、子芳均以余之主張爲然。秘囑各科仍加緊辦事，總以賑災有辦法爲志願，余即下臺，亦可告無罪於黃岡人民矣。飯後神疲思睡，勉支持，仍備香燭往赤壁再叩于公，禱以甘霖須遍，仍以黃岡人民爲重，方不負此一方血食之報也。禱畢出，便經東門外熊姓墳山一視。見石人在，馬猶存，昨日雨不足，田中水僅沁透而已。于公有靈，今日能補足甘霖，民衆之幸也。天熱步行頗吃苦，繼思鄉間災民坐歎樹底，較我尤苦也。行經一字門進城回府，與科秘諸人述鄉間災況，飯後處理文件四小時。七時天有雨意，暴風驟至，甘霖大降約三小時方止。天氣涼，十二時寢。

初四日　晴熱　午後四時雨　八月十三　星期一

六時起，天氣晴和。打電詢各區，均稱雨未足。于公已顯靈矣，今日再誠心求之，必得甘霖。倘時候延長，民衆已有起死回生之望矣。進早點後即往赤壁謁于公祠，與鏡臺説此事。誠心祈雨畢，回府處理文件。熱度甚高，便與韓伯瓊談于公靈異事，正直爲神，宜也。午後四時，天氣忽變，風雨大作，約一時即止。傍晚雷聲隆隆，雨降半時即止。十二時以後大雨傾盆至天曙時方止。余睡夢甚恬，念于公靈異不止。

初五日　早陰　午後晴　八月十四日　星期二

八時起，天氣涼爽，閱文件至十一時。飯後提訊曾玉田案。爲建碉樓事，此人慳吝，好多事。方區長等亦近□嫌。詢後還押，冀其調解耳。午後四時召集第廿次縣府會議，七時散會，十時半小雨數次。從此枯禾又生收成，或有幾分希望。今日又補一辭呈往省府，冀早脱此苦境也。十二時寢。

初六日　陰　午後小雨　八月十五日　星期三

七時起，昨已囑內子住鄂城準備家中祀祖。吾邑舊例，有新七者必於初十以前祭祖也，家母爲新亡者，是以於今日舉行祭典。十一時搭輪回鄂城，午後一時舉行祭典，照舊例略豐。去年中元祀典係十二日舉行。家母於余燒包袱時謂孟夫人爲新亡者，可憐。今年祀祖則家母見背已五月。思去年語，心痛甚，淚涔涔下。祀畢，親友來此者另辦酒席二桌。本欲在鄂城住一日，因計辭職文當快准，接代有人矣。六時雇舟回黃州，七時半抵府，與科秘商交代各事至十二時畢。轉鐘一時寢。

初七日　陰晴不定　八月十六日　星期四

八時起，清理文件。午後外出一次，歸時與科秘商將來移交辦法。得省函，知余辭職可望准。晚間清理積案，囑彭慎旂早爲了結。財委會近來與余搗亂。王書與呂毓芬，余向不認識。一爲萬玉佛所薦，一爲何養吾所薦者也。財會委員有數次爲縣長約之而不來，如成朗先，李少穀諸人是。若王、呂二人，一函去後即到縣，似有等待，此恐失機會者，余已早識其人格低下矣。晚十二時寢。

初八日　晴熱　九十三度　八月十七日　星期五

七時起，天涼爽，處理各事。午後極熱，寒暑表乍升至九十三度。得各區電話，謂雨水仍有不足者。來客數次，得牯嶺知方耀廷先生親到縣出席救災備荒會議，徐克誠則派子恭代表，朱廳長來電，謂未能出席也。吩咐職員籌備各事。十一時閱文件，寫信數件，至轉鐘一時寢。

初九日　晴熱　八月十八日　星期六

七時起，昨晚得電，聞方耀廷先生今晨必回黃。八時帶同隊士三名往黃州關。九時耀廷到，甚多慰藉語，與同入城。午後處理政務，籌備開會，極忙碌。六時與耀廷先生面商各事，甚久出。回府後與慎旂商各事。得省函，知繼余任者爲余廷襄。經民廳提案，擬委代理，尚未提會，但程仲蘇與余廷襄均在省候此案通過云。余則急於求去者，冀其早來，得以暫息仔肩耳。十二時寢。

初十日　晴熱　八月十九日　星期日

七時起，飯後在第一小學開全縣救災備荒大會。武漢士紳亦來黃，計各機關代表到者約二百餘人。提案多，當舉方本仁、蕭佛丞、萬玉佛、王書及余爲主席團。自一時開會，至下午六時半猶未了。余發言多，精神已不能支持，回府後整理議案，轉鐘二時寢。

十一日　晴熱　八月二十日　星期一

七時起，八時清理各案件，九時至財委會開會，下午一時又開救災成立會，舉徐克誠、朱懷冰等爲名譽會長，俾將來可以寫捐款也。傍晚宴程主任志平及萬玉佛等，精神不能支持。十一時處理文件畢，訪方耀廷談各事。方今晚離黃州，便托其到省後主張余速交替，代理余廷襄早到，以息仔肩也。轉鐘二時方寢，魂夢不安。

十二日　晴熱　八月廿一　星期二

七時起，八時囑慎旂準備交代，將未了之案速判。十一時渡江，便訪李文蓀縣長，因鄂城旱災，廳委余會勘也。與談余不日即交卸事，在鄂城宅囑家人清理各事，余擬交卸後回家休養半月。此次作宰鄰縣，本非意料所及，真欲求之，實不可得。李小園廳長與余素不相識，使如劉鼎三與之關係密切，無話不說，則黃岡已屬之他人，更何能到余耶？使非余廷襄爲李所惡之人，則程仲蘇保之代理，未必不成事實。天下事乃有如此湊合者，亦余之運氣尚佳耳。内子去秋殁於黃岡，今春二月先慈見背，得以送老，生榮死哀，先慈無遺憾；余得從容處理喪事，心極安適，則黃岡之成全余之孝思，實又湊合矣。使署缺遠在枝江、近如武陽，則先慈之喪，實未必能送老。今雖兩袖清風而心安泰，又不能不感激李小園廳長也。晚宿鄂城。

十三日　晴熱甚　八月廿二　星期三

八時起，早飯後渡江到縣府，詢知省城尚無信來。然無論有信與否，余則去志已堅決。府中職不能合作，外面環境不佳，財委會又從中搗亂，終日如坐針氈，更何戀之爲？晚十二時寢。

十四日　晴熱　八月廿三日　星期四

七時起，囑内子萬夫人將各物件搬運到鄂城，黃岡人遂知余去志已決。財委會王同文、吕毓芬輩已往省歡迎新任余廷襄，謂得省同鄉信約之也，人格可想。飯後得馬顯聲信，謂余已調省，新任代理者爲余廷襄，不日即到縣。遂與慎旃、梓芳説明此事。晚八時開一臨時會議，囑會計、庶務、收發速辦移交册，準備下月一日交卸。清理室中各件命人送鄂城畢，十二時寢。

十五日　晴熱甚　寒暑表九十五度
八月廿四日　星期五　月色甚佳

六時起，整理各事。昨已開會商量結束事，請新任早到。天氣甚熱，以後各政費無着，黄岡事已臨絶境矣。余則急於求去，以資休養。午後仍判行文件，催余會計早將賬務結清，以免慌亂。惟余每次下臺，必有虧空，一由用人不當，一由運氣太壞。去秋内子謝世，今春家母謝世，以及友朋挪借不還，以致受累如此，焦灼何益！晚六時事更忙。七時半欲至後院休息而客來者衆，勉與周旋；而團隊索餉事毫無辦法，尤令人恚甚，此時真求去欲速矣。聞吕毓芬等懼團隊索餉將逃漢口，吁！彼等伎倆止此耶？十二時氣候轉涼，室中仍爲八十八度，奇事也。轉鐘一時寢。

十六日　晴　熱甚　月色佳　旋小雨　八月廿五　星期六

六時起，七時聞新任已派金姓來謁余，並持函約明日接事，何其速也！余即將辦公室退出，遷入邵會計專員室中。囑各科準備交代。彭秘書蟬聯新任事，以後一切可以傳達。公事於移交事較少麻煩。午後余縣長廷襄來府，便與接談，粗俗甚，蓋急於求用者。此缺去年四月初本係程專員撤胡前縣長任，以余廷襄代理，電達省府，省府李、吴諸委員均反對，遂中止。仲蘇恚甚。後委余署黄岡，彼亦無可如何，蓋欲拒而不能也。晚六時，余同華雲舫、邵季良、方新民、孫宇平、彭慎旃、陳子周等便遊赤壁，因今昔爲七月既望，僅甲戌之秋與壬戌不同耳。華、邵等備酒一席讌余及慎旃、韓伯瓊，樂甚。賞月以後縱談往事。新任既來，余仔肩可息。雖有虧空，然心曠神怡矣。十二時半方同回焉，復與慎旃等再談，轉鐘二時寢。

十七日　晴熱　西北風　八月廿六日　星期日

五時起，盥畢，命天喜渡江。七時，端偉、子琴等與新任商各事。十財委會、商會、區公所及各機關公讌余及科密等。以走甚急，特合並公讌也。交印後心快甚。黃岡送行者畢集。十時半出縣府，士紳及與余相熟者均來送。鞭炮聲大作，隊警列隊出，與余己巳去蒲圻時情景同，惟人數略少。因余一交篆即離黃渡江，各區士紳、民衆已趕不及，非如在蒲圻交印後居七日方行也。至城外茶肆小憩，候下水輪船渡江，鞭炮聲達二小時方止。王同文、何幹生、陳子周等卅餘人候余上輪方作別，有戀戀不捨意。然余宰黃州未遂流涕志願以去，又心憾二三土劣未除，養癰終遺患耳。去黃安、蒲圻之日，官、紳、民作別，多有流涕者，感情深矣。到家後家中已備炮竹放之。傷心哉！余母未之聞見也。天熱甚，飯後小憩，來客數次，晚十二時寢。

十八日　晴熱　小雨　八月廿七　星期一

八時起。昨睡甚恬。飯後清理各事，午後命僕磨墨寫聯二副。以後當於積壓應寫之聯逐一書之，以竣爲好。晚十一時寢。

十九日　雨　八月廿八日　星期二

九時起，倦甚。飯後寫大聯四副，中堂三件，屏二堂，皆黃岡積壓未書者也。晚閱雜書，十二時寢。

二十日　雨晴不定　八月廿九日　星期三

七時起，清理黃岡書室中信件、文稿。飯後寫大對聯四副、中堂六、屏四堂，晚十二時寢。

廿一日　晴　雨　八月卅日　星期四

八時起，倦甚。飯後命僕清理黃岡搬回字、畫、書籍等件，費三小時之久始有眉目。晚飯後寫中堂六件、屏四堂、大聯五，皆武黃廟中住持請書者，寫竣腰痛。巧者拙之奴，信然。晚間閱雜書，十二時寢。

廿二日　晴　八月卅一日　星期五

八時起，飯後寫大聯六副，中堂六、屏二堂，爲曾子恭等所作也。午後三時清理黃岡搬回雜件，囑僕分類置之，便於稽考。黃松庵師所繪大松爲先母祝八秩壽之中堂，則徧尋不着，不知羅僕何時失去，或暗藏之。羅僕心術壞，不可靠，以其諸事佳，手熟，不便去之。晚間寫信數件，擬緩往蘄春、九江、牯嶺，一逝督舒不平之氣耳。閱雜書至轉鐘二時寢。

廿三日　晴　九月一日　星期六

七時起，八時清理積件，飯後寫大中堂二、屏六堂、聯五副。擬二日內將各處積件寫畢往潯。晚八時寫信二件，十一時寢。

廿四日　小雨　陰晴不定　九月二日　星期日

八時倦甚，飯後外出一次。閱雜書，清理書籍中各事。來客數次。余懶應酬，客來多未回看也。晚十二時寢。

廿五日　晴　九月三日　星期一

七時起，飯後寫屏一堂、對聯三副。來客二次。中飯後又寫大對、中堂各一，晚閱雜書，十二時寢。

廿六日　晴熱　九月四日　星期二

八時起，清理各事。書室中已部居停妥。字畫書箱亦安置甚好。擬明日往蘄春。晚十二時寢。

廿七日　陰晴不定　小雨　九月五日　星期三

七時起，倦甚。飯後至江干候船。至正午，祥安輪方到。帶同羅僕買得房間，小睡甚適。五時半起，岸途遇晏海平，談數語。至專員公署，則菊坡公出，與月舫等談甚久。飯後菊坡方歸，詳談余交卸後事。晚宿胡劍侯室中，又與胡談甚久，轉鐘二時猶未安枕也。

廿八日　晴熱甚　九月六日　星期四

七時起，出城探訪章惠生，知已調羅田電報局矣。在城外茶肆小憩，此人姓黃，余去冬在此寄宿一次，相識者也。坐片刻回署。午飯周養吾、孟嘯壑、劉旭波均來談。晚間菊坡請讌，張貢父、傅長民、沈清源、王梓民同席，蓋蘄春開行政會議，梅、廣、羅、蘄等縣縣長在此未歸也。爲周英即作蘭石一幅。晚十時寫信二件，一致朱卓爾，述明必來九江；一致朱懷冰，言必來海會寺一談別後情形，十二時寢。

廿九日　晴　熱甚　如伏　九月七日　星期五

七時起，寫信與余子琴，囑其從速繳款，了理手續；一致厚訓，告知余已在蘄，不日須往九江。飯後爲菊坡作《松菊猶存》大幅，又爲其科長及旭坡、養吾寫聯四幅、畫四件，揮汗爲之。午後四時思外出，胡典獄員，蘭溪宜昌人，堅請余與菊坡、張貢父、劍侯、月舫等七人夜宴，菜精美。回署後請菊坡寫信與懷冰與談各事，晚宿署中，展轉不寐。

三十日　晴熱甚　如伏　九月八日　星期六

二時出署，劍侯派僕送余。余與羅僕同行至黃姓茶肆候船。至六時，武昌輪始到，買得房艙，僅一人。甚安適，就枕寢。十時船抵九江方醒。起岸後遇劉潤山及朱卓爾之弟來迎，謂已得信，知余今日到也，即寓卓爾家中。飯畢，與卓爾同出打電話與懷冰，詢之其妻周夫人今日已下山矣，寓國民飯店，當與見面，並與懷冰通電話，約以星期一到海會寺晤談，並送周夫人今晚搭輪回漢。十時回寓，十二時寢。

八　月

初一日　晴　熱甚　八十八度　九月九日　星期日

七時起，十時早飯，羅竟成同席。羅，曾任德安縣長者也，談吐風雅。午後一時朱紹章請吃飯。朱爲懷冰族姪，現充感化院職員，曾在黃岡縣府得有乾薪，此次故請余。席散，出遊至江干，一步一憶余丁未春到潯時各事。天熱步行，汗出如瀋。見江華輪到埠，搜查嚴密，旅客苦之。回寓小憩，睡三小時。傍晚羅縣長請吃飯，並請客，寫大聯一。其姬人某氏女，恭順有禮，頗耐苦，貌亦不惡，無時髦習氣，尤爲可佩。飯畢外出，與卓爾各購書籍數事，十二時寢。

初二日　陰晴　熱甚　九月十日　星期一

六時起，七時羅僕送余乘汽車。九江距海會寺七十里，僅一時半即到山。值委員長訓話，在傳達處用電話囑懷冰派僕來導入。聞先派一僕下山迎候，已相左矣。再由辦公廳派人來導至懷冰辦公室內，候一時彼方回室，與談各事。飯後僅在室中盤桓而已。此間到處有守衛，甚森嚴，無着長衣之職員，學員皆營長以上，寸步難行。余以着長衣故，更不便。懷冰住室爲觀音殿，極窄小。上懸一額，同治癸酉年所懸者，金色猶新；下款"長白弟子某某獻立"，此數字余頗記憶之。午後二時與懷冰談各事，二時半下山候汽車，看形勝，飽看五老峰正面，此則昔年所欲見而未能者也。兒時讀《江西闈墨》詩題爲"賦得影落杯中五老峰"，慨然神往。曩雖遊牯嶺附近勝迹，以路遠未到五老峰爲恨。此處屬星子縣，今日償夙願矣。三時開車。人少，車顛簸起落無定。同車者數軍官與余同一樣吃苦，幸時間短。到九江市，足不能行，臀皮已破。脱褲浴，則血漬殷然矣。蓋此種汽車無彈簧，可立不可坐也。飯後即寢，時醒時痛，不能坐立。今日之樂可紀，今日之苦亦可紀也。

初三日　早陰　小雨　九月十一日　星期二

七時起，外出購得一坐墊回，坐甚適。真錢無錯用也。十時為卓爾寫大聯二副，羅竟成頗贊許。羅名運甓，頗奇特，蓋意欲學陶士行人格耳。為其畫四尺小中堂一副，頗得意。飯後外出一次，十二時寢。

初四日　雨　九月十二日　星期三

七時起，飯後外出一次，準備今晚回鄂城。午後三時購零件。九時半船到，余帶同羅僕上船，購得房艙外餐間。新寧興為招商船，今日人多，擁擠不堪。卓爾送余上船，談片刻別去。十二時船開行，余遂寢，精神不安。

初五日　雨　九月十三　星期四

八時起，十時船抵黃州，張碧源留余坐片刻，渡江料理各事，知黃岡交案辦理遲滯，吳端偉、余梓勤只逼取交代費，他事不問也。人心如此可怕，余亦不願再作馮婦也。

初六日　晴　九月十四日　星期五

八時起，九時寫大聯四副。飯後來客數次。寫信四件。擬暫在家休養。人心可怕，幹獨立事，為人忙耳。各員役虧公款，負賠償責任者係余一人。大抵若輩未就事時日，日日來乞憐，僅云求得噉飯地足矣。就事之後則忘其所以，嫖賭皆來，如周知安、周瑞南、王少恒輩皆是也。傍晚外出一次，十二時寢。

初七日　晴　小雨　九月十五日　星期六

七時起，倦甚。飯後寫大聯二副，晚間外出一次。閱雜書，清理各事，閱未竣文件，十二時寢。

初八日　雨　九月十六　星期日

七時起，九時清理文卷及黃岡搬回各物件，餘文具一一佈置箱中，備將來再就事之用。晚清理衣物，十二時寢。

初九日　雨　九月十七日　星期一

八時起，飯後來客數次。午後四時寫屏、對各一，中堂三，傍晚畢。連日爲酬應所苦，十二時寢。

初十日　雨　九月十八日　星期二

九時起。清理書房中書籍，掃除桌上净盡，心目爲快。余每交卸回家，必整理月餘方清楚，性不喜什物零亂。先君子從前教余：書室桌案總宜整潔，心胸中辦事則井井有條也。晚八時寫信至轉鐘二時寢。

十一日　晴陰不定　九月十九日　星期三

八時起，九時寫屏對至午後五時止，中間除寫信六封外，餘均爲作書時間。計寫屏七堂、大聯十三副、中堂七件，又紅蠟箋對四副，手足俱疲。蓋立而書，足已軟矣。此係積壓未書盡者。得程稚松自上海來信，囑余籌寫義渡修理費，並舉先君子在時典衣捐款修義渡善舉之事，閱之有愧於心。今歲恰逢旱災，而黃岡人向來對於善舉不輕援助。余今去職於岡邑，已無關係。雖此義渡爲岡、鄂兩縣所關，此時已説不上矣，奈何，奈何！留此好心，再得獨立之事時，當承此志。晚九時閱書報，十二時寢。

十二日　早晴　午後暴風雨數次　晚晴見月
　　　九月二十日　　星期四

七時起，倦甚。昨夕寒甚，寢時蓋棉被，今日身不適。九時起至午後三時止，共寫大小聯十二付、屏四堂、中堂三。謝服初、周子書來坐談片刻去。王少恒、周知安虧款，連日展轉托人借填，無應者，焦灼甚。晚九時寫對二副，十一時寢。

十三日　晴　九月廿一　星期五

七時起，爲周、王事分途向各處借款，均少效果。謝服初來，回信無辦法。午後寫信四件，晚清理書室中字畫等等。以後非立簿記載不可，蓋損失不少，且不知何時也。十二時寢。

十四日　晴　風　月色佳　九月廿二日　星期六

七時起，清理各事。羅國貞自省歸，述各事，飯後命遲生帶香、燭、楮等件與同出城祀先母，蓋已數月未至厝所省視也。午後二時帶同遲生自後門上城至小西門下城，約半時抵厝所，焚楮默禱，心爲愴然。去年十四日，余在黃州，先母在鄂城，余以新遭內子蕙芳之喪，心常鬱鬱。今則先母謝世，余又值交卸虧公款，心亂如焚矣。約一時許離厝所，與遲生繞小西門外行至雨台山小憩片刻，沿城到小北門上城，至後門下城止，蓋已繞城一週。志載我邑城週三里，其實二里餘耳。歸後開消各處欠賬，晚間命僕購各物，明日秋節，吳端偉等須來家過節，不能不小有點綴。十二時寢，展轉不寐。

十五日　晴　九月廿三　星期日

七時起，八時端偉、晦公、廣緯同來，與談各事。飯後接懷冰、立群等信，艾少泉昨晚自蘄春歸，攜菊坡信來，余擬明日往省，因鄭宇平親家已由天門回鄉，約余在家候一日。年餘未見面，須與談也。晚六時進香祀祖及先母，焚香中庭，拜月無限感慨。去年在黃岡縣府，各職外出，先母與妻子均在鄂城記余於是夕。九時具酒奠蕙芳，心傷甚。今忽忽一年，又增先母之喪。卻嘆兩度中秋令余心忉怛難受耳。人生不滿百，死者已矣。余轉瞬五十歲，至今猶不能不求生計以養家人。自念此十年間，運氣雖轉，入款亦不少，悉爲用去，且此次虧款如此之多，再借新賬，令人不值。設有餘蓄，此際須休息三五月方足以恢復精神耳。九時家人具酒肴，余飲食過多，晚不成寐，旋睡旋起，至轉鐘三時半方睡。傷風鼻塞，心焦灼甚，起看書數次。

十六日　早晴　午後大風　六時雨　七月廿四　星期一

八時起，聞來客數次。余近來懶於應酬，未之出也。午後一時宇平親家來，留與談四小時，午飯畢已四時半。王興發來爲余整容一次，擬明日往省。晚間大雨，余倦極思睡，七時和衣寢，九時半起，補寫信三件，分致徐源泉、熊愷群、李佛波諸人。寫畢，補繕日記，十二時寢。

十七日　陰　寒甚　九月廿五日　星期二

八時起，九時寫對聯等件分寄邱仲三、李咸珍等。午後命家人清理各省之件。夏炳臣渡江爲吳科長送信，因留之使其明日與余同行也。晚間寫對聯二副，何耀章來談印詩集事。十二時寢。

十八日　晴熱　九月廿六　星期三

八時起。九時黃州各催征吏來攻訐余會計子琴。此人無甚學識，遇事以私渡公，脾氣粗暴，無一人歡喜者。余平生不願意以不誠待人，而獲報每得其反，何也？十時飯畢，與洪英、夏炳臣等下河候船半時許，搭祥安輪過黃州時邱耕畬上船，與談竟日。九時到漢，轉武昌已十時矣。十二時寢。

十九日　晴熱　八十度以上　九月廿七　星期四

七時起，清理寓中各事，命夏炳臣打掃各處灰塵，心甚感痛。設內子蕙芳在，決不至如此疲殘氣象也。思想蘊玉當日，內子臨危時曾囑余，於其七滿時即令爾等遷出，余以不忍，故致今日愈懶惰，且與鄧實發生種種惡劣感想，思之心痛且悔也。午後渡江並訪各處，探知甲債事已有發下辦法，則銀行借款可暫中止矣。晚十二時寢。

二十日　晴熱如伏天　八十八度　九月廿八　星期五

七時起，八時半往建廳，值李廳長開會，晤邱秘書略談數語，告以來意，便訪各至好處。至淬成家略坐，午後三時歸，汗出如瀋，遂休息沐浴，未出。晚轉鐘二時寢。

廿一日　晴熱甚　八十九度　九月廿九日　星期六

七時起，即熱如六月。本年自四月初旬熱起，六月、七月更熱，且開千古未有之奇熱。詢之六十以上之人，則云曩有此熱度，無此最長之時期也。九時到財廳，親送公事二件，晤賦初、朗山、壽廉、泮香等，說明各事，至周淬成、梅鳳山處略坐，訪許平甫，取得甲債應領之據，須蓋印方能取公債。天氣熱，汗不能止，午後二時回家洗澡，再訪李廳長，知其渡江矣。轉鐘一時寢。

廿二日　晴熱甚　八十六七度　午後五時大風
九月卅日　星期日

七時起，九時大椿、端偉等先後來談甚久去。午飯後天熱如伏，正午渡江至佛波寓談片刻，晤則湘談各事未合。四時雇車訪立群，在其寓談甚久。吃晚飯後欲渡江，以風大無船中止，遂折而至佛波寓談五小時，轉鐘二時，佛波始歸，再談至天欲曙時，僅合眼而已。

廿三日　大風寒甚　着棉衣　十月一日　星期一

六時半登甫呼余起，洗漱畢，雇車至江漢關。風大靜江，並無輪渡，遂折回李寓再睡片刻，七時半與登甫再到江干候一時半，方乘建鄂輪渡江到家，着加夾衣，至民廳、建廳訪兩廳長，均未遇，與范尚立談一時許。晚間鄧實來家，勸勉各語，囑其帶同蘊玉往天門縣或送往鄧寓居住，求學與否，則鄧之自主權也。天寒如冬，十二時寢。

廿四日　風雨　寒甚　十月二日　星期二

八時起，九時往民廳，途遇鄧實，約其來家，知其已派天門事矣。在廳坐談甚久，出訪平甫、翼廷，爲甲債手續事。晚歸清理各事。鄧實來，面與告誡各事，彼欲玉笙仍住學校，但不能供給其學費，無非逼余出款爾，所言不合，余斥之。細思女……教導不聽，只有早令其出門交鄧實，暫脫余之關係而已。十時清理沙市各賬，十二時寢。

廿五日　風雨　寒甚　五十度　十月三日　星期三

七時鄧實起呼余，未之應也，旋聞其雇車出。九時起，玉笙欲余墊繳各費。昨晚交廿元，今午再欲交廿元。余十時取款歸，交十八元。留其吃飯再往校，彼云校中不能候，匆匆出門。余偶入房，則婢冬梅已不見。余疑其到學校去，囑夏德山尋問，則云不獨冬梅未到校，玉笙亦未來校，遂命黃福往鄧宅尋之。余以有事往外，未能在家候信。午後三時歸，聞黃福遇玉笙途中折回，遂命夏炳丞至鄧宅索冬梅歸，蓋玉笙約彼私逃鄧宅矣。嗚呼！鄧實窮而不能養一妻，尚能養其婢耶？晚清理賬務至轉鐘一時寢。

廿六日　風雨　寒甚　十月四日　星期四

八時起，傷風三日，鼻塞甚難受。端偉、鳳山、文達先後來談，留其早飯，十一時訪平甫。至財廳晤化吾、壽廉、泮香，便約其星期六吃酒致謝也。晤袁竹溪，知甲債明午可領出。出廳後購棉被一件禦寒。晚五時命根生尋大椿來，算沙市用賬畢，與談各事，至七時半方去，十二時寢。

廿七日　晴　燥　十月五日　星期五

八時起，九時到民廳會馬秘書，傳達持片入，謂廳長自咸寧過，須進見。未幾，請余入，談話甚親切，謂此次本不願調余，以環境須變更。

余謂係自動辭職，不能再幹，於人何尤。廳長意欲余再作縣長，余唯唯而已，不願多談，辭出。晚至許平甫寓領公債，候甚久，九時半方歸，清理計算至轉鐘二時寢。

廿八日　晴　燥　十月六日　星期六

七時起，命夏炳丞請大椿來議各事，算甲債分配。端偉、鳳山均來，就此吃早飯畢方出。午後定酒席於漢斌樓，因昨已請趙朗山、范尚立、賀采庭等九人，午後五時均到齊開席，八時半散席，九時伯陽、慎旂、慶雲等先後來，談甚久去，十二時寢。

廿九日　晴　燥　十月七日　星期日

七時起，清理各事。蘊玉昨日引冬梅往鄧家，係負氣出門，今日如不歸，明晨當囑彭大椿詢其校長。此等無知識女子，以後當拒絕其來往也。余連日身體極不佳，嘔悶氣多，頭暈甚。午後渡江訪佛波，值其事多，僅與夢仙談片刻出。至各至好家略坐。晚五時渡江，飯後涂生林來云，見蘊玉個人乘車入城，未見冬梅，余已知其不歸矣。內子蕙芳病重時屢云累其嘔氣之事甚多，甚悔養之過久，因此女毫無良心，昨閱其來函，似與余恩斷矣。十二時寢。

九　月

初一日　晴　十月八日　星期一

七時起，鳳山來談，去後余訪許平甫，商量借款事。飯後欲渡江未果。來客數次，晚與彭大椿商各事，十二時寢。

初二日　晴　今日寒露節　十月九日　星期二

七時起，八時半伯陽來云借款不行，只有押債券為好。九時慶雲、鳳山來，十時開飯，遲至午後與伯陽渡江，至後城馬路天津館訪秦竹坡，再約姚篤初，往返數次，始將債券售出，便請姚、秦吃飯。晚七時渡江，十二時寢。

初三日　晴熱　十月十日　星期三

八時起，訪平甫未晤，取得通知書歸。財廳款不知何時可撥。飯後至鵬程處了清手續，便給賬與看。午後二時歸，帶同根生渡江至秦宅晤伯陽、夏子書等，便訪彭慎旃未遇。晚六時同根生渡江，八時慎旃來談甚久去，十二時寢。

初四日　晴　十月十一日　星期四

八時起，清理案上積件。午後渡江，連日如交案不能了結，不能不深恨吳、余輩之無良心也。晚十二時寢。

初五日　晴　十月十二日　星期五

九時起，飯後來客數次。午後三時渡江，九時歸。飯後清理書籍，寫信四件，十二時寢。

初六日　晴　十月十三日

八時起，飯後渡江往各處有所接洽，傍晚歸。十二時寢。

初七日　雨　十月十四日　星期日

九時起，十時來客數次，皆無聊來謀事者。飯後渡江，晚十時歸，轉鐘二時寢。

初八日　雨　十月十五日　星期一

十時起，飯後往民、財兩廳看客商各事。午後在家小憩，神倦，睡二小時。晚閱各書，十二時寢。

初九日　陰　十月十六日　星期二

　　九時起。十時往省政府訪王秘書、熊科長談各事，十一時回。聞燕喜已來二次，約余至其家吃飯。至則其家高燒紅燭，有鞭炮屑，問之不答，不知何種喜事也。同席者王氏家屬數人。飯畢即回家，晚六時寫信數件，十二時寢。

初十日　晴　十月十七　星期三

　　八時起，飯後外出，午後三時渡江，傍晚歸，十二時寢。

十一日　晴　十月十八　星期四

　　九時起，十時往省政府探交案。往財廳，向周化吾商各事。午後五時寫信四件，分寄鄂城、漢陽等處。晚八時閱書籍至轉鐘二時寢。

十二日　晴　十月十九日　星期五

　　八時起，飯後渡江往各處略坐談，晚九時歸，清理積件，閱報並寫信至轉鐘二時寢。

十三日　陰　十月二十日　星期六

　　八時起，寫信三件，飯後外出一次，午後清理書桌上什物，各處來函逐一覆之。今日爲先母生辰，余以事牽未歸，心痛而已。晚囑夏炳丞具酒肴祀先母，焚楮畢，寫信二件，寢已十二時矣。

十四日　晴　十月廿一日　星期日

　　九時起，飯後渡江往佛波、立群各處，傍晚方歸。接各處函，逐一覆之。閱雜書，補寫文稿，十二時寢。

十五日　晴　十月廿二　星期一

八時起，飯後來客數次，午後渡江，晚十一時寢。

十六日　早雨　陰　十月廿三　星期二

九時起，十時寫大聯四副，寫中堂三。筆無力，意不適，無好結構之字也。午後寫信四件，晚閱小説解悶，十二時寢。

十七日　晴　十月廿四　星期三

八時起，飯後寫字一小時，晚十二時寢。

十八日　晴　十月廿五　星期四

九時起，連日擬往蘄春。心悶抑甚。晚閱雜書，十二時寢。

十九日　晴　十月廿六日　星期四

八時起，無所事，閱雜書，交案未竣。吳、余等人無良心。彭子芳爲余所用之人，至今不爲余助。人心到此，寧有是非？待人誠恕而適得其反，以後用人須鑒也。十二時寢。

二十日　晴　十月廿七日　星期六

八時起，飯後外出一次。命羅僕辦理各事畢，決定明午往蘄春。晚寫信四件，十二時半寢。

廿一日　晴　十月廿八日　星期日

九時起，飯後清理各事畢，正午往小北門外搭小輪往蘄春，晚六時到蘄春。菊坡外出，與胡劍侯晤。九時半菊坡歸，與談一時許即寢。

廿二日　陰　晴　正午小雨一次　十月廿九　星期一

八時起，悶甚。帶同羅僕外出至北門外尋黃姓茶肆，就其室中吃飯，菜美可口。正午與遊昭化寺，即玄都觀寺，爲清初所建，棟梁柱皆石爲之，不畏水火。寺殊汙穢，不能坐。聞日前有匪在此綁票，某住客損失百餘元，至今未破案。距城僅三四里而出此案，爲地方官者覺無顏矣。午後五時歸，菊坡請吃飯，晚十二時寢。

廿三日　雨　寒　十月卅日　星期二

八時起，飯後至北門外探上水船旋回署。蠢聲請吃飯，辭之不可。明晨須歸，不知能不爽約否，晚十一時寢。此次住菊坡之後房，聞正準備其如夫人韓某來此。以未到，余居其左房，甚適。轉鐘三時夢見蕙芳夫人與余同卧寢，病狀瘦可憐。數月未見蕙芳，余思念未嘗去懷。今夕見之，歡愛不異生時，醒則覺其爲夢也。

廿四日　雨　晚晴　十月卅一日　星期三

七時起，九時黃蠢聲來約吃飯。晏海屏具柬請客，余昨已面辭矣。今日晏同席。酒席未竣，聞汽笛聲，余與羅僕匆匆出城，幸船剛到卸客，余遂上船，幸人不多，就房艙中卧之，晚十二時方抵縣，城已閉，叫城入城門，貼有標語，知李輝武自陽新同民政廳長孟廣澎已到縣。抵家已轉鐘一時，小憩後即寢。

廿五日　陰　大北風　十一月一日　星期四

九時起，倦甚。派人探知孟廳長住賓興館，十一時訪之，知已往城隍廟去。聞百之持名片來，知其同來約余即見孟。余以城隍廟人多，乃在縣商會候之。在李輝武處吃午飯，孟未至。余與李飯後往城隍廟晤孟，述自蘄歸之意。午後五時演說畢，與同遊西山。縣中紳商請宴，余與李文孫縣長作陪，九時半方下山。足力不勝，與同至商會，約明晨同往黃州。十時歸，十二時寢。

廿六日　晴　寒　十一月二日　星期五

七時起往賓興館，孟正見客。八時遂與孟及隨員同差輪到黃州。余廷襄約同各機關列隊相迎。余以舊令尹資格同孟入城，商民及歡迎者與余相見甚喜，此爲交卸後三月第一次到黃州也。人莫作酷吏，人情留一綫，久後好相見。余以對黃岡感情好，故敢再至。若胡光麓則不敢入黃岡城矣。與孟同往縣府，往赤壁，應酬繁，説話多，頗以爲苦。邱耕畬請吃飯，欣然答應，並就其家寫大聯二副。餘如陳子周、汪仲謹、彭子芳請吃飯，均辭之。午後四時孟往新民小學訓話，余偷空渡江回家，晚十二時寢。

廿七日　晴陰不定　十一月三日　星期六

八時起，倦甚，清理各事，擬往省。午後寫中堂、對聯甚多，皆帶往武漢者也。晚間外出一次，十二時寢。

廿八日　晴　十一月四日　星期日

九時起，飯後閱雜書，午後來客數次。連日候余子勤來結賬未至，余又須急往省，子勤扯款多，久思騙余。余屢以恩感之不動也，人之無良一至於此！明日決計往省，當尋其保人張眉宣。然民國十六年在漢活動之人決不可靠，子勤其一例也。晚十一時寢。

廿九日　晴陰不定　雨　十一月五日　星期一

八時起，十時飯畢，帶同羅僕往漢，午後七時始到。渡江後清理家中各事，飯畢遂寢。

三十日　陰晴不定　十一月六日　星期二

九時起，飯後往民、財兩廳訪至好，略坐談。傍晚歸，清理家中各事，寫信四件，轉鐘一時寢。

十　月

初一日　早雨旋晴　十一月七日　星期三

九時起，飯後渡江至徐公館晤周副官，詢知軍長近況。午後三時往李佛波寓略坐談，晚九時歸，十二時寢。

初二日

八時起，趙少欽引徐和善來談，意在買屋。周知安、李瑩先後來談不相干之語，余心亂如麻，未之聽也。周黃爲公債來談變賣事，爲師景記事，彼則不負責。此等遇事取巧之人，直與嚴西陵一例耳，便留其吃飯。午後四時向許平甫以公債押借款填繳財廳虧空，晚九時歸，寫各處信並閱報至十二時寢。

初三日　陰　十一日九日　星期五

八時起，來客數次。飯後渡江，晚歸閱《勸戒近錄》四頁，閱報、寫信，十二時寢。

初四日　陰　十一月十日　星期六

九時起，飯後未出門，囑僕磨墨，寫積壓之件，午後五時畢，晚閱書報二小時，十二時寢。

初五日　陰　十一月十一日　星期日

九時起，爲公債事渡江，午後四時歸。連日來家者多不相干之人，說不相干之話，借錢謀事，殊爲可恨也。晚十二時寢。

初六日　陰　十一月十二日　星期一

九時起，飯後渡江與佛波商酌夢仙遷武昌事，連日爲甲債事開消甚忙，晚歸頭痛。十二時寢。

初七日　晴　十一月十三日　星期二

八時起，清理臥室及前房各什物，囑夏炳丞等將臥房打掃乾净，以舊用具遷後房安置之。晚間外出一次，十二時寢。

初八日　晴　十一月十四日　星期三

九時起，十時往民、建兩廳，所談無多語。余以交册未送財廳，似不能有所活動也，令人痛恨余子勤與張眉宣不已。晚十二時寢。

初九日　晴　十一月十五日

八時起。連日黃周囑鳳山時時來，令人生氣不已。午後寫大對二副，晚寫信四件，今日已與陳登甫說明各事，囑其面告夢仙、佛波。以余手中近時窘無存款也。十二時半寢。

初十日　晴　十一月十六日　星期五

九時起，連日爲甲債事甚忙復慪氣，時時渡江，時時來客，皆爲此事，但此又非余經手了結不可，他人不能代也。轉鐘二時寢。

十一日　晴　十一月十七日

九時半起，來客數次，午後一時渡江，晚七時歸，十二時寢。

十二日　晴　大風　十一月十八日　星期日

九時起，飯後渡江至李宅晤登甫，談遷居省宅各事，囑李宅木工與其大司夫運房中器具渡江，晚九時歸，轉鐘一時寢。

十三日　晴　十一月十九日　星期一

九時起，至財廳詢交代及甲債餘款事。午後夏、羅、胡三僕已將李宅各器具搬回，置前後房中，床帳俱已安置齊矣。晚十二時寢，轉鐘二時夢蕙芳夫人歸，與余談甚久，纏綿猶昔也。

十四日　陰　十一月二十日　星期二

八時起，以昨夢向葉太太述之，相與太息久之。飯後渡江一次往李宅，已將各事交付清楚。晚九時宿旅館，二時寢，不成寐。

十五日　陰　晚見月色　十一月廿一日　星期三

九時起，飯後命僕將前後房安置停妥，余仍往民廳問各事。午後三時渡江，四時與登甫吃飯談各事。傍晚同劉夢仙、登甫渡江時佛波夫婦送之，戀戀不捨。六時半到家，進祖宗並囑其祀前內子蕙芳夫人，冀其事事維護也。留登甫飯畢去，清檢室中各事，新雇嫗來，又須事事教之，十二時寢。

十六日　晴　晚月色更佳　十一月廿二日　星期四

九時起，疲倦甚。知安及官振武來談片刻去，飯後渡江。四時半往佛波家坐談甚久，九時半方歸家，十一時寢。

十七日　陰　今日小雪節　十一月廿三　星期五

九時起，倦甚。九時渡江訪徐克誠軍長談各事，午後三時往李佛波寓，今日為其妹生期，約余必往也。夢仙已回其家，晚九時開席，余十時渡江，十二時寢。

十八日　陰　大北風　十一月廿四日　星期六

八時起，飯後渡江，午後五時請徐繼安、登甫、佛波及其眷屬往吟雪酒樓。九時客畢集，十時席散。十一時回家，十二時寢。

十九日　陰雨　十月廿五日　星期日

七時起，伯陽來談甚久去。午後往王藝圃家小坐述各事，晚至武昌各至好處，十時歸，十二時寢。轉鐘二時夢蕙芳夫人歸與寢處，歡若生時，戀戀不起。今年數數夢之，奇矣。

二十日　雨　十一月廿六日　星期一

八時起，飯後往黃鶴樓囑顯真樓再爲余洗相片。午後渡江，晚九時歸，十一時寢。

廿一日　陰　大風　十一月廿七日　星期二

九時起，倦甚。午後外出一次，三時爲方本仁作畫，寫聯一副。晚訪大椿並至許、周各家略坐，談至九時半歸，十二時寢。

廿二日　晴　十一月廿八日　星期三

十時起，午飯後爲李範一作畫，晚訪吳師聖，爲夢仙事也。十時歸，看《故宮週刊》，三册都遍，轉鐘一時寢。

廿三日　晴　十一月廿九日　星期四

九時起，飯後外出。日來不能往民廳，交册未清；又兼蔡紹林裁券事發生，令人焦灼無已。余子勤心術不正，既虧用余之公私款，又與人私自裁券，以圖自利，不顧主人受累與否，此種人狗牛不若矣，明晨當尋吳端偉問之。晚閱報二小時，十二時寢。

廿四日　陰雨　十一月卅日

八時起，倦甚，飯後渡江，午後四時歸。囑羅僕清理各事，準備明日回縣。爲交代案，非余親往黃州不能了結也。十二時寢。

廿五日　晴寒　十二月一日　星期六

五時起，盥漱畢，帶同羅僕回縣，命端陽送余至漢陽門，內子夢仙同時起，亦送余至門口，余面囑其好好料理家務，無事寫字讀書而已。

車行至江干，搭小輪，客甚少，因前已開駛二次下水船矣。午後三時抵家。詢問各事，無非嘔氣者。飯後清理各事，十二時寢。

廿六日　陰晴不定　十二月二日　星期日

八時起，九時搭輪到黃州，先訪彭子芳問各事，到縣府並往財委會一談。余廷襄未在，縣一切事須俟其歸也。晚五時渡江，飯後清理家中諸事，十二時寢。

廿七日　晴　十二月三日　星期一

九時起，飯後又渡江。傍晚歸，清理各事。十二時寢。

廿八日　晴　十二月四日　星期二

八時起，來客數次。飯後余外出看客。自交卸後在家時少，亦不願外出也。家中書籍凌亂，整理之。十二時寢。

廿九日　晴　十二月五日　星期三

九時起，飯後寫字畫花約三小時，晚間清理各事，閱書二小時，寫詩文稿二小時，十二時寢。

三十日　晴　霜　十二月六日　星期四

九時起，倦甚。十時清理書房中字畫，費四小時之久，約有秩序。午後四時寫對聯、中堂屏條約四小時，手臂背心俱痛。近來諸事嘔氣，興趣甚少，求書者無已時，拒之則拂情，作之者殊鮮意也。前日彭梓芳囑余須請余廷襄，謂彼對於交案，實已代爲力云云。晚十二時寢。

十一月

初一日　晴　霜　十二月七日　星期五

八時起，飯後清理書室中各事。調顏色甚麻煩。擬爲方耀廷先生作畫，但屢欲着筆，爲他事中止。自廿五日回家，無日不清理書籍、雜事，愈清愈繁，頭腦俱痛，晚十時仍不能畢也。十二時寢。

初二日　晴　十二月八日　星期六　今日大雪節

九時起，清理各事，仍如昨不能了結。晚飯後李縣長來談甚久不去，檢字畫數十件與之看。渠自午後三時來，傍晚方去，余精力亦疲矣。涂生林回，知明日余縣長，良材均到。晚仍清理各事，欲作畫未能。得夢仙書甚恚，晚十時作書與佛波詳述其無理狀，並檢原函與看，另作一函罵之，十二時寫畢，轉鐘一時寢。

初三日　晴　十二月九日　星期日

八時起，仍寫各處急覆之函，方耀庭、徐克誠、張眉宣均於午前十一時付郵訖。午後二時彭梓芳、華雲舫、邵季良等六人先來，最後余良材至，開席，傍晚方散，渡江去。余仍清理往省各件，頭痛甚。十二時寢，轉鐘夢蕙芳夫人居樓上，已在二層，病狀可憐，與余談各事，謂某款未清，甚焦慮。余似在許平甫家中出外者，忘取一帽，逕戴許帽出，問蕙芳病。噫！蕙芳卒已年餘，頻頻示夢不忘余，前月十三夕示夢省宅，尤令人心痛。昨感於夢仙自省寄信，余猶不能不繫念蕙芳也。

初四日　晴　十二月十日　星期一

九時起，仍清理連日未竟之事，甚焦灼。連日極窘，昨請客無款，致將蕙芳之金戒指質去。此戒指余不忍棄者也，見其物如見其人。午後寫中堂、對聯七件，晚十時清理祭幛等，準備明日往省。十二時寢。

初五日　陰寒　十二月十一日　星期二

七時起，八時飯畢，九時帶同羅僕往省，搭新萬安輪，行甚緩，晚九時半方到省宅。飯後清檢各事，不理夢仙以挫其氣。十一時閱雜書，轉鐘二時方寢。

初六日　晴　十二月十二日　星期三

九時起，倦甚。飯後外出一次，歸後爲方耀廷補作山水，已成其半矣。晚閱書二小時，十二時寢。

初七日　晴　十二月十三日　星期四

九時起，午後至橫街裱字畫，三時半渡江訪佛波，與説明各事。佛波謂已有兩函至鄂城述夢仙已悔之狀，晚九時渡江，十二時閱書報等，至十二時半寢。

初八日　晴　十二月十四　星期五

八時起，九時外出一次，飯後來客二次，晚閱雜書，十二時寢。

初九日　晴　十二月十五日　星期六

九時起。午後渡江訪立群並往各至好處略坐。尋余子琴不着，甚嘔氣。五時歸，晚閱文集與雜書，十二時寢。

初十日　晴　十二月十六日　星期日

八時起，連日爲交册未清，甚嘔氣。午後寫大聯二副，寫屏二堂，不愜意。晚十二時寢。

十一日　陰雨　十二月十七日　星期一

九時起，倦甚。午後寫字畫花約二小時。晚閱詩文雜集，十二時寢。

十二日 陰雨 十二月十八 星期二

十時起，閱書二時許，午後寫聯條各一，來客數次，仍談謀事借款等等，殊可笑也。晚至橫街頭一帶看裱店所裱近人字畫，野狐禪多，佳者實少。四時回，仍寫聯條數事，晚飯後閱書至十二時寢。

十三日 雨 十二月十九日 星期三

九時起，倦甚。連日閱雜書，心煩甚。午後渡江訪菊坡。彼來漢，久欲請其吃便飯，彼忙甚。以余三次往蘄春承其數數請宴，不能不報酬也。晚十時歸，十二時寢。

十四日 雨 十二月二十日 星期四

八時起，來客數次。飯後渡江，九時半歸。今日閱漢口北平書畫展覽會。近人以新意作畫，佳者甚多，勿謂今人不逮古人也。天下無正色，悅目即爲姝，李太句可慨之今日矣。十時寫信四件，轉鐘一時寢。

十五日 陰 十二月廿一 星期五

九時起，十時寫字看書，飯後外出一次。晚十二時寫信三件，十二時半又清理書籍等等，至轉鐘一時寢。

十六日 雨 今日冬至節 十二月廿一 星期六

九時起，爲方耀庭作畫已成矣，略師戴文節，筆法、水法均似之，微嫌其板耳，明日當爲之題款送去。書舊詩一首，此詩昔年爲金煕生太守畫扇面所題者也。第二聯"分明一種清幽境，合似詩人錦繡胸"，煕生極賞之，曾有函致朱次誠囑其轉致謝於余。此民國十四年事，因誌之，亦佳話也。轉鐘一時寢。

十七日　陰　十二月廿三　星期日

九時起，十時外出購紙，補寫各處所求字屏也。聞胡劍侯已由菊坡委代英山縣長。劍侯愛作官，不暇擇地址，向債事，未能有成績，菊坡爲一時應付計，爲懲現任縣長王嗣昌計，乃有此舉，恐無好結果，姑誌之以觀後日耳。十二時寢。

十八日　陰　十二月廿四日　星期一

八時起，九時外出一次，飯後渡江觀影戲。連日抑鬱甚，晚六時歸，清檢案上凌亂之件。爲李範一作畫已成，寫款，十二時寢。

十九日　雨　十二月廿五日　星期二

九時起，倦甚。今日未出門，專寫題款，計方、李畫俱成矣。晚間看書二小時，十二時寢。

二十日　雨　十二月廿六日　星期三

九時起，飯後渡江觀影戲至下午十時回家，十二時寢。

廿一日　雨　十二月廿七　星期四

九時起，倦甚。午後寫大聯三副，小長聯二副。晚外出一次，十二時寢。

廿二日　陰　十二月廿八　星期五

十時起，午後寫字二小時，閱書四小時。晚清理書室各件畢，寫家信囑縣宅催黃岡交册事。十二時寢。

廿三日　雨　十二月廿九　星期六

十時起，午後外出一次，餘時看書。來客數次，晚寫文集三頁。清理積稿，屢思整理裝訂，未能也。轉鐘一時寢。

廿四日　雨　十二月卅日　星期日

十時起，倦甚。擬新曆年接客，囑內子夢仙徵求汪青雲校長同意。劉莘三來約余新年往其家吃飯，面辭之。晚渡江一次，旋歸，十二時寢。

廿五日　陰　十二月卅一日　星期一

九時起，十時囑家中略備菜酒，明日新曆元旦也。午後渡江一次，十時歸，看書二小時，十二時半寢。

廿六日　陰雨　寒甚　民國廿四年　陽曆一月一日　星期二

八時起。連日得各處賀年片，自身賦閑，不作答也。飯後渡江至法界維多利亞電影院看京戲，唱做俱佳，衣飾佈景極豔麗之致。余已兩年未觀京戲。上月，共和舞臺京戲價昂，未及此院之美也。惟劇名驚天動地殊不雅馴耳。晚八時方回家。昨着夏僕約根生回，本意欲今日與之同渡江觀劇。此子拙甚，約之數次不回。蓋自夢仙入門後，余親約之，避不見，真拙而無理矣。九時飯畢，閱雜書及《故宮週刊》至轉鐘一時寢。

廿七　陰雨　一月二日　星期三

八時起，倦甚。連日為余子勤事甚嘔氣。飯後義女王燕喜來，再吃飯，帶同漢口看電影，便至佛波請其內眷明日渡江至張國恩寓，請其囑子勤回黃算賬，蓋彼避匿不面已半月矣。九時回家，飯後送燕喜去，十二時寢。

廿八日　陰　元月三日

七時起，倦甚。夏、李、羅三僕早起，囑其清理各事並催各處女客。午後二時義女燕喜同其母先至。四時彭大椿之妻、趙少卿之妻、李宅二婦、立群同其夫人先至。余以女客多，遂與立群、燕喜等另開飯於書室中。自是久候汪校長青雲不至。汪，夢閑夫人之師也，夢閑必欲接之至，余不便拂其意。候至六時半汪始至，席散已九時半矣。與汪談及孟夫人與其同學事，相與噉歎。久之，汪去。余清理各事，與夢閑指示各事，十二時寢。

廿九日　陰雨　廿四年元月四日

八時起。飯後往漢取存據，便往中央院看影劇。訪佛波談各事，知其困，余亦不能爲之助，徒喚奈何而已。就漢口購咖啡、茶及零件備明日歸家之用。今晨約定余子勤同回黃州，昨探知彼已躲避。此等昧良之人，平昔大言不慚，藉其舅以自重，原不值庸人一哂，而居心毒辣，實足令用之者寒心也。晚八時冒雨回寓，飯後尚與内子夢閑商各事並示以居家禮節，隱諷以孟夫人在日謹慎檢樸，凡事躬親自做，不可倚賴嫗僕，此則長治久安之法，不可輕忽之。夢閑生長富厚之家，其父飽享姬妾之樂，對於金錢不甚愛惜，夢閑濡染甚久。雖近年困漢上，實未改其性情。今日重下針砭者，以前次曾亂發一函，爲余大罵以儆之也。十時清理各事畢，命羅李兩僕先寢，余又清理箱中零細各件、案上書籍、重要函件，又分類置訖前室中字畫箱，親爲安置妥貼始就寢。以心亂如麻不能寐，細語夢閑，囑其於租房屋之人注意，前重兩店各欠租金六七個月，殊可恨也。轉鐘二時方睡熟。

十二月

初一日　陰雨　晨微雪　寒甚　一月五日　星期六

三時時醒時睡，七時起，盥漱更衣畢，與羅國貞、李丹陽雇車出門。至漢陽門已七時四十分。搭華明輪，已得一官房。端偉先在薑船詢知余子勤未來。此人毫無信義，口是心非，可鄙甚。八時半啟椗，九時一刻在漢口再開，下午三時到家。飯後與端偉約定明日渡江諸辦法。此行殊懊惱。用人未加審察至陷於不可收拾之境矣。十一時寢。

初二日　陰　今日小寒節　一月六日　星期日

七時起，八時進早點畢，八時半與端偉、厚訓同渡江，先至彭梓芳寓詢明各事。飯後與同晤余良材縣長、范教存，始知此次裁券事真相。蔡紹林係得余子勤私函，為其所騙也。違法舞弊乃至此極，往返商酌，數吹領袖三人，旋說旋翻，殊為可恨。然想及子勤萬惡，又不能不為三領袖原恕矣。聞子壽請吃飯，晚宿電報局，與汪仲權談往事至轉鐘二時寢。

初三日　陰　晚雨　十二時大雨如注
　　　一月七日　星期一

七時半起，八時早點後至區公所與仲謹區長談各事。就區公早飯。午後往返縣府及各處，舌敝唇焦，諸事已告結束。四時至子周家中吃飯，候甚久，天氣漸晚，余以疲敝不能行，遂在區公所小憩，囑厚訓同羅國貞渡江，家中尚有諸事須解決也。八時余縣長、范科長來所談各事，至十一時半方去。余與仲謹談各事，囑端偉先寢，彼明日須回漢口故也。轉鐘一時寢，大雨如注，展轉不寐。

初四日　雨　一月八日　星期二

五時半昏沈中夢先母衣白棉衣臥床，增余感痛，知初卒狀似有定，旋醒又寐。七時起，大雨未止，欲雇舟，覺時早，遂寫信分致李範一、范寄滄、張眉宣三處述黃州事。命劉玉階付郵之。早點後雇輿至江干，雇船回鄂城，已正午，知內子與厚訓今晨吵鬧甚久。厚訓向不遜無理，內子拙至，釀今日之事。余以連日嘔氣不欲聞。彼等雖哭訴痛余心，亦無可奈何耳。蕙芳去秋去世後，余感觸嘔氣悲痛不少；今春先母謝世，余益感諸事無□持。厚訓夫婦寄食於此，屢不安分，動輒使余嘔氣，並無人心天理之念，此時內子蓋已忍無可忍矣。下午五時余已睡，不願起，祥煥母子來索做衣服事，朱坤山款又有變，焦灼無已，轉鐘一時寢，實未安。

初五日　陰　晚間現晴狀　有星月　一月九日　星期三

九時起，飯後清理各事，午後寫楊子榮師挽聯，擬明日寄去。晚飯後清理祭幛等件，眼炫腰痛。十時清理畢，十一時寫信及補寫日記至轉鐘二時寢。

初六日　陰　一月十日　星期四

十一時半起，飯後料理送各處喜祭各幛，寄挽幛與楊春霖世兄。萬子雲來述被冤事，余未能聽入，欲余向李縣長說情，真非余所願也，托詞拒之。晚至楊厚安、黃雪堂、黃舜卿、孟春溪處略坐談歸，寫大聯六副、屏二堂。十一時寫各處信畢再清理各事，轉鐘二時寢。

初七日　陰雨　一月十一日　星期五

九時起，清理各事，寫大對聯七副。午後李縣長同范朗先、牛校長、藍督學、鄭耀明來坐談甚久，便將子雲受屈事與之一提，已允緩追。傍晚清理各事，十二時半寢。

初八日　陰　寒甚　一月十二日　星期六

九時起，摹先君行書，欲上石印，寫數次均不佳。午後又摹數次，囑何耀章付石印。晚間外出一次，歸後清理先母房中箱篋各件至轉鐘二時寢。

初九日　陰　寒　雨　一月十三日

十時起，連日均在後房宿，清理事多，目眩頭痛。余生平事無巨細，每欲部居清楚，其結果愈清愈繁也。午後四時陳子周派人送信渡江，謂蔡紹林之鋪保蔡文斗已收歇，請余再致函與余廷襄押追紹林。閱函恚甚。

此事余事前未聞，而府中職員與黃岡人一氣欺騙余一人，後任財政科長遇事挑剔，與我爲難。余用人不力，偏遇後任故意爲難，真可殺矣。寫數函付來人帶去，余定明日往省。草草清理往省之件，十一時寢。

初十日　早陰　大北風　午後轉晴　元月十四日

昨夕睡未穩，八時起。北風較昨夕猶大。余決定往省，未能中止此行也。十時往江干候船，帶厚訓，囑其往黃州晤彭、陳諸人一商辦法。十一時船到，客甚衆。余尋得房間，先已有李姓在座，遂共坐一鋪位。傍晚九時方到漢口，旋即渡江。飯後與夢閑夫人談各事，十時寢。

十一日　陰　一月十五日　星期二

九時起，倦甚。十時囑羅、夏二僕送喜幛與方耀庭之第三子結婚。午後清理各事，晚十二時半寢。

十二日　晴　元月十六日　星期三

九時起，清理各事。陳登甫來借洋五元去。午後二時渡江，三時往世界電影院觀電影，遇李用濤，知其父退休後在漢陽開店，亦正當事業也。五時在京漢旅館略坐談，吃飯後訪尉遲宅，六時至大舞臺看戲，時慧寶演《法門寺》，唱做均佳，惜余買樓上特座，價昂而視遠，未能見其傳神清晰耳。十一時出院至曹仲和甲子旅館中又談甚久，轉鐘二時寢。

十三日　陰　一月十七日　星期四

八時半醒，起漱畢，渡江回家已九時半矣。飯後小睡至午後一時醒，二時雇車至方宅，來賓多，軍政熟人見與寒暄數語而已。婚禮成後余遂回家摹先公手蹟，清理各事至轉鐘一時寢。

十四日　晴　大霜　一月十八日　星期五

九時起，身疲倦甚。飯後寫大小聯十一副。傍晚外出一次，九時歸，仍摹先公手書，十一時畢，十二時寢。

十五日　晴　霜　一月十九日　星期六

八時起，命家人治肴備晚間排供，因先公明日忌日也。飯後渡江一次，晚韓少荃來家，寫咨文二件。八時焚香楮、具酒肴，祭先公，心痛甚。先公沒已廿年，此廿年間余境遇與從前大異，且添二子已成立，先公未之見也。祭畢，與夢閑夫人含淚述各事，令其誌之也。寫信三件，分寄金太史、吳師聖諸人，轉鐘一時寢。

十六日　晴　一月二十日　星期日

八時起，清理各事，午後外出一次歸。寫信六件，皆積壓未復者也。晚補寫雜件及日記等至轉鐘一時寢。

十七日　晴　大寒節　一月廿一日　星期一

九時起，倦甚。周知安來借洋十元去。飯後寫大對聯二，發金太史函，晚清理各事至轉鐘一時寢。

十八日　晴陰不定　一月廿二日　星期二

九時起，飯後寫對聯三副，午後欲渡江未果，趕摹先君手蹟付羅僕先帶之回縣。堂屋風大，頗難受，臥室中光暗不便摹印也。晚間整理室中各事，十二時半寢。

十九日　晴　霜　一月廿三　星期三

七時起，八時渡江爲徐太夫人祝壽。到漢口徐宅時已九時，晤克誠軍長並晤黃岡相識諸人談各事。宴後渡江小睡一次，晚間仍臨摹先公手蹟，備速竣付印也。命羅僕購年內應用各物帶回縣。十時整理日記，知去歲未完者甚多。徐檢韓書記所錄各底稿逐條記之，十二時半寢。

二十日　晴　一月廿四日　星期四

九時起，倦甚。午後渡江一次晤佛波，知其窘，然不能助也。晚間渡江吩咐羅僕各事。十時搬應帶物件去，備明晨與夏兆鴻同回鄂城。余清理雜件至轉鐘二時寢。

廿一日　晴　一月廿五　星期五

九時起，倦甚。飯後寫對聯二副，晚間清理文稿並再寫詳函與金太史，請其爲先君、先母作墓誌也。十二時半寢。

廿二日　晴　一月廿六　星期六

九時半起。周知安來，又付洋十元與之。連前日羅國貞交渠三元，共取去廿三元矣。此人無良，虧公款至今未填，前月又勒迫余借五十元，謂渠家有絕糧之虞。從前揮霍無度，今日應該受窘也。至朱光祖寓回信，彼前托余爲之介紹其新校長繼續任職也。飯後渡江訪王瑞卿並送洋廿元與李佛波。因旬日前彼來函訴苦，且近值其長子病，特勉籌款與之，其實余窘甚。內子夢閑居其家久，不能不敷衍局面。七時渡江寫大對四副，暫將筆墨事告一結束，餘俟明春再應酬。以書畫著名者終爲人所用，老子所謂"巧者拙之奴"耳。十時整理日記，轉鐘一時寢。

廿三日　晴　一月廿七　星期日

七時起，倦甚。飯後擬渡江未果，訪任小南談各事。晚八時檢查去年未寫日記補之。寫信三件，補寫先公手蹟至轉鐘一時，精力疲倦，二時寢。

廿四日　晴　舊曆小除　一月廿八日　星期一

五時半起。今日吃年飯，夏炳丞、端陽俱在此。昨夕囑其辦菜八盂，因孟夫人在時，余在省吃年飯爲廿四日或廿八日，舊例也。先母在時，余廿四日吃年飯，廿五即歸；廿八日吃年飯，廿九即歸。孟夫人謂有母在，子可歸省；彼則留省度歲。能原諒余之心曲，真賢媛也。今歲已續娶劉夫人，仍以前例告之，余明日即回鄂城。七時天已明，囑家人具酒食並祀孟夫人，心暗痛。八時飯畢，寫信約何養吾、張朗丞、許學源今日午後來便酌。何、張則昨夕面約者也。十時小睡，午後外出一次，旋渡江取相片。回省時船中遇汪小舫談各事，回家已四時。學源已來，談各事兼閱余之詩稿。候張、何至六時猶未至，遂開飯。八時學源別去，九時養吾來，與談甚久去，十二時寢。

廿五日　晴　一月廿九　星期二

八時半起，知安來借錢，已許補足卅元之數方去。余外出訪尉遲初樵未遇。至郵局電詢徐軍長未在寓。途遇朱懷冰，知已回鄂，遂往其家談近事。虞琴校文亦來談，余以事冗遂先歸。清理各件，準備明晨回鄂城。以餘款十五元交劉夫人保存之，面囑其謹慎小心守居宅各事，十二時寢。

廿六日　晴　大風　一月卅日　星期三

五時半醒，六時起，倦甚。七時盥漱更衣畢，乘車出門，與夢閑作別，囑其好好料理家事，帶同端陽、黃福到漢陽門已八時一刻矣。乘建黃小輪，人多船小，坐小艙中，與汪南疇遇，談各事。九時船又自漢開，午後三時方到縣，抵家小睡，飯後處理各事，心亂如麻，蓋無時不嘔氣也。晚間清理各事，頭痛甚，回想先母又心痛也，轉鐘二時方寢。

廿七日　陰　一月卅一日　星期四

六時醒，在床上計各事，心煩甚。八時起，十時飯畢，欲外出未能也，命家人挂祭幛。午後二時李文蓀縣長來坐談，至四時方去。深談縣長不易為，皆經驗語。長官不能保障縣長，一任土劣及有勢者與縣長為難。長官遂以縣長之退、撤、調，為廳長專員者漠不相關，只應酬各方而已。然使縣長果有背景，則土劣不能搖；果貪汙，為廳長者亦不敢退、撤、調彼。因有所畏乎背景。明季權閹樹黨派。承權閹者雖貪汙而民不敢訴，爲長官者以其同類則袒之，民控無益也。非同類者必鋤而去之，尚何有清濁之分，是非之辯哉！晚六時至朱二叔家弔孝，二嬸劉夫人前日謝世也。與二叔談一時許出，十時補寫日記，十二時寫徐克成賀函、方耀廷一函，請其白張主席，一提前事，轉鐘一時寢。

廿八日　晴　二月一日　星期五

七時起，來客數次，范朗先、陳受卿來商縣府發賑事。余以事前未聞辭之。清理各事，心煩意亂。晚轉鐘一時寢。

廿九日　晴　二月二日

七時起，八時清理各事。飯後帶同遲兒及黃福出城往先祖父母、先叔墳前具香楮祀畢，再往先母厝處進香具楮焚化畢，默祝明春進取及護佑兒孫諸事畢，今年呈老狀，足軟難行。正午再與遲生沿汽車路至先室孟夫人墳，焚香燭楮敬，謹默禱其護佑余身而已。二時歸，足力疲乏，沿北門外入城歸，小睡一時許。晚九時以後補寫各日記。十二時半寢。

三十日　晴　二月三日

七時起，八時以後囑家人準備各事，開消各債。午後因孟春溪借款，往楊厚安處三次。余以開消款項不足，檢狐裘、羊裘及先母狐皮襖付質庫，質洋壹百陸拾元開消賬務，此則作官後在本籍質衣物倡例也。本年群小並興，恩作仇報者，環而伺之，可爲心痛。傍晚囑更生、厚訓出城送紅燈與先母厝屋中。晚留程燕山在此招呼明晨諸客。因午夜酒畢，十一時半帶同黃福至方井頭楊家巷登城，見街市景象猶昔，生意較往歲衰落，欠債者難催討，則時勢年荒爲之。十一時歸，平分各人壓歲洋錢。十二時往岳廟行香。余以數年未行此禮，明晨新香不能外出，改於今夕行之。厚訓、更生、黃福等俱去，遲生因傷風未起，未帶同往敬。謹在岳武穆神像前默然禱畢，回家已十二時半。轉鐘後清理各事，囑家人更番小睡，余和衣寢，慮有夢。因曩歲除夕寢後必有夢，夢則動，關係一年休咎也。癸酉元旦夢不吉，而孟夫人秋初謝世。當時以夢語告之夫人，夫人猶百端譬喻解釋之，賢哉。壬申元旦夢亦不吉。今歲先母謝世，檢本年元旦日記觀之。本年元旦係午後二時宿黃岡縣政府時，家母係在鄂城本宅過年。二時在縣政府臥室中余乘輿入署，係舊式，有二老僕拒余，索名刺，余令隊毆之，以故二月間遭先母之喪。七月間爲境迫而辭職，署內員役勾結外奸、恩將仇報，皆老僕拒余之類也。今夕早臥，惟望無夢耳。